미할리스 대장

미할리스 대장

❷

니코스 카잔차키스 장편소설 | 이윤기 옮김

열린책들

일러두기

1. 번역은 모두 영어판을 대본으로 했다. 번역 대본의 서지 사항은 각 권의 〈옮긴이의 말〉에 밝혀 두었다.

2. 그리스 여성의 성(姓)은 남성과 어미가 다르다. 엘레니가 결혼 후 취득한 성 〈카잔차키〉는 〈카잔차키스〉 집안의 여인임을 뜻한다. 〈알렉시우〉나 〈사미우〉도 마찬가지로, 〈알렉시오스〉와 〈사미오스〉 집안에 속함을 뜻하는 것이다. 외국 독자들을 배려하여 여성의 성을 남성과 일치시키는 관례는 영어판에서 흔히 찾아볼 수 있으나 여기서는 그리스식에 따랐다.

3. 그리스어의 로마자 표기와 우리말 표기는 그리스어 발음대로 적되 관용적으로 굳어진 일부 용어는 예외를 두었다. 고대 그리스, 신화상의 인명 및 지명 표기는 열린책들의 『그리스·로마 신화 사전』을 따랐다.

미할리스 대장 ❷ 335

8

다음 날 아침 일찍 카네아 성문이 활짝 열리자 불길한 소식이 시가지로 퍼졌다. 누리 장관이 시골 장원에서 시체로 발견되었다는 것이었다. 터키 찻집에서는 터키인들이 말벌 떼처럼 웅성거렸다. 목청을 한껏 돋우고 그리스인의 소행이라고 고함을 지르는 자들도 있었고 자살이라고 주장하는 사람들도 있었다. 소식이 사원에 이르자 무에진은 쉴 새 없이 지껄였다. 입에 게거품을 물고 그가 지껄이는 소리는 대개 알아듣기도 힘든 〈학살!〉 〈이단자!〉 〈무함마드〉라는 소리였다. 그리스인들은 일손을 놓고 삼삼오오 떼를 지어 집 안에서 쑥덕거렸다.

숨막힐 듯한 분위기였다. 군인들은 총을 메고 거리와 시장터를 행진했다. 누리 장관의 장례식에는 총독도 나타났다. 총독 뒤에는 이맘과 무에진, 그 뒤로는 무장하고 벌 떼처럼 웅성거리는 터키 아가들이 있었다. 술레이만도 감옥에서 풀려나 총독을 호위하고 있었다. 하인들이 시신을 무덤 자리로 옮겨 왔다. 말도 가벼운 걸음으로, 울면서 그 뒤를 따랐다. 말은 두 눈을 크게 뜨고 코를 킁킁거리며 공기를 마셨다.

이맘이 높고 단조로운 목소리로 작별을 고하고 사자를 저승에

다 의탁했다. 무에진은 사자의 머리에서 피에 젖은 흰 머리띠를
풀어 자기 옷자락 속에 집어넣었다. 모두가, 선친의 묘지 바로 옆
에 묻히는 누리에게 심심한 조의를 표했다. 이어서 총독이 말을
무덤으로 끌고 오라고 신호했다. 그의 손에는 누리의 무어인 하
녀가 가져다준 유서가 있었다. 그가 말했다.「아가 여러분, 이것
은 사자가 쓰고 봉인한 마지막 소원입니다. 자, 들어 보시오.」

그는 유서를 촛불 쪽으로 가져다 대고 읽기 시작했다.「내 죽거
든, 내 무덤 위에서 이 말을 죽여 주시오.」

아가들은 유언장의 내용에 경악했다. 그들은 말을 바라보았다.
말은 무덤 쪽으로 고개를 숙이고 말갈기를 늘어뜨린 채 흙냄새를
맡았다. 그러고는 발굽으로 땅을 차며 구슬픈 목소리로 묻힌 주
인을 불렀다.

「신에게도 인간에게도 그건 너무 가혹한 처삽니다.」 조문객들
여기저기서 이런 말이 튀어나왔다.

총독이 일갈했다.「가혹하든 가혹하지 않든 이것은 고인의 소
원이오. 내 가슴도 아프오만 말을 데려가겠다는 건 고인의 뜻이
오. 나는 그의 말대로 해주려 하오. 누가 작정을 단단히 하고 칼
을 뽑아 주겠소?」

모두가 돌이나 되어 버린 듯 서 있었다. 그들은 대경실색한 채
햇빛을 받고 반짝이는 말의 날씬한 몸매를 바라보았다. 그것은
마땅히 죽어야 할 그리스인도 아니었고 사람의 생명을 대신해서
바쳐질 소도, 양도 아니었다. 그것은 세계의 명예이며 메갈로카
스트로의 자랑거리였다. 감정가들도 이 말을 감상하러 레팀노나
카네아에서까지 왔던 터였다. 그런 목에 누가 칼을 들이댈 수 있
단 말인가!

총독이 무겁게 숨을 내쉬었다.

그는 주위를 둘러보며 다시 한 번 물었다. 「준비된 사람 없소?」

아무도 움직이지 않았다. 말은 이제 무덤 위에 주저앉아 미친 듯이 무덤의 냄새를 맡고 있었다. 우는 소리는 흡사 초상집의 곡소리 같았다.

총독이 아랍인을 돌아보며 명했다.

「술레이만, 네가 죽여라!」

아랍인이 칼을 뽑아 들고 한 발짝 앞으로 나섰다. 그러나 그는 비틀거리다 무릎을 땅에 대고 주저앉았다. 말이 일어서면서 그를 바라보았다. 아랍인은 주저했다.

「힘 내, 술레이만. 눈 딱 감고 찍어 버려!」 총독이 명령했다. 그의 눈에도 눈물이 괴고 있었다.

모두가 아랍인을 바라보았다.

「내 우리 아버지의 시신에 맹세코, 저자가 말을 죽이면 내 흠씬 두들겨 패고 말겠어.」 누군가가 눈을 번득이며 말했다.

아랍인이 다시 칼을 쳐들고 말에게 다가갔다. 그는 결심을 굳히느라고 욕지거리와 맹세를 거듭했다. 말이 다시 고개를 숙이고 구슬프게 울자 아랍인은 칼을 떨어뜨렸다.

「총독 각하! 못 하겠습니다.」 아랍인이 볼멘소리로 말했다.

「잘한다, 술레이만!」 환성과 안도의 한숨 소리가 여기저기서 들려왔다.

「못 하겠습니다.」 아랍인은 같은 말을 되풀이했다.

「총독 각하! 말은 각하께서 가지십시오. 신을 믿는다면 말을 살려 주시오!」 아가들이 소리쳤다.

「고인이 두렵소.」 총독은 침을 삼키며 이 유명한 종마를 바라보았다.

그가 손을 들어 쓰다듬으려 하자 말은 위협적으로 고개를 가로저으며 가까이 오지도 못하게 했다. 총독이 입을 열었다.

「갑시다. 혼자 무덤 위에서 좀 슬퍼하게 해줍시다. 저놈에게도 영혼이 있습니다. 배가 고프면 울음을 그칠 테니 너무 염려들 말고. 고인의 무어인 하인이 여기 남아 말을 돌볼 것이오. 자네는 여기 남아 꼴과 물 좀 가져다주고 좀 진정이 되거든 내게 데려오너라.」

모두가 시내로 몰려갔다. 총독이 의기양양한 모습으로 앞장섰다. 알라 신은 총독에게 더없이 위대하고 다정한 친구였다. 그가 그 말을 얼마나 탐냈던가! 그 말을 타고 얼마나 사타구니 사이로 젊음을 느끼고 싶었던가? 메갈로카스트로의 모든 여자와 말을 놓고 그에게 하나 골라잡으라고 했다면 총독은 말을 골라잡았을 터였다. 말에 비하면 여자 같은 것은 아무래도 좋았다. 〈자비하신 알라 신이여, 신께서는 누리 장관을 죽게 하시고 그 말을 내게 선물로 내리셨으니.〉

그들은 메갈로카스트로 외곽의, 과일나무와 채소가 자라고 있는 성벽 근방을 지났다. 저물어 가는 햇살에 석조 흉벽 위의 베네치아 사자 상이 빨갛게 빛났다. 까마귀 떼들은 소리 없이 사냥터에서 폐허가 된 석탑으로 모여들고 있었다. 밤의 정적 속으로 멀리 메갈로카스트로에서 개 짖는 소리, 말 우는 소리, 고함 소리가 들려왔고 그 너머에서는 바다가 포효하고 있었다.

총독은 걸음을 멈추고 주위에 모여든 터키 아가들에게 말했다.

「잊지 마시오. 크레타의 운명은 풍전등화라는 걸. 내 신에 맹세코 누리 장관은 자살한 것이오. 행여 그의 죽음을 전진의 깃발로 삼아 살육전이 재개되도록 하지 마시오. 내 신에 맹세코 — 내 말을 잘 들으시오 — 우리 이슬람교도는 물론이고, 이단자들도 저 느릅나무에 매달지는 않을 것이오. 그러니 주의들 하시오.」

그러고 나서 그는, 〈술레이만, 가자!〉 하고 외치고는 아랍인을 데리고 숨을 몰아쉬며 가버렸다.

무에진은 고개를 가로저었다. 이슬람교도의 지도급 인사들은 은밀한 시선을 교환했다. 〈이 총독 놈은 뼈도 없나?〉 〈꼭 그리스 놈 같잖아?〉 〈이 크레타에는 뭣 하러 왔담?〉 〈아나톨리아인들은 결혼식 날에 양도 안 잡는단 말인가?〉 은밀한 시선은 이런 말들을 속삭이고 있었다.

총독이 성문 저쪽으로 채 사라지기도 전에 무에진은 가슴에서 누리 장관의 피 묻은 머리띠를 꺼내 깃발처럼 동료 이슬람교도들 앞에서 흔들었다.

「이단자들을 쳐부숩시다, 여러분! 놈들을 처단합시다!」

이렇게 외치며 무에진은 스스로 아가들 무리의 선두에 섰다.

해자 아래쪽 우물에서 백발의 두 기독교도가 물을 퍼서 가축에게 먹이고 있었다.

「저기 두 놈이 있다. 팔리카레여, 저놈들부터 먼저!」

무에진이 소리치자 두 터키인 용사가 칼을 뽑았다.

「내가 그대들을 축복하오.」 무에진이 외쳤다.

두 터키인 용사는 갈대와 해바라기 사이를 지나 우물에 이르렀다. 두 터키인은 노인을 한 명씩 잡아 목을 도려 버렸다.

두 개의 목은 우물 안으로 굴러 떨어졌다.

「앞으로! 형제들이여!」 무에진이 외쳤다. 그는 단장을 쳐들었다. 바닷바람에 피 묻은 머리띠가 팽팽하게 부풀어 올랐다. 폭도가 된 그들은 메갈로카스트로로 진군했다.

장례식에 나갔던 이슬람교도들이 부산스럽게 돌아오고 있다는 소식을 접한 기독교도들은 서둘러 가게나 일터의 문을 잠그고 집으로 피신하여 문을 걸어 잠갔다.

무에진은 카네아 성문 옆의 찻집 앞에 서서 단장을 쳐들고 소리쳤다.

「알라 신이여, 알라 신이여! 이단자들이 당신의 칼 맛을 보게 하소서!」

그러나 셀림 아가 노인을 비롯한 원로들은 무에진을 진정시키느라고 찻집 안으로 데리고 들어가 커피와 터키 과자 그리고 물담배를 시켜 주었다. 그런 다음 그들은 에펜디나를 불러와서 자리에 앉히고 여자 이야기나 하라고 시켰다. 무에진의 마음을 피비린내 나는 학살에서 되돌리려는 것이었다.

거북살스러운 며칠이 지나갔다. 그리스인들은 두려움에 떨었다. 언제 성문이 닫히고 덫 속에 고립되어 학살을 당할지 모르기 때문이었다. 기독교도의 수는 터키인의 수보다 훨씬 적어 터키인들이 마음만 먹으면 언제든지 기독교인을 학살할 수 있었다.

이어서 욥[1]의 비보(悲報)가 날아들었다. 터키인들이 아가라토 수도원으로 쳐들어가 용감한 아가탄겔로스 대수도원장을 살해했다는 것이었다. 밤중에 터키인들은 옥상에서 잠자고 있는 그를 덮쳤다. 트라프사모스의 헌당식에 참석했다 돌아와 술과 음식을 배불리 먹은 채 잠들어 있었는데, 그만 터키인들이 목을 베어 버린 것이었다. 살육은 꼬리에 꼬리를 물었다. 나흘 뒤에는 프실로리티스 산기슭에 있는 브론디시 수도원 수도사인 아가탄겔로스의 사촌이 터키인의 부촌(富村) 수로스로 내려가, 피에 굶주린 나머지 기독교인 둘을 잡아다 자기 집 정원의 물 길어 올리는 답륜(踏輪)에다 묶어 놓고 그것을 돌려 물을 퍼올리게 하는 터키의 아가를 죽여 버렸다.

그리스인 마을의 터키인들은 공포에 사로잡힌 나머지 가재도

---

1 성경에 나오는 인물로 가혹한 시련을 견디어 내고 믿음을 지킨 것으로 유명하다.

구란 가재도구는 — 옷가지, 그릇, 요람, 부엌 집기 — 모두 꺼내 나귀나 노새에 싣고 아내와 아이들과 강보에 싼 아기를 데리고 메갈로카스트로로 떠났다. 거기 가면 군대가 보호해 주기 때문이었다. 기독교인들 역시 공포에 사로잡혀 가재도구를 챙기고 가족을 인솔하여 산으로 도주했다.

총독도 이제 당황하지 않을 수 없었다. 처음으로 자신이 크레타 혁명의 와중으로 휩쓸려 들어간 것을 알았기 때문이었다. 총독은 원래 그런 혼란과는 체질이 맞지 않는 사람이었다. 이 온순한 아나톨리아인이 좋아하는 것은 놀이와 좋은 음식과 잠이었다. 이 빌어먹을 놈의 크레타인들은 왜 서로 못 잡아먹어 으르렁거리고 있을까? 누리의 저 유명한 종마를 차지한 판인데. 그는 말의 마음을 돌리고 싶었다. 그래서 손수 사탕무를 먹이고 손으로 물을 움켜다 먹이고 싶었다. 그런데 이 빌어먹을 크레타 놈들이 혁명을 일으키다니! 그는 어떻게 손을 써야 할지 몰랐다. 그는 대주교에게 달려가 하소연해 보았다. 「대주교님, 아나테마[2]를 선포하여 터키인을 죽이는 사람은 죽어서도 편치 못할 거라고 해주시오.」 이번에는 터키 마을로 달려가 목청을 돋우어 호령했다. 「이 바보들아, 집을 남겨 두고 도망가서 어쩌자는 것이냐! 내 맹세코 피는 한 방울도 흐르지 않게 하겠다. 내 이미 콘스탄티노플로 전언을 띄웠으니까 곧 군대가 출동하여 질서를 잡아 줄 것이다!」

그러나 그는 불길을 잡는 데 성공하지 못했다. 또 한 가지 소식이 날아들었다. 오늘 정오에 토도레스 대장이 라시티의 터키인 마을에 불을 질렀다는 것이었다. 격분한 터키 아가들이 무장한 채 총독에게로 달려갔다.

2 종교상의 공식적인 저주.

「총독 각하! 재난이 번지고 있습니다. 이단자 놈들은 염치고 뭐고 없습니다. 놈들은 저희 마을에 불을 지릅니다. 각하께서도 라시티의 소식을 들으셨을 것입니다.」

「토도레스 대장이 누군가? 금시초문인데.」 총독이 수염을 만지작거리며 물었다.

페트로케팔로의 아가 한 명이 앞으로 나섰다.

「저주받을 집안의 애송이입니다. 누리 장관을 죽게 한 마누사카스가 바로 이 애송이의 아비입니다. 숙부는 저 멧돼지 대장이라고 불리는 미할리스 대장이고요. 이 대가리에 쇠똥도 벗겨지지 않은 녀석이 감히 저희를 공격합니다. 각하께서 이놈을 잡아다 처단하지 않으신다면 저희는 메갈로카스트로의 기독교인 거주 지역에다 불을 지르겠습니다. 총독 각하! 저희는 그걸 말씀드리고 싶어서 왔습니다. 뒤에 술탄을 뵐 때 각하께서 이 일을 뭐라고 보고하실지 생각해 두시기 바랍니다.」

총독이 고함을 질렀다. 「내 무함마드의 이름으로 말하거니와, 그런 짓은 절대로 하지 못한다. 그러잖아도 머리가 아파! 술탄께서 그대들이 한 짓을 알면 나는 그날로 끝장이야.」

「그럼 토도레스를 잡아다 교수대에 다십시오. 그러지 않으면 우리는 메갈로카스트로를 잿더미로 만들어 버리겠습니다.」

「내가 놈을 어떻게 잡아? 도대체 어디에 있어?」

「라시티 산에 있습니다. 군대를 출동시키십시오.」

총독은 군대를 보냈고, 라시티 산에 있는 토도레스는 피 끓는 젊은 친구들을 모아들였다.

토도레스는 페트로케팔로의 아가들을 이 산에서 저 산으로 유인하고 있었다. 터키인들은 토도레스를 죽여 후세인의 피를 복수하겠다고 맹세한 참이었다. 대개의 경우 토도레스는 혼자였다.

겁 없는 동지 몇 명이 그를 따를 때도 있었다. 그들은 총을 쏘다가도 사태가 불리해지면 바위틈으로 사라져 버리기 일쑤였다. 토도레스는 아버지의 총에 아버지의 장화, 찢기고 땀에 전 아버지의 머리띠를 두르고 있었다. 그는 아버지의 사나이다운 기상이 그 옷을 통해 자기에게 내리는 걸 실감했다. 아버지가 죽음에서 부활하여 부자는 하나가 된 셈이었다. 토도레스는 나날이 용맹과 완숙의 경지로 커나갔다. 그의 말에는 힘이 있었으며 그의 의견은 동지들의 존경을 받았다.

군대가 산으로 들어오자 그의 수하에 모이는 그리스인의 수도 점점 불어났다. 자그마치 스무 명에 달하는 팔리카레들이 그의 뒤를 따랐다.

토도레스가 그들에게 외쳤다. 「터키인들은 우리의 피에 굶주려 아주 미쳐 버렸습니다. 내가 형제 여러분께 호소하는 것은 바로 이 때문입니다. 일이 지금 어떻게 돌아가고 있는지 아십니까? 우리 마을에서 불똥은 이미 메갈로카스트로로 튀었습니다. 곧 레팀노로, 거기에서 카네아로 튈 것입니다. 오래지 않아 이 불길은 크레타 전체에 옮겨 붙을 것입니다. 용기를 잃지 마십시오. 터키의 개들이 살인자를 색출하려고 이러는 게 아님을 명심하십시오. 살인자를 잡더라도 그들은 무기를 놓지 않을 것입니다. 그들은 전 기독교인을 사냥하려는 것입니다. 우리의 할아버지들, 아버지들은 이미 오래전부터 그걸 알고 있었습니다. 이제 우리 차례가 온 것뿐입니다.」 그는 아버지의 옷 상자에서 가져온 깃발을 펼쳤다. 거기에는 이렇게 쓰여 있었다. 〈자유가 아니면 죽음을!〉

총독은 이 소식을 듣고 불같이 화를 냈다. 그는 서둘러 대주교를 찾아갔다. 그는, 이 이단자들의 사제라면 토도레스라는 애송이를 진정시킬 수 있으리라고 믿었다. 아랍인을 데리고 가면서도 그는 재수가 없다고 계속해서 투덜댔다. 크레타에 대한 걱정 때문만은 아니었다. 그날 아침에 총독은 또 한 가지 비보를 들었는데, 누리의 하인이 무덤에서 달려와 말이 그만 무덤 위에서 죽어 버렸다고 했던 것이다. 하인은, 말이 물도 여물도 먹지 않았다고 전했다.「총독 각하, 저는 억지로라도 먹이려고 했습니다만, 입도 대지 않았습니다. 굶어 죽고 싶었던 것입니다.」

해가 중천에 솟아 있었다. 무에진이 첨탑에서 고개를 뽑고 기도의 덕과 신의 자비를 외쳤다. 대주교는 손가락으로 묵주를 굴리며 넓은 안락의자에 앉아 낮은 목소리로 박식한 하지사바스와 이야기하고 있었다. 그의 생각은 소싯적, 키예프에서 대수도원장을 지낼 때와 성물 관리인을 지내던 시절로 되돌아가 있었다. 그의 머릿속에는 온통 러시아 생각뿐이었다. 그가 아는 러시아는 흙, 옥수수, 버터, 훈제 고기, 캐비아 할 것 없이 축복받은 땅이었다. 교회의 황금빛 돔, 은제 성상대(聖像臺), 복음서 위에 박힌 진주, 사파이어, 루비……. 그는 이런 말을 했다.「하지사바스, 러시아가 있는 한 나는 아무것도 두렵지 않아. 언젠가는 러시아가 입을 벌리고 터키를 삼킬 것이오. 그러면 크레타는 자유를 얻는 거지. 우리에게 희망은 그것뿐.」

그러나 하지사바스는 정신없이 창밖만 내다보았다. 후텁지근한 보라 풍이 불어오고 있었다. 하지사바스는 최근에 메갈로카스트로에서는 한 시간 정도 거리인 아야이리니 근교에 있는 선친의 땅을 돌아보고 — 하느님께서 보낸 암시인지, 그가 공부하고 있던 옛 시대로부터 홀연히 그의 마음속으로 날아온 생각인지는 모르지만 — 그 땅에 엄청난 고대 도시가 묻혀 있다는 생각을 하게 되었다. 그곳의 시냇가에서 그는 단장 끝으로 흙을 더듬어 보았는데 축축한 땅속에서 반짝거리는 물체가 나왔다. 금반지였다!

그는 그 금반지를 대주교에게 보인 참이었다. 반지에는 두 가지 상이 부조되어 있었다. 하나는 쌍도끼를 든 엉덩이가 엄청나게 큰 여자이고, 또 하나는 깡마른 남자의 나신 — 오늘날의 크레타와 비슷한 — 인데, 이 나신은 신들린 듯 춤을 추고 있었다. 이 두 사람 위에는 반달의 문장(紋章)이 새겨져 있었다.

하지사바스가 그 반지를 대주교의 손바닥 위에다 올려놓고 말했다. 「대주교님, 제발 감추어 두십시오. 소문이 새나가서는 안 됩니다. 틀림없이 보물과 사자(死者)의 황금 부장품이 숨겨져 있을 겁니다. 하지만 지금 우리는 노예 상탭니다. 지금 그 보물을 발굴한다면 터키인들이 약탈해 가고 말 것입니다. 꾹 참고 기다려야 합니다. 크레타가 해방되면 우리 그리스인이 그 고대 도시를 발굴하여 이름을 얻게 될 테지요.」

대주교는 고개를 가로저었다. 하지사바스의 말에도 일리가 있었지만 대주교 자신에게는 돌보아야 할 사람이 너무나 많았다. 그러니 수천 년 전에 대지가 삼킨 도시에 관심이 갈 턱이 없었다. 그는 정중하게 귀를 기울이며 들었지만 대화를 자꾸 오늘의 크레타와 모스크바로 끌어 가려고 했다.

하지사바스는 힘을 내었다.

「대주교님께서는 모스크바에다 자유의 희망을 거시고, 대중은 총으로 자유를 얻으려 하고, 저는 대주교님께서 대수롭지 않게 여기시는 이 반지로부터 자유를 얻으려고 하는군요.」

무르주플로스가 문을 열었다.

「대주교님, 총독이십니다.」

하지사바스가 웃으면서 일어섰다.

「이 아나톨리아인의 크레타 사람에 대한 볼일은 끝나지 않았나 보군요.」 그는 대주교의 손에 입을 맞추고는 옆문으로 빠져나갔다.

총독은 들어오자마자 다짜고짜로 언성을 높였다.

「대주교님! 크레타인들이 기치를 올리고 자유를 요구하고 있습니다. 대체 무슨 자유를 말입니까? 이해가 가지 않는 요구입니다. 대주교님은 자신이 믿고 그 명령을 따르는 신에게 복종하면서도, 노예가 되었다고 불평하고 기치를 올리며 신에게 자유를 요구하겠습니까? 안 하시겠지요. 술탄이야말로 이 땅에 있는 신의 대리자 아닌가요? 이 크레타란 땅은 어떻게 생겨 먹었기에 날잠시도 평화롭게 내버려 두지 않는 겁니까?」

「총독 각하, 믿지 않는 신에게 복종해야 될 때도 생각해 봅시다. 크레타인들은 술탄을 믿지 않습니다. 그래서 자신들이 노예 상태에 있다고 생각하고 자유를 찾으려고 하는 것입니다.」대주교가 대답했다.

총독은 두 손을 자기 관자놀이에 가져다 댔다. 그로서는 이해할 수 없었다. 그는 문을 박차고 나가 버렸다. 관저에 도착한 그는 창문을 열어 놓고 망원경으로 바다 쪽을 내려다보았다. 터키함대와 군대가 오지 않을까 해서였다. 군대가 오면 사태를 진정시키고 질서를 회복시켜 줄 터였다.

문 뒤에서 미할리스 대장은 권총 두 자루를 장전해 놓고 기다렸다. 밤마다 그는 아내에게 아기를 안기고 레니오와 트라사키를 딸려 이웃집에 보내 밤을 지내게 해놓고는 혼자 집에 있었다. 며칠이 지난 뒤, 그는 트라사키에게 이렇게 일렀다.「너는 나랑 여기 있자. 너도 이런 일에 익숙해져야 할 테니까.」그날부터는 부자가 밤을 감시했다. 며칠 간은 아무 일도 없었다. 일요일에, 미할리스 대장은 침대에 편히 누워 쉬기도 했다. 그가 이런저런 생각으로 뒤척거리고 있을 때 누군가가 대문을 두드렸다. 비명과 고함 소리를 듣고 그는 누구의 소리인가를 알았다. 티티로스가 최근에 아내의 일을 돕게 하려고 시골에서 데려온 먼 친척 마르요라였다. 티티로스는 친척 한 명을 집 안에 들여놓고 나니 적이 위안이 되기도 했다. 미할리스 대장은 쪽창을 통해 밖을 내다보았다. 마르요라 노파는 마당 한가운데 서서 머리카락을 쥐어뜯으며 고함을 질러 대고 있었다.

「이것 봐요, 마르요라. 왜 그렇게 소릴 질러요, 이리 들어와요!」 미할리스 대장이 소리쳤다.

마르요라는 턱을 덜덜 떨면서 미할리스 대장의 침대 앞에 섰다. 말을 하려고 애는 쓰는데, 미할리스 대장으로서는 통 알아들을 수가 없었다.

「뭐라고 하는 거요? 디아만데스? 디아만데스가 어떻게 되었다고?」 미할리스 대장이 고함을 질렀다.

노파가 울부짖었다. 「죽었어요. 조금 전에 침대에 누워 있는 걸 발견했는데요, 뻣뻣한 거예요! 반겔리오는 통곡을 하며 가슴을 치고 있어요. 자기 동생을 흔들다가 두 팔로 안고 장미기름과 식초로 문질러 주었어요. 그래도 뻣뻣했어요. 독살당한 거예요.」

「독살이라고? 마르요라가 그걸 어떻게 아시지? 누가 독살했단 말이오?」

「얼굴이 푸르뎅뎅한걸요.」

「함께 가봅시다.」

마르요라를 따라 대문을 나서면서 미할리스 대장은 아내에게 말했다. 「이 말은 절대로 입 밖에 내지 말게.」

거리 한쪽 끝, 이도메네아스의 우물 가까운 곳에 아우의 집이 있었다. 그는 열려 있는 문으로 들어갔다. 침실에서 반겔리오가 가슴을 치며 울부짖는 소리가 들려왔다. 티티로스는 턱을 부르르 떨면서 아랫방 의자 한구석에 앉아 있었다.

미할리스가 그에게로 갔다. 선생은 눈을 들어 형을 바라보다가 다시 내리깔아 버렸다.

「이 못난 놈, 내 얼굴을 똑바로 봐!」 미할리스 대장이 호령했다.

티티로스가 고개를 쳐들었다. 안경 뒤에서 겁먹은 눈이 깜빡거렸다.

「네가 죽였지? 너지?」 미할리스 대장이 속삭였다.

「저라고요?」

「그래! 죽이려면 칼로 찔러 죽여야지. 너는 겁쟁이처럼 독살했구나.」

「더 이상 참을 수가 없었는걸요.」

「죽였다고 나무라는 게 아니다. 계집같이 독살한 걸 나무라는 것이다.」

「더 이상 참을 수가 없었는걸요.」 선생은 같은 말을 되풀이했다. 「다른 방법으로는 어쩔 수가 없었어요. 힘이 저보다 훨씬 세었으니까요.」

「네 아내도 아느냐?」

「알 거예요. 말을 하려고 하지 않아요. 제가 2층으로 올라갔지만 쫓아내 버리는걸요. 그래서 여기 앉아 기다리고 있는 겁니다.」

「뭘 기다리는데?」

「모르겠어요. 그저 기다리는 겁니다.」

미할리스 대장은 마당으로 나갔다. 반겔리오의 통곡 소리는 흐르는 물처럼 단조로웠다. 그는 다시 집 안으로 들어갔다.

「왜 기다리는 것이냐?」 대장이 다시 물었다.

티티로스가 그 말에 힘을 얻은 모양이었다.

「마음대로 하라죠, 마음대로 하라고 해요, 이젠 겁날 게 없으니까.」

「하지만 네 아내가 고발할 것 아니냐?」

「마음대로 하라죠. 저는 하고 싶은 짓을 했을 뿐이에요. 이젠 모든 게 그 여자에게 달렸어요.」

「일어나! 그리고 진정해. 여자가 널 고소하고 그 때문에 사형당한다고 하더라도 진실을 말해라. 너를 고발하지 않거든 아무 말도 하지 마라. 죽은 놈 때문에 양심의 가책일랑 느끼지 마라. 듣고 있냐? 필요하면 정상적인 사람도 살인을 하게 되는 법이다. 일어서!」

그는 아우를 일으켜 세우고 덧붙였다.

「가서 장례식 준비나 하자.」

이튿날 아침 조문객들이 모여들어 시신을 보려 했으나 사자의 얼굴을 본 사람은 아무도 없었다. 꽃으로 덮여 있었기 때문이었다. 반겔리오는 조그만 정원의 꽃이란 꽃은 모조리 꺾어다 덮었다. 이웃 아낙네들도 로즈마리, 나륵꽃, 장미를 한 아름씩 안고 와서 덮었다. 폴릭시기스 대장만 그 꽃을 치우고 시신의 얼굴을 들여다보았다. 부어오른 얼굴을 본 그는 황급히 꽃을 다시 덮으며 티티로스에게 험한 눈길을 던졌다.

반겔리오는 사제가 들어오는 걸 보자 머리를 풀어 헤친 채 2층에서 달려 내려와 시신 위로 몸을 던졌다. 동생의 시신 위에 엎드린 반겔리오는 잠이라도 든 듯 꼼짝도 하지 않았고 아무 소리도 내지 않았다. 운구하는 사람들이 들어와 관을 들어내려 할 때도 반겔리오는 저항하지 않았다. 대신 벌떡 일어나 자기 머리채를 뿌리까지 잘라 버렸다. 반겔리오는 이것을 두 다발로 만들어 동생의 손을 묶었다. 그러고는 얌전히 시신을 들어내도록 길을 비켜 주고 문턱에 서서 손을 들어 작별 인사까지 했다. 이윽고 집

안으로 들어간 반겔리오는 동생의 옷가지를 꺼내 집 앞마당에 쌓아 놓고 불을 피웠다. 이어 집 안을 청소하고 몸을 단장하고는 마당에 쪼그리고 앉아 그 불길만 바라보았다.

매장이 끝나자 숙부가 다가와 옆에 앉았다. 그는 질녀의 손을 잡고 혹 의심 가는 사람이 없느냐고 물었다. 반겔리오는 아무 말 없이 숙부를 바라보기만 했다. 반겔리오는 대답 대신 고개를 가로저으며 입술만 깨물 뿐이었다.

티티로스는 겁이 나서 자기 집에서도 형의 집에서도 잘 수가 없었다. 그는 친구인 이도메네아스와 함께 죽음과 영혼의 불멸에 관한 이야기를 나누며 며칠을 지냈다.

사흘이 지나갔다. 반겔리오는, 집 안에서 티티로스가 그림자처럼 자기 주위를 오갔지만 아무 관심도 기울이지 않았다. 반겔리오는 동생의 방 문을 걸어 잠그고 등잔을 켠 다음 혹 사자의 목이 마를 때를 대비해서 물도 한 잔 떠다 차렸다. 사자의 영혼이 열나흘 동안 그 집 안을 떠나지 않는다는 것도 알고 있었다. 반겔리오는 머리카락으로, 목으로, 떨리는 손으로 사자의 존재를 감촉할 수 있었다. 밤이 되자 사자의 영혼은 입술 위로 나비처럼 날아들었다. 세상이 반겔리오에게 이 이상으로 아름다운 것을 준 적은 없었다.

사흘 동안 반겔리오는 입을 열지 않았고 물기 없는 눈은 한 곳에 고정되어 있었다. 상복도 입었다. 머리 위로 돌려 맨 댕기만이 노란색이었다.

고모 크리산테가 혹 질녀의 기분 전환이라도 될까 해서 해변가에 있는 시골 집으로 가라고 권했지만 반겔리오는 고개를 가로저으며 여전히 동생의 방 문을 잠그고 거기 들어가 있었다. 무덤에는 가지 않았다. 조용히 옷 가방에다 얼마 안 되는 소지품을 정리했을 뿐이었다. 그러고는 여행이라도 떠나는 사람처럼 집 안팎을 청소했다.

사흘째 되는 날 반겔리오가 마르요라에게 말했다.

「상을 차리세요. 수놓은 식탁보도 꺼내고 제일 좋은 접시, 칼, 포크도 꺼내 차리세요. 그리고 주인에게 오늘은 저랑 함께 저녁을 들라고 하세요. 빈소에 켜놓은 불 말고는 따로 불은 켜지 마세요.」

티티로스 선생은 빈소의 등불을 보는 순간 공포를 이기지 못해 현기증이 날 지경이었다. 의자 끝에 앉은 그는 감히 눈을 들어 아내를 보지도 못했다. 반겔리오는 시체처럼 창백하고 굳어진 모습으로 맞은편에 앉아 음식도 드는 둥 마는 둥 했다. 말은 한마디도 하지 않았다. 반겔리오는 흰 결혼 예복 차림에 머리에는 시들어가는 레몬꽃을 꽂고 있었다.

두 사람은 아무 소리도 내지 않고 거기 앉아 있었다. 티티로스는 몇 번인가 말을 하려 했으나 말이 목구멍에 걸려 나오지 않았다. 온몸에 식은땀이 났다. 마당 쪽으로 열린 창을 통해 밤바람이 불어 등불이 깜빡거렸다.

갑자기 여자가 손을 뻗어 잔 두 개에다 포도주를 가득가득 따랐다. 고(故) 마누사카스가 결혼 선물로 가져다준 키사모스제(製) 입가심용인 붉은 포도주였다.

반겔리오는 잔을 들어 티티로스의 잔에다 부서질 듯이 부딪쳤다.

「이 살인자, 당신의 건강을 위해!」 꼭 남자같이 굵은 목소리로 반겔리오가 말했다.

여자는 방을 떠나 잠시 마당에 나가 섰다가는 다시 동생의 방으로 들어가 문을 걸었다. 다음 날 아침 집안 식구들은 대들보에서 빨랫줄에 목을 매고 죽은 반겔리오를 발견했다.

이른 아침 그 소식은 에미네의 침실에 누워 있는 폴릭시기스에게까지 전해졌다. 과부가 된 에미네는 기독교로 개종할 결심은 했지만 터키 아가들의 부아를 돋울까 봐 크레타가 평온을 되찾을 때까지 기다리기로 했다. 에미네는 기독교도가 되어 너울을 쓰지 않고도 거리로 나갈 수 있다는 생각에 가슴이 부풀어 있었다. 마음대로 교회 근처를 어정거리며 구경도 할 수 있고 구경거리가 되기도 할 날을 기다렸다. 그렇게 되는 날이면 바람과 햇빛이 에미네를 희롱하고, 에미네는 그리스 블라우스와 레이스 달린 치마를 입을 수 있으며 삼단 같은 머리카락을 눈요깃감으로 내놓고 다닐 수 있을 터였다. 이제 에미네에게 그리스도란, 제 손으로 열 수 있는 문, 너울도 쓰지 않고 그곳을 통해 세상으로 나갈 수 있는 문이었다.

에미네가 자기 침대에서 폴릭시기스 대장 옆에 누워 그리스인으로서의 새로운 삶에 대한 꿈으로 부풀어 있을 때 흑인 하녀가 숨이 턱 끝에 차가지고 들어왔다. 하녀는 아침에 하그 세 쌍둥이네 집에 갔다가 그 소식을 듣고 돌아온 것이었다.

「대장님, 대장님의 질녀 반겔리오가 목매달아 자살했습니다.」 하녀가 더듬거리며 말했다.

폴릭시기스는 에미네의 품속에서 풀려 나와 벌떡 일어섰다.

「목을 매었다고? 언제? 누가 그러더냐?」

「하그네 세 쌍둥이에게 들었어요. 어젯밤 자기 집에서 그랬다고 합니다. 빨랫줄로.」

그동안 에미네는 베개 밑에서 조그만 거울을 꺼내 자기 혀와 이와 눈썹을 들여다보고 있었다.

「이런! 내 혀가 오늘은 핏기가 없구나. 마리아, 내 유향 수지 어디 있지?」

「들리는 말로는, 남편을 버리고 동생을 따라갔다고 합니다.」 무어 여자는 유향 수지를 찾으면서 말을 계속했다.

「우리 집안은 어째 이 모양일까? 내게도 새끼가 없지.」 폴릭시기스 대장이 한숨을 쉬며 생각했다.

그는 몸을 굽히고, 거울에 비치는 자기의 예쁜 얼굴을 보는 데여념이 없는 에미네를 부드럽게 쓰다듬었다.

「우리 아들은 크레타와 시르카시아 반반씩이겠지. 불사(不死)의 영웅이 될 것이라는 말일세.」

이 사실을 처음으로 깨달은 것처럼 그의 가슴은 신뢰감으로 뿌듯했다. 조금 전에 그는 그곳을 떠나려고 일어섰다가 그만 무릎을 떨며 침대 위로 무너지고 말았다. 시르카시아인의 피를 듬뿍마시고, 침 뱉는 걸 배우기 전에 말부터 탈 줄 아는 씩씩한 사내아이를 하나 만들어야겠다고 생각했기 때문이었다.

그는 이미 족보에서 조카와 질녀의 이름을 지워 버린 지 오래였다. 둘 다 별 쓸모 없는 인간이었다. 하나는 아무짝에도 쓸모없는 술꾼이었고 또 하나는 신경질과 나이만 늘어 가는 말라깽이 노처녀에 불과했다. 그에게 다른 조카나 질녀는 없었다. 바야흐로 대가 끊기려 하고 있었다. 그러나 거울 앞에서 유향 수지를 씹어 입술에서 사향 냄새가 나는 이 시르카시아 여자에게서 아들이 — 불사의 영웅이 — 태어나 폴릭시기스 가문의 대를 영원히 이을 터였다.

그때 그는 무어 여자가 전해 준 소식을 상기하고 부끄러워졌다. 그래서 중얼거렸다.「에미네, 나는 가야 하네.」

그는 일어서서 허리띠를 매고 페스 모를 썼다. 에미네가 맨팔을 뻗었다.

「가세요.」 여자가 심술이 난 듯한 소리로 속삭이며 반쯤 감은 초승달 모양의 눈꼬리로 그를 바라보며 하품을 했다.

디아만데스가 죽고 나서부터 반겔리오가 자살하기까지 사흘 동안 크레타에서 일어난 사건은 아무래도 심상치 않았다. 마을에서는 기독교인들이 몇 명의 터키인들을 죽였고 메갈로카스트로의 터키인들은 자기네들이 잃은 수에 따라 기독교인들을 죽였다. 즉 한 명이 죽으면 바로 그날 밤 골목길 같은 데서 두 명을 죽이는 것이었다. 고삐는 이미 총독의 손을 빠져나간 다음이었다. 그의 손에 남아 있는 것은 관저의 창문에다 대고 바다를 바라보며 터키 함대를 찾는 망원경뿐이었다.

사흘째 되는 날 정오에 돌연 성문이란 성문은 모조리 닫혔다. 이제는 아무도 드나들 수 없었다.

바로 그날부터 라마단 단식이 시작되었다. 터키인들은 이 단식 기간 동안 낮에는 빵도, 물도, 담배도 손을 대지 않았다. 그러나 어둠이 내리고 첫 별이 빛날 때면 그들은 만반의 준비를 갖추었다. 돈 많은 아가의 집 앞에는 커다란 북이 하나씩 준비되었다. 천천히 무겁게 울리는 북소리는 흡사 전쟁의 신호 같았다. 집 안에 모인 기독교도들은 공포에 몸을 떨었다. 아가들이 저녁 식사가 끝나면 거리로 뛰어나와 기독교인들의 문을 두드리기 때문이었다.

밤이 되면 이웃 사람들은 모두 보호를 바라고 미할리스 대장 집으로 모여들었다. 여름이었기 때문에 남자들은 마당이나 베란다에서 자고 여자들은 안방에서 잤다. 미할리스 대장은 조그만 방에서 총을 머리 위에 걸어 둔 채 잠시도 거르지 않고 밖을 감시했다.

어느 날 밤 대주교관에서는 각 마을의 대변인들과 지도급 인사들의 비밀 회합이 있었다. 미할리스 대장도 거기에 참석했고 바다의 늑대 스테파네스 선장도 왔다. 그는 금방이라도 바다로 나갈 듯 선장용 장화를 신고 있었다. 대주교는 조심스러워하며 간략하게 말했다. 크레타는 또 한 번 어둡고 불안한 시대를 지나가야 했다. 기독교인들이 위험에 처한 것이었다.

풍뎅이 영감이 역시 제일 먼저 제안했다. 「대주교님, 아테네로 가서서 임금님을 만나십시오. 아테네에서 보급품과 탄약을 보내줘야 합니다. 보내 주지 않는다면 이대로 끝납니다. 대주교님, 가십시오. 안면이란 칼보다 나은 것입니다.」

대주교는 고개를 가로저었다. 「늑대들이 날뛰는데 내 양 떼를 두고는 갈 수 없소. 엘리아스 대장을 보내면 어떨까요?」

그러나 엘리아스 대장은 화를 내었다.

「대주교님, 제 주사위는 아직도 구릅니다. 나는 늙은이가 아닙니다. 나는 아직 전쟁터에서 명령을 내릴 수 있습니다. 나는 안 가겠습니다. 글쟁이 하지사바스를 보내지요.」

그는 여전히 눈썹을 꿈틀거리며 하지사바스 쪽을 돌아다보았다.

대주교가 나섰다. 「우리의 가엾은 조국 그리스를 여기에다 연루시키지 맙시다. 그래 봐야 상처만 줄 뿐입니다. 그보다는 열강을 믿읍시다. 그중에서도 특히 러시아를 믿어야 합니다. 러시아는 우리의 진정한 희망입니다.」

「열강이 아니라 약소국을 믿읍시다. 약소국이 무엇이냐 하면, 바로 우리 자신의 힘이지요. 내 의견은 이것뿐입니다.」 미할리스 대장이 일갈했다.

엘리아스 대장도 나섰다. 「내 말이 그 말이오! 왜 늑대의 목이 튼튼하냐? 그래야 제 힘으로 먹이를 잡을 수 있을 테니까.」

「우리 모두 수다 만(灣)에다 돌멩이를 하나씩 던집시다!」 이도 메네아스의 제안이었다. 그러나 그의 말에 귀를 기울이는 사람은

355

한 명도 없었다. 그들은 한 가지 결정도 내리지 못한 채 자정쯤 해산했다.

낮과 밤이 바뀌어 감에 따라 공포의 양상은 달라졌다. 무에진의 장광설로 잔뜩 선동된 터키인들은 낮에는 고픈 배를 움켜쥐고 흥분한 모습으로 장님처럼 눈을 까뒤집고 다녔다. 그러다 밤이 되면 먹고 마시고 찻집 같은 데 모여 있다가 그리스인 거주 지역으로 돌아다니며 공포를 쏘아 잠긴 문 뒤에 웅크리고 있는 그리스인들을 떨게 했다.

매일 밤, 터키 아가들이 식탁 주위에 몰려 있을 시각에 알리 아가는 담벼락 밑으로 붙으며 미할리스 대장 집까지 숨어 와 소식을 전했다. 「……이건 이맘이 오늘 사원에서 한 말이고요…… 이건 찻집에서 들리는 소리고요…… 무에진은 폭력을 써야 한다고 했지만 장관 몇몇이서 반대하더군요……」 소식은 밤마다 거칠어져 갔다.

그러던 어느 날 밤 미할리스 대장 집 대문을 가볍게 세 번 두드리는 소리가 났다. 알리 아가가 기가 푹 죽은 얼굴로 들어섰다. 그가 물통 옆의 의자에 주저앉자 이웃들이 우르르 그의 옆으로 모여들었다.

알리 아가가 한숨을 쉬며 운을 떼었다. 「빌어먹을 놈의 전보. 대가리는 크레타에 있고 꼬리는 콘스탄티노플에 있는 개새끼와 마찬가지지요. 누가 콘스탄티노플에서 꼬랑지를 당기면 한 시간 뒤에는 크레타에서 짖어 아주 일이 골치 아프게 되는 겁니다.」

「골치 아프게 되다니, 알리 아가? 솔직하게 말해, 그게 무슨 뜻인지.」 크라소요르기스가 불안한 얼굴로 말했다.

「오늘 총독이 전보를 받았는데, 내일 군대가 메갈로카스트로에 상륙한대요. 들리는 말로는 대포도 있고 기병도 있고 성자의 녹

356

기(綠旗)도 있다고 합니다.」

「오! 우리 데메트로스, 우리 영감은 어느 구멍으로 들어가야 군인들 손에 안 잡힐꼬.」 페넬로페가 비명을 지르며 퉁퉁 부어오른 무릎 사이로 얼굴을 파묻었다.

알리 아가는 찻집에서 터키인들이 환호작약한다는 소식도 전해 주었다. 다음 날 모두 무장하고 항구로 내려가 성자의 깃발에 경의를 표하기로 했다는 것이었다. 알리 아가는 이야기를 하면서 기죽었던 모습이 점점 사라지고 전혀 다른 사람이 되어 갔다. 그는 더 이상 구석 자리에 쪼그리고 앉아, 아무 주의도 끌지 못하는 노인네가 아니었다. 그는 이제 중요 인물이 된 것이었다.

「내일은 문밖으로 발도 내밀지 말아야겠군.」 마스트라파스의 사람 좋은 얼굴에 공포의 그늘이 졌다.

크리산테가 그 말을 받았다. 「저도 그래요. 저녁 예배에도 못 가게 생겼어요. 오, 하느님 용서하소서.」

크리산테는 오라버니 폴릭시지스 대장이 에미네와 함께 지내기 시작하면서부터 다른 여자들과 줄곧 미할리스 대장의 보호 아래 있었다. 크리산테는, 〈그 여자를 기독교로 개종시킨 게 아니라 이 양반이 아주 터키인이 되어 버렸구나〉 하고 생각했지만 그 말을 입 밖으로 내지는 않았다.

미할리스 대장의 이웃 사람들은 그날 밤도 토끼잠을 잤다. 그들은 눈도 제대로 못 붙이고 이 무서운 감옥의 철조망을 뚫고 나갈 방도를 생각했다.

아침이 되자 항구 쪽에서 나팔 소리가 들려왔다. 터키인들이 거기 도열해 있어서 페스 모 빛깔로 성벽은 온통 붉었다. 집에서 도망쳐 나간 트라사키는 항구 입구의 바위 위로 기어 올라가 호기심으로 잔뜩 탐욕스러워진 시선을 멀리 그리고 넓게 보냈다.

부두 어귀에 녹슨 증기선 한 척이 꽁무니로 마맛자국이 있는 건장한 아나톨리아인과 대포와 말을 토해 내었다. 마지막으로는 초록색 치마에 뾰족한 흰 모자를 쓰고 허리띠에 단도를 찬 이슬람 탁발승 무리가 내렸다. 그들은 방파제로 올라갔다가 항구 입구에다 성자의 녹기를 펼쳐 놓고 손뼉을 치면서 천천히 춤을 추며 돌아가기 시작했다.

트라사키는 가까이 가보았다. 탁발승 무리의 춤은 격렬해져 갔다. 그들이 팽이처럼 돌자 그들의 옷은 종처럼 펼쳐졌다. 눈자위도 붉어지기 시작했다. 단도를 뽑아 제 몸을 베고 피를 흘리며 악을 썼다. 이어 춤은 점차 수그러지고, 그들이 허리춤에 단도를 꽂자 조용해졌다. 이제 그들의 고함 소리는 반은 노래 반은 연설이 되었다가 이윽고 속삭임으로 변하고 마침내 부드러운 신음으로 바뀌었다.

정오경에 트라사키는 흥분을 감추지 못한 채 집으로 돌아와 그 이야기로 사람들을 놀라게 했다.

「너는 겁나지 않더냐?」 아버지가 얼굴을 찡그리며 물었다.

「군인들은 겁나지 않았습니다.」

「탁발승은?」

「탁발승도 겁나지 않았습니다.」

「그럼 무엇이 겁나더냐?」

트라사키는 머뭇거렸다.

「말해 봐라!」 아버지는 아래로 숙인 아이의 턱을 위로 당겨 올리며 물었다.

「초록색 깃발이 두려웠습니다, 아버지.」

메갈로카스트로는 어둠 속에 잠겼다. 군대가 상륙한 그날 밤은 불안한 정적만 감돌았다. 기독교 원로들은 대주교관을 들락날락거렸고 터키 아가들은 이제 총독의 집무실이나 소란스러운 군대의 막사에서 비밀회의를 열었다. 하루에 한 시간씩 세 개의 성문이 열리고 터키인 농부들은 아내와 가재도구를 싣고 흥분과 공포가 가득한 얼굴로 몰려 들어왔다. 이제 사원이나 성지에는 더 이상 그들을 수용할 공간이 없었다. 그들은 기독교인들의 집 문을 부수고 들어가 기독교인들을 몰아내고 그 집을 차지했다.

대주교는 아테네로 하지사바스를 보내 편지를 전하게 했다. 그리스의 형제들에게 배를 보내 터키인들의 칼날 앞에 목을 뽑고 있는 크레타의 기독교인들을 구해 달라는 내용이었다.

어느 날 밤, 미할리스 대장의 집에 모인 이웃 사람들은 한 가지 결론에 도달했다. 빠진 사람은 거의 없었다. 심지어 폴릭시기스 대장, 이도메네아스, 빵 가게의 툴루파나스, 검은 옷차림으로 묏자리를 파는 콜리바스, 의사 카사파키스와 그의 프랑스인 아내도 모습을 나타냈다. 아르콘둘라와 벙어리이자 귀머거리인 동생만 빠졌다. 아르콘둘라는 총독의 연금으로 사는 터여서 미할리스 대장의 보호가 필요하지 않았다. 아르콘둘라의 동생도 유화로 총독의 초상화를 그린 터였다. 그는 의도적으로 길 쪽으로 난 창을 열어 행인들이 벽에 걸린 금빛 액자 속 총독의 모습을 감상하게 했다. 실물과 너무나 흡사한 초상화였다. 빠진 것은 하나도 없었다. 코 위의 점, 귓속에 나 있는 돼지 털도 그대로 살아나 있었다.

그들은 혹 엿듣는 사람이라도 있을까 봐서 마당에 모이지 않고 방 안으로 들어와 앉았다. 미할리스 대장은 말이 없었다. 시르카시아인인지 터키인인지 모를 폴릭시기스 대장이 자기 집에 들어왔기 때문이었다.

트라사키도 끼여 있었다. 「너도 이리 와 앉아라. 너도 사내니까.」 아버지가 말했다.

모두가 미할리스 대장이 입을 열기를 기다렸다. 폴릭시기스 대장은 더 이상 참을 수 없었다.

「오늘 밤 무엇 때문에 여기에 모인 것입니까?」 그가, 자기를 끌어 온 누이동생에게 험악한 시선을 던지며 물었다. 누이 크리산테는, 〈터키인들 손에서 살아날 방도를 의논해야 한다〉는 말로 그를 데려온 터였다. 그러나 폴릭시기스는 에미네 없이는 아무 결정도 내릴 수 없었다. 거기 있는 사람들이 무엇을 어떻게 하건 그에게는 모두 관심 밖의 일이었다.

미할리스 대장은 이렇게 쏘아 주고 싶었다. 〈폴릭시기스 대장, 자넨 왜 여기 왔나? 자네 친구들은 터키 구역에 있고 자네 집은 저 초록 대문이 있는 곳일 텐데.〉 그러나 폴릭시기스로 말하면 그 집의 손님이었다. 손님을 그런 식으로 박대할 수는 없었다. 그래서 잠자코 앉아 있었다.

티티로스도 왔다. 그의 용기와 힘은 아내가 죽은 뒤부터 부쩍 돋보였다. 이제 더 이상 열등한 사내가 아니었다. 그는 자기도 정당한 방법으로 살인할 수 있고, 죽은 사내가 꿈자리에도 나타나지 못하게 할 수 있음을 증명했다. 학교 아이들도 처음으로 그의 힘을 알아주기 시작했다. 그는 아이들의 조롱을 당하지 않았다. 조롱은커녕 노골적으로 아이들을 패기도 했다. 이제 그는 형을 대신해서 말했다.

「우리 앞에는 세 갈래의 길이 있습니다. 첫째는 우리 모두 집 안에 가만히 앉아 있는 것입니다. 그렇게 하면 학살의 와중으로 휘말려 들어가지 않을지도 모릅니다. 두 번째 방법은 성문을 통해 피신해서 마을에 분산 수용되는 것입니다. 세 번째 방법은 그리스 선박이 실어 가기를 기다리는 것입니다. 대주교님께서 하지사바스를 아테네로 보내 구원을 청하셨다니까요. 지금부터 이 세

360

가지 방법 중 어느 것이 가장 바람직한지 신중하게 토의해 보기로 합시다. 그리하여 한 가지를 채택하면 하느님께서도 우리를 도와주실 것입니다!」

의자가 삐걱거리는 소리가 났고 모두 고개를 숙이고 그가 한 발언을 생각했다. 어느 길에도 장해물이 있기는 마찬가지였다.

맨 처음 침묵을 깨뜨린 사람은 파리로 의학을 공부하러 갔던, 마맛자국이 있으며 뚱뚱한 농부의 아들인 의사 카사파키스였다. 그는 파리에서 법률 강좌를 의학 강좌로 잘못 알고 3개월간 공부했었다. 그가 자기가 잘못 알았다는 걸 깨달았을 때는 아버지의 포도원이 이미 날아가 버린 다음이었고, 그해 그는 챙이 넓은 모자를 쓴 모습으로 파리의 하숙집 딸을 데리고 메갈로카스트로로 돌아와 식료품 가게를 열었다. 그가 티티로스에게 말했다.「선생, 네 번째 방법도 있소. 강대국의 영사관으로 피신하는 겁니다!」

크라소요르기스가 물었다.「의사 양반, 거기에 우리 모두 피신할 데가 어디 있소? 당신은 영사관이라면 굉장한 곳인 줄 아시는데 영사관은 벽 네 개로 둘러싸인 집이 아니랍니까? 그 안에 몇 사람이나 들어갈 수 있겠어요? 기껏해야 두어 세대쯤 들어갈까? 그 나머지는 어쩌자는 겁니까?」

마스트라파스가 입을 열고 말을 하려다 머뭇거렸다.

「말씀하세요!」 티티로스가 그를 격려했다.

「당신의 말은……」 조종 주조사는 말을 더듬으며 얼굴을 붉혔다.

크라소요르기스가 일어섰다. 그는 하루 종일 앞날이 근심스러워 진땀을 쏟은 터라 사람 몸에서 날 수 있는 악취란 악취는 다 풍겼다. 그의 아내는 자랑스럽게 남편을 바라보았다. 그 여자는 남편이 그런 식으로 흥분해 있을 때를 좋아했다.

「모두 듣고 있습니다, 크라소요르기스.」 티티로스가 말했다.

「그럼 내 생각 좀 들어 보시오. 가장 안전한 길은 마을로 가는 것입니다. 꼭 쥐덫에 걸린 것처럼 이렇게 웅크리고 있어야 되겠습니까? 터키인들은 지금 기독교인들을 학살하고 있습니다. 왜 그리스의 선박을 기다린다는 것입니까? 네잎 클로버라도 찾고 있다는 것입니까? 나는 아테네를 믿지 않습니다. 그 사람들도 손을 쓰고 싶겠지만 못 쓰고 있는 것입니다. 그들에게도 터키가 두렵고 유럽은 겁나는 존재입니다. 번번이 그리스는……」

「그렇지만, 어떻게 빠져나간다는 것입니까? 우리에게는 애들도 많은데!」 콜리바스가 말했다.

크라소요르기스가 열변을 토했다. 「나는 아테네를 믿지 않지만 크라소요르기스는 믿습니다. 내가 지휘하여, 내가 먹는 빵에 맹세코, 여러분의 아내와 자식과 침대와 항아리와 냄비까지 산으로 옮겨 놓겠습니다!」

좌중이 술렁거렸다. 모두가 크라소요르기스를 홀듯 바라보았다. 그는 좌중에 야기시킨 흥분을 자랑스럽게 내려다보았다. 〈봐라, 이놈들아. 겁이 많고, 배운 게 없고, 낡은 구두를 신고 다닌다고 날 우습게 알았지? 이제 내가 뭔가를 보여 주는 거다〉 하고.

사람들이 자기 의견에 별로 관심을 갖지 않자 의기소침해진 의사가 말했다. 「어디 계획 좀 들어 봅시다. 굉장한 호언장담이어서, 별로 내키지는 않소만……」

「의사 양반, 지킬 수 없는 약속이라면 나 역시 좋아하지 않소. 하지만 잘 들으쇼. 나는 자선문 경비병들을 잘 알고 있소. 약간만 손을 쓰면 됩니다. 라키 술 두세 병, 담배 몇 상자, 소시지 한두 줄이면 눈감아 주게 할 수도 있습니다. 너무 깊은 이야기는 피하기로 합시다. 어쨌든 나는 바퀴에다 기름을 약간 칠 테고 우리 모두 안전하게 빠져나갈 수 있을 것입니다.」

「장수하시오, 크라소요르기스. 나는 기꺼이 내 식구를 맡기겠소.」 콜리바스가 소리쳤다.

「나 역시!」 마스트라파스도 아내 눈치를 보면서 말했다.

이때 문 쪽에서 가볍게 세 번 두드리는 소리가 들려왔다.

「알리 아가로군.」 티티로스가 이렇게 중얼거리며 문을 열려고 일어났다.

그러나 미할리스 대장은 손을 쳐들고 말했다.

「쫓아 버려!」

티티로스가 문을 열고 말했다. 「알리 아가, 너무 섭섭하게 생각지 말아요. 오늘 밤에는 회의가 있으니 내일 오시오.」

그러나 알리 아가는 가지 않고 대문에 기대섰다.

「아가들이 당신네들을 몰살시키려 하고 있어요. 그걸 알리려고 왔는데.」

「저런, 언제?」

「바이람 축제 기간 동안에.」

「들어와요.」

이 꼬마 노인은 마당을 가로질러 와 문설주에 기대었다.

그날 밤은 엄청난 소식을 전하는 판이어서 우쭐대고 싶었다.

「안녕하시오, 여러분.」 그가 좀 당돌한 말투로 인사를 던졌다. 그러나 자리 한쪽 구석에 미할리스 대장이 있는 걸 보고는 그만 질겁을 하고 털썩 주저앉았다.

노인이 말했다. 「미안합니다. 너무 급해서 꼭 와야만 했어요. 여러분, 신을 믿는다면 밖을 내다보십시오. 아가들은 바이람 축제가 끝나기 전까지 대학살을 계획하고 있습니다. 이미 마을의 담당 구역까지 나누어 놓았어요. 이 마을에는 미할리스 대장이 계셔서 가장 용감한 팔리카레들이 몰려오기로 되어 있습니다.」

「알았으니까, 가게!」 미할리스 대장이 손을 쳐들며 말했다.

마스트라파스가 끼어들었다. 「알리 아가, 알아낼 수 있는 한 알아내 가지고 내일 저녁에 다시 오시게. 그럼 안녕!」

노인은 마당을 가로질러 대문을 나서 터키 찻집 쪽으로 사라졌다.

폴릭시기스 대장이 일어섰다. 「미안합니다, 여러분. 오늘 밤에 할 일이 좀 있어서요. 여러분의 결정은 내 누이가 내게 일러 줄 것입니다. 내가 그 결정에 보탤 것은 딱 하나뿐입니다. 나는 산으로 가겠다는 겁니다. 그건 내 명예가 요구하는 것이니까요.」

「자네가 그걸 아니 다행이군.」 미할리스 대장이 빈정거렸다.

폴릭시기스 대장은 잰걸음으로 나가 버렸다. 이미 늦은 시각이었다. 에미네는 벌써 잠자리에 들어, 그가 올 때까지는 잠이 들지 않으려고 유향 수지를 씹고 있을 시각이었다.

이제 모두가 미할리스 대장의 의견을 들으려고 그를 바라보았다. 그는, 이제 집 안에서 사향 냄새와 터키 냄새가 나지 않아 기분이 좋았다. 그가 입을 열었다.

「여러분, 여기 있는 사람들은 모두 사나이이고 무기도 있습니다. 이 어려운 시기에 우왕좌왕 크레타를 버리고 떠난다는 건 부끄러운 일입니다. 아녀자들은 안전한 곳으로 피신시킵시다. 크라소요르기스가 참 좋은 말을 했소. 그다음에 우리에게 남은 것은 한 길뿐이오. 무장하는 겁니다. 학교 선생도 이도메네아스도 무장하는 겁니다.」

툴루파나스 노인은 손가락을 꼬면서, 얼굴에 코도 귀도 입술도 없는 자기 아들을 생각했다. 〈그 녀석은 어디로 가야 하나? 누가 그 녀석을 데려가 줄 것인가? 얼굴만 봐도 모두 질겁을 할 텐데.

뿐인가? 닿기만 해도 전염된다지 않던가!〉 며칠 전 경찰이 아들을 문둥이 마을로 데려가려고 툴루파나스의 집으로 왔었다. 불쌍한 마누라가 통곡을 하는 바람에 노인은 경찰의 손에다 은전 몇 닢을 쥐어 주고 그냥 보냈다.

그럴 생각이 아니었는데도 툴루파나스의 입에서는 한숨이 터져 나왔고 사람들은 모두 웬일이냐고 그쪽을 바라보았다.

「아무것도 아니오……. 내게 무슨 의견이 있을 수 있겠소. 나는 여러분과 못 갑니다. 내가 어디로 갈 수 있겠어요. 누가 날 데려가 주겠습니까.」 이렇게 대답하는 그의 눈에서는 눈물이 흘렀다.

그는 일어났다. 손을 들어 말리는 사람은 한 명도 없었다. 비틀거리며 그는 대문 쪽으로 나가 이윽고 사라져 버렸다.

티티로스가 발언했다. 「됐습니다. 그럼 결정을 내릴 차렙니다. 이도메네아스, 자네의 의견은 어떤가? 자네는 아직 입을 열지 않았네.」

「자네는 내 의견을 알지 않는가? 모두가 알고 있을 겁니다. 골백번 내 의견을 말해 왔으니까요. 수다 만이 있는 한 여러분의 말이나 행동은 다 물거품 같은 것입니다.」

「나도 동의하오!」 의사가 억지로 웃음을 참으면서 소리쳤다. 자정이 가까웠기 때문에 그는 자리를 뜨려고 엄청나게 큰 모자를 만지작거렸다.

「의사 양반, 자네도 우리를 따라 산으로 가야 하네.」 미할리스 대장이 말했다.

「하지만…….」

「〈하지만〉은 없어. 가야 하네. 자네가 의사이기 때문이야. 부상자가 생길 테니까.」

의사는 자기 아내를 바라보았다. 아내는 저쪽 의자에 앉아 있었지만 좌중에서 오가는 말을 제대도 알아듣지 못했다. 연방 손수건으로 입술을 누르고 기침만 해댈 뿐이었다. 가엾은 여자는 바싹 마른 데다 누렇게 떠 있었다. 이제 그 여자에게 파리는 멀리 떨어진 전설의 고장이었다. 증기선만 탈 수 있다면, 쪽배라도, 아니 하다못해 호도 껍데기 같은 거라도 탈 수 있다면, 그래서 떠날 수만 있다면…….

미할리스 대장이 일어섰다.

「말한 것은 모두 지켜져야 합니다.」 그는 이렇게 말하고 나서 자기의 조그만 방으로 들어가 버렸다. 말을 너무 해버려서 혼자 좀 있고 싶은 모양이었다.

이웃 사람들은 안도의 한숨을 내쉬었다. 혀도 풀려 느슨해졌다. 여자들도 이야기에 끼어들었다. 레니오가 쟁반에 라키 술과 안주와 커피를 받쳐 들고 왔다.

크라소요르기스가 잔을 들면서 소리쳤다.

「하느님께서 이 일을 바로잡으시겠지. 사모님, 건강을 빕니다. 이 집에서 평화를 누리시기를. 레니오, 네 건강도 빈다!」

그들은 잔을 부딪쳤다. 모두 마셨다. 레니오는 쉴 새 없이 잔을 채웠다. 모두가 흥겨웠다.

크라소요르기스가 입술을 빨며 소리쳤다. 「술 한 방울의 힘이란 이렇게 엄청난 것이다! 골무만 한 이 라키 술 한 잔에 내 영혼이 빠진다. 하지만 터키 전체가 여기에 빠져 허우적거린다. 보라, 내 술잔 바닥에 뚱뚱보 술탄이 빠져 죽어 가고 있다!」

「그건 라키 술의 힘이 아니라 이런 모임의 힘이랍니다.」 티티로스가 말했다.

마스트라파스가 나섰다. 그 역시 술로 혀가 느슨해져 있었다. 「선생 말씀이 옳네. 사내란 종(鐘) 같은 것이야. 조율만 제대로 되어 있으면 죽음 같은 건 아무것도 아니니까.」

역시 조종 주조사의 귀는 날카로웠다. 지난여름의 어느 날 밤 그는 잠을 이룰 수 없었다. 산 위에서 들려오는 양치기의 종이 제대로 조율되지 않아 그의 신경을 건드렸던 것이다. 새벽이 되자 그는 산으로 올라가 양치기를 찾아냈고 그 종을 제대로 조율해 주고 나서야 편히 잠들었다.

「사나이란 종 같은 것이야. 목탁이건, 양 목에 매단 종이건 교회의 종이건, 큰 종이건 작은 종이건, 종이라면 제 소리를 지니는 법이거든. 종이 제대로 되어 있으면 양 떼는 늑대도 두려워하지 않는 법이라네.」

그러나 주조사의 이 말에 이도메네아스는 고개를 가로저었다. 그는 그 나름의 생각에 빠져 있었다. 〈내가 무슨 관심이 있어서 여길 왔던가. 이 얼마나 무신경한 이야기들인가!〉

그가 일어서서 티티로스에게 말했다.

「나랑 가세. 함께 자면서 내 말상대나 되어 주게.」

그는 고담준론에 몹시 목말라 있었다. 두 사람이 모이면 별과 영혼의 불멸에 관한 토론을 할 수가 있었다. 그에게 문제가 되는 것은 별과 영혼의 불멸성 두 가지뿐이었다. 그다음에 문제가 되는 게 있다면 수다 만 정도였다. 나머지는 소음이며 연기 같을 뿐이었다.

회합이 끝났다. 몇몇은 라키 술에 취한 나머지 팔리카레나 된 듯 용감하게 집으로 돌아갔다. 몇몇은 미할리스 대장 댁 마당이나 베란다에 널브러졌고 여자들은 집 안에서 잤다. 자정이 지난 지 이미 오래였다.

트라사키는 그날 밤 한마디도 놓치지 않고 열심히 들었다. 아버지의 손님들이 가진 개성이 그의 뇌리에 깊이 박혔다. 그중에

는 겁먹은 사람, 조용한 사람, 라키 술을 마시자 흥겨워하는 사람
도 있었다. 그가 가장 강한 인상을 받은 사람은 역시 아버지였다.
아버지는 수다스러운 사람들과는 달리 고개를 숙이고 조용히 앉
아 꼭 필요할 때만 말을 했다. 이것을 관찰하면서 트라사키는 모
르는 사이에 자라 어른이 되고 있었던 것이다.

   학교도 폐쇄된 지 오래였다. 트라사키는 아침 일찍 일어나 아
버지와 함께 가게로 나갔다. 그는 아버지의 일거수일투족을 관
찰하는 게 여간 재미있지 않았다. 그는 미할리스 대장이 왜 몸
짓이나 말이나 웃음에 헤프지 않은지 그 이유를 어렴풋이 이해
할 수 있었다. 소년은, 언젠가는 자기도 폴릭시기스 대장이나
크라소요르기스나 티티로스 같은 사람이 아닌, 바로 아버지와
같은 사람이 되어야겠다고 생각했다. 이런 생각이 가슴 한구석
에 가라앉아 그는 항구 쪽으로 나갔다. 거기에서 그는 고함 소
리와 욕지거리를 들었다. 소년은 잰걸음으로 시뇨르 파라스케
바스의 이발소로 가보았다. 밖에는 터키인들이 우글거리고 있
었다. 그 가운데서 트라사키는 시라 사람인 파라스케바스를 발
견했다. 터키인들은 칼을 빼 들고 이 불쌍한 사람을 욕하며 침
을 뱉고 있었다. 그는 떨고 있었다. 저고리는 찢어지고 피로 얼
룩져 있었고 얼굴에는 썩은 달걀과 토마토 물투성이였다. 그는
터키인들에게 그곳을 떠나 시라로 가되 다시는 크레타에 발을
붙이지 않겠다고 약속하고 있었다. 자기와, 자기 손으로 짝을
지어 주어야 할 딸에게 자비만 베풀어 주면 꼭 그렇게 하겠다는
것이었다.

   트라사키는 아버지에게로 달려갔다. 미할리스 대장은 유럽에
가 있는 조카 코스마스에게 편지를 쓰고 있었다. 〈……네가 사내
라면, 네가 조금이라도 염치를 안다면 유럽 땅을 떠나 네 조국을

생각해 보아라. 조국은 너를 필요로 하고 있다. 왜 태어났느냐? 괜히 크레타인인 줄 아느냐? 바로 귀국하여 다른 젊은이들처럼 총을 들어라. 또 한 가지 할 말이 있다. 다름이 아니고……〉

그때 트라사키가 뛰어들었다. 뛰어들면서 그가 소리쳤다.

「아버지! 놈들이 이발소 앞에서 파라스케바스를 죽이려 하고 있어요. 구해 주세요!」

미할리스 대장은 일어나 가게 앞으로 다가가서는 밖을 내다보았다. 뜨내기 터키인 부두 노동자들이 파라스케바스를 묶고 있었다. 거리에 기독교인은 하나도 없었다. 그리스인 가게는 모두 닫히고 주인은 사라진 지 오래였다. 미할리스 대장의 눈에 햇빛에 반짝이는 몇 자루의 칼도 보였다.

「아버지, 살려 주세요. 두려우세요?」

미할리스 대장은 냉정한 얼굴로 그 광경을 지켜보고 있었다. 터키인들의 숫자가 워낙 많았다. 쳐들어간다는 것은 곧 죽음을 뜻했다. 게다가 미할리스 대장은 경거망동을 좋아하지 않았다. 그러나 그는 아들 앞에서 창피했다.

「안 가세요, 아버지? 겁나세요?」 아들이 다시 재촉했다.

「간다.」 미할리스 대장은 이렇게 말하고 나서 터키인 무리 쪽으로 다가갔다.

그는 조용히, 그리고 천천히 그쪽으로 걸어갔다. 그의 얼굴에는 분노도 공포도 나타나 있지 않았다.

터키인들은 다가오는 그를 보자 선 채로 꼼짝도 하지 않았다. 〈이 이단자가 왜 이쪽으로 온담! 무섭지도 않나?〉

미할리스 대장은 그쪽으로 다가가자 손을 들어 앞길을 헤쳤다. 그들은 놀라 물러섰다. 〈무슨 짓을 하려는 거지?〉 그들은 칼을 내렸다.

미할리스 대장은 똑바로 시뇨르 파라스케바스에게 다가가 귀를 잡고 호통을 쳤다.

「집으로 가! 다시는 내 앞에 나타나지 마라!」

파라스케바스는 어깨 사이에서 머리를 뽑고 비틀거리며 앞으로 나섰다. 미할리스 대장은 여전히 그의 귀를 비튼 채 그를 따라갔다. 터키인들은 아무 말 없이 길을 내주었다.

「집으로 가! 빨리!」 미할리스 대장이 다시 호령했다.

파라스케바스는 달리기 시작하여 첫 번째 모퉁이를 지나고 사라져 버렸다. 터키인들은 꼼짝도 않고 서서 천천히 걸어 가게로 들어가는 미할리스 대장을 바라보았다.

트라사키는 놀란 얼굴로 아버지를 바라보고 서 있었다. 그는 아버지께 물어볼 게 있었으나 감히 입을 열지 못했다. 미할리스 대장은 다시 책상 앞에 앉아 펜을 들고 쓰던 편지를 계속했다.

〈……다름이 아니고, 너의 마누사카스 숙부가……〉

9

단식의 달이 끝나자 바이람 축제가 시작되었다. 터키 아가들은 성장을 하고 찻집으로 모여들어 부드러운 방석에 앉았다. 터키 소년들은 긴 목을 뽑고 박자가 느린 노래를 불렀다. 날씨가 더웠기 때문에 바르바 얀니스는 프실로리티스 산에서 눈을 세 수레나 퍼 내리게 하고 아가들에게 시원한 음료수를 파느라고 놋쇠 통을 들고 부리나케 뛰어다녔다.

납골당 근처에 있는 파견군 병영에서 다시 병사들의 나팔 소리가 울리고 하늘을 향해 예포가 발사되었다. 총독과 장식 술을 잔뜩 단 장교들은 기도하러 새로 지은 사원으로 향했다. 고리를 이룬 등불은 여전히 사원의 첨탑 위에서 빛나고 있었다. 하미데 물라의 성지에 있는 성자의 무덤은 로즈메리와 나륵꽃으로 뒤덮여 있었다. 그 앞에는 에펜디나가 책상다리를 하고 앉아 코란의 시편을 암송하며 몸을 앞뒤로 흔들었다. 백발의 신도들은 성자의 무덤 주위에 깔린 자리에 앉아 있었다. 이들은 물담뱃대를 가져와 피우면서 눈을 반쯤 감고 부드럽고 벌이 잉잉거리는 듯한 소리로 코란의 시편에 회답했다.

이 노인들의 기분은 이미 느긋해져 있어서 천국에 이른 거나 다름없었다. 그들의 삶에 부족한 것은 하나도 없었다. 메갈로카스트로의 소음은 문틈과 벽에 붙은 격자창 사이로 물소리처럼 들려왔고 멀리서는 바다가 포효하고 있었다. 늙은 하미데 물라는 맨발로 부산하게 뛰어다니며 터키 과자를 나르는가 하면, 이글거리는 숯을 가져다 물담뱃대를 데워 주어 성자의 무덤을 둘러싸고 앉은 노인들의 비둘기 떼 울음소리 같은 기도 소리가 끊이지 않게 했다.

그러나 그들이 천국에 진배없는 황홀경에 빠져 있을 동안 느닷없는 고함 소리가 들리며 문이 삐걱거리고 여자들의 외마디 소리와 총소리가 공기를 찢었다. 그럴 때는 도망치는 게 상수였다. 백발의 노인들은 자리에서 벌떡 일어났다.

에펜디나는 코란을 꽃 위에다 얹어 놓고 달려가 문을 열었다. 입에 칼을 문 터키인들이 가슴과 팔에 이단자들의 피를 칠한 채 소리를 지르며 달려가고 있었다.

총독의 하인인 거구의 술레이만이 앞장을 서고 있었는데 저고리와 신발은 벗은 채였다. 노란 망토가 그의 어깨 위에서 펄럭거렸다. 그의 눈에는 핏발이 서 있었고 입에는 게거품이 일고 있었다.

「놈들을 쳐라, 놈들을 쳐!」 그가 소리치면서 신월도로 공기를 갈랐다.

「여보시오, 형제들. 어디들 가시오!」 에펜디나가 쭈밋쭈밋 창밖으로 고개를 내밀고 물었다.

「잔학한 괴물을 죽여 피를 마시러!」 아랍인이 소리쳤다.

「누구 말이오, 술레이만?」

「누군 누구야, 미할리스 대장이지.」

에펜디나가 기겁을 하여 소리를 질렀다.

「신이 두렵지 않소?」

그러나 에펜디나의 목소리는 기독교인의 마을에서 벌어진 소동에 묻혀 버리고 말았다. 문들이 부서지고 여자들은 지붕으로 기어오르고 있었는데, 몇몇은 너무 놀란 나머지 아기를 안은 채 지붕에서 떨어졌다.

미할리스 대장은 무장한 채 문 뒤에서 기다리고 있었다. 그는 가족을 침실로 들여보내고 트라사키만 데리고 있었다.

그가 아들에게 일렀다. 「이리 오너라. 내 말을 잘 들어라. 놈들이 우리 대문을 부수고 들어오면 나는 식구들을 모두 죽여야 한다. 그래야 놈들의 손에 떨어지지 않을 테니까. 그리고 트라사키, 네가 먼저다. 내 말 알아듣겠느냐?」

「알겠어요, 아버지.」

「내 말에 찬성하느냐?」

「네, 합니다.」

「여자들에게는 말하지 마라. 겁을 먹을 테니까.」

「아무 말도 하지 않겠습니다.」

두 사람은 문 뒤에 서서 바깥에서 나는 소리에 귀를 기울였다.

일부 이웃은 이미 피신한 다음이었다. 크라소요르기스, 마스트라파스, 콜리바스는 아이들을 데리고 며칠 전에 떠난 터였다. 그 다음에 떠난 사람은 페넬로페와 크리산테였다. 이 두 여자는 터키 여자로 변장하고 떠났다. 티티로스도 헐렁한 바지와 흰 터번으로 터키인으로 변장하고 떠났다. 안경을 가슴 속에 감추고 자선문을 통해 빠져나갔던 것이다. 툴루파나스는 아들과 함께 그대로 머물고 있었다. 의사는 프랑스 국기를 게양했고 이도메네아스는 떠나지 않겠다고 선언했다. 그는 강대국의 국기를 우물 위에다 게양했다.

「아버지, 우리는 언제 가요?」 바로 전날 트라사키는 이렇게 물었다. 소년은 들판과 산으로 가고 싶었던 것이다.

「우리는 마지막까지 남는다.」

「왜요?」

「너 스스로 생각해 보아라.」 아버지는 이렇게 대답했을 뿐 더 이상은 아무 말도 하지 않았다.

한낮이었다. 터키인들의 칼날에 유린되면서 메갈로카스트로의 비명은 시간이 지날수록 높아 갔다. 무에진은 정오 기도에 맞춰 첨탑으로 올라가 신의 사랑과 자비를 외쳤다.

대여섯 명의 터키인 부두 노동자들이 페르볼라 벌판을 가로질러 쇠몽둥이로 시뇨르 파라스케바스네 집 대문을 부쉈다. 그들은 안으로 몰려 들어가 의자 밑에 숨은 딸을 찾아내었다. 그들은 페르볼라를 끌어내어 바닥에다 눕혔다. 얼마 후 그들은 항아리 뒤에 숨어 있는 불쌍한 이발사를 찾아내 목덜미를 잡고 문턱까지 끌어내어 살해했다. 그러고는 피투성이가 된 페르볼라를 묶어 둘러메고는 나가 버렸다.

미할리스 대장은 거리 저쪽, 이도메네아스의 우물이 있는 쪽에서 총소리를 들었다.

「놈들이 온다.」 그는 이렇게 중얼거리며 소총의 격침을 당겼다. 그러고는 고개를 돌려 아들을 보았다.

「놈들이 온다.」 그가 말했다.

「놈들이 오고 있어요.」 아들도 아버지 말을 되풀이하며 격침을 당겼다. 며칠 전에 아버지는 아들에게 총 쏘는 법을 가르쳐 주었던 것이다.

「너는 무섭지 않은 모양이구나.」 아버지는 아들을 뚫어지게 바라보며 속삭였다.

「총 쏘는 걸 배웠는데 왜 겁을 먹어요?」

그는 다리를 벌려 마당의 돌에다 버티고 기다렸다.

총소리가 점점 잦아졌다. 터키인들은 이도메네아스의 우물가에 이르렀다. 그들은 어깨로 이도메네아스의 낡은 저택 문을 들이받았다. 문을 부수기 위해서였다.

이도메네아스는 이른 아침부터 책상머리에서 강대국으로 보낼편지를 초하고 있었다.

오, 강대국의 왕들이시여! 이 순간에도, 제가 이 글을 쓰는순간에도 메갈로카스트로의 기독교 형제들은 학살당하고 있습니다. 다시 한 번 대기는 총소리로 낭자합니다. 터키의 무뢰한들은 기독교도들의 문을 부수고, 여자는 능욕하고 남자는 죽이며 아이는 빼앗아 머리를 부숩니다.

강대국의 왕들이시여! 저는 있는 힘을 다해 외칩니다. 저는아무것도 아닙니다. 지명인사도 아니며 여러분에게서 멀리 떨어진, 유럽의 한 귀퉁이에서 길을 잃은 자입니다. 그러나 하느님께서는 제 옆에 계십니다. 하느님은 진노하셨습니다. 그래서제가 이 글을 쓰고 있는 방 안을 서성거리고 계십니다. 말씀은없으십니다. 하느님은 입을 꾹 다무시고 여러분이 제게 해주실해답을 기다리십니다. 여러분은, 이 편지 다음에는 어떤 호소도 전할 수 없다는 걸 아셔야 합니다. 저도 이제 광야에서 외치는 데는 지쳤습니다. 이번에도 여러분이 응답해 주시지 않는다면 부득이 저는 하느님께…….

여기에서 이도메네아스는 펜을 멈추었다. 그는 총소리를 듣고창밖으로 머리를 내밀었다. 그는 자기 집 대문에 붙은 터키인들을 보았다.

그가 소리를 질렀다. 「무슨 짓들이냐? 눈들이 멀었느냐? 우물 위에 걸린 강대국의 국기가 보이지도 않더냐?」

고함 소리와 야유가 터져 나왔다. 돌멩이 하나가 날아와 그의 귀와 뺨을 스치고는 맞은편 벽의 베네치아 거울을 박살냈다.

이도메네아스는 물러서서 귀를 만져 보았다. 피투성이였다. 그는 그 피를 손바닥에 찍어 편지에다 눌렀다. 그러고는 소리쳤다.

「보시오, 보시오, 보시오! 이 편지는 이렇게 끝납니다. 크레타인의 피가 여러분의 머리에, 여러분 자식들, 그 자식들의 자식들 머리에도 묻기를. 영국이여! 프랑스여! 이탈리아여! 오스트리아여! 독일이여! 모스크바여!」

문이 부서지자 터키인들은 입에 칼을 물고 마당으로 뛰어들었다. 그들은 우선, 그들을 막는답시고 문 앞에 팔을 벌리고 선 독사니아를 쓰러뜨리고는 밟고 지나갔다. 소리를 지르며 그들은 계단을 올랐다. 낡은 저택은 기초까지 흔들렸다.

이도메네아스는 서재에서, 올라오는 발소리를 들었다. 그는 생각했다. 〈때가 왔다. 이도메네아스여! 나를 욕되게 하지 마라!〉

그는 주위를 둘러보았다. 자유 의지로 죽음을 선택하고 싶었다. 그러나 벽에 무기라고는 한 자루도 걸려 있지 않았다. 그럴 필요도 없었다. 그는 무기로써가 아니라 머리로 싸우려 했으니. 펜이 그의 무기였던 것이다. 그는 결심했다. 책상 모서리를 주먹으로 치며 그가 중얼거렸다. 「나는 여기 내 자리에서 기다리겠다. 이곳은 내가 싸우던 곳, 이곳은 내가 죽을 곳!」 그는 의자에 앉아 다시 펜을 거머쥐었다.

터키인들은 발길로 문을 차 부수고 들어와서는 깜짝 놀라 발길을 멈추었다. 그들은 피에 젖은 종이 앞에 조용히 앉아 있는 이도메네아스를 발견했다. 그들이 외쳤다.

「이단자야, 보물은 어디다 감추었느냐?」

이도메네아스가 편지에서 머리를 들며 대답했다. 「여기.」 그는 자기 이마를 가리켰다.

그중 한 명이 웃었다.

「네 대가리가 금고더냐?」

「쪼개 버려. 그럼 뭐가 들어 있는지 알 수 있겠지.」

다른 한 사람이 소리쳤다. 이도메네아스가 대답하기도 전에 터키인 한 명이 단 한 번의 칼질로 정수리부터 목까지 쪼개 버렸다.

그들은 집 안으로 몰려 들어가 옷가지며 이불이며 의자, 책상, 매트리스 할 것 없이 모두 거리로 끌어내었다.

길모퉁이를 돌아서면서 그들은 맨발의 불량배 여남은 명을 거느리고 미할리스 대장의 집 쪽으로 달려가는 아랍인 술레이만을 만났다.

「어디서 오는 길이냐?」 술레이만이 숨을 헐떡거리며 물었다.

「이도메네아스의 우물에서요!」

「미할리스 대장에게는 손대지 마. 내가 그놈의 피를 마시겠어. 놈은 내 몫이야!」

그는 물가로 달려가 몸에다 물을 끼얹고는 황소처럼 마셨다. 땀에 젖은 그의 동료들도 물을 마셔 댔다. 그중 한 명이 반쯤 열린 문 안으로 늙은 여자가 마당에 널브러져 주인의 죽음을 애곡하며 머리카락을 쥐어뜯는 걸 보았다.

「저것도 죽여 버릴까요?」 그가 물었다.

「재미없어, 무스타파!」

「가자!」 술레이만이 호령했다.

그들은 거리를 내달으며 마구잡이로 신월도를 휘둘렀다.

문 뒤에서 미할리스 대장은 무리가 몰려오는 소리를 들었다.

아랍인 술레이만의 목소리도 알아들을 수 있었다.

〈놈들이 나를 찾는군.〉 그는 이렇게 생각하며 물통을 엄폐물로 삼아 그 뒤에 앉았다. 그는 트라사키를 끌어다 옆에 앉혔다.

「그리스도가 이길 것이다.」 그는 이렇게 속삭이며 성호를 그었다.

그러고는 아들을 보았다. 「힘을 내어라, 내 자식아!」

트라사키로서는 아버지에게서 부드럽게 〈내 자식〉이라는 소리를 처음으로 듣는 것이었다. 그의 얼굴은 기쁨으로 달아올랐다.

폭도들은 드디어 대문 앞까지 당도했다. 아랍인이 무리에게 지시를 내리고 있었다. 나머지가 대문을 부술 동안 한 사람이 두 사람의 등을 타고 벽을 넘어 마당에 뛰어내린다는 것이었다. 그러나 미할리스 대장은 손가락 하나도 다쳐서는 안 된다. 그자는 내 것이다. 놈은 나를 모욕했다. 나는 놈에게 복수할 것이다. 놈을 느릅나무 밑으로 끌어내고 난도질하여 그 살점은 메갈로카스트로의 개들에게 던져 주겠다고 했다.

트라사키는 그 무시무시한 말을 듣고 아버지를 바라보았다. 그는 이미 총을 담벽 위로 겨누고 있었다.

「들었어요, 아버지?」 소년이 물었다.

「조용!」 미할리스 대장은 고개도 돌리지 않고 이빨 사이로 속삭였다.

담벽 긁는 소리와 거친 숨소리가 들려왔다. 누군가가 기어오르고 있었다. 미할리스 대장은 물통 뒤로 완벽하게 몸을 은폐하고 있었다. 나온 것은 그의 총열뿐이었다. 트라사키는 뒤로 끌어다 놓은 다음이었다.

부스스한 머리가 담벽 위로 나타났다. 이 사이에서 신월도가 번쩍거렸다. 사내는 집 안을 두리번거렸다. 그가 손을 뻗쳤을 때,

미할리스 대장은 방아쇠를 당겼다. 총알은 사내의 미간에 정확하게 박혔다.

대장의 아내는 위층 침실의 창문 덮개 뒤에 숨어서 아기에게 젖을 물리고 있었다. 레니오는 덮개 틈으로 마당에 있는 아버지와 트라사키를 바라보고 있었다. 터키인의 머리가 사라지는 걸 보고 레니오는 기쁨으로 전율했다.

「역시 아버지는 명사수셔!」레니오는 감격을 참지 못해 속삭였다.

대장의 아내가 나무랐다. 「레니오, 이 철없는 것아! 우리 목숨은 바람 앞의 등불이야. 아버지가 어쩌려는 건지 알기나 해?」

「터키인들이 몰려 들어오면 우리를 죽이겠죠. 또 그게 옳은 일이고요.」

「너는 사내로 태어났어야 했어. 무섭지 않아?」

「엄마, 우리는 언젠가 죽어요. 불명예스럽지 않게 죽어야죠.」

그들의 대화는 이것으로 끊겼다. 거리에서 소동이 일었다. 누군가가 거리를 미친 듯이 뛰어다니며 새로운 목소리로 고함을 질러 대고 새로운 목소리로 욕지거리를 퍼부어 대고 있었다.

「저건 에펜디나의 목소리 아니에요?」레니오가 속삭이면서 조심스럽게 창문 덮개를 열었다.

에펜디나였다. 아랍인이 미할리스 대장의 집 쪽으로 달려가는 걸 보고 그의 속이 뒤집힌 것이었다. 대장은 1년에 두 번씩 강제로 그를 타락하게 했지만 그는 대장을 사랑했다. 아니, 그래서 사랑하는 것인지도 모르는 일이었다. 저 그리스의 괴물단지가 없다면 에펜디나의 인생은 무엇이란 말인가? 그는 생각했다. 〈내 팔자에, 이 세상에서 어디 다른 재밋거리가 있을쏘냐? 우리 어머니는 날 두들겨 패고 카스트로 놈들은 터키 놈 기독교도 놈 할 것

없이 내게 레몬 껍질을 던졌다. 내게는 돈도 없고 계집도 없고 용기도 없다. 아무것도 없다. 미할리스 대장밖에는 아무것도 없지. 나는 날수를 세고 달수를 센다. 6개월마다 내게는 굉장한 즐거움이 찾아온다. 굉장한 죄악이기도 하다. 그러나 누가 아나? 신은 자비로우시고, 관대하신데. 나 역시 죽으면 성자가 될지도 모른다. 사람들이 내 무덤을 우리 할아버지 옆에다 써줄지도 모르지. 신이여, 미할리스 대장을 축복하소서. 그 양반 없이 내가 무슨 수로 성자가 될 수 있을 것인가!〉

그의 가슴은 뛰었다. 〈안 되지, 안 돼. 미할리스 대장이 죽게 내버려 둘 수는 없어. 그 양반만큼 고상하고 그 양반만큼 불꽃같은 인간이 또 어디 있을까? 그 양반 집 술통에 든 포도주는 또 어떻고? 소시지, 통닭, 구운 돼지고기는 또 어떻고?〉

에펜디나의 머리에 불이 붙었다. 그는 아랍인을 쫓느라고 가로 뛰고 모로 뛰었다. 도로가 넓은 강이라는 것도 잊어 먹고 그는 친구를 구한답시고 서슴없이 건넜다. 대로에서 노략질한 물건을 잔뜩 짊어지고 오는 터키인 패거리가 그를 불렀다. 「에펜디나, 어딜 그렇게 급히 가나? 누가 따라오나?」

그들은 쭉 늘어서서 그의 길을 막았다.

에펜디나는 걸음을 멈추고 숨을 헐떡거리며 난처한 얼굴을 했다. 지체하다 보면 아랍인 패거리가 먼저 미할리스 대장의 집에 도착하여 문을 부수고 그를 죽일 터였다.

「너희 눈에는 저 위에 계시는 신도 안 보이나? 비켜, 형제들, 나는 바빠요.」 그는 우는 소리로 말했다.

그때 에펜디나의 머릿속을 섬광처럼 지나가는 한 가지 생각이 있었다. 그는 뒤를 돌아다보며 외쳤다.

「성 메나스다!」

터키인들이 웃음을 터뜨렸다.

「이 무신론자들아, 왜 웃어? 네놈들 귀에는 저 말발굽 소리도 들리지 않냐? 나는 그분이 교회에서 말 타고 나오는 걸 봤어. 소리가 안 들려? 저기 오신다! 저기 오신다!」

터키인들의 머리털이 쭈뼛 섰다. 정말 마구(馬具)가 쩔렁거리는 소리를 들었던 것일까? 정말 말을 타고 오는 것일까?

「저기 오신다! 저기 오신다!」에펜디나는 눈을 까뒤집고 다시 고함을 질렀다.

터키인들은 뒤도 돌아보지 않고 도망쳐 버렸다.

에펜디나는 그들이 도망치는 걸 보자 그 자리에 얼어붙은 듯이 섰다. 성 메나스는, 그가 거짓말을 해도 다른 사람들이 떨 만큼 무서운 성자였던가? 그는 생각했다. 지난 봉기 때도, 교회로 들어가려는 터키인들을 일거에 쫓아 버리는 성자를 보지 않았던가? 그의 온몸에서 식은땀이 났다. 이제 그의 귀에는 말발굽 소리가 또렷이 들려왔다.

「알라 신이여! 알라 신이여!」그는 옷을 벗어 들고 이렇게 소리 지르며 있는 힘을 다해 달렸다.

이도메네아스의 우물을 지나며 그는 터키인들이 미할리스 대장의 집 대문을 부수는 것을 보았다. 그는 그쪽으로 달리면서 외쳤다.

「야, 저쪽을 봐! 그분이 말을 타고 오신다. 말을 타고 오신단 말이야!」

「누구 말이냐, 이 멍청아?」아랍인이 물었다.

「우리 이웃이지요.」

「무슨 이웃?」

「메나스 성자님 말이오. 저기 오고 있소!」

모두가 돌아보았다. 그들의 눈앞에서 세상이 춤추고 있었다.

그들은 아무것도 알아볼 수 없었다.

「저기 오신다, 저기 오셔!」에펜디나가 등을 돌리고 냅다 뛰었다. 그는 신들린 사람처럼 말 타고 오는 성자의 눈을 피하려는 듯 미할리스 대장의 집 대문에 꼭 붙어 섰다. 그분은 벌써 이도메네아스의 우물을 지났을 것 같았다. 그는 성 메나스의, 성상에 그려진 모습과 똑같은 — 검게 그을린 얼굴, 흰 머리카락과 수염, 황금 안장을 얹은 붉은빛이 도는 자주색 말 — 모습을 볼 수 있었다. 이도메네아스네 우물 근처의 공간은, 백발과 붉은 말과 황금 마구로 가득 찬 것 같았다.

「저기 오신다. 이제 보인다!」그가 턱을 떨며 중얼거렸다.

「어디 있어? 내 눈에는 안 보이는데?」

「저기 오시잖아? 검은 피부, 백발, 붉은 말…… 그분도 우리를 보셨어. 이제 우리에게로 달려오신다!」

그는 대문에서 등을 돌리고 냅다 항구 쪽으로 뛰기 시작했다. 그 뒤로 터키인들이 비명을 지르며 따라갔다. 이제 그들의 귀에도 말발굽 소리가 들렸고, 급기야 주위를 둘러보는 아랍인의 눈에도 하늘에서 말을 타고 내려오는 기수가 보였다.

「달아나라, 달아나!」그가 외쳤다. 노란 망토가 벗겨졌지만 그에겐 그걸 주울 여유도 없었다.

숨이 턱 끝에 닿은 채 그들은 항구에 도착했다. 땀을 씻고 그늘에 웅크리고 앉은 그들은 혀를 빼물고 개처럼 식식거렸다. 에펜디나는 얼굴을 땅에 대고 널브러져 몸을 뒤틀고 있었다.

메갈로카스트로는 터키인들의 칼날 아래서 비명을 질렀다. 기독교인들은 손을 들고 하느님께 탄원했다. 대주교는 성호를 그었다. 그는 더 이상 살육당하는 동족을 좌시할 수 없었다. 「하느님께서 나와 함께하시겠지.」 그는 이렇게 중얼거리며 일어섰다. 그가 손뼉을 치자 무르주플로스가 나타났다.

「총독에게 가겠네. 내 옷을 가져다주게.」 대주교가 말했다.

「대주교님, 거리로 나가시겠다는 말씀이십니까? 터키인들이 난동을 부리고 있습니다. 함께 가겠습니다.」 무르주플로스가 애원했다.

「혼자 가겠네, 무르주플로스. 옷 입는 거나 거들어 주게.」

그는 허리에 금빛 영대를 두르고 사자 머리에는 대주교관을 썼다. 그러고는 꼬아 만든 두 개의 고리가 달린 홀장을 들었다. 「하느님의 이름으로.」 그가 중얼거렸다.

무르주플로스는 그의 모습을 바라보며 경탄을 금치 못했다. 엄청나게 큰 키, 눈 같은 빛깔로 흘러내리는 수염, 파랗게 빛나는 눈……. 어디로 보나 늠름한 모습이었다. 무르주플로스가 황금 구름 옷을 입고 학살을 중지시키러 메갈로카스트로로 내려오는 하느님을 그린다면 바로 대주교의 모습이 될 터였다.

주교관의 정문이 활짝 열렸다. 대리석 중방에는 큼직하고 검은 글씨가 새겨져 있었다. 〈1821년 이 문에다 터키인들은 메갈로카스트로의 대주교를 매달았다. 영원토록 기억될지어다.〉

「영원토록 기억될지어다.」 대주교는 문턱을 넘으면서 이렇게 중얼거렸다.

무르주플로스의 눈은 눈물로 젖었다. 그는 떨리는 목소리로 중얼거렸다. 「하느님과 메나스 성자님이 함께하시길 빕니다, 대주교님.」

「걱정 말게, 무르주플로스. 내가 처음도 아니고 끝도 아닐 테니.」 대주교는 검은 글씨를 가리키며 대답했다.

그는 교회 앞마당을 지나고 문을 지나면서 성 메나스께 고개

숙여 인사를 드렸다. 드디어 그는 총독의 관저 쪽으로 성큼성큼 당당한 발걸음을 옮기기 시작했다.

무르주플로스는 혼자 죽음의 싸움터로 나가는 대주교의 뒷모습을 바라보았다. 그는 대주교를 혼자 보내는 자신이 부끄러웠다. 그래서 중얼거렸다. 「무르주플로스, 이거야말로 네 속에 영혼이 들어 있는지 밥통이 들어 있는지 드러나는 순간이다.」 그는 성호를 긋고 은밀히 대주교의 뒤를 따르기 시작했다.

메갈로카스트로는 소동의 도가니였다. 기독교인들은 비명을 질렀고 터키인들은 고함을 지르거나 웃었다. 그 소동 속에서도 곡소리만은 분명하게 들을 수 있었다.

대주교는 똑바로 걸으면서도 들리는 소리 때문에 가슴이 아파 한숨을 지었다. 「헬레네의 자손들은 언제까지나 십자가에 매달려 있어야 합니까? 그리스도시여, 저희는 인간이지 당신 같은 신이 아닙니다. 이제 부활하게 하소서!」

그는 메갈로카스트로의 벽과 주민들과 집들을 몸으로 느낄 수 있었다. 그래서 문이 부서지거나 여자가 가슴을 치며 우는 소리를 들으면 그의 가슴도 아팠다.

시장 쪽에서 피 묻은 옷차림에 술에 취한 터키인 무리가 다가오고 있었다. 그들은 금빛 성의를 입은 대주교를 보고는 걸음을 멈추고 비아냥거렸다. 「이건 또 무슨 괴물이야? 어디로 가시는 걸까? 비켜서자. 우리를 밟고 지나갈라!」

대주교는 한 걸음 한 걸음마다 시체를 만나며 걸었다. 슬픔과 분노와 순교에의 갈증이 서린 그의 눈에는 이제 거리도 사람도 보이지 않았다. 그는 한 가지 생각에만 몰두하고 있었다. 내가 죽어 이 백성이 자유를 얻는다면 얼마나 복된 죽음일 것인가? 무엇이더냐? 십자가에 달리신 그리스도의 고뇌에 찬 부르짖음은? 복음서를 보면 〈엘리! 엘리!〉라고 했다. 그걸 희생물의 언어로 말하자면, 〈기쁘고 기쁘도다〉가 아닌가. 「엘리! 엘리!」 대주교는 중얼거렸다. 총독의 관저로 가까이 갈수록 그의 걸음은 점점 더 빨라졌다. 그 뒤를 무르주플로스는 개처럼 뒤따랐다.

대주교는 거대한 느릅나무 옆을 지났다. 나무는 바람에 푸른 잎을 휘날리고 있었다. 둥치에는 표범 가죽같이 점무늬가 박혀 있었다. 대주교의 눈에는 수천 명의 기독교인들이 거기에 과일처럼 달려 있는 것 같았다.

총독 관저 정문을 지키는 두 명의 병사가 총을 교차시키며 앞을 가로막았다. 터키 말을 아는 무르주플로스가 다가가 그들에게 말을 건넸다. 그들은 총을 치웠다. 대주교는 안으로 들어갔고 무르주플로스는 먼저 들어가 문을 열었다.

총독은 못마땅하다는 눈초리로 대주교를 내려다보았다. 그는 창문에 기대고 서서 곡소리 요란한 메갈로카스트로에 귀를 기울이고 있던 참이었다. 사람 좋은 아나톨리아인인 그 역시 포악해져 있었다. 그의 내부에서 그리스인의 피에 대한 터키인 고유의 갈증이 되살아난 것인지도 모르는 일이었다. 그러나 그는 총독으로서 학살을 중지시키고 아가들의 손에서 칼을 쳐 떨어뜨리지 못하는 자신의 처지를 조금은 부끄럽게 생각하고 있었다.

대주교가 문턱에 서서 문을 가득 채웠다.

「총독, 당신은 하느님이 두렵지도 않소?」 그가 호령했다.

「여보, 이단자의 사제 양반, 어째서 날 위해 금빛 성의를 다 입은 겁니까. 날 겁주려는 겁니까?」 총독 역시 노기를 띠고 응수했다.

「하느님이 두렵지도 않소?」 대주교는 다시 호령하면서 손가락을 위협적으로 들어 하늘을 가리켰다. 「저렇게 흐르는 피가 당신의 눈에는 보이지 않는단 말인가요? 그게 어디로 떨어지는지 아시오? 바로 당신의 머리 위로 떨어질 것이오.」

「이것 봐요, 대주교 양반. 그렇게 빽빽 소리 지르지 마시오. 당신 앞에 느릅나무가 서 있을 텐데.」

「내 앞에는 하느님이 서 계시오. 나는 두렵지 않소.」

총독은 창문가에서 떨어져 방 안을 서성거리다 대주교 앞에 우뚝 섰다. 그는 대주교를 아래위로 훑어보았으나 딱 잘라서 할 말이 생각나지 않았다. 그는 느릅나무에 금빛 성의와 십자가와 함께 매달린 대주교를 상상했으나 갑자기 두려워졌다. 그는, 이 점잖은 그리스인의 입을 어떻게든 막아야겠다고 생각했다. 그냥 두면 견딜 수 없을 터였기 때문이다. 그가 대주교에게 대들었다.

「내 성질 건드리지 말고 가시오! 친절을 베풀어서 하는 말이오. 나는 아무도 두렵지 않소!」

대주교는 하느님은 그냥 두고 이 자리에다 술탄을 끌어다 놓았다.

「좋아요, 당신은 하느님을 별로 두려워하지 않는 것 같군요. 그렇다면 술탄은 어떨까요? 크레타가 그분의 골치를 썩이고 있다는 건 아시겠지요. 그분은 이 땅에 평화를 정착시키고 싶어하십니다. 당신을 보낸 것도 그 때문이었지요. 그런데 각하는 어떻게 하셨지요? 학살을 방조하셨소. 학살은 이 지방 민중의 봉기를 유발할 것이오. 민중이 봉기하면 모스크바도 침을 삼킬 터. 총독 각하, 용서하시오만, 내가 보기엔 당신의 목도 그리 온전하지 못한 것 같은데?」

총독은 그 자리에 얼어붙고 말았다. 자기가 보아도 자기 목이 그리 온전하지 못할 것 같았기 때문이었다.

「그러면 내가 어떻게 해야 좋단 말입니까?」 그가 겁을 집어먹고 물었다.

「꾸물대지 마시오. 군인들에게 명령을 내려 학살 중지 나팔을 불게 하시오. 명령을 내리시오! 부하들에게 그걸 보여 주시오!」

총독은 날아가 버리기라도 하는 듯 두 손으로 머리를 붙잡았다.

「내가 당신네들의 이 빌어 처먹을 땅에 발을 디딘 그 순간에 저주 있으라!」 그가 소리쳤다.

그는 애원하듯이 대주교를 바라보며 말했다.

「대주교님, 왜 문턱에 서 계십니까? 들어와 앉으십시오. 이 사태를 수습할 방도를 함께 모색해 봅시다.」

「우리가 이야기하고 있는 순간에도 기독교도들은 학살당하고 있습니다. 나는 앉을 수가 없습니다. 먼저 군대를 부르고 명령을 내리십시오. 나팔 소리를 들을 때까지는 앉지 않겠습니다. 물론 물러가지도 않겠습니다.」

「마음대로 하시오! 정말 크레타 사람들이란 어쩔 수가 없군. 좋은 놈이나 나쁜 놈이나.」

화를 버럭 내며 그는 부속실로 들어가 버렸다. 그의 욕지거리는 장교들이 신월도를 흔들며 말을 달리는 소리와 뒤섞여 버렸다.

문턱에 서 있던 대주교는 한숨을 쉬었다. 「하느님께서는 날 주교관 중방에 목매달 가치도 없는 놈으로 보셨구나. 할 수 없지. 기독교인들만 살리면 됐지.」

총독이 이마를 닦으며 돌아와 소리를 질렀다. 「조금 있으면 나팔 소리가 들릴 거요. 가시오. 이 일이라면 이젠 신물이 나오. 이제 당신과 만나고 싶지도 않소. 내가 선 이곳이 도대체 땅이오, 화약통이오?」

같은 시각, 미할리스 대장은 아들 트라사키를 돌아보았다. 소년은 아버지 옆에 바싹 무릎을 꿇고 앉아 거리에서 들리는 소리에 귀를 기울이고 있었다. 에펜디나의 목소리, 아랍인의 욕지거리, 도망가는 사람들의 발소리…… 이윽고 도시 전 지역이 갑작스러운 정적 속으로 빠져 들었다. 이도메네아스 우물 옆에서 곡소리만 들려왔다.

「배고프냐, 트라사키?」

「네, 배고파요, 아버지.」

「그럼 어머니더러 내려와서 먹을 것을 준비하라고 해라. 오늘은 대강 끝난 것 같다.」

그는 물받이 통에다 총을 세워 놓고 담배를 말고 싶어 담배쌈지를 더듬었다. 그때 다시 곡소리가 들려왔다.

〈놈들이 가엾은 이도메네아스를 죽여 늙은 유모가 울고 있군〉하고 그는 생각했다.

그는 고개를 가로저었다. 〈이도메네아스가 변변히 저항이라도 해보았겠어? 부활절 양처럼 곱게 죽었을 테지.〉

미할리스 대장이 막 담배를 입술에 갖다 대었을 때 나팔 소리와 무겁고 규칙적인 발소리가 들렸다. 그는 일어서서 조심스럽게 문을 열었다. 20명 정도의 군인들이 순찰 대열로 행군하고 있었다. 전령관이 그 앞에 서서 있는 힘을 다해 외쳤다. 「평화다! 평화가 왔다! 기독교인들은 모두 집에서 나오라!」

다음 날 총독은 포고문을 내렸다. 〈이제까지의 일은 과거지사로 불문에 부친다. 숙명적인 것이었다. 그러나 지금 이후로는 평화를 정착시켜야 한다. 더 이상은 한 방울의 피도 용납하지 않는다. 성문을 개방하여 기독교도들은 마을로 돌아오고 이슬람교도들은 성 밖의 마을로 돌아가게 한다. 마을을 뛰쳐나가 저항하던 자들도 무기를 놓고 생업을 계속하기 바란다. 보복은 머리카락 한

올도 용납되지 않는다. 술탄은 자비롭고도 아량이 넓으신 분이다. 내 선의로 이르거니와 이슬람교도와 기독교도를 불문하고 총독의 포고에 따르기 바란다. 총독부 앞뜰에는 느릅나무가 있고 밧줄은 언제나 불복하는 자들을 기다리고 있음을 명심할 일이다.〉

터키인들은 칼에 묻은 피를 닦고 다시 찻집에 책상다리를 하고 앉아 물담배를 빨며 눈을 게슴츠레하게 뜨고 여자 같은 목청으로 뽑는 소년들의 노래에 귀를 기울였다. 기독교인들은 목숨을 걸고 집에서 나와 시체를 모으고 마을로부터 콜리바스를 불러왔다. 무르주플로스, 카야베스, 벤두소스, 푸로가토스, 그리고 몇몇 남정네들은 곡괭이를 메고 가서 카네아 성문 앞에 참호처럼 긴 무덤을 팠다. 페르볼라 근처, 성 마태오의 시나이 교회 앞뜰에도 무덤이 만들어졌다.

사제 마놀레스는 저고리 소매를 걷어올리고 숨을 헐떡거리며, 시체를 다섯 구씩 안장하고는 서둘러 기도문을 낭송하고, 또 다섯 구의 시체를 단체로 천당으로 보내고 다음 다섯 구로 주의를 돌렸다.

사흘 동안 남자들은 무덤 자리만 팠고 여자들은 문턱이나 침실에 묻은 피를 닦아 내고 아가들의 성질을 건드릴세라 소리 죽여 곡을 했다. 사람들의 시선이나 발걸음만 보아도 대학살의 여운은 역력했다.

나흘째 되는 날, 미할리스 대장은 아들을 자신의 작은 방으로 불러 말했다.

「트라사키, 민중이 들고일어날 때가 되었다. 총독이 뭐라고 하든 간에 그자는 아나톨리아 사람이야. 아무것도 모르고 그러는 거지. 크레타는 한번 불붙으면 쉽게 꺼지지 않아. 내 말 알아듣겠느냐?」

「알겠어요, 아버지.」

「그래서 내일은 우선 우리 남자들이 여자와 아이들을 메갈로카스트로 밖으로 피신시켜야 한다. 내가 선두를 설 테니까 네가 뒤를 맡아라, 알겠느냐?」

「권총도 가지고 가요?」

「뭐라고? 우리가 그럼 빈손으로 가는 줄 아느냐? 할아버지 댁으로 간다. 어머니더러 준비하라고 일러라!」

오후에 미할리스 대장은 말을 타고 자선문을 빠져나가 과부의 여관에 이르렀다. 그는 말에서 내려 과부를 불렀다. 푸짐한 과부가 손을 닦으며 나왔다.

「오늘 밤에는 말을 여기 매어 두겠소. 잘 먹여 주시오. 내일 아침에 끌고 갈 테니까. 나귀 세 마리도 좀 준비해 주시오.」

「미할리스 대장님, 광야로 나가시는군요. 대학살이 끝나지 않았다는 뜻인가요?」 과부가 속되게 보디스를 매만지며 물었다.

「시작에 지나지 않소.」 그는 이렇게 대답하고 나서 성큼성큼 걸었다. 성문이 닫히기 전에 닿아야 했다.

한여름이었다. 리비아 사막에서 불어온 남풍은 거리에다 먼지 소용돌이를 일으켰다. 미할리스 대장은 맑은 공기를 마시려고 고개를 바다 쪽으로 돌렸다. 그의 눈에 장밋빛 민둥산인 무인도 디아 섬이 보였다. 바다를 헤엄쳐 가는 거북 같은 형상이었다.

얼마 전에 그는 우울한 가슴을 달래기 위해 작은 배를 하나 잡아 타고 몇 시간을 저어 그 황량한 섬에 가본 적이 있었다. 그가 상륙한 곳은 바위투성이인 제성항(諸聖港)이었다. 그는 배를 묶어 두고 찌는 듯한 열기를 견디며 산을 올랐다. 절벽이 포효하고 대기가 춤을 추었다. 갈매기 두 마리가 그의 머리 위를 날며 머리를 스칠 듯이 날아 내려왔다가 깜짝 놀라며 울었다. 바위 사이로 토끼들이 그를 바라보고 있었다. 미할리스 대장은 정상까지 올라갔다. 주위를 둘러보았다. 보이는 것은 돌덩이인 섬, 사방이 푸른 파도로 주름 진 바다뿐이었다. 대기는 인간의 호흡에 오염되지 않아 순수했다. 그는 생각했다. 〈내가 살 곳은 여기, 이 절벽. 맑은 물, 푸른 풀. 사람들에게 지쳤다.〉

그는 걸음을 재촉하여 성문을 지났다. 시체가 아직 골목에 뒹굴고 있었다. 썩는 냄새도 났다. 그는 푸로가토스의 집 문 앞에 당도하여 문을 밀었다. 초라한 움막 안으로 들어간 그는 주위를 둘러보았다. 아무도 없었다. 그가 불렀다. 「이봐요! 아무도 없나?」

새소리같이 가늘고 높은 목소리가 들렸다. 불룩한 외투자락 밑에서 겁을 잔뜩 집어먹은 베르토둘로스의 조그만 대머리가 천천히 나오며 어둠 속에서 반짝거렸다.

「누구세요? 거기 누구신가요?」 공포에 눈이 먼 베르토둘로스가 물었다.

「겁먹지 말게, 베르토둘로스. 나야!」

미할리스 대장을 알아보자 베르토둘로스의 심장 박동이 정상으로 되돌아왔다.

「어서 오십시오, 나리.」 그는 모자를 벗고 인사하려는 듯 손을 번쩍 쳐들며 말했다.

「어디 아프신가, 베르토둘로스? 이가 덜그럭거리는군. 추우신가?」

「아닙니다, 대장님. 겁이 나서요.」

「창피하지도 않은가?」

「네, 대장님. 창피하지 않아요.」

그는 외투로 몸을 감싸고 꼿꼿이 앉았다가 벽에 등을 기대었다. 그는 성호를 그으며 중얼거렸다.

「주여, 긍련히 여기소서! 사람이 칼을 들고 다른 사람을 죽인다는 걸 나는 도무지 이해할 수가 없습니다. 알다가도 모르겠어요. 나는 양도 못 죽입니다. 내가 양이라고 했습니까? 웬걸요, 대장님. 믿으실지 모르겠습니다만, 나는 오이만 썰어도 섬뜩하답니다.」

「푸로가토스는 어디 있나?」

「대장님, 하느님께서 그를 보살피실 겁니다. 참으로 본마음으로 사는 사람이지요. 학살이 시작되자 그 사람은 나를 끌어 댑디다. 무서워서 걸을 수가 있어야지요. 그 사람은 나를 들쳐 업고 리라는 어깨에다 올리고 떠납디다. 대장님, 거리로 나가니까 터키 깡패들이 있습디다. 놈들의 수염! 놈들의 다리! 나는 무서워서 외투자락 밑에 꼭 숨었습니다. 그 사람은 자기 집 물통 옆에 가서야 나를 내려놓습디다. 부인이 나와서는 리라와 나를 보고 귀신처럼 악을 써댑디다. 〈아니, 놈들이 우리를 죽이려는 판인데, 그래 당신은 리라를 둘씩이나 메고 다녀요?〉 부인은 나까지 리라인 줄 안 거지요. 그러나 하느님은 역시 자비로우신 분입니다. 이튿날 그 여자는 자기 마을로 가버려 우리는 홀가분하게 되었던 것입니다.」

그때 푸로가토스가 나타났다.

「어서 오십시오, 미할리스 대장님. 이런 초라한 오두막을 찾아주시다니요. 왜 오셨는지 압니다. 방금 대장님 댁에 다녀오는 길입니다. 언제죠?」

「내일. 벤두소스와 카야베스도 부르지. 전쟁 역시 잔치니까. 자네도 초대하네.」

「좋지요, 대장님. 저 사람은 어떻게 할까요?」 푸로가토스가 베르토둘로스를 가리켰다.

베르토둘로스는 듣다 말고 두 눈이 휘둥그레졌다. 그는 두 크 레타인이 무엇을 말하고 있는지 알았다. 총, 산, 은신처 같은 것 이어서 그의 턱은 다시 덜그럭거리기 시작했다.

미할리스 대장은 아예 외투 속으로 들어가 버린 이 사람 좋은 노인을 내려다보았다.

「저 양반도 데려가야지. 하나 더 있어서 나쁠 건 없으니까. 저 양반은 손님 자격으로 가는 거네.」 대장의 말이었다.

베르토둘로스 백작이 머리를 내밀었다. 마지막까지 남은 머리 카락 대여섯 올이 쭈뼛하고 섰다.

「산으로 갑니까? 총을 들고요?」 그가 비명을 질렀다.

「아니, 자네는 아녀자들과 남아 있는 거네. 자네가 남들 흥이나 보면 여자들은 만사를 잊을 거네. 자, 그럼 다시 만날 때까지.」 미 할리스 대장은 문 쪽으로 걸음을 옮겼다.

「어디서 만납니까, 대장님?」 푸로가토스가 물었다.

「페트로케팔로 위, 셀레나 산 세파카스 어른의 양 우리에서.」

그는 밖으로 나와 좁은 골목길을 지나쳤다. 바르바 안니스가 피로에 지친 몸으로 빈 놋 깡통을 들고 집으로 돌아가고 있었다. 미할리스 대장을 보자 그는 걸음을 멈추었다.

「대장님, 피를 많이 흘렸습니다. 복수할 방법도 생각해 보아야 지요.」

그러나 미할리스 대장은 그를 옆으로 밀어 버렸다. 바보나 얼 간이들과 노닥거릴 시간이 없었다.

그는 스테파네스 선장의 단정한 집 앞에서 걸음을 멈추었다. 이 고집 센 선장은 혼자 조그만 소파에 앉아 바느질을 하고 있었 다. 뱃사람으로 늙어서 그는 여자들 일에도 남다른 재주가 있었 다. 매일 선장은 집 안을 배의 갑판처럼 쓸고 닦았고 성 니콜라스의 등잔에 기름을 채웠다. 그가 난관에 봉착했을 때 성자는 그를 도와 다르다나 호의 침몰을 구해 주지 않았지만 그는 아랑곳하지 않았다. 「이 양반이 늘 바다의 배라는 배를 모조리 구할 수는 없지. 그러나 늘 기름을 태울 권리는 있지.」 그는 아침에 기름을 그득 채울 때마다 중얼거리곤 했다.

그가 바느질을 하다 고개를 들고 알은체하며 말했다.

「어서 오시게, 미할리스 대장. 무슨 바람이 불어 우리 집까지 오셨는가?」

미할리스 대장은 묵묵히 그를 바라보았다.

「알겠네. 패거리를 모으는군. 자네가 날 거기 넣었다면 좀 빼주게.」 스테파네스 선장이 말했다.

「하지만 나설 준비는 되었을걸. 가세, 스테파네스 선장.」

「아니라니까. 나는 마른 땅에서는 맥을 못 써. 땅 위에서는 다리가 보밴데. 나는 절름발이잖은가. 나는 시라의 크레타 위원회로 가겠네. 거기 가면 배를 줄 것이네.」

그러고는 성상을 돌아다보았다. 「듣고 있어요, 니콜라스 성자님? 지난번처럼 장난은 치지 마쇼!」

「그럼 잘 있게, 스테파네스 선장. 내 다시 자네를 만나지 못하더라도 날 용서하게. 하느님도 자네를 용서하시길 비네.」

이 바다의 늑대가 코웃음을 쳤다.

「전전날 폴릭시기스란 놈도 그러더군. 어림없어. 나는 아직 안죽어. 작별 인사는 필요 없다. 그 말일세.」

미할리스 대장을 다시 불러 세우는 그의 눈에는 장난기가 가득했다.

「여보게, 미할리스 대장. 폴릭시기스가 자네보다 한 수 앞섰군. 벌써 깃발을 올리고 카스텔리에다 지휘부를 차렸으니까. 들리는 말로는 그 예쁜 터키 년도 함께 데려갔다는군.」

미할리스 대장은 우뚝 걸음을 멈추고 섰다. 표정이 험악해졌다. 주위의 세계가 빙글빙글 돌았다. 그는 문고리를 잡아 뜯었다. 대문에 박혀 있던 못이 빠져 나왔다. 금방 집이 무너져 내리기라도 하는 듯 그는 펄쩍 거리로 뛰어나갔다.

「여보게, 멧돼지 대장!〈에미네〉하고 부르기만 해봐. 그럼 자네에게로 달려올 테니.」

다음 날 그들은 떠났다. 선두는 권총 두 자루와 단도를 혁대에다 단단히 찌르고 털 외투를 걸친 미할리스 대장이 섰다. 바로 뒤에는 아기를 안은 꿋꿋한 모습의 부인이 따랐고, 레니오는 그중 나은 옷가지와 어머니의 장신구가 든 보퉁이를 들고 어머니 옆을 따랐다. 후미에는 제 키보다 더 커보이려고 애쓰면서 트라사키가 따랐다. 한 시간 전에 나귀 두 마리를 몰고 떠난 알리 아가는 납골당 옆에서 기다리고 있었다.

구릿빛 얼굴에 소총을 멘 경비병이 성문을 지키고 있었다. 농부의 무리가 몰리면서 성문의 지하 출입구는 또 한 번 고함 소리와 나귀의 울음소리로 소란스러워졌다. 미할리스 대장은 먼지를 피하려는 듯 외투 앞자락에 얼굴을 묻었다. 그는 벽에 붙어 군중 속을 빠져나갔다.「빨리, 빨리 가요!」트라사키는 여자들에게 명령하면서 태연하게 휘파람을 불고 여느 아이들처럼 뒤에서 밀어 댔다. 그들은 여관 앞에서야 걸음을 멈추고 노새와 나귀를 풀었다.

저녁 무렵에 그들은 종가인 세파카스 대장의 농장에 이르렀다.

앞마당은 사내아이 계집아이 할 것 없이 손자들로 복작거렸다. 여기서는 메갈로카스트로가 피바다로 변했을 때도 포도밭에 나가 포도를 거두어 마당의 엄청나게 큰 포도 압착기에다 넣었다.

건장한 젊은것들은 저고리를 벗어 던지고 향기에 취하여 포도를 밟고 있었다.

미할리스 대장의 콧구멍이 기분 좋은 듯 실룩거렸다. 포도즙의 향기는 피 냄새만큼이나 달콤했다. 「조카 놈들, 잘 있었느냐!」 그가 소리를 지르자 카테리나는 남편을 흘깃 바라보았다. 즐거움이 묻어 있는 남편의 목소리는 처음이었기 때문이다.

그들은 마당 한가운데로 걸어 들어갔다. 노인이 나오며 소매 넓은 흰 저고리 차림으로 팔을 벌렸다.

「어서 오너라, 내 손자들아. 먹고 마셔라, 이게 모두 너희 것이니까.」

미할리스 대장이 말했다. 「아버님, 며느리와 손자들을 부탁합니다. 저는 산으로 가렵니다.」

「그래, 좋다, 미할리스. 너는 어릴 때부터 야생 망아지더니 아직 점잖아진 것 같지는 않구나.」

「크레타가 해방되면 점잖아지겠지요.」

노인은 그 경황 중에도 농담을 했다. 「그럼 해방 안 되는 게 낫겠다. 네가 점잖아져 버리면 도무지 죽었는지 살았는지 알 재간이 없으니.」

부자간에 다정하게 수작을 건네는 동안 집 안에는 커다란 식탁이 마련되었다. 노인의 며느리와 아비 없는 손주, 아비 있는 손주들이 들락날락거렸다. 아래층, 마당, 침실, 2층 할 것 없이 식구들로 가득가득했다. 크레타에 무슨 일이 있을 때마다 아들들은 인근 마을에서 자식들을 끌고 와 할아버지의 따뜻한 보호를 받게 했다. 자식들뿐만 아니라 노새, 나귀, 가축, 개, 양도 끌고 왔다. 이번에는 미할리스 대장의 암말까지 거기에 가세했다.

미할리스 대장이 왔다는 소식이 전해지자 인근 마을은 술렁거리기 시작했다. 다음 날 그는 암말을 타고 인근 마을을 다니며 사람들에게 봉기를 촉구했다.

「형제들이여, 메갈로카스트로는 엄청난 피를 흘렸습니다. 우리의 명예는 복수를 요구하고 있습니다. 앞으로 나갑시다. 무기를 듭시다!」 그는 마을을 다니며 외쳤다.

그런 다음 그는 마을을 떠나 셀레나 산으로 올라갔다. 그는 아버지의 양 우리 앞에다 깃발을 꽂았다. 검은 깃발에 붉은 글씨로 〈자유가 아니면 죽음을!〉이라고 쓴 것이었다. 그는 봉우리로 두 명의 팔리카레를 보내 봉화를 올리게 했다. 그들은 신호를 동쪽과 서쪽의 봉우리까지 보내고 나서야 내려왔다. 그 봉화는 거기에서 또 다른 산정으로 전해지게 되어 있었다.

토도레스가 초병으로부터 숙부가 도착했다는 소식을 듣고 달려왔다. 그는 숙부를 만나자 손에다 입을 맞추었다. 미할리스 대장이 일갈했다.

「토도레스, 이 정신 나간 녀석아. 내가 집구석에 처박혀 있으라고 하지 않던? 그런데 수염도 안 난 녀석이 내 말을 어기고 설쳐? 네 깃발을 접어서 품 안에 넣어 둬! 내 죽거든 펴도록 해라!」

동부 크레타의 대장들은 봉화를 보고 세파카스 대장의 양 우리로 모여들었다. 미할리스 대장은 아버지에게 전령을 보내 양을 잡아 대장들을 먹일 수 있게 해달라고 부탁했다. 노인이 대답했다.

「대장들의 술상에 오른다면 우리 양인들 얼마나 좋아하겠나? 그러나 저기 저 커다란 길잡이 양만은 손대지 마라. 검은 놈 말이다. 내 장례식 때 쓰려고 둔 거니까.」

성모 몽소승천(蒙召昇天) 축일인 8월 15일, 대장들은 넓은 양 우리 앞 공터에 열을 지어 앉았다. 한쪽에서는 양을 굽고 있었다.

그날만은 세파카스 노인도 이 거국적인 회의에 참석차 몸소 산으로 올라와 있었다.

모두 열네 명이었다. 모두가 나름대로의 역사를 지닌 인물들이었다. 그리고 역사는 그 주인공을 신비스럽게 하고 있었다. 이 회의에 참석한 대장들 중에는 불사신도 세 명이나 있었다. 이들을 위해서는 특석을 마련하고 자리에 양털을 깔았다. 젊은 사람들 ── 젊은 사람들이라고 해봐야 70세 미만이지만 ── 은 그들 옆에 돌을 깔고 앉았다.

특석 한가운데는 세파카스 노인이 좌정했다. 바람에 휘날리는 백수한 사자의 수염은 대봉기 때의 흉터가 가득한 가슴을 뒤엎고 있었다. 눈 위의 눈썹은 어찌나 짙고 긴지 때때로 손으로 걷어올리고 앞을 보아야 했다. 그토록 연로한데도 뺨은 아직 붉었고 화를 낼 때면 관자놀이가 뛰는 것도 역력히 보였다. 그의 동맥도 어디 한 군데 막힌 데가 없었다. 동맥은 쉴 새 없이 그의 늙은 몸에 마실 것을 날라 주었다. 그의 육체도 아직은 늘 갈증을 느끼고 엄청난 식욕과 주량을 뽐내었다. 그는 아직 세상을 살 만큼 산 것이 아니었다. 그는 아직도 스무 살 때의 감동으로 만져 보고, 듣고, 보고, 맛을 보고 냄새를 맡아야만 직성이 풀렸다. 그의 눈에 보이는 여느 남자와 여자는 발밑에서 꼬물거리는 버러지와 다를 바 없었다. 그는 그런 버러지들이 안쓰러워 머리에다 손을 올리고 용기를 불어넣어 주곤 했다. 그가 사람의 피를 정말로 좋아하는 것은 아니었다. 그러나 상대가 터키인이면 눈에는 핏발이 서고 손은 그들의 살육에 피로를 몰랐다. 그럴 때면 별로 기억력이 나쁘지 않은 그도 터키인 역시 인간이란 사실을 종종 잊어 버렸다.

농부들은 그를 존경하여 일요일이나 명절 때마다 그의 마을로 찾아와 자리를 함께했다. 나이가 들자 그는 고대 신화의 신들이

나 불사신을 닮아 갔다. 크레타의 원로들이 모여 자유와 죽음을 논할 때면 그를 꼭 가운데 자리에 앉혔고 발언하는 대장들은 그를 향하여 말했다.

오늘 회의에서, 노 세파카스 옆에는 또 한 명의 역전의 용사 만다카스 대장이 앉아 있었다. 머리카락과 수염은 짧고 목은 뭉툭했으며 뼈대가 굵었다. 얼굴에는 터키인의 신월도에 맞은 흉터가 수없이 지나가고 있었다. 그는 한쪽 귀가 1821년의 봉기 때 터키인에게 물어뜯겨서 없었다. 왼손의 손가락 두 개도 없었는데, 그 손가락은 젊은 시절 독사에게 물려 손을 구하느라고 손가락을 도끼로 찍어내 버렸기 때문이었다. 그에게 낙이 있다면 터키인이 피 흘리는 광경을 보는 것이었다. 크레타가 무기를 들 때마다 그는 물불을 가리지 않고 터키 속으로 뛰어들었다. 그는 터키 마을로 쳐들어가 노략질하고 불지르고는 도망쳤다. 터키 여자들도 죽였다. 봉기 때면 아무 데도 정신을 팔지 않았다. 그 역시 대단한 바람둥이이지만 일단 유사시에는 여자를 멀리했다. 총을 들고 다닐 때면 자기 아내에게도 손을 대지 않았다. 아내가 음식이나 탄약을 가져다주러 오면 그는 이렇게 소리치곤 했다. 「가까이 오지 마! 괜히 자주 오지 말고. 접시는 거기 두고 가!」 그러나 전쟁이 끝나면 이 마을 저 마을로 다니며 닥치는 대로 껴안았다. 이제 머리가 백발이 된 그에게 낙이 있다면 은제 권총을 차고 대장들의 회의석상에 나타나 옛날의 흉터를 보여 주는 것이었다.

세파카스 노인의 왼쪽에는 해적인 카트시르마스 선장이 앉아 있었다. 배의 돛대처럼 키가 크고 마른 몸매에 늘 검게 탄 얼굴을 깨끗이 면도하고 다니는 그는 힘과 위엄이 있는 세파카스 노인이나, 기백이 있기로 이름난 만다카스 대장과는 전혀 기질이 달랐다. 그는 사귀기 까다로운 위인인 데다 하느님 욕을 거침없이 하

399

는 사람이었다. 그는 늘 혼자 싸웠으며 자기 자신에게만 의지했다. 그러나 그 좋았던 힘도 시절도 이제는 가버리고 없었다.

　나머지 열한 명의 대장 중에 구세주 수도원의 수도원장도 있었다. 눈이 파란 그는 수염을 휘날리고 있었다. 또 한 사람은 엠바로에서 온 학교 선생인데 생김새가 볼품이 없어 사람들은 그를 보며 〈저 토끼가 맹수들의 모임에 웬일로 끼어들었나?〉 할 정도로 의아하게 생각했다. 그러나 전시의 그는 전혀 달랐다. 전쟁이 터지면 그의 영혼에도 불이 붙었다. 어쩌다 술자리에라도 나와 리라를 뜯으면 돌멩이도 춤을 춘다는 경지였다. 그가 연설을 시작하면 사람들은 하느님께 〈귀를 열 개만 주소서, 한마디도 놓치고 싶지 않나이다〉 하고 기도를 드릴 정도였다.

　폴릭시기스 대장도 나와 있었다. 유쾌하면서도 자기에게 잘 도취되는 그는 은제 권총을 차고, 에미네로부터 선물로 받은 사향 냄새 나는 목도리를 두르고 있었다. 그의 자리는 미할리스 대장 바로 옆이었다. 두 사람의 눈이 만났지만 말은 서로 오가지 않았다.

　혹자는 티티로스도 이제 사나워져 사내구실을 하게 되었으니 그 자리에 초대해야 한다고 주장했다. 이제는 그도 책을 덮고 일요일마다 마을과 교회로 다니며 사람들 가슴에 불을 질렀기 때문이다. 그러나 노 세파카스가 반대하고 나섰다. 그가 말하는 이유란 이랬다. 「그 녀석은 평생 말밖에 한 게 없네. 대장의 일이란 어려운 것이야. 게다가, 이게 결정적인 것이네만 그 녀석은 아직 나이가 어려.」

　이제 모든 눈들이 최고 연장자인 세파카스 노인에게로 쏠렸다. 노인은 일어나서 흰 소매 안의 깡마른 팔을 뻗었다. 그의 목소리는 무겁고 우렁차게 울렸다.

　「대장 여러분, 내 산에 오신 걸 환영하네. 우리 크레타 사람만

이 두 가지 은혜를 누리네. 하느님과 총이지. 나는 하느님과 총의 이름으로 오늘의 회의를 개막하는 바이네. 다시 한 번 우리는 크레타를 이야기하지 않을 수 없게 되었네. 각자 일어서서 자기 생각을 기탄없이 발표하도록 하세. 그럼 먼저, 구세주 수도원의 수도원장께서 우리를 축복해 주시기를.」

수도원장은 사제복으로 갈아입고 있었다. 그는 아직 빗물이 괴어 있는, 정수리가 움푹한 바위 위로 올라갔다. 그는 허리를 굽히고 백리향 가지 하나를 꺾어 성수 뿌리는 의식을 행했다. 이어서 그는 기도했다. 대장들은 일어서서 페스 모나 머리띠를 벗었다. 그들이 하느님, 야만인에의 승리, 정의, 자비 따위의 교회 용어를 정확하게 이해하는가 여부는 별로 문제 되지 않았다. 세파카스 대장의 양 우리에서 그들이 볼 수 있었던 것은 맨발에, 피멍이 들어 굶주리며 통곡하는 어머니인 크레타의 살점이었으니 그런 개념을 꼭 이해해야 하는 것은 아니었다. 그들은 하늘을 향해 손을 들고 그런 어머니와 자식들을 위해 기도했다.

그들은 성호를 긋고 다시 앉았다. 한동안은 아무도 입을 열지 못했다. 목구멍은 부어오르고 말은 거기에 갇혀 나오지 못했다. 다시 한 번 노인이 입을 열었다. 그는 만다카스 대장을 보고 말했다.

「만다카스 대장, 자네는 어렸을 때 숟가락으로 화약을 퍼먹은 호걸. 자네는 두 세대에 걸쳐 정의를 바라고 싸웠네. 처음에는 자네도 두려웠을 것이네만 이제는 미혹이 없을 것이네. 그러니 자네가 말을 하소. 여러 사람이 자네 생각을 좀 알게.」

「젊은 사람들이 먼저 해야지요.」 그가 대답했다.

노인은 카트시르마스 선장을 돌아다보았다.

「선장, 자네 생각은 어떠한가? 자네 역시 두 세대를 바다에서

401

싸웠지. 어려운 일도 많이 보았고 많이 겪었을 것이네. 자네 의견은 경륜이 있을 터이니, 어디 말을 좀 하소.」

선장이 퉁명스럽게 대답했다.「할 말이 있어야지요. 사람이 힘을 못 쓰게 되면 말도 할 게 없는 법이지요. 젊은 사람들이 말해야 하지 않겠어요.」

「좋아. 그럼 젊은 사람들이 말을 하소.」세파카스 노인은 두 손을 권총 위로 포개면서 들을 채비를 했다.

구세주 수도원의 수도원장이 일어섰다. 그는 키가 작고 생김새가 탄탄했다. 그의 뺨, 이마, 근육질 팔, 목 할 것 없이 신월도와 총탄 자국투성이였다. 그는 똑바로 미할리스 대장을 바라보았다. 그가 말을 시작했다.

「미할리스 대장! 내 생각에는 당신이 먼저 말을 해야 할 성싶소. 당신은 대학살을 모면했고 우리를 불러 모은 사람도 당신이오. 그래, 당신이 우리에게 하고 싶은 말을 들어 봅시다.」

미할리스 대장이 일어섰다. 그의 피는 끓고 있었다. 그는 총에 기대섰다.

「형제 여러분, 대장 여러분, 제가 말주변이 없다는 것은 여러분도 익히 아실 것입니다. 간단하게 말씀드릴 테니, 멋대가리 없더라도 용서하시기 바랍니다. 다시 올가미가 우리 크레타를 졸라매고 있습니다. 군인들과 탁발승 무리가 파견되었고 터키인들은 메갈로카스트로에서 우리 형제들을 살육하고 있습니다. 우리는 양이 아닙니다. 살해당한 형제들의 피가 외칩니다. 대장 여러분, 일어나십시오. 자유가 아니면 죽음이 있을 뿐이라고 말입니다!」

그가 앉았다.

대장들은 고개를 끄덕이며 삼삼오오 머리를 맞대고 숙의했다. 그 지역의 연장자인 캄바나로스 노인이 일어섰다. 웅성거리던 소리가 쑥 들어갔다. 그의 명철한 논리는 유명했다. 그의 사고는 분별이 있기로도 정평이 나 있었다. 그가 무리 가운데서 일어나자 성질 급한 사람들은 또 찬물을 끼얹겠구나 생각했고 점잖은 사람들은 마음을 놓았다.

「왕을 죽이되, 위협은 그만둡시다.」 그는 이렇게 외치며 미할리스 대장을 똑바로 응시했다. 「도대체, 언제 우리가 철이 들어 사리를 제대로 분별할 수 있게 될까요? 말로만 무수히 위협했지 언제 우리에게 그들을 쳐부술 힘이 있어서 저 저주받을 술탄을 크레타에서 몰아내 보았나요? 그러나 그 값을 치러야 하는 것은 우리입니다. 그 불길이 우리에게 옮겨 붙을 때마다 남자와 여자, 그리고 포도원이 불탑니다. 그리고 우리 지도자들이 수천의 영혼에 대한 책임을 지는 것입니다. 미할리스 대장, 이번 봉기의 목적은 무엇인가요? 또다시 크레타를 피의 웅덩이 속으로 밀어 넣으려는 것인가요? 당신은 신중한 사람이오. 그럼 말해 보시오. 지금 당신이 확보한 무기와 탄약과 식량과 천막과 말은 배로 몇 척이나 되나요? 자, 말해 보시오. 그리스와 모스크바의 지원에 대한 당신의 이해는 어느 정돈가요? 그 지원이 있어야 우리는 술탄의 일격에 떨어지지 않을 것이오. 우리에게 사실을 말해 주시오. 미할리스 대장, 당신의 복안을 말해 주어 우리 마음을 가볍게 해 주시오!」

모두가, 아무 말 없이 앉아 수염을 씹고 있는 미할리스 대장을 바라보았다. 저 영감이 무슨 복안을 털어놓으라는 것이냐? 그에겐 복안이 없었다. 러시아도 그리스도 그를 지원하겠다는 약속은 한 적이 없었다. 그는 그저 온 것이었다. 그는 자기 혼자만의 결정으로 온 것이었다. 아니, 그의 내부에서 울부짖고 있는 크레타가 그를 보낸 것이었다.

그러나 바로 이때 키가 작고 낯색이 창백한 학교 선생이 앉아 있던 바위에서 벌떡 일어났다. 그의 혀끝에서 나온 말은 바퀴처럼 매끄럽게 굴렀다.

「캄바나로스 어른께서는 우리가 움직이기도 전에 어려운 사실을 요구하십니다. 함대와 보급품과 무기와 우리의 지원 부대를 파견할 러시아, 3개 연대쯤 보내 우리를 지원할 모국 헬라스[1]가 어디 있느냐고 하십니다. 하지만 캄바나로스 어른, 이 세상에서 이루어졌던 위대한 업적치고 처음부터 안전했던 게 어디 있습니까? 언제 사리 분별이 자유를 위해 집과 재산을 버리고 산으로 들어가게 한 적이 있습니까? 그게 바로 팔리카레의 멋입니다. 안전 여부에 관계없이 저지르는 것입니다. 캄바나로스 대장님, 인간의 영혼이란 장사꾼이 아니라 투사입니다. 우리 크레타 사람들은 투사지 장사꾼이 아닙니다. 크레타의 가슴은 술탄의 선단으로 날아가 하늘 높이 날려 버리는 함대가 아닙니다. 저는 미할리스 대장을 대신해서 말씀드립니다. 하느님의 이름으로 전진하는 것입니다. 무기를 듭시다, 형제들. 지도자 여러분, 제가 드릴 말씀은 이것뿐입니다. 귀 있는 자는 들으라고 하십시오!」

「선생, 내 축복을 받으시오.」 수도원장이 이렇게 중얼거리며 선생 쪽으로 오른손을 들어 보였다. 그는 모두에게 들릴 만큼 그 말을 되풀이했다. 「내 축복을 받으시오. 인간의 영혼은 저울을 가지고 다니는 게 아니라 칼을 가지고 다닙니다. 당신 말에 전적으로 동감이오.」

「40년간 노예가 되어 살기보다는 한 시간 자유의 삶을 택하겠소.」 예라페르타에서 온 트리알로니스 대장이 불쑥 끼어들었다.

---

[1] 그리스.

캄바나로스 노인은 온통 사리 분별로 가득 찬 머리를 내저었다.
　지도자들은 이제 발언과 응원 발언의 여파로 잔뜩 흥분하여 일어섰다. 그들은 둘씩, 셋씩, 다섯씩 머리를 맞대고 떠들어 댔다. 신중론을 펴는 수는 적었고 목숨이라도 내놓을 듯한 팔리카레가 대부분이었다. 카트시르마스 선장은 잔뜩 화가 난 눈초리로 자기 주위에서 게거품을 뿜는 대장들을 노려보았다. 만다카스 대장은 자기 소싯적을 생각하고 한숨을 쉬었다. 그는 중얼거렸다.「아, 이 한심한 녀석들은 종이와 연필을 가지고 더하기 빼기를 하고 있지 않나? 우리 시절에는 자유냐, 죽음이냐, 이 한마디면 대가리가 빙그르르 돌아 카스트로로 쳐들어갔었는데. 세파카스 대장, 사내들 참 큰일났어요, 이렇게들 잘아졌으니.」그러나 노인은 자기 주위에 모인 젊은이들에게 따뜻한 연민의 시선을 던지며 웃었다. 그는 생각했다. 〈제대로 되어 가고 있어 미덥구나. 늙은 것들은 땅속으로 들어갔다가 다시 태어난다. 그러니 새로워질 수밖에. 따라서 크레타도 영원한 것이거니.〉
　그가 일어서서 외쳤다.「여보게들, 이곳은 지도자들의 회합이지 유대인 학교가 아닐세. 앉아서 결론을 내리세. 캄바나로스 대장은 이쪽, 교장 선생은 저쪽, 이렇게 두 갈래인 모양이네. 우리는 결정을 짓기 위해 산에서 만난 것 아닌가. 그러니 한쪽을 선택하세.」
　폴릭시기스 대장이 일어섰다. 그는 사향 냄새가 물씬 풍기는 수염을 쓰다듬고 나서 세 명의 원로에게 절했다. 그는 옷자락을 열어젖히고 있어서 에미네의 이빨 자국으로 난 새빨간 피멍이 흰 목에 내비쳤다. 그는 침착하게 대장들을 한 차례 둘러보다 미할리스 대장의 냉정한 모습에서 시선을 멈추었다. 그가 연설을 시작했다.

「형제 여러분! 대장 여러분! 동부 크레타의 지도자 여러분! 여러분 앞에서 발언하는 사람은 누구든지 자기 말의 무게를 달아야 할 의무가 있습니다. 저도 제 말의 무게를 달아 보고 이 자리에 나왔습니다. 지도자 여러분, 제 말씀을 들어 주십시오. 캄바나로스 대장님, 우리가 대장께서 질문하신 함대의 상륙이나 저 북쪽 곰의 안짱다리에 시동이 걸려 우리를 지원해 줄 때를 기다린다면 절대로 우리는 자유를 얻을 수가 없습니다. 그렇다면 — 하느님, 저를 용서하소서! — 우리는 자유를 누릴 자격도 없습니다. 일천하지만 몇 년 동안 살아 보고 허리띠를 여러 개 갈아 매본 제 경험에 비추어 판단하건대, 자유란 저절로 떨어져 삼키게 되어 있는 과자가 아니라 칼로 쟁취해야 하는 전리품이나 같습니다. 외국의 지원으로 자유를 획득하는 자는 영원히 노예를 면치 못합니다. 자유란 마을에 지르는 불이며, 나무를 찍는 도끼며, 전쟁터로 몰려가는 사나이들이며, 피와 눈물의 분류인 것입니다. 우리가 피를 흘리며 쓰러져도 젊은 사람들이 우리 뒤를 이을 것입니다. 크레타에서 포성과 통곡이 그칠 날은 아직도 요원합니다. 백 년이 걸릴지 2백 년이 걸릴지 3백 년이 걸릴지 저는 모르겠습니다. 그러나 언젠가는 — 그렇습니다, 다른 수가 없습니다. 캄바나로스 대장 같은 분들의 말씀은 듣지 마십시오 — 태양이 우리 머리 위를 도는 한, 우리는 언젠가 자유를 얻을 수 있을 것입니다!」

폴릭시기스 대장은 페스 모를 벗고 있어서 머리에는 햇볕이 그대로 내리쬐고 있었다. 대장들은 흥분하여 일어서서 소리를 질렀다. 「자유가 아니면 죽음을!」 미할리스 대장은 폴릭시기스 대장에게 다가갔다. 그는 격정을 억누르고 말했다.

「악마가 자네와 나 사이를 이간하려 했다. 그러나 크레타의 운명은 풍전등화. 내 손 여기 있네.」

그러자 폴릭시기스가 대답했다. 「형제 미할리스 대장이여, 여기 내 손도 있네. 악마는 악마에게 보내 버리세.」

그가 웃었다. 그러나 미할리스 대장은 그사이에 후회했다. 그는 냉정한 얼굴로 자기 자리로 돌아가 앉았다.

회합은 한 시간가량 더 계속되었다. 그들은 누구와 합세할 것이며, 어디서 어떻게 네거리를 장악하고 터키인 거주 지역을 봉쇄할 것이며 어떻게 무기를 모아 고지대의 수도원으로 집결시킬 것인가 하는 세부적인 사항을 논의했다.

이윽고 술이 나왔다. 모두가 맹세와 더불어 술을 바닥에다 부었다. 세 원로가 의자에서 일어났다. 회합이 끝날 즈음 해가 떨어졌다.

하느님의 이름으로! 지도자들은 각자 자기 지역으로 돌아가 무리에게 명령을 하달했다. 노소를 불문하고 팔리카레들은 다락방에서 무기를 꺼내거나 땅속에 묻어 두었던 무기들을 파내었다. 대개의 총은 1821년 당시에 사용하던, 총구에다 총알을 장전하는 전장총이었다. 그들은 녹을 닦고 다발로 묶었다. 총이 없는 사람들은 몽둥이로 터키 병사를 치고 총 빼앗을 궁리를 했다.

수도원 마당에서 아녀자들은 고서(古書)나 마분지를 오려 탄피를 만들었다. 손재주 있는 수도사들은 포격으로 인한 부상병이 생길 것에 대비해서 고약과 진통제를 준비했다. 교회 지붕은 뜯겼고 거기에서 나온 납은 실탄으로 바뀌었다. 크레타는 다시 주야로 가동되는 자유의 공장으로 변했다. 8월의 정오여서 태양은 이미 적잖이 뜨거웠다. 그 빛줄기는 밀과 보리, 옥수수와 포도에 새로운 생명을 주며 시원한 비를 기다리는 크레타를 애무했다. 철 이른 가을의 희끄무레한 구름이 이미 하늘에 나타나고 있었다. 산들바람이 그 구름들을 모아 부드럽게 크레타의 얼굴을 가렸다.

술통에서는 술이 익어 가고 있었다. 그러나 크레타인들은 자문했다. 누가 그 술을 마실 것인가? 올해의 추수로 누가 빵을 구울 것인가? 누가 크리스마스 잔치를 벌일 것인가? 어머니들은 용감한 아들을, 아내는 남편을, 누이는 남동생의 어깨에 걸린 카로스를 바라보았다. 그러나 말은 하지 않았다. 그들은 크레타 사람임을 알고 있었다. 크레타를 위해 죽을 운명으로 태어난 크레타인이라는 사실을 잘 아는 터였다.

에미네 역시 크레타 사람들의 대열에 끼어들었다. 이제 기독교인처럼 너울까지 벗은 에미네는 카스텔리 교회 앞마당에서 탄약 만드는 일을 거들었다. 부지런히 손을 놀리고는 있었으나 마음은 딴 데 가 있었다. 크레타의 운명도, 폴릭시기스 대장도, 그리스도도, 모든 성자들도 어쩔 수 없는 일이었다. 에미네의 마음은 자꾸만 산 위로, 거기에서 사냥하는 사나이에게 가 있었다. 몇 주일 있으면 ─ 성 십자가의 날인 9월 14일에 ─ 에미네는 세례를 받게 되어 있었다. 뚱뚱해서 동작이 굼뜬 크리산테가 대장이 인수한 알리 아가의 집에 머물며 에미네를 돌보고 이 이슬람 여인이 기독교도가 되는 날을 기다리며 고기와 빵을 준비하고 있었다.

이날에는 대부모(代父母)로 각 지역에서 팔리카레를 통솔하고 있는 일곱 대장이 모이기로 되어 있었다. 티티로스도 그때 연설을 청탁받았다. 이웃 사람들도 초대를 받고 누리의 아내가 세례받는 광경을 증인으로 바라볼 수 있게 되었다. 사람들은 그날 일을 터키가 그리스에 복속되는, 아주 좋은 징조로 보았다. 그들은 이 아름다운 새 기독교도 여자를 자랑으로 여겼다. 에미네는 이 모든 호의를 미소로 받아들였다.

지도자들이 회동했던 날 저녁 에미네는 창가에 앉아 폴릭시기스 대장이 돌아오기를 기다리고 있었다. 얼굴을 씻고 머리를 빗고 눈썹까지 손질한 다음이었다. 에미네는 폴릭시기스 대장을 따라가 절벽 꼭대기에 앉은 독수리 같은 열네 명의 쟁쟁한 대장들을 구경하고 싶었다. 말할 나위도 없이 저 사납고 목이 굵은 미할리스 대장도 만날 수 있을 터였다. 생각이 거기에 미치자 가슴은 뜨겁게 부풀어 올랐다. 〈이런, 내가 왜 그 사내를 생각하지? 그 사내가 뭔데? 사람도 아니야. 짐승이지. 외롭고 추한 짐승.〉 에미네는 미할리스 대장을 좋아하지도 않았다. 역시 신사답고 매력적이고 말솜씨가 좋은 폴릭시기스 대장을 택한 것은 잘한 일이었다. 그런데도 에미네는 한순간이라도 좋으니 산으로 올라가 미할리스 대장을 보고 싶었다.

　에미네는 치켜 올라간 눈으로 셀레나 산의 붉은 봉우리를 흘겼다. 누리 장관은, 이미 에미네의 몸과 마음에서 떠난 지 오래였다. 그는 이 세상에 살지 않았던 사람, 사자의 용맹을 떨쳐 본 적이 없는 사람, 안고 안겨 본 적도 없는 사람으로 밀려나 있었다. 에미네의 육신은 바다 같았다. 배는 그 위를 미끌어지며 한순간 표면을 헤집을 뿐, 상처는 다시 아물며 어엿한 처녀로 되돌아오는 것이었다. 그런 여자에게, 아버지로부터 자기를 돈으로 샀던 병골 총독이 생각날 턱이 있을까? 딸을 팔아먹는 것은 에미네 아버지의 생계 수단이었다. 그는 딸을 여럿 낳아 포동포동하게 살을 찌워 선을 보이고는 팔아넘겼다. 그런 여자에게, 어느 여름날 저녁 강둑 옆의 밭에서 키 큰 해바라기 사이에서 자신을 쓰러뜨렸던 시르카시아의 수염도 안 난 풋내기 팔리카레 생각이 날 턱이 있을까? 그때 에미네는 그 사내가 자기를 죽이려는 모양이라고 생각하고 저항했으나 그는 죽이려는 게 아니었다. 에미네를 안은 다음에 사내는 아주 순한 양이 되어 다정하게 웃기까지 하며 묻지 않았던가. 「이름이 뭐지, 내 이름은……」 이런 사내들이 수없이 에미네 위를 지나갔지만 모두가 허공 속으로 사라져 갔다. 이제 폴릭시기스 대장 차례였다. 지금 그가 지나가고 있었다. 하지만 어쩌랴! 에미네는, 결혼 후 언젠가는 이자마저 떠나고 문득 바다 밑에서 돛대가 셋이나 달린 해적 프리깃함이 나타날 것을 예감하고 있었다.

에미네가 한숨을 쉬며 창밖을 내다보고 있을 즈음 미할리스 대장은 혼자서 말을 타고 자기 아버지 집으로 내려오고 있었다. 그의 가슴은 분노와 수치로 들끓고 있었다. 그래서 혼자 중얼거렸다. 「바보 같은 자식이다. 너는, 자유를 위해 싸운다는 녀석이 속은 아직 노예가 되어 있지 않은가. 네 입은 이것을 말하고 있으면서도 손은, 가슴은 저것을 가리키고 생각하고 있다. 위선자 미할리스 대장이여, 무엇 때문에 크레타의 운명을 재잘거리며 주먹으로는 가슴을 치고 있느냐! 이 파렴치한 자야! 또 다른 악마가 네속에 깃들어 손톱으로 할퀴며 주인 행세를 하고 있지 않으냐? 네가 싸우고 메갈로카스트로로 쳐들어가 크레타를 해방시킨다고 해도 너는 여전히 떳떳하지 못한 사내일 터! 네 가슴은 다른 것을 따르고 네 의중은 다른 데 있으니, 어쩌꼬.」

그는 휘하의 가장 용감한 팔리카레, 토도레스에게 깃발을 들려 미리 보냈기 때문에 자기 자신만의 생각에 몰두할 수가 있었다. 폴릭시기스 대장도 만났고 그에게서 저 저주받을 터키 년의 사향 냄새도 맡은 터였다. 그의 목에 난 빨간 이빨 자국을 엿보고 피를 끓였던 터였다. 그는 중얼거렸다. 「저주받을 년, 저주받을 화냥년. 그것이 살아 있는 한 내 명예는 시궁창을 벗어나지 못해.」 신

410

랑이 지도자들의 회합에서 대부모를 선정하던 일, 신랑이 자기 생애 최고의 날에 손님들을 초대하던 일, 미할리스 대장 자신에게 접근했지만 신랑이 자꾸만 눈길을 거두던 광경이 뇌리에서 사라지지 않았다. 미할리스 대장은 소리를 질렀다. 「더 이상은 참을 수가 없다. 이건 사는 게 아니야. 끝장을 내야겠다!」

　문 두드리는 소리가 났을 때, 폴릭시기스 대장은 에미네, 크리산테와 식탁에 앉아 저녁을 먹는 중이었다. 티티로스가 들어왔다. 폴릭시기스 대장은 놀랐다.

　디아만데스와 반겔리오가 죽은 후 그는 선생을 만나지 못했다. 처음에는, 선생이 디아만데스를 질투한 나머지 독살한 것으로 의심하여 그를 미워했다. 그러나 곧 마음을 고쳐먹었다. 하느님의 양 같은 위인이 사람을 죽였으리라고는 도저히 생각되지 않았던 것이다. 그래서 폴릭시기스는 그네들의 팔자소관이거니 했다. 옛글을 읽어 봐도 그랬다…… 이제 그에게 선생에 대한 감정은 없었다. 특히 선생이 마을을 돌아다니며 사람들 가슴에다 봉기의 불을 지르는 걸 본 뒤로는 그 일을 깡그리 잊기로 했다. 그는 뜻밖에 티티로스를 만날 수 있어서 기뻤다.

　「어서 오게, 훈장 나리.」 그가 이렇게 소리치며 자리를 내주었다.

　선생은 그들에게 인사하고 등불 주위에 좌정했다. 폴릭시기스 대장은 그의 변한 모습에 놀랐다. 이게 티티로스란 말인가? 사슬 달린 안경을 쓰고, 팽팽한 바지를 입던 곱사등이 반편이 아니었던가! 그러나 그의 옆에 앉은 사내는 딴사람이었다.

　아닌 게 아니라 티티로스는 딴사람이 되어 있었다. 파락호였던 암사내 처남을 죽인 뒤부터 그의 변모는 시작되었다. 그는 이제 사내란 건장한 육체로만 이루어지지 않는다는 사실을 깨달았다.

결단력이 있는 말파리는 황소도 쓰러뜨리는 법! 사내란 육체가 아닌 영혼임을 깨달은 것이었다. 어느 날 홀연 그런 깨달음을 얻은 뒤부터 그는 변모를 시작했다. 그의 몸도 점차 힘을 얻었다. 이제는 더 이상 등을 구부리고 다니지 않았고 먹어도 왕성하게 먹었고 마셔도 포도주를 따라 마셨다. 뺨은 홍조를 띠어 갔다. 그 중에서도 가장 놀라운 것은 사타구니에 불이 붙어 여자를 쫓아다니는 것이었다. 조국의 운명에 대한 마을의 순회 강연을 다니면서 그는 스스로 수많은 아이들의 대부가 되었고 그들 부모와 인연을 맺었다. 이런 식으로 밤에는 잠자리도 얻어 걸렸다. 그중 어느 대자(代子)의 어머니는 남편을 외지로 떠나보낸 카스텔리의 생과부인데 세상 재미를 아는 여자였다. 어느 날 밤, 흥겨운 대화를 끝내고 잠자리에 든 두 사람은 ─ 경위는 어떻게 된 것인지 몰랐지만 ─ 서로가 서로의 품에 안겨 있다는 사실을 발견했다. 그때부터 티티로스는 카스텔리를 지날 때마다 이 여자와 잤다. 그는 하느님이 그 여자를 보호하시길 빌었다.

폴릭시기스 대장이 잔을 채워 주며 말했다. 「자네도 싸울 참이구먼, 훈장 나리. 자네의 학식은 좋이 대장감이야. 알파벳을 수놓은 깃발을 올리게.」

「저도 곧 총을 잡았으면 합니다. 알파벳은 입맛을 돋우는 거지요. 정식(定食)은 터키 놈들의 살이고요.」

에미네는 사과 빛 뺨을 손 위에다 괴고 그를 바라보았다. 보면서 생각했다. 〈저게 미할리스 대장의 아우란 말인가. 저런 훈장이…….〉 에미네는 그의 얼굴에서 저 사나운 대장의 모습을 찾으려고 애써 보았다.

크리산테는 밖으로 나갔다. 선생을 바라보고 있을 수가 없었다. 시체 두 구가 무덤에서 솟아올라 맞은편에 앉아 있는 것 같았다.

폴릭시기스 대장이 물었다. 「훈장, 자네 우리 저 사람 세례식에 나와 줄 텐가? 에미네는 세례를 받고 엘레니로 개명한다네. 결혼식도 같은 날 밤이지.」

「대장님, 제가 온 것도 바로 그 세례 때문인데요. 마브롤리아스 영감이 카스텔리 부근의 밭을 일구다가 근사한 도자기 항아리를 발굴했답니다. 저더러 와서 보라고 하더군요. 그 양반은 아주 오래된 진품이라고 생각한답니다. 몇천 년이 되었는가는 하느님만이 아실 테지요. 거기 있는 문양으로는 알 수가 없는데요, 그 항아리 바닥에서 저는 이집트 콩을 한 줌 발견했습니다. 하도 오래된 거라서 숯같이 변해 버렸지요…… 하지만 제가 보건대, 미노스 시대의 항아리가 아닌가 합니다.」

「그래서? 자네는 어쩌자는 것인가?」 폴릭시기스 대장이 물었다.

「모르시겠습니까, 대장님? 세례반(洗禮盤)으로 쓰자는 거지요. 마을의 사제는 부인을 어떤 통에 담가 세례할지 생각을 못 하고 있습니다. 교회에 있는 세례반은 너무 작아요. 그런데 하느님께서는 꼭 필요한 순간에 땅속에서 항아리를 파내 주신 겁니다. 대장님, 좋은 징조가 아닙니까? 제가 보건대, 곧 콘스탄티노플도 기독교인 차지가 될지 모르지요.」

그는 바쁜 길이어서 일어났다. 카스텔리 여자의 식탁이 그를 기다리고 있기 때문이었다.

폴릭시기스 대장이 웃었다.

「훈장 나리, 자네 머리는 아주 속이 풍부한 모양이군, 나오는 게 많으니 말일세. 에미네, 당신 생각은 어때?」

그러나 에미네는 아무 말도 하지 않았다. 선생을 보고 있긴 했지만 혼은 육신을 떠나 그리스도에서 세례반으로 자유로이 떠다니고 있었다.

413

카스텔리 여자는 아닌 게 아니라 식탁을 차리고 포도주 병을 채워 놓고 선생을 기다리고 있었다. 여자는 여자이되 사내 같은 이 여인은 몸이 실팍하고 이빨이 길쭉길쭉한 데다 수염까지 시커멓게 나 있었다. 넓은 얼굴은 마맛자국으로 잔뜩 얽어 있었다. 선생이 홀딱 반해 버린 것은 그런 추한 얼굴 때문이었다. 참 세상 묘하지. 여자가 곰보딱지의 얼굴이 아니었다면 선생의 가슴에 불을 지르지 못했을 터였다. 그때까지만 해도 너무 소심하여 여자 같은 여자는 안을 뱃심이 없었기 때문이었다.

티티로스는 여자에게 밤인사를 했다. 대자는 너무 어려 요람에 누워 자고 있것다, 또 하나 아들은 조그만 안락의자에 잠들어 있것다, 남편은 행상을 떠나고 없것다, 티티로스와 대자의 어머니 단둘 뿐이었다. 두 사람은 서둘러 병을 비우고 성호를 그은 다음 성상이 못 보도록 그 위에 보자기를 씌워 버리고 침대로 달려갔다.

다음 날 아침 선생은 그 마을의 흥분한 군중이 포플러 광장에 모인 것을 발견했다. 고함 소리가 여기저기서 났고 농부들은 맨발로 집에서 달려 나왔다. 수도사가 왔다. 그는 저고리를 풀어 헤치고 숨을 몰아쉬었는데 발에서는 피가 흘렀다. 그가 소리쳤다.

「형제들이여, 나는 구세주 수도원 사제님들의 심부름으로 왔다. 장군인 하산 장관이 메갈로카스트로에서 수도원을 치려고 대군을 몰고 출발했소. 형제들이여, 우리를 도와주시오. 무기를 주시오!」

폴릭시기스 대장은 시르카시아 여자의 품에 안겨 있었다. 그는 그 고함 소리를 듣자 펄쩍 뛰어 일어나 옷을 입고 권총 두 자루를 가죽집에 찔러 넣었다. 그는 소리 나는 쪽으로 달려갔다. 그러고는 수도사의 팔을 낚아챘다.

「그렇게 소리 지르지 마시오. 우리 동네 사람들을 기죽이면 쓰나.」그는 이렇게 수도사를 달래어 집 안으로 밀어 넣고 문을 잠근 다음, 먹을 것과 마실 것을 주었다. 수도사가 기운을 차렸다.

폴릭시기스 대장이 명령했다.「이제 말해 보시네. 내 앞에서 징 징 울기 없기네. 그게 별건가, 그래 봐야 터키 놈들이지. 그러니 수도사 양반, 이제 악마가 그것들을 맞을 것이네.」

10

하느님은 그날이 오게 하셨다. 고원은 햇살의 횃불로 밝았다. 그 햇살은 사면을 따라 내려와 평원에 넘쳤다. 이어서 빛의 창날은 쪽빛 구름을 꿰뚫고 고통 받는 크레타 위로 쏟아져 내려왔다. 하느님에게 크레타를 내려다볼 정신이 있었다면 그는 틀림없이 불타는 집, 울부짖는 여인, 주리고 헐벗은 산기슭에서 맨발로 돌아다니는 고아들을 불쌍하게 여겼으리라. 뿐만 아니라 기도하기엔 이제 너무 사나워진 사내들이 십자가를 수놓은 깃발을 들고 산길이나 산꼭대기에 달라붙어 있는 광경, 빵도 없이 탄약도 없이 얼기설기 주위 맞춘 총 한 자루만 부둥켜안고 맨발로 전장으로 나가는 사내들에게 연민을 느꼈으리라. 얼마나 오랜 세월을 그들은 손을 들고 하느님께 호소했던가? 언제 하느님이 그들을 내려다보며 그들 말을 들어 주었던가? 하늘은 귀가 먹었고 하느님은 신앙을 바꾸었던가? 그들은 총을 쥔 손에 더욱 힘을 주었다.

첫 햇살에 전투 준비를 서두르는 폴릭시기스 대장이 보였다. 전날 밤, 그는 미할리스 대장에게, 터키인들이 수도원을 포위하고 있다는 소식을 전령 편으로 보냈다. 이제 깃발을 올릴 때다. 자유가 아니면 죽음을! 연설과 토론은 막을 내려야 할 때, 진정한 크레타의 목소리인 총이 말해야 할 때라고.

그는 편지에다 이런 말도 덧붙였다.

〈미할리스 대장, 우리의 사소한 불화나 근심은 악마에게 지워 보내 버리세. 악마가 우리 둘을 좀먹고 있었네. 어느 날 누가 사자에게 물었네.《누가 두려운가, 코끼리? 호랑이? 들소?》사자는 대답했네.《이〔虱〕가 제일 무서워.》미할리스 대장, 이가 우리 둘을 슬었네. 우리는 그것을 때로는 쾌락 또 때로는 근심이라고 부르지. 그러나 그것은 어디까지나 이였네. 이제 그걸 악마에게 딸려 보내세. 크레타가 부르고 있네. 형제여, 자네의 손을 주게.〉

에미네가 나와 문설주에 기대섰다. 눈자위가 푸르뎅뎅했고 입술에는 잇자국이 나 있었다. 대장이 마지막으로 에미네를 돌아다보았다. 그의 마음은 전날 미할리스 대장에게 했던 호언장담 그대로였다. 그래서 표정은 진지했다.

「당신의 마음은 어디를 방황하고 있나요. 나는 여기 있는데 당신은 한 생각도 내 몫으로 주지 않는군요.」시르카시아 여자가 말했다.

그는 안장에다 색실로 수놓은 가방을 매달고 있던 참이었다. 한쪽에는 탄약, 기름걸레, 발삼 진통제, 그리고 한쪽에는 빵, 부드러운 치즈 덩어리, 포도주 한 병을 넣은 가방이었다. 문간에서, 떠나는 남자를 바라보고 서 있는 여자에게 뭐라고 할 것인가? 무장한 동지에게 파발을 띄운 이후 생전 처음으로 여자의 위치, 크레타의 위치, 그리고 사나이의 진정한 의무의 위치가 그에게 분명해졌다.

「비밀이 한 가지 있는데요.」시르카시아 여자가 가까이 다가오면서 말했다. 여자가 암말의 목을 쓰다듬으며 고개를 숙였는데 머리카락이 흡사 암말의 갈기처럼 흘러내려 땅에 닿을락 말락했다. 마당 하나 가득 사향 냄새가 풍겼다.

「비밀이라니?」 폴릭시기스 대장이 물었다. 그의 손은 그대로 굳어져 공중에 한 장의 정사진으로 머물렀다.

「네, 비밀이에요. 뒤에 모르셨다는 말씀 못하시게 지금 일러 드리는 거예요. 이따금씩 메갈로카스트로의 소식을 듣고 있어요. 최근에 누리의 친척들은 군대를 동원하여 카스텔리를 공격하여 나를 잡으려 한다더군요. 내가 내 종교를 떠나면 죽인다는 거예요. 이제 가세요. 구세주 수도원으로. 하지만 당신 아내 생각도 종종 좀 하세요. 폴릭시기스 대장!」

그는 머뭇거리며 한동안 서 있었다. 바깥에서는 떠들썩한 소리가 들려왔다. 아내들은 남편에게 작별을 고했고 늙은 여자들은 울었으며 사내들은 괴로워 몸부림쳤다. 「안녕히.」 그들은 이렇게 외치고 나서 마을 광장에 있는 세 그루의 포플러에 걸린 폴릭시기스 대장의 깃발 아래로 모여들었다.

시르카시아 여자는 남편이 말을 잃은 걸 보고 다시 말을 이었다. 「여자 역시 성채와 같은 거예요. 여자도 점령해야 하는 거예요.」

「잊지 않겠네. 잘 있게.」 마침내 사내가 대답했다.

그는 여자를 가슴에다 끌어안았다. 여자의 탄탄한 가슴이 느껴지자 그는 기우뚱거렸다. 이 파르르 떠는 여자의 육체가 그의 품 안을 떠나지 못한다면 세상으로서는 적지 않은 비극일 터였다. 여자는 눈을 감고 천천히 발돋움하였다. 여자의 입술이 그의 입술에 닿았다. 그의 무릎이 벌어지면서 여자에게 길을 내주었다.

암말이 울었다. 대장은 현기증을 느껴 문설주에 기댔다. 그는 조용히 여자의 입술에서 빠져나와 여자를 가볍게 밀어붙이고 암말의 갈기를 쥐고 안장으로 뛰어올랐다.

「잘 있게.」 그는 이렇게 말하고 나서 뒤도 돌아보지 않고 대문을 빠져나가서는 마을의 광장 쪽으로 달렸다.

같은 날 아침 미할리스 대장은 페트로케팔로의 아버지 집에서
젊은 팔리카레 무리에 둘러싸여 있었다. 검은 천에 붉은 글씨를
수놓은 깃발을 토도레스에게 맡겼다. 그의 옆에 평소의 술친구들
인 카야베스와 푸로가토스도 무장하고 서 있었다. 벤두소스는 집
안일을 정리하러 내려가고 없었고 베르토둘로스는 여자들과 함
께 남아 있기로 했다.

미할리스 대장은 팔짱을 끼고 문턱 위에 조용히 서 있는 아내
를 돌아다보았다.

「잘 있게, 마누라!」 그가 말했다.

「하느님이 함께하실 거예요, 미할리스 대장.」 카테리나는 조용
히 대답하고 나서 덧붙였다. 「팔리카레 여러분, 하느님이 함께하
실 거예요.」 대장 부인의 눈길은 남편의 무장한 젊은 부하들을 훑
어 내려갔다.

세파카스 노인이 나왔다. 그의 뺨은 이른 아침 햇살에 붉게 타
오르고 있었다.

그가 그 큰 손을 들었다. 「내 축복을 받고 나아가거라. 하느님
의 축복을 받고 나아가거라. 너희는 크레타를 위해 싸운다. 이건
농담이 아니다. 크레타를 위해 목숨을 바치는 자에게 복이 있을
것이다. 이유는 모르겠다만, 오늘따라 크레타를 위해 사는 것보
다 크레타를 위해 죽는 편이 낫다는 생각이 드는구나.」

소란이 잠자고 있던 트라사키를 깨웠다. 그는 아버지가 전장으
로 출발한다는 생각에 침대에서 내려와 붉은 이불을 뒤집어쓴 채
문 앞으로 나왔다. 아버지는, 아직도 꿈이 덜 깬 얼굴로 할아버지
와 어머니 사이를 파고드는 아들을 보고 웃었다.

「잘 있거라, 트라사키. 나이를 먹을 때까지 기다리거라.」

그는 이렇게 말하고 나서 훌쩍 말에 올라 성호를 그었다. 「하느님의 이름으로!」

마을은 남자들을 깡그리 비워 냈다.

유명한 구세주 수도원은 아주 먼 옛날, 콘스탄티노플이 함락되기도 전에, 베네치아인들이 크레타로 쳐들어오기도 전인, 비잔틴 황제가 동양과 멀리 서양의 일부까지 지배할 당시에 세워졌다.

이야기인즉슨, 이 수도원은 여자의 아름다운 육체에 눈이 멀어 하마터면 지옥에 떨어질 뻔했던 음침한 성격의 소유자 니키포로스 황제가 세운 것으로 전해졌다. 지옥에 떨어질 뻔했던 그는 하느님께 탄원하고, 그로써 자기의 죄를 자복할 수 있었다. 하느님은 그의 기도를 들어주어 다른 죄 많은 황제들과 더불어 천국에다 넣어 주었다는 것이다.

그는 세계의 지배권을 확립하고 크레타에 상륙한 다음 사라센을 공격하여 이슬람 국가의 신월기를 뽑아 버리고 광대한 평원과 도시에다 그리스도의 깃발이 휘날리게 했다. 이야기인즉슨 이렇다. 어느 날 저녁 그는 산골짜기를 지나가고 있었다. 그는 거기 레몬나무 밑에서 잠을 자고 날이 밝는 대로 칸다카(당시의 메갈로카스트로)로 가리라고 생각했다. 때는 바야흐로 5월이었다. 달은 밝고 밤공기는 지빠귀 울음소리로 교교했다. 바로 그때 황제는 주 예수 그리스도가 오랜 여행에 지친 맨발의 모습으로 다가오는 걸 보았다. 주 예수 그리스도는 레몬나무 아래서 걸음을 멈추었다. 그분은 니키포로스를 보지 못하고 한숨을 쉬며 나무 아래 땅바닥에 누웠다. 그는 돌멩이를 베개 삼아 누우면서, 〈아, 피곤하구나〉 하고 중얼거리고는 팔짱을 낀 다음 눈을 감고 그대로 잠이 들었다.

밤새도록 황제는 더할 나위 없이 따뜻한 행복을 누렸다. 달 때문도, 지빠귀 때문도, 잠 때문도 아니었다. 그는 천국에 들어가 있었던 것이다.

새벽에 일어난 니키포로스는 〈그리스도께서 주무신 이 나무 밑은 신성한 곳〉이라고 말했다. 그는 이 신성한 레몬나무 주위에 수도원을 지으라고 명했다. 이렇게 해서 구세주 수도원이 지어졌다는 것이었다.

비잔틴 황제가 죽고, 터키가 콘스탄티노플을 장악했으며, 베네치아인들이 크레타를 휩쓸고 지나가자 오토만 제국이 다시 크레타를 장악했다. 수도원은 파괴되었다가 재건되고, 재건되었다가 다시 파괴되었다. 이제 터키에 포위된 수도원의 종소리는 그 지방 사람들에게 이렇게 호소하고 있었다. 「믿는 자들이여, 와서 구하라!」

수도원장은 교회 안에서 무장하고 있었고 수도사들은 성소 아래에서 총을 파내고 있었다. 수도원장은 성상대 옆의 거대한 그리스도 성상 앞에 무릎을 꿇었다.

그러고는 모두가 들을 수 있도록 큰 소리로 기도했다. 「주 예수 그리스도여! 용서하소서. 허물은 제 탓이며 벌을 받아야 하는 것은 저뿐입니다. 이제 개들이 피를 복수하러 왔습니다.」

아닌 게 아니라 책임은 그에게 있었다. 9월 1일, 성력(聖歷)으로는 한 해의 첫날에 구세주 수도원의 수도원장은 메갈로카스트로에서 돌아오고 있었다. 그는 대주교에게 고해 성사를 할 겸 수도원의 그해 헌금을 드리러 갔던 것이다. 그는 대주교에게 수도원을 그의 보호 아래 두되 총독과 절충하여 터키인들의 공격을 저지해 달라는 부탁까지 넣은 다음이었다. 「이들이 도대체 몇 번이나 수도원에다 불을 질러야 한단 말입니까. 대주교님, 불쌍히 여기소서. 저는 늙었습니다. 상처도 쑤십니다. 이제는 막을 힘도 남아 있지 않습니다.」그가 애원했다.

「그래, 그대 보기에 하느님 연세는 얼마나 되신 것 같소? 그래도 하느님은 많은 성자들에게 새 짐을 지우실 수 있소. 내 축복해 드릴 테니 가시오. 걱정하지 말고.」대주교는 웃으면서 대답했던 것이다.

수도원장은 대주교의 축복을 받고는 노새를 몰아 자선문을 빠져나왔다. 지는 햇살에 그는 자기 앞의 파란색으로 빛나는 산이며 가을 벌판, 포도송이를 잔뜩 늘어뜨린 포도원, 열매를 가득 달고 있는 올리브나무, 그리고 바다를 바라보았다. 그의 가슴이 두근거렸다. 그래서 중얼거렸다. 「이 덧없는 세상이 아름답기도 해라. 크레타는 아름답고 하느님은 크시도다.」

그는 해변을 끼고 강의 붉은 모래들을 건너고 과부의 여관에서 라키 술을 마시고는 무정산을 오르기 시작했다. 노새는 바위틈으로 난 비좁은 오솔길을 잘도 올라갔다. 부드러운 바람이 한숨을 쉬었다. 수도원장은 자기 눈앞에서 시시각각 어두워져 가는 바다를 내려다보았다. 그는 성호를 긋고 가슴 가득히 행복을 느끼면서 중얼거렸다. 「이 덧없는 세상, 아름답기도 해라. 크레타는 아름답고…….」

바위 뒤에 숨어 그를 기다리고 있던 우람한 터키 젊은이 셋이 칼을 들고 그를 기습했다. 그들은 이 수도원장이 1866년 봉기 때 죽인 자기네 팔리카레들의 늙은 과부를 위해 대신 복수하기로 마음먹었던 것이다.

노새가 깜짝 놀라 수도원장을 구덩이에다 처박았다. 수도원장은 자기가 흉터투성이의 늙은이라는 것도 잊어버리고 도둑고양이처럼 민첩한 몸놀림으로 그 구덩이를 빠져나왔다.

「하느님의 이름으로!」 이렇게 외치면서 그는 칼을 뽑았다.

구덩이 위에서 네 개의 몸뚱어리가 뒤엉켜 맞부딪쳤다. 체구가 작고 뼈만 남았지만, 민첩한 수도원장은 좌충우돌했다. 그의 피가 끓어오르면서 젊음이 되살아나고 터키와의 전투에서 쓰러져 간 선조들이 그의 내부에서 들고일어났다. 이제 싸우는 것은 그 혼자뿐이 아니라 전 크레타가 합세한 셈이었다.

그들 위로 밤이 내려 저 아래 바다는 시커먼 빛깔로 출렁거렸다. 하늘 높이 뜬 별들은 괜히 즐거워하는 것 같았다. 밤새 한 마리가 벼랑 끝에 앉아 죽음의 곡예를 벌이는 네 사람의 형제를 내려다보고 있었다.

「그리스도의 이름으로!」 수도원장은 이렇게 소리치며 기를 써서 여섯 쌍의 팔다리에서 풀려났다. 그러고는 있는 힘을 다해 세 개의 몸뚱어리를 절벽 쪽으로 밀었다. 그들이 밀리기 시작했다. 한순간 수도원장의 힘이 완강한 저항에 잠시 머뭇거렸으나 마지막 남은 힘을 기를 쓰며 밀어붙이자 세 명의 터키 청년은 바위 사이로 밀려나 바다로 떨어졌다.

수도원장은 바위에 기대서서 성호를 그었다. 머리와 가슴에서는 피가 흘렀다. 사제복도 갈기갈기 찢겼다. 그는 찢긴 사제복으로 상처를 묶고 노새를 불렀다. 그러고는 기도했다.

「오, 그리스도여, 수도원까지 갈 힘만 주십시오. 그다음은 당신 뜻대로 하소서.」

그는 이를 악물고 고통을 참으며 노새 안장으로 기어올랐다

「오, 하느님은 위대하시다!」 이렇게 중얼거리며 그는 노새를 몰았다.

다음 날 메갈로카스트로는 터키인을 잡아먹은 수도원장의 무용

담으로 또 한 번 술렁거렸다. 카로스의 새 희생자가 된 세 명의 터키 여자들은 단체로 통곡했다. 그들은 군중을 대동하고 남편들이 떨어진 곳으로 달려가 해안에서 시체를 인양하여 모래에다 묻었다. 사내들은 무덤 위에다 칼을 꽂고 저주받은 수도원을 잿더미로 복수해 주겠노라고 맹세했다. 어느 날 아침 구세주 수도원 앞의 계곡이 붉은 페스 모로 온통 뒤덮인 것은 이런 연유에서였다.

같은 날 아침 또 한 떼의 무리가 자선문을 나서서 포위된 수도원과 이단자들에게 점령된 터키인들의 거주 지역인 카스텔리로 향하고 있었다. 누리의 조카, 사촌, 친구들은 무에진을 앞세우고 신들린 사람들처럼 나아갔다. 메갈로카스트로의 기독교인들은 닫힌 문틈으로 그리스인 거주 지역 앞을 권총과 단검으로 무장하고 질주하는 그들을 훔쳐보았다.

그날 아침 바다 저쪽에서는 아테네가 잠을 깨었다. 파르테논 신전 기둥에서 빛줄기가 평야 지대로 퍼져 나가자 이 지성과 아름다움으로 유명한 도시는 우유 장수, 신문팔이, 야채 행상의 우렁찬 목소리와 더불어 잠에서 깨어났다. 그들이 숙소로 제공했던 빈 학교 건물, 창고, 지하실에서 크레타 피난민들이 소리 없이 나타났다. 그들은 깡통이나 접시를 들고 열린 문 앞에 자리 잡았다. 문 뒤로는 마당이 보이고 마당 안에는 몇 개의 큰 솥이 걸려 있었다. 그들은 한 시간쯤 기다려 멀건 국 두 국자씩을 받았다. 구걸해 본 적이 없던 터여서 처음에는 부끄러웠지만 배가 고프니 그것도 어쩔 수 없었다.

모국 헬라스 땅 역시 카로스의 위협을 받았지만 굶주리는 크레타를 먹이기 위해 허리띠를 줄이고 있었다. 알뜰한 주부들은 지갑을 털었고 신혼부부는 결혼 선물을 내놓았고 사제들은 하느님을 향해 손을 들었으며 배들은 화약과 식량과 지원병을 싣고 가

424

까운 항구를 몰래 떠났다.

선박이 많은 시라 섬에서는 스테파네스 선장이 작은 마을의 뒷골목을 절뚝거리고 다니면서 손을 벌리고 애원했다.

「기독교인들이여, 배를 주십시오. 내게도 주시고 크레타에도 주십시오.」

하느님도 무심치는 않으셔서, 스테파네스 선장은 친구인 두 지도자가, 구세주 수도원으로 진격하는 것과 때를 같이해서 시라의 애국자들이 주선해 준 배에 오를 수 있었다. 화물로는 밀가루, 탄대, 붕대, 탄약을 실었다.

스테파네스 선장은 성호를 긋고 성 니콜라스의 성상을 뱃머리에다 가져다 놓고 속삭였다. 「성 니콜라스 성자님, 이번에는 여기에다 모시겠습니다. 사람 눈으로 보는 것보다 훨씬 잘 보이게 말입니다. 지금부터는, 선실에 계셔서 아무것도 안 보이더라고는 마십시오.」 수염이 짤막한 바다의 성자는 아무 말 없이 그를 노려보았다. 바닷바람으로 일그러진 그의 손에는 인형이 들려 있었다. 그는 웃고 있었다. 스테파네스 선장은 성상에 입을 맞추었다.

남쪽 하늘에 연기 같은 조그만 구름 조각이 나타났다. 그 구름 옆으로 양치기 같은 뜨거운 남풍에 쫓겨 양 같은 구름 떼가 밀려왔다. 정오경에는 하늘 전체가 구름으로 덮였다. 미지근한 첫가을 빗방울이 떨어졌고 첫 천둥소리가 바다로 울렸다.

스테파네스 선장은 부리부리한 눈으로 남쪽을 바라보며 웃었다. 「오냐, 물의 주인인 남풍이여, 폭우를 쏟아라. 해도 달도 내 앞에 나타나지 마라. 그래야 칠흑 어둠에 잠긴 크레타에 이 물건을 손쉽게 상륙시킬 수 있지.」

벤두소스도 산을 오르면서 그 천둥소리를 들었다. 그는 머리 위로 시커멓게 드리워진 하늘에 겁을 집어먹고 중얼거렸다. 「하늘아, 대부 요르가로스 댁에 닿을 때까지만 기다려라. 그다음에는 마음대로 퍼부어도 좋다!」

그는 아나폴리 산 마을로 걸음을 재촉했다. 대부에게 크레타가 평화로워질 때까지 아내와 두 딸을 맡아 달라고 부탁할 참이었다.

그는 한밤중에야 도착했다. 문을 두드렸지만 아무도 없었다. 그는 또 두드렸다. 그제야 대부가 문 앞에 나타났는데, 웬일인지 눈은 충혈되고 머리는 헝클어진 데다 낯빛은 창백했다. 「인사 올립니다, 요르가로스 대부님. 오늘 밤 여기 묵어가도 될까요?」 벤두소스가 물었다. 「내 머리를 달랜대도 그건 자네 것이네. 들어오게.」 대부가 대답했다.

벤두소스는 집 안으로 들어갔다. 대모는 나타나지 않았다. 요르가로스는 대자를 홀로 남겨 두고 잠시 나갔다. 2층 침실에서 볼멘소리가 흘러나오다 그것도 곧 들리지 않았다.

「대모님은요?」 벤두소스가 물었다.

「아내를 용서하게, 벤두소스. 요 며칠간 심기가 편치 않다네. 자네를 환영한다는 인사를 전하더군.」 요르가로스가 대답했다.

대부는 먹을 것과 포도주로 식탁을 보고 등잔에 불을 켰다.

「용서하게, 벤두소스. 내놓을 게 많지 않네. 하지만 자네가 이 밤중에 올 줄 누가 알았겠나? 내일 아침에는 내 닭 한 마리 잡음세.」 요르가로스의 말이었다.

남풍이 휘몰아치자 빗줄기가 문과 계단을 때렸다.

「대부님, 내일 아침이면 떠나야 합니다. 미할리스 대장과 약속한 것이 있어서요. 대부님, 실은 부탁이 있어서 왔습니다.」

「내 힘으로 될 만한 것이면 무엇이든 말하게.」 요르가로스가 고개를 끄덕였다.

「빈방이 혹시 없을까요? 총소리가 멎을 때까지 제 식구들이 거처할 만한 방 말입니다.」

요르가로스는 목이 멘 듯 포도주 한 모금을 소리 나게 마셨다.

「마침 며칠 전에 방이 하나 비었네. 그 방을 쓰도록 하게, 벤두소스.」 그가 고개를 숙이면서 말했다.

그는 일어나서 문을 열고 마당으로 나갔다. 잠시 후 그는 흠뻑 젖은 채 들어와 중얼거렸다.

「하느님도 참 자비로우시지. 비가 오고 있네. 땅이 부드러워져 김매기가 좋겠군.」

그는 식탁을 치우고 대자의 잠자리를 마련해 주었다.

「잘 자게, 벤두소스. 먼 길에 피곤할 것이네.」

이튿날 아침 요르가로스는 그에게 우유 한 잔, 마른 보리 빵과 큼직한 치즈 한 덩어리를 가져다주었다. 하늘은 말끔히 개어 있었다. 마을의 닭들이 지붕에서 날개를 치며 울었다.

「안녕히 계십시오, 대부님. 이 은혜를 무엇으로 보답할까요? 하느님만 갚을 수 있을 것입니다.」

「전능하신 분께서 갚으실 터이니 자네는 마음 쓰지 말게. 잘 가소, 대자 벤두소스.」

씻긴 바위는 아침 햇살에 반짝거렸고 나뭇가지 끝의 빗방울은 영롱했다. 벤두소스는 휘파람을 불며 산을 내려갔다. 이제 가족을 의탁할 데도 보아 두었으니 마음 놓고 미할리스 대장과 카야베스, 푸로가토스에게로 돌아갈 수 있게 된 터였다.

마을 밖 오두막의 문이 열리며 조그만 노인이 문턱에 나타났다. 벤두소스는 그를 알아보았다. 요르가로스의 숙부로 여러 가지 재주가 많은 자카리아스 노인이었다. 그는 접목도 하고 이발도 했으며 사람들의 병도 고쳐 주었다. 매주 토요일이면 토기 접시, 비누, 가위와 면도기를 가지고 교회 옆 조그만 의자에 앉아 있다가 드나드는 사람들의 머리와 수염을 깎아 주기도 했다. 그 옆에는 조그만 배낭이 있어서 머리를 깎인 사람은 그 안에다 빵이나 야채, 건포도 따위를 넣었고, 그 옆에 놓인 두 개의 항아리에는 포도주나 기름을 담았다. 이발이 끝나면 머리털을 모으고 불을 질러 태웠다. 그럴 때면 그 주위에서 노린내가 몹시 났다.

「장수하십시오, 자카리아스 아저씨.」 벤두소스가 지나치며 인사하고 걸음을 멈추었다.

「어서 오게, 리라쟁이. 그래, 무슨 일인가? 어디로 가는 것인가?」 노인이 물었다.

「묻지 마세요, 아저씨. 악마에게 갑니다.」

「자네도?」

「저도 갑니다. 피할 도리가 있습니까? 어젯밤에는 대부 요르가로스 댁에서 잤습니다. 이야기를 많이 했지요. 지금 돌아가는 길입니다.」

노인은 하늘로 손을 쳐들고 중얼거렸다. 「요르가로스 집에서? 아뿔싸! 주님, 자비를 베풀어 주세요. 그래서 저 불쌍한 사람이 심부름꾼을 보내 절대로 문상하러 오지 못하게 했구나.」

「뭐라고요, 아저씨? 문상이라니요?」

「자네는 아무 눈치도 못 챘던가?」

「무슨 눈치요?」

「어제 아침에 그 집 아들이 살해당했다네. 시신은 그 집 침실에 있고.」

벤두소스는 얼굴을 가렸다.

「여보게, 벤두소스, 울지 말고 잘 가게. 우리 모두 죽게 되어 있는 게야.」

그날 밤에는 구세주 수도원에도 비가 왔다. 사흘 밤낮을 엄폐물 뒤에 쪼그리고 앉아 터키인들의 공격을 기다리던 수도사들의 얼굴에는 활기가 넘쳤다. 거기에는 수도사 서른두 명과, 그런 위급한 때에 수도원을 떠나는 것을 부끄럽게 여긴 인근의 농민 스무 명 남짓이 있었다. 그들은 요란하게 울리는 수도원 종소리를 듣고는 처자식을 하느님이 만드신 천연 요새인 동굴로 피신시키고 수도원으로 양이나 염소, 보리 과자 자루 같은 식량을 들고 왔던 것이다.

폴릭시기스 대장이 팔리카레들과 더불어 오솔길을 버리고 수도원으로 접근했을 때는 정오가 가까울 무렵이었다. 멀리서 그들은 터키인들이 쏘아 대는 종소리와 나팔 소리가 들렸다. 몇몇 방위군 동료들은 서둘러 산길가에 자리를 잡고 주위의 형제들을 보호하려고 포진했다.

폴릭시기스 대장이 등자에 발을 건 채 벌떡 일어났다.

「안녕하시오, 형제들!」 그가 소리치며 권총을 한 발 쏘았다. 그러고는 고함을 질러 대는 동료들을 돌아다보면서 소리쳤다.

「자, 여러분, 도착 인사를 해야지. 총알은 한 발이라도 낭비하지 않도록 하게.」

그는 수도원을 둘러싼 붉은 페스 모의 무리를 가리켰다. 뒤에서 총알 열다섯 발이 바람을 가르고 날았다. 스무 개쯤 되는 몸뚱어리가 외마디 소리를 지르며 땅바닥에 쓰러졌다.

수도원에서 〈어서 오시오, 형제들〉이라는 인사의 메아리가 울려 나왔다. 귀머거리 종지기 일라리온 노인은 종 줄을 잡고 미친 듯이 치기 시작했다.

터키인들은 눈을 들어 자욱한 안개 속으로 산 정상이 그리스인들 손에 넘어간 것을 보고는 격노했다. 이제 그리스인들은 벼랑에서 엄폐물을 찾아 사라지고 있었다.

「알라 신이여! 알라 신이여!」 그들이 외쳤다.

대개의 터키인들은 수도원을 포위한 채 그대로 있었고 일부는 바위를 기어올랐다.

비가 쏟아지기 시작했다. 구름은 정상을 가렸고 빗방울은 터키군의 얼굴을 때리며 눈을 가렸다.

「하느님은 우리 편이시다. 또 한 차례 일제 사격이다!」 폴릭시기스 대장이 외쳤다.

그들은 다시 장전하고 쏘았다. 고함 소리와 비명 소리가 터졌다. 그러나 이제는 구름이 사면을 따라 내려와 터키군까지도 가려 버렸다. 그들의 붉은 페스 모와 번쩍거리던 총검도 잘 보이지 않았다.

총안을 통해 터키군이 분산하는 걸 본 수도원장은 동료들에게 그 소식을 전했다. 그는 소리쳤다.

「앞으로! 앞으로! 놈들을 공격하여 포위망을 깨뜨리자!」

수도사와 농부들이 일어났고 종지기는 다시 종 줄을 당겨 공격 신호를 보냈다. 그들은 수도원 뜰에 모였다. 수도원장이 정문을 열고 내닫자 모두가 고함을 지르며 우르르 몰려나왔다.

한순간 터키인들은 양면 공격에 당황했다. 일부는 반격으로 수도사들을 수도원 안으로 격퇴시키려고 했으나, 도중에 그들은 계곡으로 후퇴하라는 명령을 받았다. 수도사들이 그들을 추격했다.

그때 나팔 소리가 울렸다. 터키인들은 우뚝 섰다. 역시 그때 수도사들 뒤에서 다른 나팔 소리가 울렸다.

「터키군이 우리를 포위했다. 함정에 빠진 것이다. 물러서세요! 원장님!」 한 수도사가 고함을 질렀다.

「놈들이 수도원으로 쳐들어간다!」 다른 수도사가 외쳤다.

수도원장은 권총을 허리춤에 찔러 넣은 다음, 칼을 빼 들고는 아무 말 없이 수도원 정문으로 내달았다.

폴릭시기스 대장이 위험에 처한 그를 보고는 팔리카레들을 데리고 질풍처럼 내달았다. 빗줄기는 거세져 있었다. 어둠이 내렸다. 터키군과 기독교군은 한 덩어리가 되자 밀고 밀렸다.

「나를 따르라!」 수도원장이 고함을 질렀고 폴릭시기스 대장 역시 부하들을 몰아 정문으로 쳐들어갔다.

몇 명의 터키인들이 이미 수도원 안뜰로 들어서서 교회 쪽으로 달리고 있었다. 그들은 횃불과 기름에 적신 헝겊을 사방으로 던졌다.

「이 개 같은 놈들아!」 그들은 뒤에서 소리 지르는 두 사람의 무시무시한 목소리를 들었다. 수도원장과 폴릭시기스 대장은 동시에 정문을 지나 침입자에게로 달려갔다. 뒤따르던 터키군은 교회 벽으로 밀려 바로 따라온 수도사와 팔리카레들 손에 도륙당했다.

가까스로 위험한 고비는 넘긴 셈이었다. 육중한 수도원 정문은 이중으로 잠겼다. 밤이 왔다. 용사들은 전투 대열을 풀고 침묵했다.

「우리는 산길로 돌아가자. 하느님은 내일도 우리와 함께하실 것이다!」 폴릭시기스 대장이 명령했다.

기독교인들은 사상자를 점검했다. 수도사와 농부를 통틀어 전사자는 셋, 부상자도 몇 명 있었다. 종지기 일라리온은 실종이었다. 폴릭시기스 대장의 부하는 전사자가 두 명, 부상자는 많았다. 그들은 밤에 산길에다 시체를 묻었다. 카스텔리 출신의 용감한 이 두 팔리카레는 숙질간이었다. 폴릭시기스 대장은 막대기로 십자가를 만들어 무덤 위에다 세워 주었다.

「우리는 좀 있다가 가리다!」 그는 이렇게 말하고 나서 동료들을 돌아보면서 말을 이었다. 「자, 이제 뭐 좀 먹어야지. 우리는 아직 살아 있고, 그래서 배가 고프구나!」

그들은 불을 지피고 음식을 만들어 먹었다. 전투의 흥분은 그들의 대화 속에 묻어 있었다. 보초가 나갔다. 나머지는 기진하여 팔짱을 끼고 잠을 잤다.

아래 수도원 교회의 등불은 자정까지 반짝였다. 수도사들은, 손을 들어 불과 죽음으로부터 수도원을 지켜 준 하느님께 감사를 드렸다. 포티오스 노인은 발삼 고약을 개어 밤새도록 부상자들을 치료해 주었다.

터키인들 역시 전사자를 매장하고 부상자를 치료했다. 그들도 모닥불을 바라보며 먼 아나톨리아에 남겨 두고 온 처자식을 생각했다. 누가 밭을 갈며, 누가 포도를 짜고, 식구들을 위해 빵을 벌 것인가? 사람의 생각이란 매일반이었다.

새벽 빛살이 내리자 기독교인들과 터키인들은 모두 일어났다. 불을 든 이슬람 탁발승 한 명과 피리를 든 탁발승 한 명이 터키군 사이를 돌아다니며 군사들을 격려하고 가슴에다 불을 붙였다.

수도사들도 각자 위치로 흩어졌다. 수도원장은 머리에 붕대를 두르고 있었다. 상처에는 아직도 피가 흘러 흰 수염에 핏방울이 맺혀 있었다. 총안 앞에 무릎을 꿇은 그의 독수리 형안(炯眼)은 적의 진지 위를 날아다녔다. 대가리가 솟기만 하면 그의 총탄은 백발백중 깨뜨려 버렸다. 그는 생각했다. 〈사람 죽이는 게 좋은 재주는 아니지만, 오, 하느님, 이건 저희 잘못이 아닙니다. 하느님, 저희를 해방시키십시오. 그럼 평화롭게 살겠습니다.〉

머리 위, 산꼭대기에서는 폴릭시기스 대장이 진지를 순찰하며 각자에게 명령을 내리고 있었다. 모두가 바위 뒤에 몸을 숨기고 붉은 페스 모에 총들을 겨누고 있었다. 그러나 폴릭시기스 대장은 태연하게 숨지도 않고 부하들 사이로 꼿꼿이 서서 걸어 다녔다. 총탄은 이미 그의 머리 위로 바람을 가르고 지나간 적이 여러 차례였다.

「숨어요, 대장님! 안 숨으면 맞아요!」부하 팔리카레들이 소리쳤다.

그러나 폴릭시기스 대장은 웃었다. 「맞았으면 좋겠다! 하느님은 아시겠지만, 나 역시 무서워! 하지만 창피한걸. 폴릭시기스, 대장이 되고 싶나? 그럼 그 정도 값은 치러야지. 어떤가?」

「거룩한 십자가 방패라도 가지고 다니는 모양이지요? 겁대가리가 하나도 없으신 걸 보니!」입버릇이 고약한 키다리 하나가 외쳤다.

그 말에 폴릭시기스 대장이 발끈하여 대답했다. 「병신, 거룩한 방패는 인간의 영혼이니라. 나는 그것밖에 몰라!」

아래에서는 전투가 다시 시작되었다. 터키인들이 진격해 와 수도원은 다시 위험해졌다.

폴릭시기스 대장이 명령을 내렸다. 「최후의 승리자는 그리스도이시다. 내려가자! 터키군을 향하여.」

팔리카레들은 바위 뒤에서 뛰어나와 밑으로 내달았다. 그들 뒤로 돌맹이가 따라 굴러 내려갔다. 산 전체가 내려가고 있는 것 같았다.

총이 몫을 다하자 단검을 이용한 백병전이 시작되었다. 수도원 안의 총도 침묵했다. 이제는 피아(彼我)를 식별할 수 없었기 때문이다. 수도원은 대담한 수도사를 뽑아 백병전을 돕게 하고 나머지는 엄폐물 뒤에서 수도원을 지키게 했다. 그러나 이슬람교도는 기독교인 숫자를 훨씬 웃돌아 자그마치 일곱 배나 되었다. 수도원장과 폴릭시기스 대장은 그들 사이를 뛰어다니며 권총을 쏘아독전했다. 그러나 터키군의 파상 공격은 끝이 없었고, 정오경에는 기독교인들이 밀리기 시작했다. 태양은 하늘에서 운행을 멈추어 구원의 밤은 영원히 오지 않을 것 같았다. 공격군은 시간이 갈수록 기독교도들을 압박했다. 이 혼란의 와중에서 폴릭시기스 대장과 수도원장의 시선이 만났다. 두 사람은 서로의 눈길 속에서 불타는 수도원을 보았다.

그때 계곡 아래쪽에서 일제 사격하는 소리가 천둥처럼 들려왔다. 기독교인들은 놀라 아래를 내려다보았다. 검은 깃발이 바위와 바위 사이를 고함 소리와 더불어 올라오고 있었다. 선두에는 검은 머리띠를 맨 미할리스 대장이 말을 탄 채 오르고 있었다.

「수고하시오, 형제들!」 그는 권총을 쏘며 한 소리 크게 지르고는 적을 향해 돌진해 갔다.

그날과 그 이튿날, 터키군 부상병은 메갈로카스트로로 후송되었다.

「수도원은 어찌 되었느냐? 아직 그대로 있어? 그러고도 너희가 군인이냐?」 총독이 수염을 뜯으며 외쳤다.

「잘되어 가고 있었는데, 빌어먹을 미할리스 대장이 쳐들어와 버렸지 뭡니까!」 부상병들이 대답했다.

그들은 갈증을 호소하여 바르바 얀니스에게 셔벗을 가져오라고 소리쳤다. 에펜디나도 나와 코란을 읽어 그들의 고통을 달래주었다. 느릅나무에는 마치 종처럼 불쌍한 귀머거리 종지기 일라리온이 목매달려 있었다. 터키군이 이틀 전에 그를 잡아왔던 것이다. 그는 종 줄을 놓기 싫어 아예 손목에다 붙잡아 매고 있었는데 터키인들이 줄째로 끊어 온 것이었다.

대주교는 밤이고 낮이고 사제복을 벗지 않았다. 터키군이 언제 대주교관으로 쳐들어와 교수대로 끌고 갈지 모르기 때문이었다.

반나나 맨발로 끌려가고 싶지는 않았다. 그는 리비아 바닷가에 있는 카두마스 수도원으로, 자기 고해 성사를 위해 은자(隱者) 판쿠니오스를 부르러 사람을 보낸 참이었다. 그러고는 영혼이 언제든 죽음을 맞을 수 있도록 매일 영성체를 행했다. 무르주플로스는 잠시도 그의 곁을 떠나지 않고 개처럼 따라다녔다. 무르주플로스는 혹 주교와 떨어질까 봐 아예 대주교의 침실 문 앞에서 잤다. 떨어지지 않아야 대주교의 영혼과 함께 저세상으로 갈 수 있을 것이기 때문이었다.

수도원에도 마침내 밤이 왔다. 그리스도와 무함마드도 결별했다. 기독교도들은 산비탈에 불을 밝혔고 터키군은 수도원 담벽 앞에다 불을 지폈다. 수도원은 어둠에 싸여 있었다. 미할리스 대장과 폴릭시기스 대장은 서로 만나 전황을 논의했다. 그들은 공격 장소와 공격 방법을 의논한 다음 한마디 다정한 말도 나누지 않고 헤어졌다.

미할리스 대장은 불가에 쪼그리고 앉아 깊은 명상에 잠긴 채 담배를 말았다. 가슴이 답답했다. 그는 싸우고 죽으며 자신을 크레타를 위한 죽음 앞에다 노출시켰다. 그러나 그의 마음은 크레타와 함께 있지 않았다. 일단 말을 타면 그는 〈나를 따르라, 신도들이여!〉 하고 호령하면서 질풍처럼 내달았다. 그러나 그의 내면에서는 자신의 신앙을 의심했다. 밤이 되어 혼자가 되면 과거에도 그랬지만 그는 크레타를 생각하지 않았다. 그의 생각은 다른 곳을 방황하고 있었다.

「무슨 생각을 하는 거지, 미할리스 대장?」 그는 자신에게 이렇게 물으며 모닥불에다 침을 뱉었다.

이런 기분에 젖어 있는데 뒤에서 가벼운 발소리와 기침 소리가 들려왔다. 돌아보았다. 가족을 피신시키러 갔던 벤두소스였다.

「어떻게 되었느냐, 벤두소스?」 대장이 물으며 일어섰다.

오래전부터 미할리스 대장을 좀먹는 벌레의 정체를 궁금하게 여기던 벤두소스가 그의 귀에다 대고 속삭였다.

「대장님, 대장님, 에미네가…….」

미할리스 대장 어깨가 한 차례 꿈틀거렸다. 그는 벤두소스의 말을 잘랐다.

「조용히 말해!」

「오늘 밤 터키 놈들이 카스텔리를 습격해서 에미네를 빼앗아 갔습니다.」

미할리스 대장은 불 속에다 손을 집어넣었다. 차라리 불에 타는 고통이 나을 것 같아서였다. 그가 돌아보았다.

「어디로?」

「메갈로카스트로로 데려갔답니다.」

「언제?」

「오늘 저녁에요.」

미할리스 대장이 불쑥 내뱉었다.

「나랑 가자. 조용히.」

그러나 벤두소스는 반대했다.

「위치를 떠나겠다는 겁니까? 터키인들이 야간 공격을 감행할지도 모르지 않습니까?」

「닥쳐!」

그는 정예 팔리카레 열 명을 뽑았다.

「나랑 가자! 기습 공격이다!」

그는 나머지 팔리카레에게 말했다.

「새벽 안으로 돌아온다. 그동안 철저히 지키도록!」

이미 자정을 넘긴 시각이었다. 지친 기독교도들은 깊이 잠들어 있었다. 수도원 안에서 사제들은 교회의 포석에 얼굴을 대고 하느님께 수도원을 보호해 달라고 기도하고 있었다. 수도원장은 기름 수건으로 머리를 동여매고는 자기 위치를 지키고 있었다. 좁은 총안으로 불가를 서성거리는 터키인들이 보였다. 소총이 부딪치는 소리도 들려왔다. 그는 생각했다. 〈저것들 잠도 안 자네. 무슨 일을 벌일 심산이야.〉

하늘은 맑았고 별은 춤을 추었으며 산에서는 부드러운 바람이 불어 내려왔다. 큰 별 하나가 꼬리를 달고 미끄러졌다. 수도원장은 성호를 그으며 중얼거렸다.

「재난이 오는구나. 오, 하느님, 그게 수도원이 되지 않게 해주소서!」

그의 시선이 여전히 하늘을 향해 기도하고 있을 때 문득 나팔 소리, 북소리와 함께 〈알라 신이여! 알라 신이여!〉 하고 외치는 함성이 들려왔다. 검은 사람들의 물결이 수도원을 덮쳤고 머리 위 산길에서는 다른 한 무리가 잠든 기독교군을 공격했다. 터키군은 이미 수도원 담벽에다 사다리를 걸고 있었다.

수도원장이 수도사들을 불러 모았다.

「형제들이여, 수도원은 끝났소. 내 말을 잘 들으시오. 책임은 나에게 있소. 놈들이 피를 복수하고 싶어 하는 상대는 바로 나요. 내 놈들에게 나를 주어 버리겠소. 그러니 안녕히, 수고들 했소.」

「수도원장님, 놈들은 원장님을 해칠 텐데요.」 치료하던 수도사 포티오스가 말했다.

「포티오스 사제, 그럼 날 어떻게 할 것 같은가? 물론 죽이겠지. 그러나 수도원에는 손을 대지 않을 걸세.」

「원장님을 해치고 수도원도 부술 것입니다. 수도원장님, 터키인들은 잔인무도합니다.」

「나는 내 의무를 다하겠네. 그다음 일은 내 알 바 아니야. 하늘에 하느님이 계시니까 그분 뜻대로 하실 게야.」

그는 수도원장의 지팡이를 꺼내 그 위에다 흰 천을 두르고 담벽 위로 올라가 백기를 흔들면서 소리를 질렀다. 크레타에 거주하는 터키인들이 그에게 물었다.

「왜 그래, 이 악마의 땡중아?」

「너희 지도자가 누구냐? 가서 수도원장이 나온다고 해라. 내 한 몸은 가루를 만들어도 좋다만 수도원은 부수지 않겠다고 약속해 달라고 전하라!」

양쪽에서 욕지거리가 오갔다. 그러다 조용해졌다. 그 적막 속에서 수탉이 수도원 지붕에서 울었다. 아침이 온 것이었다.

「무기를 놓고 나오라. 수도원은 다치게 하지 않겠다.」 적군의 지도자 하산 장관의 목소리였다.

「맹세하라!」 수도원장은 이렇게 소리치며 이미 장밋빛으로 물들어 가는 하늘을 가리켰다.

「그래, 무함마드에 맹세한다!」

수도원장은 담벼락 아래로 내려섰다. 수도사들이 그를 둘러싸고 어깨를 껴안으며 작별 인사를 했다. 밀치며 그의 손에 키스하는 수도사들도 있었다.

「안녕히, 위대한 순교자시여, 안녕히 가십시오.」

그는 교회에 이르러 문턱에 키스하고는 속삭였다.

「주 예수 그리스도시여, 안녕히 계십시오.」

이어서 그는 안뜰, 교회, 천장, 창고, 방벽을 차례로 바라보며 손을 들고 소리쳤다.

「안녕!」

그가 정문을 나서자 터키인들이 그를 잡아 무리 속으로 사라졌다. 동시에 적은 함성을 지르며 열린 문을 통해 수도원으로 쳐들어왔다.

「놈들이 불을 질렀다. 이 개 같은 배신자들!」 폴릭시기스 대장이 호령했다. 그도 터키군의 신월도에 맞아 머리에 붕대를 두르고 있었다. 그는 고통을 이기려고 이를 악물었다.

「미할리스 대장은 어디 있느냐?」 그가 암말에 뛰어올라 박차를 가하여 수도원 쪽으로 달리며 물었다.

그러나 미할리스 대장이 돌아오기 전이었다. 그의 기수(旗手)인 토도레스가 지휘를 인계받아 무리를 이끌고 측면을 공격했다. 수도원에서는 이미 화염이 올랐고 계곡 아래서는 붉은 페스 모의 증원군이 몰려 올라왔다.

젊은 수도사들은 수도원 담을 넘어 산으로 퇴각하는 무리의 뒤를 따랐다.

「미할리스 대장은 어디 있느냐?」 정상의 산길에 이르자 폴릭시기스 대장이 토도레스에게 물었다. 그의 얼굴, 목, 가슴은 온통 피투성이였다.

「모르겠습니다. 한밤중에 기습 나갔던 것으로 압니다만.」

「기습? 어디로?」

「모르겠습니다.」

정상의 오솔길에서 기독교인들은 수도원을 내려다보았다. 불꽃이 치솟으면서 연기가 태양을 가리고 있었다.

폴릭시기스 대장은 침통한 표정으로 거기 서 있었다. 이미 상처의 고통은 잊은 다음이어서 피를 훔칠 생각도 하지 않았다. 그의 눈은 젖어 있었다. 팔리카레 한 명이 말했다.

「떠납시다, 대장님. 대장님은 부상당하셨습니다. 여기 서서 수도원을 보고 있으면 무얼 합니까? 끝났습니다. 하느님의 뜻이지요. 우리는 우리 의무를 다했습니다.」

「미할리스 대장만 있었더라도.」 폴릭시기스가 한숨을 쉬었다.

그들은 반은 강제로 끌다시피하면서 대장과 함께 카스텔리 쪽으로 걸음을 옮겼다. 미할리스 대장의 무리는 그의 깃발을 따라 페트로케팔로로 갔다. 이 슬픈 소식이 그들을 앞질러 전해졌다. 그들이 도착했을 때 마을은 울음바다로 변해 있었다.

터키군의 동정을 살피느라고 산 정상에 남아 있던 정찰병은 정오경에야 폴릭시기스 대장 일행을 따라잡았다. 대장은 느릅나무 밑의 마른 강바닥에 누워 있었고 치료를 맡은 수도사 포티오스가 그의 상처를 닦아 주고 있었다.

대장이 정찰병에게 물었다. 「야쿠메스, 어떻게 되었나?」

햇볕에 그을린 왜소한 체구에 다리가 길고 눈이 매서운 야쿠메스가 앞으로 나섰다. 그의 눈은 비참한 주검도 많이 보았고 흥겨운 잔칫상이나 요지경에도 이골이 나 있었기 때문에 그만한 일에는 별로 커지거나 작아지지 않았다. 「세상은 바퀴야, 돌고 도는 바퀴.」 그는 입버릇처럼 이런 말을 하는 사람이었다. 「그 바퀴는 누가 돌리지, 야쿠메스?」 동료들도 곧잘 그에게 묻곤 했다. 그의 대답은 이랬다. 「때로는 하느님이 돌리고 때로는 악마가 돌리지. 둘은 짜고, 하나가 부수면 하나가 짓고……. 그게 아니면 할 일이 없거든.」

이제 야쿠메스가 대장 앞에서 말했다. 「상처가 빨리 낫기를 빕니다. 너무 상심하지 마십시오. 산에서 내려왔으니 또 올라갈 수 있겠지요. 너무 걱정 마십시오. 바퀴는 도는 법입니다.」

「수도원은 어떻게 되었는가?」

「뭘 기대하십니까, 대장님. 악마가 그놈의 수도원을……」

「저놈의 혀 말라비틀어져 버려라. 이 신성 모독자 같으니!」 포티오스 사제가 성호를 그으며 나무랐다.

「지어지기 전의 상태, 즉 흙으로 돌아갔다는 말인데, 뭘 그래요!」

「그럼 개들은?」

「수도원장을 끌어갔습니다. 제 말씀 명심하셔야 합니다. 놈들은 수도원장 머리로 담배 상자를 만들어 버릴 겁니다.」

입심 고약한 정찰병이 이렇게 말을 마구잡이로 하고 있을 동안 실제로 터키군은 구세주 수도원장을 총칼 앞에 세우고 메갈로카스트로로 가고 있었다. 그들은 격노한 이슬람교도들이 지레 수도원장을 죽일까 봐 둥그렇게 경비병을 배치했다. 총독이 산 채로 끌어 오라는 명령을 내린 바 있었기 때문이다.

그들이 메갈로카스트로로 북을 치고 나팔을 불며 들어왔을 때 태양은 아직 중천에 떠 있었다. 얼굴에 잔뜩 웃음을 띠고 총독이 발코니에 나와 그를 맞았다. 수도원장이 그의 앞으로 끌려 나갔다.

「고개를 숙여라, 이 이단자 놈아!」 총독이 소리쳤다. 수도원장의 수염 끝으로는 검붉은 핏방울이 뚝뚝 떨어졌지만 눈빛은 여전히 찌르는 듯했다.

그는 총독과, 주위에서 욕지거리를 해대는 터키인들, 하늘, 서서히 떨어지는 해를 차례로 노려보았다. 이상하게도 그의 마음은 가벼웠고, 겨드랑이는 저세상으로 날아갈 날개라도 나오는지 자꾸만 근질거렸다.

총독이 호령했다. 「두렵지도 않나? 왜 그렇게 벙글거리느냐? 네가 지금 어디 있는지 아느냐?」

「천국이지.」 수도원장이 대답했다.

총독은 불같이 화를 내었다. 칼을 들어 크레타의 바위를 치는데 칼이 빗나가 버린 것은 이것이 처음은 아니었다.

「천국에 있는 게 아니다. 이 악마의 땡중아. 네 앞에는 느릅나무가 있다.」

「마찬가지지요.」 수도원장이 대답했다.

「이 이교도를 느릅나무에다 매달아라!」 총독이 게거품을 물며 명령했다.

아랍인과 군인 몇 명이 수도원장을 마당으로 끌어내었다. 바깥 거리에는 군중이 포효하고 있었다. 느릅나무는 총독 관저 바로 옆, 대리석 사자 상이 있는 베네치아 분숫가에 있었다.

늘 그렇듯이, 해 지기 직전의 느릅나무에는 많은 새 떼가 날아와 깃들였다. 새들은 밤잠 잘 준비를 하느라고 잎새 사이에서 재잘거렸다.

의자가 놓이고 수도원장이 그 위에 섰다. 군인들은 터키 이발사를 불렀다. 이발사가 면도기, 가위, 놋대야를 들고 나타났다. 그는 수도원장을 보고 웃으면서 조롱했다.

「당신은 용감한 팔리카레니까, 비누 없이 면도해 드리지.」

그는 수도원장의 수염을 잡고 깎기 시작했다. 수도원장은 소리를 지르지 않으려고 이를 악물었다. 터키인들은 환성을 질렀다. 술레이만은 이미 밧줄을 가져다 기름을 먹이고 있었다. 몇몇 기독교인들은 잠긴 문 뒤에서 숨을 죽이고 내다보았다. 총독 역시 의자에 파묻혀 수도원장을 보고 있었다.

이발사가 면도를 끝내자 신월도 흉터투성이인 수도원장의 얼굴이 드러났다. 터키 이발사는 이어서 가위로 머리를 뿌리까지 싹뚝싹뚝 잘랐다.

「이것 봐, 이 이단자 땡중아! 밧줄이 준비되었고 기름도 다 먹였다. 아랍인도 네 뒤에 서 있다. 자, 무함마드를 인정하고 목숨을 도모해라!」

수도원장은 의자에서 내려와 아랍인에게서 밧줄을 빼앗아 고리를 만들어 자기 목에다 끼웠다.

「대답해라!」 총독이 발을 구르며 호령했다.

「대답했잖은가.」 수도원장이 목에 걸린 고리를 가리켰다.

「이 빌어먹을 크레타 놈, 매달아라!」 총독이 시퍼렇게 화가 나서 소리를 질렀다.

수도원장은 다시 의자 위로 올라섰다. 아랍인은 밧줄을 튼튼한 느릅나무 가지에다 단단히 매었다.

수도원장은 성호를 긋고 주위를 둘러보다가 그리스도처럼 가시관을 쓰고 공중에 떠 있는 수많은 옛 사제들과 전투에서 쓰러진 용사들을 보았다. 그들은 팔을 벌리고 그를 환영하고 있었다.

수도원장은 환성을 질렀다. 「내가 간다.」 그러고는 의자를 차고 스스로 공중에 매달렸다.

미할리스 대장이 정오경 전투를 재개하려고 수도원으로 왔을 때 그의 눈에는 수도원도 동료 투사들도 보이지 않았다.

구세주 수도원은 불타고 있었다. 교회의 원형 천장은 내려앉은 다음이었고 찬연했던 성상대는 무너졌으며 사제복과 기도서와 성상들은 이미 재가 되어 있었다. 짙은 구름 사이로 연기가 올라 아직 골짜기에 걸려 있었다.

미할리스 대장은 수염을 움켜쥐고 그 광경을 바라보았다. 그는 혀를 날름거리는 불꽃에서 고개를 돌릴 수가 없었다.

「내가 왜 이곳을 떠났을까? 내가 왜 이곳을 떠났던가?」 그는 한숨을 쉬며 수염 오라기를 쥐어뜯었다.

지난밤의 일이 그의 가슴을 치고 지나갔다. 참으로 치열한 추격전이었다. 그의 동료들은 질풍처럼 터키인들을 추격해 갔고 새벽녘에 그들은 흰 석회석 절벽 사이의 마른 강바닥에서, 암말에다 휘장을 뒤집어씌운 여자를 태워 몰고 가는 스무 명가량의 터키인을 따라잡을 수 있었다.

접근한 그들은 칼을 빼 들고 소리를 지르며 공격했다. 시간이 얼마나 흘렀을까? 한 시간? 두 시간? 미할리스 대장의 생각에는 섬광처럼 지나가 버린 시간이었던 듯했다. 계곡은 순식간에 아비규환으로 변해 그에겐 꼭 타작마당 같았다. 그 타작마당 한가운데 아카시아나무가 한 그루 서 있었고 휘장을 씌운 여자는 그 나무 아래 있었다. 고개를 꼿꼿이 세우고 미동도 하지 않은 채 여자는 승리자를 기다렸다. 여자는 싸우는 사람들에게서 고개를 돌리고 있었다.

그때 기습당한 터키인들이 달아나기 시작했다. 타작마당에다 권총과 칼을 버리고 메갈로카스트로 쪽으로 도망치기 시작한 것이었다. 미할리스 대장은 이 사향내 나는 계집을 보지 않으려고 고개를 돌리고 벤두소스에게 가까이 오라고 신호했다.

「이 여자를 코라키에스에 계시는 우리 칼리오 고모 댁에다 데려다 놓아라. 고모께는 추후 연락이 있을 때까지 이 여자에게 먹을 것과 마실 것을 주라고 하더라고 전하라.」

「카스텔리로 데려가야 하지 않을까요? 폴릭시기스 대장이 미칠 텐데요.」 벤두소스가 물었다.

「미칠 테면 미치라지.」

고삐를 잡는 순간 미할리스 대장의 영혼이 비틀거렸다. 어디로 돌아간단 말인가? 마침내 그는 결심했다. 그는 박차를 가하고 질풍처럼 다시 구세주 수도원으로 말을 달렸다. 그렇게 하여 수도원에 도착하여 화염을 보고 있는 것이었다.

「이곳을 떠나지 말았어야 했는데……」 그는 다시 신음을 토해내며 수염을 쥐어뜯었다.

그는 말에서 내려 뜨거운 재를 한 줌 움켜쥐었다. 그는 그 재를 수염과 얼굴에다 문질러 버리고 싶은 충동을 느꼈으나 자제했다. 그는 주먹을 펴고 재를 떨어뜨렸다.

「이렇게 만든 놈은, 태워서 이같이 만들어 주리라.」그는 이렇게 중얼거리며 말에 올라 암말의 배를 피가 날 정도로 걷어찼다.

이제 크레타는 이쪽 끝에서 저쪽 끝까지 불타고 있었다. 산과 골짜기와 거리마다 함성과 총성이 일었고 사람들은 포효하여 찌르고 죽이는 짐승으로 변해 있었다. 백전의 노장들은 소싯적의 혈기를 어찌할 수 없어 산으로 올라가 힘이 남은 사람은 무기를 들고 전투에 가담했고, 나이와 역전의 부상으로 힘을 쓰지 못하는 사람들은 젊은 대장들의 고문 노릇을 했다. 그들은 젊은 대장들에게 옛날 지도자들의 전략, 즉 정탐꾼을 보내는 방법, 속임수를 써서 터키군을 포위하는 요령, 야간에 터키인 마을로 들어가는 비법 등을 가르쳐 주었다.

엘리아스 대장은 늙은 나귀를 타고 나왔다. 그는 이 산 저 산으로 돌아다니며 수많은 대장들의 은거지에 숨어 살았다. 그는 한숨을 쉬며 그들에게 말했다. 「이 사람들아, 노인이란 병신일세. 이제 무기로는 싸울 수 없으니 머리로 싸우겠네. 머리가 땅에 떨어져 흙이 될 때까지 말이네.」

오늘 그는 샘이 많은 짙푸른 마을 브리세스에 닿아 고목이 된 신성한 느릅나무 밑에 앉아 있었다. 아이, 여자, 노인 할 것 없이 그의 주위에 모여 앉아 입을 헤벌리고 그의 이야기를 들었다.

그는 마른 손으로 검게 빛나는 느릅나무 잎새를 쓰다듬으며 말했다. 「이 느릅나무 그늘에서 우리 용감한 대장들이 즐겨 쉬었지. 그런 대장들을 보는 사람마다 영원히 죽지 않을 것으로 생각했지.

445

그러나 그 사람들 역시 죽었어. 누가 그럴 줄 알았겠나? 그 사람들은 크레타의 흙으로 돌아갔고 우리가 그 흙을 밟게 된다는 것을.」

그는 또 한숨을 내쉬었다. 그의 가슴은 오늘따라 답답했다. 구세주 수도원이 불탔다는 소식은 까마귀처럼 이 마을에서 저 마을로 날아들었다. 브리세스에 그 소식이 전해진 것은 한낮이 되기 조금 전이었다. 엘리아스 대장의 주위에는 수많은 노인들이 모여들어 고개를 가로저으며 수군대고 있었고 많은 여자들은 울음을 터뜨렸다.

엘리아스 대장은 듣지도 보지도 않는 체했다. 그는 그보다 더 했던 과거의 재난들을 상기시켜 그들의 생각을 구세주 수도원에서 떼어 놓으려고 했다.

그때 빠른 말발굽 소리가 들려 모두가 그쪽으로 고개를 돌렸다. 올리브나무와 느릅나무 잎새 사이로 그들은 나타났다기는 사라지고 사라졌다가는 다시 햇살을 받고 나타나는 검은 머리띠의 기수를 알아보았다.

「미할리스 대장이다.」 모두가 흥분하여 소리쳤다. 엘리아스 대장은 지팡이 끝으로 땅을 긁었다.

「혼자 오는군.」 아기에게 젖을 먹이던 여자가 황급히 보디스 단추를 채우면서 말을 이었다. 「우리 남정네들은 어디 있어? 내 남편은 어디 있어? 모두 저 멧돼지가 삼켜 버린 거야!」

「저자는 수도원이 한창 위험한 판국에 떠나 버렸다더군. 저런 자는 태워 죽여야 해.」 다른 여자가 소리치고는 그를 더 이상 보고 싶지 않다는 듯 돌아서 가버렸다.

「엘리아스 대장, 저자를 살려 두지 마시오. 자기 위치를 그렇게 떠날 수는 없소. 콧잔등을 뭉개 버리시오. 당신은 원로이고 모두가 존경하는 대장이오. 우리는 저자의 지휘 아래 있는 처지여서 말을 할 수 없소. 그러나 엘리아스 대장, 당신은 할 수 있습니다.」
한 노인이 말했다.

엘리아스 대장이 지팡이를 들면서 화가 난 듯 퉁명스럽게 내뱉었다.

「그만하면 됐어! 자네가 가르쳐 주지 않아도 돼!」

「그가 왔다.」

사람들은 웅성거리다가 엘리아스 대장을 중심으로 그리고 있던 원을 풀었다.

미할리스 대장은 땀에 절고 음울한 얼굴로 다가왔다. 눈썹은 눈을 덮고 있었다. 이른 오후의 태양 아래에 선 암말과 기수의 몸에서는 김이 무럭무럭 났다.

느릅나무 아래 서 있는 엘리아스 대장을 알아보았을 때 그는 돌아서 가버리고 싶었다. 그러나 이미 늦었다. 쓴 사과를 씹어야 할 처지였다. 그는 말에서 내렸다.

「안녕하십니까, 엘리아스 대장님.」 그가 손을 내밀면서 말했다.

백전의 노 대장은 그 손을 못 본 체하고 지팡이로 땅만 긁었다.

「미할리스 대장, 안녕하지 못하지만 안녕하다고 해두세.」 그가 대답했다.

미할리스 대장의 가슴속에서 피가 끓었다. 그는 말고삐를 잡고 있었는데 금방이라도 말에 올라 달릴 것처럼 보였다. 그는 자기 발 앞으로 돌멩이가 던져지는 꼴을 당해 본 적이 없었다. 그는 주위의 얼굴들을 둘러보았다. 〈다들 알고 있군.〉 그의 얼굴은 시퍼렇게 굳어졌다.

그는 느릅나무 잎을 한 줌 훑어 그들에게로 던졌다. 그러고는 말했다. 「전투 때면 흔히 있는 일 아닙니까. 엘리아스 대장, 대장은 잘 아실 겁니다. 대장의 시대에도 기독교도들이 쫓긴 건 한두 번이 아니었잖습니까? 아르카디 수도원을 생각해 보십시오.」

「감히 아르카디 이야기를 하다니!」 노 대장이 소리쳤다. 그의 두 눈에서 ─ 아직은 유리같이 맑은 ─ 불이 튀어나왔다. 그가 덧붙여 말했다. 「우리는 아르카디 수도원에서 쫓겨 나왔던가, 순교자가 되었던가? 그러나 구세주 수도원에서는, 이렇게 말해서 미안하네만……」 그는 말을 하다 말고 여자들과 노인들을 돌아다보았다. 「우리 둘만 있게 해주게. 모두 집으로 가시게.」

모두가 일어섰다. 미할리스 대장 옆을 지나면서 노인들은 그를 흘겨보았고 여자들은 슬며시 욕지거리를 해대며 멀찍이 돌아갔다. 조금 전에 아이에게 젖을 먹이던 여자만이 겁 없이 당당하게 그의 앞에 섰다.

「우리 남정네들은 어떻게 되었나요? 하느님 앞에서 그 사람들을 대신해서 대답해 봐요!」 여자가 미할리스 대장을 똑바로 올려다보며 물었다.

「가시라니까, 입 다물고!」 엘리아스 대장이 호령했다.

두 사람만 남자 엘리아스 대장은 지팡이에 의지하여 한숨을 쉬며 일어섰다.

그가 입을 열었다. 「대장, 자네가 이곳에 오자마자 손을 내밀었을 때 나는 거절했네. 미할리스 대장, 자네는 자네 이름을 더럽혔네!」

미할리스 대장도 응수했다. 「대장은 원로이시고 1821년의 투사지만 내게도 할 말이 있습니다. 내 말을 잘 들으시오. 내게 말하는 사람은 그 책임을 져야 합니다. 엘리아스 대장!」

「나 역시 자네에게 할 말이 있네.」

미할리스 대장의 눈에 핏발이 섰다. 그러나 자기 앞에 선 사람은 산만큼이나 나이가 많은 1821년의 기념비적인 인물, 아르카디 폐허의 파편이었다. 그에게 손을 댈 수는 없었다. 그는 돌아서서 느릅나무 밑에 섰다.

「자네는 왜 어젯밤 수도원을 그 우환 중에 남겨 두고 가버렸나? 대답하지 않는군. 자네 어디 갔다 왔나? 자네가 위치를 떠나면 터키군이 바로 수도원을 공격할 거라는 사실도 몰랐는가? 과연 놈들은 자네가 떠났다는 걸 알았네. 누가 고해 바쳤는지는 나도 모르겠네만, 어쨌든 그래서 우리는 수도원을 잃은 거네. 그리고 비난을 받아야 하는 사람은 바로 자네라네.」

미할리스 대장은 관자놀이가 터지는 것 같은 기분이었다. 그는 고개를 숙였다.

「나 혼자만 비난을 받아야 하는 것은 아닙니다.」 그가 속삭이듯 말했다.

「그럼 누군가? 누구야?」 엘리아스 대장이 키 큰 느릅나무 둥치에 몸을 기대며 물었다.

미할리스 대장은 말이 없었다.

「자네는 어디에 있었나? 왜 위치를 떠났나? 자네는 비난받아야 할 사람이 자네뿐만이 아니라고 했네, 그럼 누군가?」 노인은 쉴 새 없이 다그쳤다.

「묻지 마십시오, 엘리아스 대장. 그건 내 일입니다. 누구에게 설명해야 하는 것은 아닙니다.」 미할리스 대장이 퉁명스럽게 대답했다.

「자네는 자네 조상에게, 우리 조상에게, 그리고 크레타의 흙이 되어 우리가 이렇게 밟고 서 있는 우리 조상에게 설명해야 하네. 자네는 크레타 사람이 아닌가? 자네는 크레타의 흙에서 태어난 사람이 아닌가? 누구에게 설명할 의무가 없다니, 그게 무슨 뜻인가? 자네는 부끄럽지도 않은가?」

미할리스 대장은 느릅나무 둥치에다 손톱을 박았다. 자기에게 그렇게 대담하게, 그렇게 경멸적인 야유를 던진 사람은 엘리아스 대장이 처음이었다. 노인의 말이 옳은 것일까? 그러나 미할리스 대장은 승복하려 하지 않았다. 같은 말만 되풀이할 뿐이었다.

「누구에게든 설명해야 할 의무는 없습니다. 내게만 설명하면 되는 겁니다. 안녕히 계시오, 엘리아스 대장. 혼자 있고 싶습니다. 혼자 좀 생각해 보아야겠군요.」

「미할리스 대장, 자네가 생각한 결과를 보고 우리는 자네의 영혼이 어떤 것인지, 자네에게 과연 영혼이라는 게 남아 있는지 판단하기로 하겠네. 주 예수 그리스도의 축복과 저주를 함께 받게. 한 가지 꼭 자네에게 해야 할 말이 있네, 미할리스 대장. 내 말을 명심하게. 크레타가 아직 자네를 필요로 한다는 걸 잊지 말게. 자네도 내 말뜻을 알 것이네.」

엘리아스 대장의 머릿속에, 괜히 자꾸 윽박지르다 그가 자살이라도 기도하고 크레타가 그 같은 팔리카레를 잃게 되면 어쩌나 하는 생각이 떠올랐다.

「알겠습니다.」미할리스 대장은 이런 대답을 남기고 등자에는 발도 대지 않고 말 잔등으로 뛰어올랐다.

그는 처음 생각대로 오른쪽으로 돌아 페트로케팔로로 가는 대신 왼쪽 길로 접어들어 셀레나 산 쪽으로 갔다. 해는 떨어졌다. 흙 속에서 밤이 피어올랐다. 고원에서는 맑은 바람이 불어왔다. 미할리스 대장은 가슴을 식히려고 옷자락을 풀어 헤쳤다.

「비난을 받아야 할 것은 그년이다, 치욕을 모르는 년.」그는 이렇게 중얼거리며 말을 멈추었다. 그는 머리띠를 풀고 땀을 말렸다. 심호흡도 했다. 머릿속이 맑아지는 기분이었다. 그는 어디로 가야 할 것인지, 누구를 찾아야 할 것인지, 그래서 페트로케팔로로 가지 않고 왜 셀레나 산길로 접어들었는지를 알았다. 엘리아스 대장의 말이 옳았다. 그대로 돌아가 노인의 손을 잡고 — 터키의 원수인 그 용감한 손을 잡고 — 입 맞추고 싶었다. 사나이 대 사나이의 이야기는 그렇게 해야 했다. 사정없이 해야 했다.

등에 배낭을 지고 긴 목동용 지팡이를 든 실팍한 노인이 지나갔다. 그는 어둠 속이라 미할리스 대장을 알아보지 못했다.

「여보, 소식 들었소? 구세주 수도원이 불탔대요.」 노인이 소리쳤다.

「그래요. 탔답니다.」 미할리스 대장은 이야기하기가 싫어서 그냥 말을 몰았다.

「누구 탓인지 모르지만 그놈 천벌이나 받아라!」 노인이 하늘에다 지팡이를 휘두르며 소리쳤다.

「천벌이 마땅하지!」 미할리스 대장의 목소리가 어둠 속에서 메아리쳤다.

날씬한 반달이 서쪽으로 떨어지고 별은 무리를 지어 움직이지 않는 북극성을 동그랗게 둘러쌌다.

미할리스 대장은 하늘로 얼굴을 들지 않았다. 그는 눈을 산기슭, 희미한 빛줄기가 비치는 곳에다 고정하고 있었다. 이윽고 작은 코라키에스에 가까이 왔다.

칼리오 고모네 집은 마을 입구에 있었다. 늙은 고모는 잠들었을 시각이었다. 고모는 평생을 수탉 울음소리와 함께 깨어 암탉과 함께 잠자리에 들었다. 결혼하여 아이도 낳고 손자, 증손자도 보았지만 지금은 건포도처럼 쪼그라진 데다 등이 굽고 귀까지 먹은 노파로 늙었다. 그러나 눈에는 아직 정기가 흘렀다. 카로스가 칼리오를 잊어버린 것이었다.

미할리스 대장은 말에서 내려 마을 어귀의 바위 위에 앉았다. 그는 머리를 두 주먹 사이에 넣고 지그시 눌렀다. 엘리아스 대장의 말이 비수처럼 그의 가슴을 찔러 왔다. 〈미할리스 대장, 자네는 자네 이름을 더럽혔네!〉 그는 자기의 결심을 실행할 용기를 얻기 위해 그 말을 몇 번이고 되풀이했다. 마을에서 개가 카로스의 냄새라도 맡은 듯 길고 서럽게 짖었다.

〈고모네 집 마당에는 개가 없지 아마. 아무도 내가 온 줄 모르겠지…… 아무도…… 아무도…….〉 그러나 그의 마음은 고모에게도 개에게도 가 있지 않았다. 그는 한숨을 쉬었다.

이윽고 그는 일어서서 마을 쪽으로 걸어 들어갔다. 그때까지도 켜져 있던 등불이 하나 둘 꺼져 갔다. 집과 사람들은 함께 곯아떨어졌다. 그는 말 위에 뛰어올라 성호를 그었다.

「하느님의 이름으로.」 그는 이렇게 중얼거리고 나서 코라키에스 마을로 들어섰다.

고모네 집 앞에 이르자 그는 말을 삐걱거리는 문의 고리에다 묶어 두고 마당으로 들어갔다. 그곳이라면 안 보아도 훤했다. 오른쪽에는 포도 압착기, 발효통 그리고 술통이 있고, 왼쪽으로는 세상을 떠난 고모부의 노새와 나귀, 그리고 황소 두 마리를 매두던 외양간이 있었다. 이제 그 짐승들은 모두 죽고 포도밭은 아들과 딸들에게 분배되었다. 어둠 속에서도 미할리스 대장은 그 퇴락을 실감할 수 있었다.

그는 앞으로 숨어 들어갔다. 그의 손은 대문 꼭대기의 빈틈으로 들어가 조용히 빗장을 열었다. 그는 숨을 멈추고 귀를 기울였다. 조그만 방에서 숨소리와 한숨 소리가 들렸다. 누가 거기 긴 의자 위에서 자고 있는 것이었다. 미할리스 대장의 가슴이 쿵쾅거렸다. 누구일까? 그는 살금살금 긴 의자로 다가갔다. 손은 허

리띠를 더듬어 단도를 쥐었다. 코를 벌름거려 보았다. 사향 냄새
는 나지 않았다. 노파임에 틀림없다고 생각하자 가슴이 조용히
가라앉았다. 이제 베개 위의 흰 머리카락과 움푹한 뺨이 보였다.
그는 물러섰다.

그는 손을 내밀어 작은 문을 열었다. 가운데 방은 성상 앞에 켜
놓은 등불로 어슴푸레했다. 한쪽 벽에 있는 두 성상이 보였다. 대
천사 미가엘과 순교한 성 카테리나의 성상이었다.

그는 문설주에 기대었다. 고모가 쓰던 철침대 위에서 그는 이
불을 뒤집어쓰고 누운 몸뚱어리를 보았다. 베개 옆으로 늘어진
검은 머리카락도 보였다. 사향 냄새가 났다.

그의 눈이 침침해졌다. 그는 거친 숨을 몰아쉬었다. 뛰는 가슴
을 억제할 수 없었다. 그는 단숨에 방 안으로 들어가면서 단도 자
루를 거머쥐었다. 숨을 멈춘 그는 발끝으로 미끄러져 가 이불을
걷었다. 여자의 가슴이 뿌옇게 빛났다. 그의 눈은 한순간 빛났지
만 머릿속은 파도치며 흐르는 피로 캄캄했다.

잠자던 여자가 몸을 뒤척이며 한숨을 쉬었다. 입술이 뭐라고
말하다가 웃음을 지었다.

미할리스 대장은 허리를 구부렸다. 등잔불에 단도가 번쩍거렸
다. 그는 단도를 공중으로 쳐들었다가 하얀 젖가슴 한가운데를
푹 찔렀다.

에미네는 비명을 질렀다. 여자가 눈을 뜨고는 미할리스 대장을
바라보았다. 놀라움, 반가움, 고통, 비난, 이 모든 표정이 한꺼번
에 교차되었다.

「아……」 사내가 신음했다. 그는 고통으로 몸을 떨었다. 그는
여자를 죽음에서 건지려고 단도를 뽑았다. 그러나 때는 늦었다.
에미네의 눈은 이미 흐려지고 있었다.

11

세파카스 노인은 무릎에다 석판과 분필을 올려놓은 채 마당의 레몬나무 아래 앉았다. 그는 열린 문으로 산을 바라보았다. 산은 어스름 석양의 안개 속에서 부드럽게 빛나고 있었다. 습윤한 바람이 대지의 비를 예고했다. 날씨가 서늘했다.

「겨울이 오는군.」 노인은 한숨을 쉬었다.

그는 터키인들의 손에 집에서 쫓겨나 빵도 없이, 몸을 덮을 옷가지도 없이, 보호해 줄 남자들도 없이, 산으로 피신하여 동굴로 들어간 아녀자들을 생각했다. 그는 또 한 차례 노예의 사슬에 얽혔으나 어디에다 구원을 호소해야 좋을지 모르는 크레타를 생각했다. 유럽인 — 개새끼들! — 은 인정머리가 없었고 거렁뱅이 모국 그리스에는 힘이 없었다. 크레타의 반도들은 수도 그리 많지 않았고 무기나 식량은 더 형편없었다. 그러니 어떻게 견딘단 말인가. 거기에다 설상가상으로 하느님은 겨울을 재촉하여 터키인들 편을 들고 있는 터였다.

「크레타 사람이므로 시련을 받게 되리라.」 노인은 중얼거리며 눈을 감았다. 온 크레타 섬이, 산과 과일나무와 사람들과 함께 그의 관자놀이 사이로 나타났다. 도대체 크레타인들은 살아오면서

454

난리를 몇 차례나 견디었던가? 집은 얼마나 불타고 나무는 쓰러지고 여자가 능욕당하고 남정네들은 죽음을 당했던가? 그런데도 하느님은 눈을 돌려 크레타를 어여삐 여기지 않으셨다.

「이 세상에 정의와 자비가 있긴 있는 것인가? 아니면 하느님은 귀머거리이거나 무자비한 분이란 말인가?」그는 이렇게 부르짖으며 주먹으로 석판을 내리쳤다.

바로 그때 손자 트라사키가 집에서 나왔다. 노인의 표정이 밝아졌다. 〈옳지, 저게 하느님의 응답이거니. 모든 게 잘될 테지. 자 진정하게 이 영감쟁이야. 손자를 생각하고.〉

트라사키는 몇 달간의 산 생활로 햇볕에 검게 그을려 산짐승 같은 모습이었다. 자라면서 소년은 눈이며, 눈썹이며, 입술이며, 그 고집이며…… 아버지를 닮아 갔다. 이제 소년은 할아버지에게 다가와 석판을 빼앗아 들여다보고는 눈살을 찌푸렸다.

「아직도 다 못 썼잖아요?」소년이 매정하게 쏘아붙였다.

근 한 달간이나 소년은 할아버지에게 알파벳을 가르치느라고 진땀을 빼고 있었다. 노인은 그 나이에도 의욕이 뻗쳐 그 빌어먹을 글자를 배우고 있었다. 자신의 말을 빌리면 최소한 이름자라도 쓰고 싶다는 것이었다. 솔직히 말하면 그에겐 좀 더 원대한 목적이 있었지만 손자에게는 그걸 숨겼다. 그러나 노인의 굳은 머리에는 그 글자가 좀처럼 들어오지 않았고 총이나 칼을 만지던 뭉툭한 손에 가느다란 분필이 견딜 리 만무했다. 때로는 분필이 또 이따금씩은 석판이 부러져 나가기 일쑤였고 그럴 때마다 트라사키는 불같이 화를 내었다.

할아버지는 자기 머리를 주먹으로 한 대 먹였다. 「애야, 내가 좀 할 일이 있었단다. 그래서 쓸 수가 없었던 게야. 그러니 너무 야단치지 마라.」

「무슨 할 일이 있었어요? 온종일 문턱에 앉아 계시고서는? 안 본 줄 아세요. 누가 지나가면 괜히 붙잡고 이런 이야기 저런 이야기 잡담이나 하시지 않았어요. 하루 종일 석판을 안고 있었지만 써놓은 글씨가 어디 있어요? 그래 가지고는 못 배워요.」

「트라사키야, 너무 나무라지 마라. 내게는 어렵구나. 손이 말을 듣지 않는 걸 뭐라고 설명해야 좋을까? 왼쪽으로 그으려고 하면 이게 오른쪽으로 빠져 버린단 말이다. 조금만 눌러도 분필이 부러져 버리고. 알겠지?」

「그래요, 알겠어요. 할아버지가 글 배우지 못하리라는 걸.」 트라사키는 고개를 가로저으며 덧붙였다. 「손 이리 줘보세요. 제가 잡고 도와 드릴 테니까.」

그러나 그때 두 사람은 발소리를 들었다. 할아버지는 고개를 들었다. 분필로 꼬부랑 글씨를 쓰지 않아도 좋았기 때문이었다. 낯색이 창백하고 지친 듯한 나그네가 들어섰다. 그는 유럽인 복색이었으나 옷이 너무 헐거웠다. 손에는 끈으로 묶은 우산을 하나 들고 있었다. 할아버지가 그를 불렀다.

「어서 오시게. 어디로 가시는 길인가? 여기 앉아 좀 쉬게. 라키술도 한 잔 마시고.」

나그네는 걸음을 멈추고 우산에 몸을 기댔다. 그는 아무 말도 하지 않았다.

「어디로 가는 길이신가?」 노인이 다시 물었다.

「산보 좀 하고 있습니다.」 나그네가 대답했다.

「산보라? 이 사람아, 총소리도 못 들었는가? 세상에 난리가 난 판인데, 산보를 하다니? 이 사람아, 우산 놓고 총을 들게. 자네는 크레타 사람이 아닌가?」

「맞습니다.」

「뭘 꾸물꾸물해? 냉큼 우산은 던져 버려!」

나그네는 구름 낀 하늘을 올려다보았다.

「비가 올 텐데요.」 그는 우산을 꼭 부둥켜안으며 말했다.

트라사키가 나그네의 얼굴을 찬찬히 뜯어보다 말고 소리를 질렀다.

「아니, 데메트로스 씨 아니세요. 우리 이웃집에 사는 뾰족 궁둥이 데메트로스 씨. 부인 페넬로페 아줌마는 아저씨 행방을 몰라 제정신이 아니에요.」

「어디 있는데?」 나그네가 놀라면서 물었다.

「제가 어떻게 압니까? 아마 아저씨를 찾으러 사방팔방으로 돌아다니고 있을걸요…….」

굵은 빗방울이 후두둑 떨어졌다. 데메트로스는 우산을 펴 들고 돌아서 버렸다.

「이 사람아, 거기 서게. 라키 술이라도 한잔하고 가야 할 게 아닌가? 어딜 가, 이 비에?」 할아버지가 외쳤다.

「우산이 있는 걸입쇼.」 데메트로스는 이렇게 대답하고는 곧 사라져 버렸다.

「어떻게 된 거예요, 할아버지? 저 아저씨 왜 미쳤어요.」

「마누라 때문이지. 불쌍한 사람, 마누라에 견디다 못해 저 지경이 되어 버렸지.」 백수한 노인이 웃으면서 대답했다.

베르토둘로스가 외투를 뒤집어쓰고 어깨에는 기타를 메고 문 앞으로 나왔다. 아침 식사로 식초와 기름에 버무린 보리 과자, 치즈 한 덩어리를 먹고 포도주 한 잔까지 걸쳤겄다. 그 포도주 덕분에 기분이 싱숭생숭해진 그는 마당으로 나와 장난기 있는 눈을 깜박거리며 맑은 공기를 들이마셨다.

집 안에서 아녀자들과 갇혀 사는 데 싫증이 난 터였다. 그는 여자들에게 기타를 들려주며 산속에서 싸우는 남정네들로부터 그들의 관심을 돌리려고 애써 왔다. 그러면 여자들은 지붕으로 올라가 그 소리를 들었는데, 그러노라면 마음은 산속으로 남정네들을 따라 날아가 버리는 것이었다. 그런 아낙네들에게 위안거리가 있다면 바로 베르토둘로스였다. 그는 아낙네들을 위해 잔테의 칸초네를 들려주어 마음을 진정시켜 주었다.

전전날, 신혼이었던 사제의 딸 크리스티니아가 그에게 이런 말을 한 적이 있었다. 「베르토둘로스 아저씨, 하느님은 아저씨를 모른 체하시지 않을 거예요. 노래는 남자와 같은 거예요. 불쌍한 여자를 위로해 주거든요.」

이 사람 좋은 노인은 그만 우쭐한 기분이었다. 〈노래가 남자 같다. 바보같이 나이만 처먹었지 나는 그걸 몰랐구나. 그럼 나도 계집과 새끼를 거느리고 사람같이 살아 본 셈이구나〉 하고 그는 생각했다. 「무슨 뜻이지요?」 그는 젊은 여자에게 물었었다. 「베르토둘로스 아저씨, 그걸 내가 어떻게 설명해요?」 여자는 점잖지 못하게 웃으면서 덧붙였다. 「우리 여자는 그런 식으로만 느낀답니다. 내가 아저씨였더라면 꼬치꼬치 따지고 묻지는 않았을 거예요.」

이제 세파카스 노인 앞에 나타난 그는 뾰족한 입을 오므리고 노인을 조롱하는 듯이 웃었다.

「노인장, 알파는 배웠어요? 베타는 어때요? 아직 항해를 끝내려면 암초가 숱하겠지요?」 그가 물었다.

노인은 자기 손자를 돌아보면서 그 대답을 대신했다. 「애야, 내축복을 받으려거든 이런 기타쟁이한테 기타를 배우느라고 웃음거리가 되지는 말거라. 기타란 계집들에게나 어울리는 것이란다.」

베르토둘로스는 헛기침만 했을 뿐, 말은 하지 않았다. 아니, 감히 못한 것이었다. 며칠 전 베르토둘로스가 말대답을 하자 노인은 대뜸 그의 멱살을 잡아 단숨에 그를 담벽 위에다 올려 버렸던 것이다. 그의 비명을 듣고 달려온 여자들이 사다리를 가지고 와서야 그를 내려 주었다. 그래서 기가 푹 죽어 버린 베르토둘로스는 마른기침으로 대답을 대신하고 기타를 등 뒤로 숨기면서 노인 옆에 쪼그리고 앉았다.

노인이 손자에게 말했다. 「애야, 내 오늘 겨냥하는 걸 가르쳐 주마. 그게 사내가 할 짓이지. 가서 전장총을 가져오너라.」

그러나 트라사키는 벌써 전장총을 가져다 문 뒤에다 숨겨 놓았었다.

「저기 있어요. 어제 하루 종일 닦았는걸요.」 소년이 말했다.

「내 축복을 받거라. 네 아비보다 낫겠구나. 뭘 그렇게 놀라는 게냐. 마땅히 그래야지. 자식이 아비를 능가하지 못하면 어떻게 되겠느냐? 세상 끝나는 게지.」

그는 손자의 머리에다 손을 올려놓고 말했다.

「애야, 너는 반드시 우리 모두를 앞질러야 한다. 우리 크레타 사람들은 다른 사람들과 같지 않다. 우리에겐 할 일이 다른 사람들의 곱을 넘는다. 다른 나라 같으면, 목동은 양만 생각하면 된다. 농부는 소와 비와 곡식만 생각하면 되고, 상인은 상품만 생각하면 된다. 그러나 크레타 사람은 크레타도 생각해야 한다. 크레타는 애물이다. 크레타는 우리의 모든 것을 빼앗아 가지만, 그런들 어쩌랴? 크레타는 네 목숨까지 요구할 것이다만, 너는 그것까지 내줄 게다. 그것도 기꺼이. 내 말 명심해라, 애물이란 그런 것이니라.」

그는 총을 무릎 위에 놓고 살아 있는 사랑스러운 것인 양 쓰다듬었다.

「이건 내 생명이야.」 그는 이렇게 말하면서 조심스럽게 총구에다 총알을 장전했다.

「표적을 정하렴. 저기, 아카시아나무 위에 앉은 까마귀, 네 눈에도 보이지? 자, 이 계집을 어깨에 꼭 대고, 겨누렴.」

베르토둘로스는 눈을 감고 두 손으로 귀를 막았다. 엄청난 폭음이 울렸다. 총구에서는 연기가 일고 까마귀는 나뭇잎 사이로 땅바닥에 떨어졌다.

트라사키는 환호성을 지르며 달려가 죽은 까마귀를 집어다 베르토둘로스의 발밑에 던져 그를 놀라게 했다. 이 불쌍한 백작은 기겁을 하고 기타를 챙겨 들고는 입술을 떨며 여자들에게로 도망쳐 버렸다.

며느리들, 손녀들이 모두 거친 솜씨로 지은 할아버지 집으로 모였다. 전전날에는 미할리스 대장의 이웃인 조종 주조사 마스트라파스와 뚱보 크라소요르기스까지 가족을 거느리고 합세한 터였다. 피난해 있던 마을을 터키인들이 점령해 버려 그들은 가재권속을 거느리고 도망치다가 미할리스 대장의 부친 생각을 했던 것이다. 그 집은 아무도 건드리지 못하는 성채이며 어른은 누구나 도와주는 관대한 분으로 유명했다. 그들이 이 집 문전에 이르자 크라소요르기스가 아첨 잘하는 능숙한 솜씨로 두 손을 가슴에 모으고 노인에게 인사를 올렸다.

「백발의 독수리 왕이시여! 자제분 미할리스 대장의 이웃인 저와 조종 주조사 마스트라파스는 터키인들에 쫓겨 이제 어른의 날개 밑으로 몸을 의탁하는 바입니다. 백발의 독수리 왕이시여, 바라건대 물리치지 마소서.」

아침에 기분이 좋아진 노인은 웃으면서 대답했다.

「내 날개는 워낙 넓다네. 들어들 오시게.」

베르토둘로스 역시 격식을 갖추어 이들 새 식구들에게 인사했다.

마스트라파스도 어른께 인사를 올렸다. 「인사 올립니다, 세파카스 대장님. 듣기로 어른 댁은 수도원 같다고 들었는데, 과연 명불허전(名不虛傳)입니다.」

그러나 노인은 손을 들고 단호하게 말했다.

「어서들 오시게만, 한 가지 조건이 있네. 자네 둘은 총을 들어야 하네. 자네 둘은 총을 들고 사나이들이 있는 곳으로 가야 하네. 나는 겁쟁이나 게으름뱅이에겐 음식을 주지 않네. 아녀자들은 내가 맡을 터이니 그 염려는 놓으시게.」 그러고는 웃으면서 이렇게 덧붙였다. 「베르토둘로스 군을 보지 말게. 그 사람은 여자이기도 하고 아이이기도 하고 둘 다일 수도 있으니까.」

모두가 웃었지만 크라소요르기스와 마스트라파스의 표정은 굳어졌다.

「세파카스 어른, 저희에겐 전투 경험이 없습니다. 전쟁터에 나가면 저희는 죽습니다.」 크라소요르기스가 용기를 내어 말했다.

「무엇이라고? 안 가면 안 죽을 줄 아는가?」

「죽는 건, 늦으면 늦을수록 좋지요, 대장님.」

「이놈!」

크라소요르기스가 펄쩍 뛰었다.

「알겠습니다. 노여워하지 마십시오, 세파카스 어른. 가겠습니다. 하느님이 우리를 도와주실 것입니다.」

그들이 짐을 부렸다. 여자들이 내리고 다른 여자들도 달려와 거들었다. 마당 한구석에다 그들은 아궁이를 만들었다. 저녁에는 모두가 큰 식탁에 둘러앉았다. 그러나 이튿날 아침이 되자 노인은 선반에서 총 두 자루를 꺼내 크라소요르기스와 마스트라파스에게 주고 동구 밖까지 데려다 주기까지 했다. 거기에서 그는 자기 집 양치기 카리데모스에게 그들을 인계했다.

「잘 잤느냐, 카리데모스. 냉큼 이 사람들을 지름길로 해서 미할리스 대장이 은거하고 있는 곳까지 데려다 주어라. 조심해, 이 사람들은 이런 짓 해본 적이 없으니까. 터키인들이 우글거리는 마을로는 데리고 들어가지 마라!」

그러고는 두 신참에게 차례로 손을 내밀었다.

「하느님의 축복이 함께하길 비네. 의무를 다하게, 사나이답게. 가족은 내가 돌보겠네. 행운을 빌어. 나 대신 산에게도 안부 전하게.」

며칠 뒤, 노인이 아이들을 모아 놓고 옛날의 경험담을 들려주고 있는데 산길에서 말발굽 소리가 들리면서 한 떼의 무리가 사면을 내려오고 있었다. 노인은 손을 눈썹 위에다 대고 바라보았지만 안개 때문에 똑똑하게 볼 수가 없었다. 도붓장수인 마브라디스 영감이 마침 그곳을 지나갔다.

「무슨 소식일까, 미끼 오리 대장(노인은 그를 〈미끼로 쓰는 물오리〉 대장이라고 불렀다), 저기 말 타고 오는 사람들이 누군가?」

「스테파네스 선장의 배가 아야 펠라야 항구에 도착했다고들 합니다. 탄약과 식량을 싣고 왔다고 합니다만……」

세파카스 노인은 성호를 그었다.

「오, 우리 불쌍한 모국이여! 그러잖아도 고생고생일 터인데, 우리에게 물자를 보내 주시다니! 그래서?」

「아, 그래서 자제님의 부하들이 그 보물 덩어리를 인수하러 오는 겁니다. 잘 대접해 보내십쇼.」

「여부가 있나!」 노인이 대답하며 대문을 활짝 열었다.

선두에는 벤두소스가 말을 타고 달려오고 있었다. 미할리스는 그에게 이런 말을 한 터였다. 「벤두소스, 자네는 전투에는 무용지물일세. 하지만 자네는 이 지방 지리에 훤하고 또 머리가 영리하네. 그래서 내 자네 지휘 아래 보급품 수령대를 보내네.」

벤두소스가 말에서 내리며 노인에게 소리쳤다. 「문안드립니다, 세파카스 대장님. 폐가 되지 않고 하느님의 뜻이 그러하다면 오늘 밤 여기서 묵고 내일 새벽을 도와 해안으로 갔으면 합니다.」

「어서들 오시게. 우선 뭘 좀 마셔야지.」 노인은 이렇게 소리치며 그들을 향해 두 팔을 벌렸다.

화약 연기에 그을리고 찌든 팔리카레들이 마당으로 들어왔다. 여자들은 허겁지겁 자기네 서방의 안부를 물었다. 불이 지펴졌다. 솥이 내걸리고 식탁이 마련되었다. 밤이 내리자 등불도 밝혀졌다. 그 등불 옆으로 뼈만 남았지만 눈동자는 시퍼렇게 산 얼굴들이 음식 옆으로 모여들었다. 그들은 맹수처럼 턱을 놀리며 먹고 물소처럼 마셨다. 사내 냄새가 집 안에 그득했다. 여자들은 숨 쉬면 닿을 거리에 모여 이 누더기가 된 사내들에게 기꺼이 봉사했다. 노인 역시 그들 근처에 서서 한마디 말도 없이 그들을 내려다보고 있었다.

그들이 다 먹고 다 마시고 성호를 긋자 노인이 입을 열었다. 「이제 누워서들 자거라. 아, 내 나이가 자네들의 피곤을 나눌 수 있을 만큼만 되었더라면. 나는 이 꼴이 되었구나. 나는 매일 밤 침대에서 자며 아침이고 낮이고 밤이고 쓸모없는 주정뱅이로 먹고 마실 뿐 이제는 총을 들지도 못하고 들어 봐야 나를 쏘아 줄 사람이 아무도 없구나. 나는, 내 적일지언정 내 꼴이 되기를 바라지는 않는다!」

「세파카스 어른, 하느님께서 은혜를 베풀어 주시면 저희도 그 꼴이 될 때까지 살 텐데요.」 벤두소스가 웃으며 말했다.

노인이 대답했다. 「자네는 안내 역이지. 벤두소스 대장, 아무리 피곤하더라도 자네는 맨 나중에 자야 하네. 우리 둘이서 할 이야기가 있으니까.」

「좋으실 대로 하십시오, 세파카스 어른. 제가 괜히 안내자가 된 것은 아니랍니다.」 벤두소스가 하품을 애써 억누르며 대답했다.

팔리카레들은 옷을 입고 총을 든 채 가로로 눕고 세로로 누워 여자들이 식탁을 다 치우기도 전에 집이 떠나갈 정도로 코를 골아 댔다.

날씨가 쌀쌀했기 때문에 여자들은 나무를 모아다 아궁이에 불을 지폈다. 노인은 불 앞에서 리라쟁이 벤두소스와 함께 불을 쬐었다. 노인은 조용히 불을 응시하고 있었지만 말이 하고 싶어 눈썹이 꿈틀거렸다. 마침내 그가 더 참지 못하고 입을 열었다. 그는 나지막하게 속삭였다.

「벤두소스, 내 자네에게 한 가지 물어볼 게 있네. 궁금해서 피가 마를 지경이야. 자네는 사나이답게 아는 대로 말해 주게. 나는 백 살을 넘게 살아서 거짓말에는 참지 못해.」

벤두소스는 그 궁금한 게 무엇일까 생각해 보았다. 그는 한참을 진지하게 생각하다가 역시 입을 열었다.

「진실을, 진실만을 말씀드리겠습니다.」

노인은 목소리를 더욱 낮추었다.

「구세주 수도원이 함락되던 날 밤, 미할리스 대장은 왜 자리를 떠났다던가?」

벤두소스는 불을 쑤석거렸다. 그러다 의자 등받이에 기댔다.

「불은 그냥 두고! 그 애가 어디로 갔었느냐?」 노인이 그의 팔을 붙잡으면서 물었다.

벤두소스는 침을 꿀꺽 삼켰다. 그는 미할리스 대장의 비밀을 누설하여 그를 배신하게 될까 두려웠다. 그래서 딴소리를 해보았다.

「세파카스 어른, 그건 제가 알 바 아닙니다.」

노인이 그의 팔을 잡아 흔들면서 명령했다. 「말하라. 하나도 감추지 말고 말하라. 왜 자리를 떠났더냐? 어디로 갔더냐? 놈은 내게 수모를 안겨 주었다. 그래서 내 얼굴을 바로 쳐다보지 못한다. 놈은 내가 그걸 물어볼까 봐 두려운 게야. 그러나 내 영혼에 맹세코, 내 언젠가는 — 그래, 내일일 수도 있다 — 놈의 은거지로 찾아가 팔리카레들을 모두 모아 놓고 백일하에 따질 터이다. 벤두소스, 네가 말해 주지 않더라도 내 이 불에 맹세코, 백일하에 드러낼 터이다. 그런 염치로 대장질을 계속할 수 있는지 어디 두고 볼 터이다!」

벤두소스는, 이 사자 같은 노인은 능히 그럴 위인이라는 생각에 몸을 떨었다. 이윽고 그가 말했다.

「너무 야단치지 마십시오, 세파카스 어른. 제가 처음부터 말씀 올리겠습니다. 고정하십시오.」

「그래, 고정할 터이니 말해 봐.」

「누리 장관에게 시르카시아 여자가 있었던 것은 아시지요?」

「아, 이렇게 부끄러울 데가 있나. 계집이 관련되어 있다니!」 노인이 신음하며 주먹으로 자기 가슴을 쳤다.

「네, 여자가 개입되었던 것은 사실입니다. 솔직하게 말하라고 하시지 않았습니까. 여자가 있었지요.」 벤두소스는 모조리 말해 버리기로 결심했다.

「나는 진실을 알고 싶다. 그걸 명심하도록. 조용조용 말해라. 잠에도 귀가 있다. 저 아이들이 들어서는 안 된다. 알겠느냐?」

「이름은 에미네라고 했습니다. 미할리스 대장은 누리 장관의 저택에서 그 여자를 한 번 보고 그만 빠져 버렸던 모양입니다. 지진이 있던 날 폴릭시기스 대장 역시 그 여자를 보고 같은 심정이 되고 말았습니다. 폴릭시기스 대장은 계속 그 여자의 집을 배회

했답니다. 빠져도 푹 빠져 딴 정신이 없었던 것입니다. 마침내 이 사람은 그 여자 집으로 쳐들어가 뭐라고 꾀었던지 침대로 기어들어 갔고, 급기야는 멍청하게 결혼할 약속까지 했던 모양입니다. 여자는 기독교로 개종까지 하기로 했던 것입니다. 세례식과 결혼식은 내일모레, 그러니까 성 십자가의 날로 내정되었습니다.」

「계속해…… 계속해. 그게 내 아들과 무슨 상관이냐?」

「아시게 됩니다. 하느님, 용서를 빕니다만, 제가 보기에 미할리스 대장은 폴릭시기스 대장 이상으로 그 여자의 아름다움에 빠져 버렸던 것 같습니다. 미할리스 대장이 구세주 수도원에서 진을 치고 있던 날 밤, 제가 누리의 친척들이 카스텔리로 쳐들어가 시르카시아 여자를 데려갔다는 소식을 전해 주었습니다. 그 양반은 소식을 듣자마자 저희 열 명을 거느리고, 훌쩍 말에 뛰어올라 추격했습니다. 이튿날 아침, 저희는 무정산 근처에서 일당을 만났습니다. 아드님은 꼭 성난 사자처럼 놈들을 덮치더군요. 세파카스 어른, 저는 그렇게 용감무쌍한 사람은 본 적이 없습니다. 그런 아드님을 두신 어른은 모든 사람들의 찬양을 받아 마땅합니다. 터키 놈들은 여자를 남겨 놓고 걸음아 날 살려라 하고 도망쳐 버렸지요.」

노인은 얼굴을 두 손 안에다 묻고 신음했다. 「아, 그랬었구나. 그래, 여자 때문에 자리를 떠났구나. 염치를 모르는 놈처럼. 부끄럽구나, 그런 걸 용감무쌍이라고 부르다니!」

「세파카스 어른, 아드님을 너무 나무라지 마십시오. 제 아버지의 사타구니로 맹세합니다만, 아드님은 시르카시아 여자를 한번 거들떠보지도 않았습니다. 아드님은 저에게 명했습니다. 〈벤두소스, 이 여자를 코라키에스에 있는 내 고모 댁에다 데려다 놓아라. 연락이 있을 때까지 이 여자를 돌봐 달라더라고 해라〉 하고요.」

벤두소스는 침을 삼키며 불을 들여다보고 있다가 말을 이었다.
「세파카스 어른, 그다음 이야기를 꼭 들으셔야 합니다.」

그러나 노인은 대답하지 않았다. 그의 얼굴은 납으로 만든 것처럼 무뚝뚝했다.

「……어느 날 아침, 그 여자는 시체로 발견되었습니다. 가슴에 칼을 맞은 시체로요.」 벤두소스가 속삭였다.

노인은 꿈틀 몸을 틀어 손을 뻗치고는 술병을 잡아 마셨다. 이로써 평온을 되찾는 것 같았다.

「누가 그 계집을 죽였나?」 그가 부드럽게 물었다. 그 목소리는 동굴에서 울려나는 것처럼 그윽했다.

벤두소스는 고개를 숙였다. 그것까지 말해야 하나? 그는 조금 전에야 자기 나름의 결론을 수습했던 터였다.

「계집은 자살했다…… 제 손으로 가슴을 찔렀다…… 사람들은 그렇게들 말하고 있습니다.」

「사람들이 뭐라고 하든 무슨 상관이야. 누가 죽였느냐?」

벤두소스가 고개를 들었다.

「권총을 제 가슴에 들이대실지도 모르겠습니다만, 말씀드리죠, 세파카스 어른. 바로 아드님입니다.」

「왜?」

벤두소스로서는 기왕 내친걸음이었다. 말하고 나니 가슴이 조금 가벼워진 것 같았다. 이제 미적거릴 필요도 없었다. 그는 단숨에 대답했다.

「질투 때문이지요.」

노인은 장작을 하나 불 속으로 던지면서 중얼거렸다.

「마무리가 좋구나. 시작은 나빴으나 마무리가 좋았다. 그 버러지가 그 아이를 좀먹었던 것이다. 내 아들 녀석이 옳다.」

「세파카스 어른, 아드님을 나무라지 않으시는군요.」

「한 가지만은 비난을 받아 마땅하다. 자기 위치를 떠난 잘못이다. 그러나 그 녀석은 그 잘못의 대가를 지불해 왔고 지금도 지불하고 있다. 언젠가는 그 녀석도 홀가분해질 것이다. 나는 내 핏줄을 믿는다.」

「여자는 아드님에게 무얼 잘못했습니까?」

「여자가 무슨 문제가 되느냐? 문제가 되는 것은 크레타뿐이다. 이제 가서 자거라. 입을 조심할 일이다. 행여 숨결에라도 그 소리가 묻어 나오지 않도록 해. 그 말이 새면 두 대장이 목숨을 걸어 놓고 싸울 것이다. 그건 크레타에도 이롭지 못해. 잘 자게. 어서 가. 나는 여기 불 옆에 앉아 있겠다.」

아침에도 노인은 여전히 불 앞에 앉아 있었다. 불은 꺼진 지 오래였다. 그는 머리를 가슴에 묻고 잠들어 있었다. 벤두소스와 보급품 수령대는 이미 보리 과자를 먹고 몇 통의 포도주를 마시고 떠난 다음이었다. 노인이 눈을 떴을 때는 그들이 피운 담배 냄새와 말소리, 그리고 술 냄새 섞인 숨결만 공기 중에 남아 있을 뿐이었다.

정오 무렵, 마당에서 여자들이 빵을 다 구웠을 즈음, 노인이 석판에다 알파, 베타, 감마를 써서 손자에게 보여 주고 싶어 안달을 부리고 있을 때, 문간에 외국인인 듯한 젊은 용사가 나타났다. 그는 푸스타넬라[1]와 재킷 차림에 뾰족구두를 신고, 머리에는 굵은 술이 달린 높은 페스 모를 쓰고 있었다. 그의 어깨에는 총이 걸려 있었고 탄대가 그의 넓은 가슴에 비스듬히 걸려 있었다. 독수리

---

[1] 그리스의 남성용 치마.

같은 그의 시선이 문턱을 넘어섰다.

「리아페[2]다, 리아페!」여자들이 반은 두려움, 반은 기쁨을 이기지 못하고 소리를 질렀다. 노인이 석판에서 고개를 들었다.

「어서 오시게, 헬레네여! 들어오시게, 젊은 독수리여!」그가 소리쳤다.

푸스타넬라를 입은 사내는 날씬한 다리를 들어 문턱을 넘었다. 여자들은 용기를 내어 가까이 다가와 그의 날씬한 몸매를 상찬했다. 「저런 아들이면 어머닌들 얼마나 자랑스러울까? 꼭 크레타 사람 같아.」어느 여자가 속삭였다.

젊은 용사는 노인 앞에 다가와 인사를 드렸다.

「혹, 어르신께서 세파카스 대장님이란 분이십니까?」

「머리끝에서 발끝까지가 그렇지. 대장은 대장이나 아주 옛날에 그랬다네. 지금은 그저 늙은 세파카스지. 그래, 무슨 좋은 바람이 불어 그대가 우리 집으로 오게 되었는가?」

「저는 스테파네스 선장의 배로 왔습니다. 제 이름은 미트로스라고 하는데 루멜리아 출신입니다. 크레타가 싸운다는 소문을 듣고 저도 싸우러 왔습니다. 시라에서 어르신네의 손자라고 하는, 유럽인 차림의 신사가 저에게 이 편지를 전했습니다.」

노인은 손을 내밀어 편지를 받았다. 그는 편지를 살펴보고 나서 기쁨을 감추지 못해 그 편지를 쓰다듬었다. 가장 사랑하는 손자에게서 온 것이었다. 장남 코스타로스의 장남에게서 — 무릎 위에서 제일 먼저 자기를 〈할아버지〉라고 부른 장손 — 온 것이었다.

「고맙네, 젊은 용사. 고생이 많았겠거니.」편지를 저고리 품속

2 그리스 본토 사람.

469

에 넣으면서 노인이 말했다.

그는 트라사키를 바라보며 웃었다.

「내 이 편지를 다른 손자에게 보이겠네. 이 손자 역시 배운 놈이어서 편지를 읽어 줄 것이네. 하나, 그건 나중 일. 아낙네들은 상을 보소. 귀한 손님, 진짜 그리스 사람이 왔으니 제일 좋은 의자를 내오게.」

아낙네들은 등받이에 쌍두의 독수리가 새겨진 고풍스러운 의자를 내왔다. 노인은 훤하게 빛나는 얼굴로 마당 한가운데 섰다. 루멜리아 사람은 한사코 의자를 사양했다. 그는 이 강인한 백발의 노인 앞에 겸손한 태도로 마주 섰다. 그는 노인이 꼭 불사신 같다고 생각했다. 젊은 용사는 노인의 손을 잡으며 말했다.

「어르신, 어르신께서는 거대한 상수리나무처럼 사셨다고 들었습니다. 어르신께서는 폭풍을 숨 쉬시며 백 년간이나 괴로워하시고, 이기시고, 싸우시고, 일하셨다고 들었습니다. 어르신, 백 년을 살아 보시니까 인생이라는 게 어떤 것 같았습니까?」

「시원한 물 한 사발 같았네.」 노인이 대답했다.

「아직도 목이 마르십니까?」

백발의 노인은 팔을 쳐들었다. 저고리 소매가 넓어 스르르 내려앉으면서 깡마르고 주름 진 팔이 어깨까지 드러났다.

노인은 큰 소리로 마치 저주라도 내리는 듯 호령했다. 「갈증을 다 채운 자에게 화 있을진저!」

젊은이와 백발의 노인은 서로의 말에 감동하여 한동안 말을 잇지 못했다. 트라사키가 두 사람 사이에서 노인과 젊은이를 자랑스러운 얼굴로 바라보며 서 있었다. 여자들은 허리에 손을 댄 채 그들을 둘러싸고 있었다.

이윽고 노인이 북쪽을 가리키며 물었다.

「그래, 젊은 용사. 저기 저 그리스에서 자네는 어떤 소식을 가져왔는가? 자네들 땅에는 이제 터키인이 없을 터이니, 그 아니 다행한 일인가!」

노인은 한숨을 쉬며 나무 의자에 앉았고 그리스 본토 사람은 쌍두의 독수리를 인각한 상석(上席)에 앉았다. 트라사키는 할아버지 가까이 앉아 이 푸스타넬라를 입은 사내를 탐욕스러운 눈길로 바라보았다.

미트로스가 대답했다. 「터키인이 없는 것은 사실입니다. 그러나 거기에는 지주가 있고 경찰이 있고 징치가들이 있습니다. 거기에 대해서는 더 이상 묻지 말아 주십시오.」

마당에서 갓 구운 빵 냄새가 났다. 루멜리아 사람은 현기증이 났다. 아침부터 아무것도 먹지 못한 터였다. 그는 뜨거운 보리 빵 쪽으로 힐끔 눈길을 던졌다. 노인이 그 시선을 붙잡고는 웃음을 터뜨렸다.

「여보게, 아낙네들. 조금만 있으면 우리 힘이 진할 것이네. 어서 더운 빵하고 치즈와 포도주를 가져다 가슴에다 붓게 하소!」 노인이 명했다.

노인은 마당이며 창고, 말구유, 대문, 포도 압착기를 둘러본 뒤 시선을 다시 루멜리아인에게 두고는 웃었다.

「젊은이, 내가 왜 웃는지 아는가? 내 영혼에 걸고 맹세하건대, 사람이 늙으면 추억이란 묘지가 되어 버린다네. 그러나 때로는 묘석을 밀고 추억의 시체가 무덤에서 기어 올라온다네. 그래, 조금 전에 내 집 마당에서 푸스타넬라를 보니 1866년 일이 생각났네. 바로 이 마당, 자네가 앉은 바로 그 의자에 그리스인 리아페스 대장(하느님, 그 양반 영혼과 함께하소서!)이 앉아 있었네. 내 아내와 장모 말라모 할마시(하느님, 그 영혼과 함께하소서!)는

가마에서 빵을 꺼냈네. 계절은 지금 같은 가을, 마침 술주정뱅이 성 요르기스의 날이었지. 마을에서는 술통을 열고 포도주 맛을 보느라고 야단이었다네. 바로 그때 카스타니아스(하느님, 그의 영혼을 편케 하소서!)가 들어오더군. 옛날이야기에 나오는 사람처럼 달리는 말에도 훌쩍 뛰어 탈 수 있는 사내였다네. 그 사람과 함께 저 유명한 기선 〈악마 판델레스〉호(이 배를 축복하소서!)의 선장인 수르멜레스(편히 잠드시라!)도 들어오더군. 그래서 나는 내 장남 코스타로스(편히 잠들어라!)에게 명령했다네. 〈코스타로스, 너는 젊으니까 복을 받겠구나. 가서 조그만 술 한 통 가져오너라. 아주 비워 버리게.〉

우리가 앉아서 이런저런 이야기를 하고 있는데 또 누가 왔는지 아는가? 내 대부(代父)이며 양 떼로 말하면 이름난 부자 돼지 요르기스(편히 잠드시라! 꼭 어울리는 별명이었지)가 산에서 마누라 안겔리코(편히 잠드시라!)를 데리고 내려왔더군. 요르기스는 양을 한 마리 잡아 둘러메고 왔고 안겔리코는 커다란 치즈 한 덩어리를 들고 말일세. 〈이거, 먹을 것 아주 넉넉하게 생겼구나!〉 모두가(모두 편히 잠드시라!) 웃으면서 소리를 질렀다네. 조금 있으니까 마을에서 학교 선생 마넬라오스(하느님, 그를 용서하소서! 입심이 좋았지)가 지나가다가 웃음소리를 듣고 문을 열고 들어오더군. 모두가(모두 편히 잠들라!) 소리를 질렀지. 〈어서 오시게, 훈장! 우리는 먹고 마실 테니 자네는 앉아서 공부나 하게.〉 그랬더니 훈장이 이렇게 말하더군. 〈훈장은 귀신이나 물어가라고 하고, 나도 좀 먹고 마셔야겠어. 그런 연후에 내 가서 엉터리 시인 말리아리오 영감을 불러옴세. 그래야 엉터리 시로 우리가 배꼽을 잡아 볼 것 아니겠나.〉 그자가 쫓아 나가더니 잠시 후에 진짜 말리아리오(편히 잠드시라!)에게 리라를 들려 가지고 데리고 왔네. 뿐만 아니라 스파키오 사람 안드룰레스(편히 잠드시라!)에게도 백파이프를 들려 가지고 데려왔고, 푸르나라스(하느님, 이 사람의 영혼도 보살피십시오. 이자가 노래를 하면 돌멩이도 들썩들썩했나이다)도 데려왔더군. 그 사람들 입술과 목과 손이 무엇으로 변했건 하느님, 일일이 돌보아 주소서.

나는 일어서서 술통에 포도주를 채우던 파이프를 가져다 술통에다 콱 박아 넣었지. 그러고는 소리를 지른 것이야. 〈이 짐승 같은 사람들아! 술잔은 있어서 뭘 해? 황소가 언제 사발로 물을 마시던가? 이걸 술통에다 꽂았으니 빨아 먹세. 자네들이 벌컥벌컥 마시면 나도 벌컥벌컥 들이켜지. 리아페스 대장, 당신이 연장자니까 먼저 드시오.〉내 말이 채 끝나기도 전에 이 양반은 파이프를 붙잡더니 벌컥벌컥 들이켜더군. 물담배통에서 소리가 나는 것처럼 술통에서 꺽꺽 소리가 나더군. 하느님, 그 양반 영혼을 구제하소서. 이 양반 밑도 끝도 없이 마시더군. 그래서 우리가, 저러다 통 비우겠다고 염려했을 정도라네. 마침내 그 양반이 파이프에서 입술을 떼었고 다른 사람들(모두 편히 잠드시라!)이 차례로 마셨지. 하느님 은덕으로, 내 차례에도 통은 비지 않았네.

그래, 우린 그렇게 걸쭉하게 마셨네. 모두 편히 잠드시라. 엄청나게들 먹고 마셨지. 치즈도 뭉텅뭉텅 떼어다가 아귀아귀 먹고. 그렇게 먹고 마시고 있으려니까 양이 다 구워졌다더군. 리아페스 대장은(편히 잠드소서!) 또 파이프를 들고 나섰네. 그런데 또 문간에서 누가 소리를 지르더군. 〈여보게들, 자네들끼리만 재미 보긴가!〉네크타리스 사제(하느님, 그의 영혼을 구하소서!)가 베누스 신목(神木) 가지를 든 성모 수도원장(편히 잠드시라!)과 함께 나타난 게 아닌가! 둘 다 짜면 술이 나올 정도로 취해 있더군. 이 두 사람은 마당으로 들어서자마자 펄쩍펄쩍 뛰고 춤을 추면서 장송곡을 부르더군. 〈마지막 작별을 고할 때〉라는 노래였는데 〈마지막 작별〉이라는 가사가 나올 때마다 술통으로 달려가 파이프를 빨았고, 술통 속에서는 꺽꺽 소리가 났고…… 아, 모두 편히 잠드시라! 모두가 웃고 노래하면서 카로스를 비웃었다네. 〈땅을 굴러! 이게 우리를 삼키려고 해!〉하고 소리치면서 구둣발로, 혹은 맨발로 마구 마당을 굴렀다네. 모두 바짓가랑이는 잔뜩 걷어 올리고 장딴지의 털, 뼈, 살, 사람이 아니라 짐승이었네!」

　노인은 말을 끊고 입을 다물었다. 그는 생각에 잠겨 수염을 쓰다듬었다. 그는 눈을 들어 그런 모습들이 살아 있는 듯 허공을 올려다보았다. 푸스타넬라 차림의 젊은이는 이 맨발의 크레타인 마당에서 죽은 사람들의 이야기를 들으며 두려움에 사로잡혔다. 죽은 사람들이 발로 마당을 구르는 소리가 들리는 듯했고 그들의 털북숭이 장딴지가 보이는 듯했다. 여자들은 웃으면서 조금 떨어진 곳에 서 있었고 트라사키는 그 조그만 발로 자신만만하게 마당을 구르며 카로스에게 당당하게 도전해 보였다. 푸스타넬라를 구경하러 왔던 베르토둘로스만이 죽은 사람들의 허깨비를 보고는 질겁을 하고 집 안으로 뛰어들어갔다.

　노인이 다시 입을 열었다. 눈이 젖어 있었다.

「나는 웃었네만, 모두 가고 나만 남았다는 생각을 하니 서글프기 한량없네. 아니, 서글프다기보다는 화가 나네. 그래, 화가 난다는 게 옳아. 여기서는 뭔가 잘못되어 가고 있네. 하느님이시니 좋을 대로 하시겠지만 여기서는 잘못하고 계신 게야. 하느님, 저를 용서하소서! 사람 중에는 안 죽는 사람도 있어야 해. 산은 왜 안 죽어? 내가 조금 전에 말하던 사람들도 죽지 않았어야 했어. 그 사람들도 신전의 기둥처럼 영원히 이 땅에 남아 하늘을 떠받들어야 해. 그래, 그래, 이놈의 땅아! 이 빌어먹을 놈의 땅아, 내가 이렇게 발로 구른다! 바보와 절름발이와 거짓말쟁이는 모조리 삼켜! 모조리 삼켜 버려! 그러나 리아페스 대장, 카스타니아스, 성모 수도원장, 그리고 내 맏아들 코스타로스는 삼키지 말아야 했다!」

　노인은 발로 땅을 굴렀다. 두 줄기 굵은 눈물이 볼로 흘러내렸다.

　「할아버지! 식사 준비됐어요. 리아페 아저씨 시장하실 텐데.」 트라사키가 할아버지의 손을 잡으며 말했다.

　「애야, 미안하다. 죽은 사람들 생각하느라고 흥분한 모양이구나. 그러나 우리는 살아 있다. 앞으로 갓! 살아 있는 사람은, 식탁 앞으로 갓!」

　이렇게 말하며 그는 자리에 앉아 루멜리아 사람과 자기 앞으로 식탁을 끌어당겼다. 이번에도 트라사키를 옆에 끌어다 앉혔다.

　「잘 오셨네, 젊은이. 하느님 은덕으로 우리는 늘 이렇게 이웃하네.」 노인이 손님의 접시에 음식을 담아 주며 말했다.

　한편 벤두소스 패거리들은 해안으로 접근하고 있었다. 바닷바람이 맞불어 와 머리띠의 장식 술이 흩날렸다. 너무 기쁜 나머지 날개라도 돋친 것 같았다. 하기야 무기를 내리고 노새에다 보급품을 잔뜩 실어 반군에 새로운 활력소를 제공할 터이니 신이 나는 것도 무리는 아니었다. 보급품은 이제 그들의 것, 그리스인들이 보내 준 것이었다. 그러나 고분고분 주고받고 사이좋게 나눈다면 무슨 재미가 있을 것인가? 마누라를 맞을 때는 어떻게 했던가? 양가 부모가 합의하고, 신부가 머리를 빗고 몸을 단장하면 밥상 준비가 끝나는 셈이지만 훔친 고기가 아니라면 무슨 맛이 있을 것인가? 여자는 저항하는 체했다. 신랑은 그런 신부를 홀쩍 안장 위에다 안아 올리고 사방으로 총을 쏘아 대고 고함을 지르면서 번개같이 집으로 돌아오지 않는가?

스테파네스 선장의 해적선 〈미아울리스〉 호는 어둠을 이용하여 터키의 해안 경비선의 순찰을 용케 피했다. 지금 그 배는 항구의 봉쇄선을 뚫고 한적한 항구 아야 펠라야의 절벽 아래 닻을 내리고 있었다. 바다는 우윳빛으로 부드러웠다. 이웃 마을에서도 보급품을 실은 배가 해안에 닻을 내리고 있다는 사실을 알지 못했다. 그래서 스테파네스 선장은 아무에게도 들키지 않고 화물을 내려 절벽 밑에 늘어놓을 수가 있었다.

햇볕은 오늘따라 부드럽고 날씨는 가을다웠다. 갈매기가 배 위를 선회하다 바위 위에 앉아 바다를 바라보고 있었다. 스테파네스 선장은 해안으로 올라와 조개 껍데기가 켜켜이 덮인 바위 위를 절뚝거리며 다녔다. 그는 니콜라스 성상도 바위 위로 모셔 와 고개를 배 쪽으로 향하도록 바위틈에다 세워 놓았다. 성 니콜라스는 햇볕에 그을리면서 배를 감시했다.

선장이 선원들에게 고함을 질렀다. 「어서, 어서! 터키인들에게 발각되면 큰일이다. 시간을 지체하면 기독교인들도 우리를 발견하고 약탈하려 들 것이다. 내가 가장 무서워하는 것은 바로 기독교인들이다. 서둘러라. 미할리스 대장의 팔리카레들이 올라. 그것들이 언제 올지 모른다.」

「벌써 왔습니다!」 돛대에 올라가 있던 소년이 외쳤다. 그는 노새를 타고 내려오는 열 명의 팔리카레들을 가리켰다.

스테파네스 선장은 그쪽을 바라보고 선두에 선 벤두소스를 알아보았다. 그는 웃으며 벤두소스에게 소리쳤다.

「자네도 용사들에게 합류했던가?」

「재수 없어서 그렇게 됐습니다.」 벤두소스가 이렇게 대답하면서 노새에서 펄쩍 뛰어내려 선장을 안고는 덧붙였다. 「제때에 와 주셨군요. 탄약은 다 떨어지고 벌써 배를 곯기 시작하던 참입니다. 천 번 만 번 잘 오셨습니다, 스테파네스 선장님!」

그러나 뱃사람은 몹시 서둘렀다.

「어서 하역을 돕게. 밤이 오면 곧 출항해야 하니까. 한 번 붙잡혀 봤으니까 붙잡히는 건 한 번으로 족해. 빨리빨리 움직여! 자네가 우리를 약탈하는 체하게. 그래야 재미있을 것 아닌가!」

벤두소스가 그의 팔을 끌어 한쪽으로 데리고 나갔다. 「미할리스 대장이 안부 전하십니다. 혹 무슨 소식이라도……」 벤두소스가 목소리를 죽이고 물었다.

「무슨 소식?」 스테파네스 선장이 머리를 긁었다.

「저를 믿고 말씀하십시오. 꼭 미할리스 대장에게만 전할 테니까요……」

스테파네스 선장은 허리를 구부리고 돌멩이를 하나 주워 바다로 던졌다. 또 하나를 던졌지만 여전히 입은 열지 않았다. 얼마 후 그는 용기를 내어 말하기 시작했다.

「벤두소스, 자네가 훌륭한 리라쟁이라는 건 내가 아네. 이렇게 말해서 미안하네만, 자네 혀는 믿을 수가 없어. 자네가 혀를 잘못 놀리는 날에는……」

벤두소스는 한숨을 쉬었다.

「내가 어디다 그 혀를 놀리겠어요. 그 걱정은 마시고……」

스테파네스 선장은 벤두소스를 빠히 쳐다보았다. 벤두소스는 햇볕에 그을려 있었다. 몸은 탄탄했고 목과 뺨의 비곗살은 빠지고 없었고 두 눈은 술 탓이 아닌, 다른 열망으로 빛나고 있었다.

스테파네스 선장이 마침내 주름 진 목소리로 말했다. 「그럼 잘 듣게, 벤두소스. 미할리스 대장에게는 꼭 내 말대로만 전하게, 알겠나? 좋게 전하려고도 말고 나쁘게 전하려고도 말게.」

「염려 놓고 말씀하시라니까요, 선장님!」

「대장에게 보낼 좋은 소식은 없네. 나는 그곳 유지들을 찾아다니고 지도급 인사들에게 진실을 말해 달라고 했네. 크레타가 해방될 가능성이 있는지, 아니면 우리의 고통이 또 한 차례 무위로 돌아갈 거라고 생각하는지를 물어보았네. 몇몇은 작대기로 덤불만 두드렸고 또 몇몇은 되지 못한 수작을 늘어놓더군. 그런데 딱한 사람 아주 솔직하게 말해 주었네. 그 사람이 누군고 하니, 유럽에 있다가 그때 시라로 온 미할리스 대장의 조카 코스마스였네. 그 친구가 내게 말하더군. 〈스테파네스 대장님, 수고가 많습니다만 크레타는 이번에도 해방은 보지 못합니다〉 하고. 그래서 내가 물었다네. 〈그럼 우리는 또 헛되이 피를 흘린단 말인가?〉 그랬더니 한다는 말이, 〈피가 헛된 법은 없습니다. 자유라는 씨앗이 싹트는 데는 피가 있어야 한다는 걸 모르십니까? 지금 우리는 그 씨앗의 싹을 틔우는 것입니다. 언젠가는 그 싹이 자랄 것입니다만, 아직은 그날이 오지 않았다는 것입니다〉 그러더군. 그러더니 편지 한 통을 꺼내 내게 주면서 말하더군. 〈믿을 만한 인편으로 이 편지를 저희 할아버지 세파카스 어른께 전해 주십시오.〉 그 편지는 마침 내 배에 승선했던 본토 사람 편에 세파카스 어른께 갔네. 미할리스 대장은 그 편지로 알게 될 것이네.」

벤두소스는 자갈을 차면서 듣고 있었다. 스테파네스 선장의 말이 끝나자 그가 퉁명스럽게 내뱉었다.

「그럼 하느님은 있다는 건가요? 스테파네스 선장님은 어떻게 생각해요?」

「나 같은 무지렁이가 어찌 알겠나? 니콜라스 성자가 있는지 없는지도 모르는 사람에게 하느님이 있는지 없는지 묻다니. 성 니

478

콜라스로 말하면, 있고 싶으면 있고, 있고 싶지 않으면 없고 그래. 내 오랜 세월 바다를 누비면서 여러 번 겪었다네. 그러니 하느님 이야기는 그만두고 일 되어 가는 거나 보세.」

해가 지자 바다도 어두워지기 시작했다. 선체가 비고 총, 탄약, 가축 용품, 밀가루, 소금에 절인 생선은 모두 노새 — 크레타인에게 베푼 하느님의 은혜 — 에 옮겨 실은 다음이었다.

「내 탄약과 식량을 더 날라 오겠네.」 스테파네스 선장이 열 명의 약탈자에게 작별 인사 삼아 말했다. 그러나 그는 배로 옮겨 타려다 말고 성상을 두고 왔다는 생각을 했다.

「아이고, 성 니콜라스 님을 잊어버렸구나.」 그는 있는 힘을 다해 다시 바위 위로 달려와 성상을 집어 바닷물에 깨끗이 씻었다. 그러고는 아직 바닷물이 뚝뚝 듣는 성상의 손에 입을 맞추었다.

「우리 대장 니콜라스 님, 여기까지 올 동안은 잘 보살펴주셨습니다.」 그가 성상에게 말했다. 「이제 돌아가는 길에도 모른 척하셔서 욕먹지 마십시오. 바다에 맹세컨대, 무사히 돌아가게 해주시면 아토스 성산(聖山)으로부터 바다의 영웅 미아울리스처럼 짧은 바지에 검은 페스 모, 그리고 손에는 망원경을 든 새 성상을 주문하겠습니다. 미아울리스나 성 니콜라스나 마찬가지 아닙니까. 그 편이 안전합지요……」

그는 배에 올랐다. 하늘에는 구름이 모여 있었다. 천지가 어둠 속으로 잠겼다. 물에서 미풍이 불어와 물결이 일기 시작했다. 스테파네스 선장은 망원경을 들었다. 바다는 죽은 듯 고요했다. 그는 성호를 그었다.

이윽고 그가 호령했다. 「하느님의 이름으로, 닻을 올려라! 니콜라스 성자님, 갑니다요.」

먹고 마신 다음 상을 물리자, 리아페는 문설주에 기대었다. 거친 바다가 그의 내부에서 살아나 오장육부를 뒤집어 놓고 있었다. 핀두스 산에서 내려와 배를 탄 것은 이번이 처음이었다. 푸스타넬라에다 한 차례 오물을 토하면서 영웅의 용기 같은 건 어디론가 사라지고 없었다. 지금도 천지가 배의 갑판처럼 출렁거리는 것 같았다. 그는 다음 날 아침 일찍 늙은 양치기 카리데모스와 함께 미할리스 대장의 은거지로 가게 되어 있었다. 그는 마음 놓고 잠들 수가 없었다.

그의 코 고는 소리를 듣고 세파카스 노인은 트라사키에게 손짓했고 두 사람은 마당 한가운데 선 오래된 레몬나무 아래 앉았다. 여자들도 빵 가마에서 안으로 들어간 지 오래였다. 마당을 지배하는 것은 정적뿐이었다. 편지 읽기에는 안성맞춤이었다. 노인은 편지 속에 중요한 소식이 있을 거라고 생각했다. 그렇지 않다면 코스마스가 굳이 편지를 써 보낼 리가 없는 터였다. 노인은 편지를 꺼내 봉투를 찢었다.

「자, 트라사키, 한 자 한 자 천천히 읽어라! 그래야 내가 알아듣지.」 노인이 말했다.

트라사키는 읽었다.

존경하는 할아버지, 저는 거룩한 땅으로 돌아왔습니다. 오래지 않아 크레타로 가서 존경하는 할아버지의 손에 입을 맞출 수 있을 것입니다…….

「입에 발린 소리는 여전하군. 편지가 어째 이 모양이냐? 서두에 안부를 두루 전하지 않고. 좋다, 계속 읽어라, 트라사키!」
노인이 백발이 된 머리를 무겁게 흔들며 중얼거렸다.

……그러나 저는 그런 은혜를 누리기 전에 이런 편지를 올리지 않을 수가 없었습니다. 할아버지께서는 이 편지를 읽으시는 대로 바로 미할리스 숙부님께 보내 읽게 해주십시오. 저는 숙부님이 기치를 올리고 또 한 번 산에서 터키군과 싸우신다는 소식을 들었습니다. 사태의 진전을 아시고 맹목적인 희생을 피한다면 그 아니 다행이겠습니까. 금후로는 숙부님도 하느님 뜻대로 움직이게 그냥 두십시오.

「잔소리가 길다. 계속 읽어. 트라사키, 좀 천천히 읽어. 자식, 많이 컸군.」

……각설하고, 그리스로부터는 아무 기대도 할 수 없게 되었습니다. 그리스는 너무 미약합니다. 그리스 역시 함대도 없고, 설상가상으로 유럽의 지원 하나 받지 못하는 가난뱅이 나라인 것입니다. 크레타는 한입거리에 지나지 않습니다. 그리고 이 땅의 강대국들은 술탄의 접시에 남은 음식에 더 관심이 많습니다. 술탄이 망하고 그 유산이 분배된다면, 강대국들은 크레타를 자기네 수중에 넣으려고 할 것입니다. 그러나 그 반대가 되어 크레타가 그리스와 통합된다면 신도 악마도 이 양자를 분리할 수는 없을 것입니다.

「오, 내 손자가 많이도 배웠구나, 어서 읽어라.」 노인이 신음했다.

……이것을 아셔야 합니다. 이번 역시 크레타는 성공하지 못하게 되어 있습니다. 우리의 성공은 우리 나름의 방법으로만 가

능할 것입니다. 즉, 그들과 협상하고 술탄으로부터 현재 상태보다 신장된 권리를 획득하는 것입니다. 이것이 뼈다귀에 불과하다는 것은 저도 압니다만, 살점도 얼마간은 붙어 있을 것입니다. 때가 올 때까지 이것으로 만족하고 있어야 할 것입니다.

「우리는 개, 그것도 비루먹은 개새끼로 전락했구나. 세계가 우리에게 뼈다귀를 던져 준다니! 어서 읽어라.」

……저는 유럽과 그리스의 관리들과 이야기해 보았습니다. 내일은 아테네로 가서 고위 관리를 만날 예정입니다. 필요하다면 저도 크레타로 달려가 힘닿는 데까지 돕겠습니다. 불행히도 지금 이 시대 역시 펜은 칼보다 강합니다. 칼을 가진 자들은 그 칼로 의무를 다하고 그들 나름의 길을 개척해 왔습니다. 그러나 그것으로는 목적지에 이르지 못합니다. 이제 펜을 든 자들이 나설 차례가 되었습니다. 할아버지, 이런 말씀 드린다고 노하지 마시기 바랍니다…….

「이런 펜대잡이들! 안경, 홀대바지, 모자, 연미복에 긴 양말! 어, 더러운 .」 노인은 이렇게 소리치며 침을 뱉었다. 그러고는 다시 침을 뱉었다.
그는 트라사키를 돌아다보았다.
「끝났느냐? 뭐 더 없어?」
「한 줄이 더 있습니다, 할아버지…….」

할아버지, 존경을 드리며 할아버지 손에다 입술을 댑니다. 저를 축복해 주십시오. ── 할아버지의 손자, 코스마스 올림.

노인은 고개를 숙였다. 눈을 감자 피투성이가 되어 자기 앞마당 한가운데 선 크레타가 보였다. 크레타인가? 아드님의 십자가에서 내려오신 성모님이신가? 굵은 빗방울이 떨어졌다. 노인이 입을 열었다.

「트라사키, 너는 들어서는 안 되는 말을 들었다. 너는 사나이다. 그러니 입 밖에 내지 마라.」

「할아버지, 걱정 마세요. 다른 사람은 절대로 모를 거예요. 우리 두 사람과…… 우리 아버지밖에는…….」

「네 번째도 있지…… 하느님. 그 밖에는 없다.」

할아버지와 손자가 이야기를 계속하고 있는데 뺨이 붉게 상기된 티티로스가 지팡이를 들고 배낭을 진 모습으로 문턱에 나타났다. 세파카스 노인은 비에 젖은 채 레몬나무 아래 앉아 있었다. 빗방울이 그의 수염에서 반짝거렸다. 그는 아무 방해도 받지 않고 고목의 둥치에 몸을 기대고 비 맞는 것을 좋아했다. 가죽 같은 그의 피부는 비에 젖어 반짝거렸다. 처음에 그는 아들을 알아보지 못했다. 티티로스는 햇볕에 그을려 튼튼하게 보이는 데다 허리도 꼿꼿이 펴고 있었다.

「네가 야나코스냐? 하느님 맙소사, 변했구나. 너는 이제 선생이 아니구나, 들어오너라!」 노인이 소리치며 고개를 들어 아들을 뜯어보았다.

「저를 못 알아보십니까, 아버지?」 아들도 기쁨을 감추지 못했다.

「알아볼 도리가 있겠느냐? 책을 덮고 온 게로구나. 목이 보이고 어깨가 보이고 뺨이 불그레한 걸 보니. 내 말하지 않던? 글자란 거머리, 사람의 피를 빨아먹는 스물네 마리의 거머리와 같다고. 나 역시 이놈의 알파벳 배우는 빌어먹을 짓을 하긴 한다만,

첩첩산중이요, 괴롭기 그지없구나. 한 자씩 한 자씩 더듬거릴 수도 있지. 그러나 내게는 원대한 목적이 있다. 너는 어떠냐?」

티티로스는 웃었다. 그는 아버지의 손에 입을 맞추고 나서 놀리듯이 말했다. 「아버지, 제가 선생이 된 것은 아버지 때문이 아니었습니까? 기억나세요?」

「물론 기억난다. 내가 그런 것도 기억 못하는 영감탱이가 된 줄 아느냐? 어디 다른 데 쓸 곳이 있어야지. 하지만 내가 잘못 보았구나.」

노인은 아들의 아래위를 훑어보고 팔을 주물러 보고 손을 잡아 보고, 가축에게 하듯이 입을 벌려 이빨도 들여다보았다. 그는 만족했다.

「어허, 별일. 이것이 내 보람이 되어 주다니. 네가 내 자식인 건 물론이고, 나 역시 너를 좋아했다. 그러나 어쩌면 좋으냐? 너는 나를 기분 좋게 만들어 주지 못했다. 너는 꼭 비누 거품같이 형들과 어울리지 못하고 등은 꾸부정하게 해가지고 책이나 읽었다. 너는 우리 식구들에게 맞지 않았어. 우리 조상들은 통바지에 긴 장화를 신고 총을 들고 다녔다. 그런데 너는 꼭 유럽 놈처럼 안경을 끼고 펜을 들고 다녔다. 그래서 나는 우리 가운(家運)이 다하고 엉망이 되어 가고 있다고 생각했더니라…… 그런데 하느님이 보우하사, 너는 사나이다운 모습으로 나타났구나. 내 너에게 통바지와 장화를 주고 어깨에 총 한 자루를 메어 주지 못한다면 내 이름은 세파카스가 아닐 터! 내 말 들었느냐? 왜 웃고 있느냐?」

「아버지는 예언자시군요. 어쩌면 제 마음을 그렇게 읽고 계십니까? 제가 아버지를 찾아온 것은 바로 그 때문이었어요. 형들이 입던 옷을 주셔야 합니다. 아버지 창고에는 틀림없이 총이 있을 테지요. 아버지와 함께 제 유럽인의 옷을, 놈들이 유다를 태우듯 여기 이 마당에서 태우는 겁니다. 그리고 크레타 사람답게 입겠어요. 그런 다음에 총을 메고 산으로 들어가겠어요. 저에게도 원대한 목적이 있습니다.」

노인은 아들을 끌어안고 말했다.

「내 축복을 받아라. 내 너를 위해 살진 염소를 잡을 테니 오늘은 잔치를 벌이자. 나는 너를 버린 아들이라고 생각했더니라. 반갑다, 야나코스!」

노인은 손자의 편지로 인한 슬픔을 잊었다. 그는 낡은 상자를 열고 가장 좋은 옷가지를 꺼냈다. 수놓은 저고리, 순모로 만든 통바지, 비단 허리띠, 튀니스제 페스 모도 꺼냈다. 크기가 제일 작은 장화도 꺼내고 창고에서 총도 한 자루 가져왔다. 날이 밝으면 막내아들을 새신랑처럼 꾸며 보내기 위해 이 모든 것을 상자 위에다 늘어놓았다.

집 안은 홍청거렸다. 터키인들이, 숨어 있다가 마을을 돌아다니는 선생을 붙잡아 가두고 부활절 양에게 하듯 침을 뱉는다는 소문이 돌고 있던 터였다. 그런데 그는 지금 건강한 모습으로 아버지와 마주 앉아 고기를 먹고 포도주를 통째로 마시고 있는 것이었다. 부자 옆에서 트라사키는 형편없이 작아 보였다. 소년은 먹을 수가 없었다. 그는 그저 휘둥그레진 눈으로 선생을 바라보기만 했다. 이 사람이, 바로 우리가 발밑에 구슬을 뿌려, 나동그라지게 하고, 안경을 부러지게 했던 바로 그 사람이란 말인가?

할아버지가 말했다. 「트라사키, 너는 먼저 가서 자거라. 나는 네 숙부와 할 말이 남았다. 그리고 오늘부터는 절대로 선생이라고 부르지 마라, 알겠느냐? 꼭 야나코스 숙부라고 부르거라.」

「사실대로 말해라. 네 아내는 어떻게 된 것이냐?」두 사람만 남자, 노인은 안락의자에 앉으며 덧붙여 물었다.「왜 목을 매었더냐? 설명할 수 있겠느냐? 다른 사람에게도 물어보았다만, 통 말 상대를 해주지 않더구나.」

「죄 많은 여잡니다. 이 불쌍한 게 겁이 나서 그만 도망쳐 버린 것입니다.」

노인이 중얼거렸다.「한 짓이 옳긴 하다. 여자라는 건 독한 것이다. 능히 자살도 할 수 있으니 말이다. 네게서 도망치느라고 자살했다는 건 알겠다. 그래, 지금부터 어쩔 셈이냐? 재혼하지 않겠느냐? 손자 하나 낳아 주지 않겠느냐? 막냇손자 말이다. 서둘러야 한다. 내가 살면 얼마나 살겠느냐?」

선생이 얼굴을 붉히며 대답했다.

「아버지, 이건 기적 같은 일입니다. 아버지는 돌아가실 날이 가까워 오면 올수록, 꼭 불사신 같으니까요. 네, 제가 여기 온 두 번째 목적도 바로 그겁니다.」

「오냐, 야나코스, 말해 보아라. 어디 네 눈에 드는 계집이라도 있더냐?」

「네, 꼭 마음에 들었습니다. 아버지 축복을 받으러 왔습니다.」

「성 오누프리오스에 맹세하고, 그게 누구냐? 참하냐? 힘이 세고 엉덩이가 크고 포도원과 밭이 좀 있는 집안이냐? 이빨도 서른두 개 다 있고?」

「네, 참합니다. 이빨도 다 났고요. 서른두 개가 넘습니다.」신랑될 아들이 대답했다.

「넘으면 안 되지. 그건 좋지 않아. 너를 깔아뭉갤 테니까. 하느님의 뜻에 어긋나는 것은 자연스럽지 못한 법. 서른두 개면 된다. 누군지 어디 들어 보자. 부모가 누구라더냐?」

「엘리아스 대장님의 손녀인데, 이름은 펠라야라고 합니다. 제가 여기 온 것은 아버님 축복을 받고자 해섭니다.」

「좋다, 야나코스. 내 축복을 받거라. 그 집이라면 아들 손자도 괜찮은 집안이고 포도원도 있고 밭도 있다. 그래, 여자는 네가 마음에 든다더냐?」

「마음에 들었기에 자기 아버지께 제 이야기를 했지요. 이랬다더군요. 〈아버님께 여쭈어 봐야지. 우리 집안의 어른이시니까.〉 처음에 엘리아스 대장은 상을 찌푸렸다고 합니다. 이러셨다는 겁니다. 〈선생이라고? 내 잘 알지. 뾰족 궁둥이에 비실거리는 녀석 아닌가! 그 집안이라면 좋고말고. 아들 손자가 다복하고 포도원도 밭도 있다. 내 어디 좀 생각해 볼 테니 기다려라.〉 그렇지만 여자는 마음이 바빠 직접 조부께 달려가 허락을 받아 냈답니다. 〈오냐, 좋다. 내 축복해 주마. 하나 조건이 있다. 그자가 유럽 놈 옷을 벗고 사내 같은 옷을 입어야 한다.〉 이러셨다고 합니다.」

세파카스 노인은 무릎을 쳤다.

「엘리아스 이놈! 복 받을 놈일세. 나도 그 영감이 걱정이었지만 말은 않고 있었다. 이제 그 옷을 불에다 처넣는 게 급선무로구나.」

선생은 신랑 차림을 얹어 놓은 상자에 꼭 붙어 잠을 잤다. 펠라야가 꿈속에 나타났기 때문에 잠을 깨고 싶지 않았다. 그러나 노인은 눈을 붙이지 못했다. 그는 날이 새기를 기다리면서 창만 바라보았다. 닭이 울고 새 날이 밝아 왔다. 노인이 일어나 티티로스를 걷어차며 소리를 질렀다. 「일어나거라! 옷은 상자 위에 있다. 그 옷으로 복을 받아라. 그리고 입고 있던 유럽 놈들의 옷은 마당으로 내오너라. 내가 불을 싸지르겠다.」

그는 유럽이라면 질색이었다. 손자의 편지를 받고 보니 더더욱 그랬다. 그는 아래층으로 내려갔다. 여자들도 깨기 전이었다. 그는 불을 지피고, 요람 같은 커다란 여물통 속에서 자고 있는 트라사키를 깨우러 갔다. 그가 손자를 흔들었다.

「일어나거라, 트라사키. 나랑 마당으로 나가자. 유다 놈을 태우는 거야.」

티티로스가 머리끝에서 발끝까지 크레타 차림으로 나타났다. 그는 전날까지 입고, 쓰고, 신고 있던 바지, 저고리, 조끼, 모자, 구두를 마당에다 차곡차곡 쌓았다. 그들은 악마가 어서 그 옷가지를 가져가도록 위에다 석유를 뿌렸다. 노인은 손자에게 불붙은 장작 하나를 주며 말했다.

「얘야, 어서 이것들을 지옥으로 보내라. 유럽 놈들이 우리에게 불을 질렀으니 이제 우리가 놈들에게 불을 지르는 것이다. 불에는 불, 바람에는 바람이다!」

트라사키가 장작을 받아 기름 먹은 옷가지 위에다 던졌다.

금방 불길이 옮겨 붙으면서 세 사람의 얼굴을 비췄다. 노인은 몸이 근질거려 춤이라도 추고 싶었다. 옷이 다 타자 그는 재를 한 줌 집어 대문 밖으로 나가 공중으로 뿌리며 욕을 했다.

「이 유럽 놈들아! 내 자식, 내 자식의 자식들이 살아 있을 동안, 네놈들의 집이며 공장이며 궁전이 이렇게 재가 되어 바람에 날리는 걸 볼 게다. 이 유럽 놈들아, 네놈들이 우리에게 불을 질렀듯이 네놈들 역시 잿더미나 되거라!」

정오경, 루멜리아 사람 미트로스는 산을 오르느라고 땀을 뻘뻘 흘리며 미할리스 대장의 지휘부에 도착했다. 산 정상의 고원에 백여 명의 팔리카레들이 여남은 개의 돌집에 은거하고 있었다. 아래로는 산으로 둘러싸인 평원이 보였고 마을은 흡사 하얀 새 떼 같았다. 그중 두 개의 마을은 불타고 있었다. 조용히 연기가 올라, 마을을 보호하는 구름처럼 그 위에 머물렀다. 미할리스 대장은 관망대 꼭대기에, 쌍안경을 들고 서 있었다. 이 쌍안경은 한 달 전에 산으로 올라왔던 그리스 찬미자인 한 유럽인이 어거지로 산을 떠나면서 선물로 준 것이었다.

그는 미할리스 대장에게 이렇게 떼를 쓴 바 있었다. 「나더러 어디로 가라는 것입니까? 왜 제가 다시 마을로 내려가야 한다는 것입니까? 저는 여기가 좋습니다. 저는 이곳에서처럼 맛있는 빵을 먹어 본 적이 없고, 이곳에서처럼 장생불사하는 약수를 마셔 본 적이 없고, 이곳에서처럼 고대 그리스인다운 사람들을 만나 본 적이 없습니다. 저는 당신을 미할리스 대장이라고 부르지 않고 아킬레우스 대장이라고 부르겠습니다. 제 이름은 에리코스올습니다.」 그는 고대의 투구 같은 둥근 모자를 쓰고 있었고 주머니에는 종이와 연필이 가득 들어 있었다. 그는 현대 그리스어로 횡설수설 크레타인과 이야기를 나누며 들은 대로 받아썼다.

크레타 사람들은 웃었다. 「어떻게 된 거 아냐?」 누군가가 말했다. 「신문에 글을 쓴다나!」 다른 사람의 의견이었다. 「여보쇼, 당신 무기도 없이 크레타에 무슨 도움을 줄 수 있다고 생각하시오! 당신 총은 어디 있소?」 팔리카레들이 물었다. 「이거요!」 그는 자기 연필을 가리켰다. 그의 수염은 뾰족하고 말쑥했고 뺨은 붉었다. 앞니 두 개는 금니였고 머리의 한쪽으로 머리털이 가시덤불처럼 솟아 있었다. 크레타 사람들은 그의 이름이 에리코스라는 말을 듣고 머리털이 가시덤불 같다며 〈쿠쿠리코스〉로 바꿔 불렀다. 어느 날 미할리스 대장의 팔리카레들이 산 아래 평원에서 터키인들을 공격했을 때 그 역시 대열에 끼여 호령하기까지 했다. 「앞으로! 아킬레우스 대장이여!」

물론 그에게는 무기가 없었다. 그는 틈만 나면 썼다. 쿠쿠리코스를 좋아했던 크레타인 하나가 피가 뚝뚝 듣는 터키인 머리를, 머리털을 쥐고 가서 그에게 선사했다. 쿠쿠리코스는 그 머리를 보자 그만 외마디 소리를 지르고 기절해 버렸다. 크레타 사람들은 배를 잡고 웃었다. 「이 친구 배짱은 솜으로 된 것인가!」 그들은 이렇게 소리치면서 물 한 통을 뒤집어씌워 정신을 차리게 했다. 미할리스 대장이 지나가다가 그 광경을 보고 호통을 쳤다. 「사람이면 다 크레타 사람인 줄 아느냐? 바보 같은 짓 당장 치우지 못해!」 그러고는 푸로가토스에게 당부했다. 「그 불쌍한 친구를 산 아래까지 데려다 주어라!」

그날부터 쿠쿠리코스는 열에 들떠 신음했다. 얼굴이 창백해지고 고기를 가져다주어도 먹으려 하지 않았다. 악몽도 꾸었다. 고대 그리스인들과의 생활도 더 이상은 장밋빛 꿈일 수 없어, 그는 하산하기로 마음먹었다. 어느 비 오는 날 아침, 그는 미할리스 대장에게 작별을 고했다.

「아킬레우스 대장님! 고대 그리스인들은 참으로 훌륭했습니다. 그러나 그들의 삶을 산다는 것은 참으로 어려운 일입니다. 저는 교수입니다. 말하자면 학교 선생인 셈이지요. 악한 사람은 아닙니다만, 책상물림입니다. 그러나 당신네들은 피와 살로 뭉쳐진 사람들입니다. 당신네들과는 도저히 견디지 못하겠습니다. 안녕히 계십시오. 그리고 저 보시듯 이걸 간직해 주십시오.」

그는 자기 목에서 쌍안경을 풀어 그걸 미할리스 대장의 목에다 걸어 주며 이렇게 말했던 것이다. 「당신은 대장이시니, 팔리카레보다는 멀리 보셔야 할 것입니다.」

이제 미할리스 대장은 그 쌍안경을 눈에 대고 평원을 내려다보는 것이었다. 마을에서 오른 연기 뒤로, 붉은 페스 모 무리의 움직임이 보였다고 생각했다. 메갈로카스트로에서 증원군이 도착해서 고원 공격대를 편성하는 것이었다. 그는 중얼거렸다. 「저 개새끼들에게는 없는 게 없구나. 우리는 위치도 불리하고 숫자도 얼마 되지 않는다. 폴릭시기스 대장은 우리를 기다리고 있고, 그에게 소식을 보내야겠구나.」

미할리스 대장은 쌍안경을 내리고 벤두소스가 해안에서 돌아왔는지 물어보려고 돌아서다가 푸스타넬라 차림의 미트로스를 보았다. 「문안드립니다, 대장님. 저는 스테파네스 선장의 배편으로 왔습니다.」 미트로스가 편지를 내밀면서 말했다.

「어서 오게, 동지.」 미할리스 대장이 그의 손을 잡으면서 말했다. 「가서 팔리카레들을 만나게. 그동안 나는 편지를 좀 읽겠네.」

황급히 그는 봉투를 열었다. 봉투 안에는 편지와 조그만 쪽지가 한 장 들어 있었다. 쪽지의 글씨는 아들의 필적이었다. 아들의 필적을 알아본 그의 무서운 얼굴은 일순 밝아졌다.

저 트라사키가 아버지께 문안드립니다. 할아버지의 말씀을 여기다 씁니다.

〈편지를 읽어 보고 하느님 뜻대로 하거라. 우리에겐 희망이 없다. 이번에도 우리는 빈 도리깨질을 하고 있는 것이다. 그러니 너 자신의 양심과 의논해서 결정을 내리도록 해라.〉

그는 얼굴을 찌푸리며 윗입술을 안으로 말아 올렸다. 이빨을 드러내고 그가 부르짖었다. 「이런 빌어먹을, 나 자신과 의논해야 한다니. 세상이 하늘 높이 날아 올라가는 것 같구나.」

그는 조카의 편지를 펼쳤다. 한 음절, 한 음절 한 단어를 읽으면서 그는 마치 산 위로 치솟는 것 같았다. 이따금씩 그는 편지를 놓고 신음했다. 그러다 다시 계속해서 읽었다. 다 읽자 그는 편지를 갈가리 찢고 불태워 버렸다. 「나 혼자만 알고 있어야겠다.」 그는 이렇게 말하며 재를 밟았다.

〈……그럼 아무 희망도 없다는 것인가? 조국은 힘이 없고, 유럽은 등을 돌리고, 크레타인은 수가 많지 않다……. 안 되지. 그렇다고 하더라도 나는 이 자리를 떠나지 않겠다. 나는 내 둥지, 내 둥지를 떠나지 않겠다. 하느님은 나를 버릴 수도, 나에게 단념하라고 명령할 수도 없다. 나는 포기하지 않겠다.〉

그는 쌍안경을 집어 들고 아래를 내려다보았다. 평원에는 붉은 점들이 훨씬 불어나 있고 계곡에서도 증원군이 모습을 나타내기 시작했다. 총독은, 미할리스 대장을 고립시켜 그 독수리의 둥지에서 제 발톱으로 무덤을 파게 하겠다고 맹세한 바 있었다. 지치고 상처투성이가 되긴 했지만 크레타는 점차 평온을 되찾고 있었다. 간헐적으로만 총소리가 들렸고 몇 안 되는 무리가 산속 바위틈에 은거하여 저항을 계속하고 있었던 것이다. 술탄은 격노했다. 그는 총독에게 쇠사슬을 배에 하나 가득 실어 보내면서 크레타의 반도(叛徒)들을 묶어 콘스탄티노플로 압송하라고 엄명했다. 그러지 않으면 술탄 자신이 와서 엄히 다스리겠다는 것이었다.

이 명령을 받고 총독은 제정신이 아니었다. 그는 그제야 자기의 목이 어깨 위에 그리 안전하게 붙어 있지 못하다는 걸 알고 메갈로카스트로에서의 안락한 생활을 뒤로하고 손수 군대를 몰고 미할리스 대장을 공격하기로 한 것이었다. 대주교는 이 사실을 알고 미할리스 대장에게 밀서를 보내 충고했다. 「도망치게. 배를 타고 떠나게. 총독은 그대의 궤멸을 맹세했네.」 그러나 미할리스 대장은 완강하게 버티었다. 그는 이를 악물었다. 〈나는 도망치지 않는다. 내 목에는 무거운 죄목의 칼이 씌워져 있다. 내 가슴에는 수도원이 불타던 날의 낮과 밤이 있다. 내 죗값은 반드시 치러야 한다. 모두가 떠난다고 하더라도, 나는 이 산꼭대기에 남으리라. 구세주 수도원이여! 나도 내 옷과 머리에 기름을 붓고 그대처럼 타겠나이다.〉

그는 쌍안경으로 평원을 훑었다. 사면에서는 조금 전보다 더 많은 기독교도들의 집이 불타고 있었다. 그는 산길을 차례로 살펴보면서 중얼거렸다.

「폴릭시기스 대장이 늦는구나. 그러나 오긴 올 것이다. 말을 했으니까. 지금은 전투 중, 전투 중에는 나도 그자를 믿는다.」

시르카시아 여자의 가슴에 칼을 박은 저 끔찍한 순간부터 미할리스 대장은 폴릭시기스 대장에 대한 자기의 우정이 되살아나고 있음을 느꼈다. 지금 그는 아무 악의 없이 — 아니 오히려 연민의 정을 품고 — 폴릭시기스 대장을 생각하는 것이었다. 마을이 에미네의 장례로 요란스러웠을 때 폴릭시기스 대장의 친구들은 그의 자살을 막으려고 애를 써야 했다. 그는 이제 머리끝에서 발끝까지 온통 검은 옷차림으로 돌아다녔다. 전투가 있는 곳마다 나타나 미친 듯이 터키인을 죽이면서 동시에 자기 목숨을 버리려고 했다. 그는 세례를 받지 못하게 하려고 터키인들이 에미네를 죽였다고 굳게 믿었다. 에미네의 무덤 위에다 터키인의 시체로 탑을 쌓겠다고 맹세할 정도였다.

미할리스 대장은 노새의 우는 소리와 발소리를 듣고 기뻐했다. 그는 바위에서 바위로 건너뛰어 벤두소스와 다른 열 명의 팔리카레가 도착하는 것과 같은 시각에 고원의 산채에 도착했다. 며칠 동안 산사나이들은 마른 빵만 먹어 뜨거운 음식을 몹시 기다리던 참이었다. 그들은 보급품을 내려 대장의 산채에다 쌓았다. 벤두소스가 허공에다 권총을 쏘며 소리쳤다. 「조국이여, 고맙습니다. 거러지가 된 우리 조국은 굶주리면서도 우리에게 먹을 것을 보내

주었습니다!」

「벤두소스! 실탄을 낭비하지 말게. 이리 와, 시킬 일이 있으니까.」 대장이 소리쳤다.

리라 연주가는 그에게 달려가 그의 말을 들었다. 그러자 벤두소스는 금방이라도 달려갈 채비를 했다.

「내 말 알아듣겠지, 벤두소스. 아주 급해. 도착하기도 전에 놈들에게 죽임을 당하지 않도록 조심해! 올 때는 별문제가 되지 않지만.」

벤두소스가 웃으면서 응수했다. 「글쎄요, 대장 마음대로는 안 될걸요. 올 때도 문제가 되건 안 되건 안 죽도록 조심할 겁니다. 포도송이를 안은 성모께 맹세코, 내게는 아직 마실 포도주가 많습니다. 다 마시기 전에는 못 죽습니다.」

그는 계곡으로 출발했다. 푸로가토스가 지나가는 그의 옷자락을 붙잡았다.

「벤두소스 형제, 자네 내 친구 베르토둘로스 보았는가? 가엾은 친구, 무엇하며 지내는가? 내가 우리 마누라보다 이 친구 생각을 더 한다는 것, 자네도 알지? 우리는 아주 각별한 사이라네.」

「그 양반 잘 있어. 걱정이 없고말고. 세파카스 어른 댁에 있는 걸 봤다네. 여자들과 함께 있는데, 머지않아 치마로 바꿔 입을걸.」

「벤두소스, 미할리스 대장 댁 지하실에서 술판 벌이던 생각 나나? 언제 또 벌일 수 있을까?」

그러나 벤두소스는 이미 사라져 버린 다음이었다.

세파카스 노인은 석판을 안고 앉아, 분필을 부러뜨리지 않도록 느슨하게 잡고, 한 자씩 한 자씩 글자를 썼다. 요 며칠 사이에 그는 자신의 힘이 자꾸만 자기 몸을 떠나고 있다는 느낌을 받았다.

힘이 땅속으로 새어 들어가는 기분이었다.

〈서둘러야 배우고 죽겠구나〉 하고 그는 생각했다. 이제 그는 있는 힘을 다해 말을 듣지 않는 손을 놀리는 것이었다. 어렵긴 했지만 그는 가까스로 대문자를 분명하게 쓸 수 있었다.

「소문자는 필요 없다.」 그는 소문자까지 가르치려는 트라사키 선생에게 말했다. 「내 일에는 대문자만 있으면 된다!」

할아버지와 손자는 문턱에 앉아 있었다. 노인이 말했다.

「트라사키, 너 오늘은 나무라지 않는구나. 내 손가락 길들이는 데 성공했지. 보렴!」

그는 자랑스럽게 대문자가 가득 쓰인 석판을 보여 주었다.

「알파에서 오메가까지. 정말 알파벳 전부를 다 썼지!」 할아버지가 으쓱거리면서 말했다.

「할아버지 만세! 오늘은 만점이에요. 아니, 어떻게 그렇게 빨리 배울 수 있었어요?」

「트라사키, 죽을 날이 얼마 남아 있지 않아. 그래서 애를 좀 썼지. 이제 때가 왔다. 들어라, 내 원대한 계획이라는 걸 일러 줄 터이니. 내가 이 나이에 책을 읽으려고 글을 배운 줄 아느냐? 그럴 필요가 어디 있겠니? 백 살이 된 지금, 나는 모르는 건 하나도 없고 아는 것 또한 하나도 없다.」

「그럼 왜 배우셨어요, 할아버지?」

「트라사키, 나는 죽기 전에 꼭 한 가지 쓰는 것만 배우고 싶었다.」

「그게 뭔데요?」

「크레타의 구호지. 내 손을 잡고 가르쳐 다오. 세 단어다.」 여기서 그는 속삭였다. 「자유가 아니면 죽음을!」

「아! 그랬군요, 이제 알았다!」

「트라사키, 너는 아직 모른다. 너는 아직 서둘지 마라. 자, 내 분필을 이끌어 주렴.」

두 손으로 손자는 할아버지의 거칠고 딱딱한 손을 잡고 천천히 이끌었다. 마침내 석판 위에 굵직한 글씨가 나타났다.

〈자유가 아니면 죽음을!〉

12

눈 덮인 산꼭대기에서 찬바람이 불어왔다. 크레타는 얼어붙었다. 미할리스 대장의 산채가 있는 셀레나 산의 사면 아래쪽에 위치한 넓은 동굴 안에는 여자와 아이들이 우글거리고 있었다. 기독교도 아녀자들이 봉기 때마다 터키군의 칼날을 피해 피난하는 곳이었다. 1821년 봉기 때는 터키군이 동굴 입구에다 나무를 쌓아 놓고 불을 질러 안에 있는 기독교도들을 질식시켜 죽인 적이 있었다. 그들의 뼈는 축축하게 얼어붙은 동굴 바닥에서 반짝거렸다. 그런데 다시 한 번 아녀자들이 그 뼈 위에서 추위와 굶주림과 죽음의 위협에 떨며 거기에다 뼈를 남겨야 할 형편이었다. 그들은 낮이면 동굴 밖으로 나가 풀뿌리, 도토리 같은 걸 주워다 먹으며 짐승과 다름없이 살았다. 그들은 스스로 버틸 힘을 얻느라고 미할리스 대장의 산채를 올려다보았다. 그가 있는 한 그들은 두렵지 않았다.

그러나 터키군은 이미 사면을 기어올라 동굴로 통하는 좁은 계곡으로 접근하고 있었다. 여자들의 비명을 듣고 미할리스 대장은 그곳까지 내려와 보았다. 계속되는 전투로 여자들 가운데는 칼이나 몽둥이로 남자들을 도울 준비가 되어 있는 이들도 있었다. 그

497

러나 나머지는 동굴에 앉아 울부짖으며 하느님을 부르고 있었다.

기독교인들은 수도 적고 굶주리는 데 반해, 격노한 총독에게 쫓겨 평원에서 올라오는 터키군은 시시각각으로 불어났다. 그는 미할리스 대장의 목을 따 방부 처리한 다음 터번에 싸서 콘스탄티노플에 있는 술탄에게 선물로 보내겠다고 맹세한 터였다.

오후가 되자 기독교인들은 술렁거리기 시작했다. 터키인들의 함성이 여자들의 통곡을 삼켜 버렸다.

그러나 하느님은 무심하지 않았다. 터키군 뒤에서 폴릭시기스 대장과 그 부하들이 붉은 페스 모를 교란시키고 있었다. 터키군의 일부는 이미 평원으로 도주하고 있었다. 두 대장은 말을 타고 적을 살육했다. 살육전의 와중이라 부상을 당해도 당한 줄을 몰랐다. 저녁이 되어서야 그들은 각자의 산채에 도착하여 붕대를 감을 수 있었다. 부상보다 더욱 견딜 수 없는 것은 굶주림이었다. 팔리카레들은 최근에 받은 보물 상자를 열었다. 빵, 올리브, 양파, 치즈가 든 상자였다.

미할리스 대장의 깃발이 펄럭이는 산채에는 두 대장이 나란히 바닥에 앉아 들어온 음식을 들고 있었다. 허름한 벽의 틈새로 매운 바람이 휘파람 소리를 내며 들어왔다. 밖에서는 눈발이 날리고 있었다. 토도레스가 마른 나무를 한 아름 안고 들어왔다. 그는 부상당한 두 대장의 몸을 녹여 주기 위해 불을 지폈다. 불을 지핀 다음에는 밖으로 나갔다. 귀에 들린 몇 마디 말로 보아 둘이서만 이야기하고 싶어 하는 낌새를 챘기 때문이었다.

「폴릭시기스 대장, 축복을 받게. 하느님이 자네를 보내셨네. 자네가 아니었더라면 개들이 우리 목을 물었을 것이네.」 미할리스 대장이 말했다.

미할리스 대장은 말하면서도 동정과 연민이 가득한 눈으로 동료를 바라보았다. 검은 옷차림에 머리의 상처에까지 검은 띠를 돌려 맨 폴릭시기스 대장은 갑자기 나이를 먹은 것 같고 얼굴이 창백했다. 그는 음식을 먹고 있었지만 생각은 딴 데 가 있었다.

「자네의 건강을 위해, 폴릭시기스 대장!」미할리스 대장이 술 병을 입에다 대며 말했다.

「미할리스 대장, 자네의 건강이나 위하세. 내 건강은 이미 가버 렸네……」

미할리스 대장은 가슴이 아팠다. 자기 손으로 죽인 여자 때문 은 아니었다. 그 여자는 두 사나이가 갈라서지 않기 위해서라도 마땅히 죽어야 할 목숨이었다. 여자를 죽인 날 밤으로 그의 마음 은 가벼워졌다. 이제 그는 혼자 있어도 부끄럽지 않았다. 이제 그 의 영혼은 저 시르카시아 여자에게서 놓여나 오직 크레타만 위하 여 싸울 수 있었다. 그러나 여자를 잃고 비탄에 잠긴 이 선량한 팔리카레에게는 몹시 미안했다.

그래서 미할리스 대장이 허두를 떼었다. 「폴릭시기스 대장, 내 자네에게 할 말이 있네. 용서하게만, 크레타가 피 웅덩이 속에서 허우적거리는데 여자를 생각한다는 건 부끄러운 일일 것이네. 내 명예를 걸고 하는 말이네만, 나는 여자가 내 의무의 수행을 방해 하면 내 손으로 죽여 버릴 수 있을 터이네.」

「미할리스 대장, 자네는 짐승같이 용맹스러운 팔리카레지만 나 는 인간일세.」폴릭시기스 대장은 이렇게 말하며 들고 있던 빵 조 각을 던져 버렸다. 미할리스는 흡사 목이 올가미에 걸린 기분이 었다. 그는 고개를 돌리고 친구를 바라보았다. 미할리스 대장은 오싹했다.

두 사람은 불가에 앉아 말없이 불꽃을 바라보았다. 토도레스가 들어와 나무를 더 넣고는 발소리를 죽이며 나갔다.

미할리스 대장의 목소리가 침묵을 깨뜨렸다. 그 목소리는 먼 곳에서 들려온 것처럼 아득하게 울렸다.

「누가 그 여자를 죽였는지 아는가?」

미할리스 대장은 죽이 되든 밥이 되든, 대가리가 되든 꽁지가 되든 다 털어놓고 싶었다.

폴릭시기스 대장이 그를 바라보았다. 그에겐 대답할 힘도 없었다. 그래서 기다렸다.

「누가 죽였는지 아는가?」 미할리스 대장의 목소리가 다시 물었다.

「자네는 아는가?」 폴릭시기스 대장이 물었다.

「알지.」

폴릭시기스 대장이 미할리스 대장의 팔을 붙잡으며 물었다.

「누군가?」

「그리 서둘지 말게. 화를 내지도 말고. 자네는 그자의 머리털 한 오라기도 다치게 할 수 없네. 그자는 죽음을 초월했으니까.」

「누군가?」

「기다리게. 내 말해 줄 터이니. 먼저 내가 자네 모르던 사실을 하나 일러 주지. 아주 끔찍하다네. 조용히 듣게. 내 맹세코 말하네만 내 이야기를 듣고 나면 자네는 부끄러워져 여자도, 여자를 죽인 자도, 자네 자신도 생각하지 않게 될 걸세.」

「누가 죽였나?」 폴릭시기스는 눈에 핏발을 세우고 같은 질문을 되풀이했다.

「얼마 전에 내 조카 코스마스로부터 편지 한 장을 받았네. 찢어서 태워 버렸네만, 폴릭시기스 대장, 우리의 노력은 또 한 번 수포로 돌아가고 흘린 피는 덧없게 된다네. 이번에도 우리는 크레타의 해방을 맞지 못한다네. 그리스는 힘이 없고 유럽은 명예를 잃었고 술탄에게는 힘이 있는 까닭일세.」

그러나 폴릭시기스 대장은 듣고 있지 않았다. 펄쩍 뛰어오르며 그는 머리를 벽에다 짓찧었다.

「누가 죽였나? 누군가? 딴 이야기는 이담에 하세.」

「내가 죽였네. 내가 죽였네, 폴릭시기스 대장.」 미할리스 대장이 이렇게 대답하고 나서 벌떡 일어나 조용히 그러나 단호하게 친구의 시선을 만났다.

폴릭시기스 대장은 벽에 기대섰다. 양미간이 어두워지고 있었다.

마침내 그가 외쳤다. 「아니, 아닐세. 그럴 리가 없어! 자네! 자네라니?」

「나는 그 여자 아니면 자네를 죽일 수밖에 없었네. 나는 크레타를 생각했네. 자네는 훌륭한 용사일세. 크레타는 자네가 필요하네. 그래서 그 여자를 죽였네. 그랬더니 내 마음이 가벼워졌네. 자네 마음도 곧 가벼워질 것이네. 칼을 더듬지 말게. 자네가 원한다면 문을 잠그고 불을 끄고 싸워 서로를 죽일 수도 있네. 그러나 동굴에 있는 아녀자들을 생각해 보게. 그들의 목숨은 우리에게 달렸네. 우리 조상들 생각도 좀 하게. 크레타도 생각하게. 연후에 자네 마음을 정하게.」

폴릭시기스 대장은 비틀거리다 그대로 무너졌다. 그는 얼굴을 두 손 사이에다 묻었다. 가슴은 헐떡거렸다. 그는 그만 참지 못하고 오열했다.

미할리스 대장은 친구의 눈물에 아랑곳하지 않고 이야기를 계속했다. 「이제 희망이 없다는 걸 알았을 때, 폴릭시기스 대장, 나는 내 내부에서 이상한 광기가 이는 걸 주체할 수 없었네. 그 광기는 나를 진정시키는 대신 새로운 용기를 가질 수 있게 해주었네. 나는 생각했네. 〈강대국들이여, 그랬었구나. 너희가 크레타의 자유를 거부했구나. 부끄러운 줄 알아. 나, 크레타의 고슴도치에 지나지 않는 미할리스 대장에게 너희 강대국은 필요치 않다. 하느님의 뜻이라면, 크레타의 낭패도 어쩔 수 없는 일. 내가 낭패할 것은 없다〉라고.」

그는 폴릭시기스 대장의 어깨 위에 손을 올려놓고 부드럽게 말했다.

「대장, 자네는 자네 자신이 부끄럽지 않은가?」

폴릭시기스는 눈물을 극복했다. 그제야 살인자의 말이 그의 귀에도 들렸다.

미할리스 대장은 계속했다.「희망이 없다는 걸 안 순간, 내가 디디고 있는 이 땅에 두고 맹세하건대, 나는 나 자신이 불사신이라도 된 기분이었네. 이제 누가 나를 어쩔 수 있겠는가? 죽음인들 나를 어쩔 수 있단 말인가? 터키인 전부가 몰려온다고 하더라도 나는 눈 한 번 깜박거리지 않을 걸세. 나는 아르카디 수도원이나 마찬가지네. 아무 희망이 없는 이상 나는 내 옷, 내 머리, 내 창자 속에 화약을 잔뜩 채워 넣고 하늘 높이 자신을 날려 버릴 수도 있네. 내 말 알아듣겠는가?」

사실이었다. 이제 그에게 남은 것은 오만과 자만뿐이었다. 일종의 악마적 심술? 신의 뜻, 아니면 역사만큼이나 오래된 인간 본연의 사나운 이상이었을까? 그 자신은 알 수 없었다. 확실한 것은 오직 한 가지, 무슨 일이 있든지 자신의 팔자를 한탄하지 않겠다는 것뿐이었다. 이제 악마나 신이나 술탄이란 말과도 그는 결별했다. 그는 아르카디 수도원이 그랬던 것처럼 자신을 하늘 높이 날려 버릴 수 있었다.

폴릭시기스 대장이 일어섰다. 난폭하게 그는 두꺼운 머리띠를 머리에다 묶었다. 그러고는 이렇게 말했다.

「미할리스 대장, 자네와 같은 지붕 아래서 잘 수는 없네. 이 전쟁이 끝나지 않는 한, 나는 자네를 죽이지도 않을 것이고, 위급한 자네를 모른 체하지도 않겠네. 그러나 크레타에 다시 평화가 오면 우리는 결판을 내도록 하세. 미할리스 대장, 자네가 내 가슴을 잿더미로 만들었기 때문이네.」

그는 살인자를 두 번 다시 쳐다보지 않고 나가 버렸다.

여자들은 평평한 지붕으로 올라가 위험할 정도로 쌓인 눈을 치웠다. 그들은 한숨을 쉬며 올려다보았다. 〈오, 하느님, 저 위의 기독교인들은 어떻게 지내고 있습니까?〉 카테리나는 눈 덮인 산봉우리를 올려다보며 늘 두렵게 여겨 오던 남편을 생각했다.

날이 개어 태양은 눈부시게 빛나고 하늘은 푸르렀으며 공기는 차가웠다. 세파카스 노인은 화덕 앞에 앉아 불꽃을 들여다보고 있었다. 며칠 간 그는 말을 하지 않았다. 그의 얼굴은 나날이 창백해 갔고 혼자 깊은 생각에 잠겨 지냈다.

트라사키가 들어오자 노인이 일어섰다. 그는 손자에게 카스텔리로 가서 붉은 페인트 한 통과 붓을 구해 오라고 했던 것이다. 그가 트라사키에게 손짓했다.

「트라사키, 그 페인트 통 들고 가자. 붓은 이리 다오.」

「어딜 가시는데요, 할아버지?」

「곧 알게 된다. 서둘러라, 또 눈이 올라.」

두 사람은 대문 앞에 이르렀다. 노인과 손자는 눈 속에 잠긴, 죽은 듯이 고요한 마을을 바라보았다. 반짝이는 눈에 묻혀 모든 것이 아름다워 보였다. 트라사키는 하룻밤 사이에 마을의 이런 변모가 믿어지지 않았다.

노인은 허리춤에서 알락달락하고 넓찍한 손수건을 꺼내 대문의 눈을 닦았다. 그러고는 페인트 통 뚜껑을 열고 붓을 담갔다.

「하느님의 이름으로.」 그가 중얼거렸다.

「뭐 하실 참이에요, 할아버지?」

「곧 알게 된다.」

그는 붓을 들고 천천히, 그리고 주의 깊게 대문에다 쓰기 시작했다. 처음에는 〈자〉, 다음에는 〈유〉, 그리고 다음에는 〈가〉라는 글자였다.

「아, 이제 알았다!」 트라사키가 소리쳤다.

노인은 웃었다.

「내가 고생고생하면서 글자를 배운 이유, 이제 알겠지? 이 마을 벽이란 벽은 한 군데도 빼놓지 않을 테다. 교회 종탑에도, 이슬람 사원에도, 내 죽기 전에 써둘 테다. 〈자유가 아니면 죽음을!〉이라고.」

한 글자씩 쓰고 그는 머리를 뒤로 젖히고 자기 솜씨를 감상했다. 그는, 가로로 긋고 세로로 긋기만 해도 목소리 — 그것도 우렁찬 함성 — 가 되는 신비에 어리둥절했다. 이런 구호가 어떻게 말을 한단 말인가? 〈위대하셔라, 오 주님!〉

이제 그의 집 대문이 말을 했다. 그가 대문에다 목소리를 부여한 것이었다. 이윽고 그가 불안한 듯 손자에게 물었다.

「트라사키, 제대로 썼느냐? 잘못은 없느냐?」

「만점 드릴게요, 할아버지. 근사해요.」 손자가 웃으면서 소리쳤다.

「그럼 다음 집으로 가자!」

거리 한 모퉁이에는 눈이 조금도 쌓이지 않은 벽이 있었다. 노인은 다시 붓을 통에 담갔다가 꺼내서 글씨를 썼다. 그는 계속 나

504

아가면서 썼다. 페인트가 그의 수염과 장화와 조끼에 튀었지만 그는 태연했다. 성스러운 불꽃에 완전히 사로잡혀 버린 것이었다. 그는 평평하고 큼직한 벽이나 대문을 만날 때마다 걸음을 멈추고 이 마법의 구호를 썼다. 지금까지 그저 텅 빈 채 묵묵히 서 있던 담벼락과 대문이 이제 소리 높이 자기네 희망을 부르짖고 있는 것이었다.

이제 그의 손은 이력이 붙어 미끄러지듯이 쓰게 되었다. 그는 마을의 광장에 이르렀다. 여기에는 학교와 교회와 사원과, 조금 더 가면 찻집도 있었다. 그는 붓을 페인트 통 속에 담갔다가 학교 문에도 썼다. 〈자유가 아니면 죽음을!〉이라고. 두 노인이 찻집에서 나오다 물었다.

「아니, 세파카스 대장님, 언제 쓰는 걸 배웠지요? 거기 뭐라고 쓰고 있습니까? 어떻게 된 것 아니오?」

「작별 인사 하는 것이네. 이걸 읽고 날 기억하라고 말일세.」 노인이 계속 글자를 쓰면서 대답했다.

두 노인은 고개를 흔들고는 지나갔다.

「천사가 세파카스 영감을 찾아왔던 게지. 카로스가 문전에 왔네.」 그들이 지나가면서 한 말이었다.

노인은 이윽고 이슬람 사원 앞에 이르렀다. 벽은 흰색, 문은 노란색 페인트로 말끔하게 단장되어 있었다.

「여기가 바로 내가 걸작을 남길 곳이다. 글자마다 꽃 장식을 그려 넣겠다. 봐라.」 그는 노란 문 위에다 붓을 꾹 눌러 쓰기 시작했다.

「이제 가자. 힘이 드는구나. 교회는 다음날 하기로 하고. 사다리를 놓고 종탑에까지 올라가겠다.」

「할아버지, 그러다 떨어지세요. 제가 대신 올라갈게요.」

크레타 전역에서 대장들은 포도주에다 물을 섞었다. 그들은 함께 머리를 모으고 회의에 회의를 거듭했다. 그리스와 유럽과 모스크바는 수수방관이었다. 오직 몇 명의 대장들만 항전을 계속했다.

술탄은 이렇게 선언했다. 「나는 크레타를 평정했다. 그 섬에 이제 총소리는 한 발도 들려서는 안 된다. 나는 이제 크레타인에게까지 베풀었던 내 선의의 특권을 철회하는 바이다. 그들이 은의를 모르고 반역한 탓이다.」

그러나 셀레나 산정에서는 총소리가 멎지 않았다. 미할리스 대장은 항복하지 않았다. 그가 쏜 총 소리는 콘스탄티노플까지 들렸고 술탄을 격노하게 했다. 그는 크레타의 총독에게 엄명했다. 「미할리스 대장이라는 자의 목을 가져오너라. 아니면, 귀관의 것을!」

총독은 기겁을 하고 맹세했다. 「그래, 내 신앙에 맹세코 이 이단자를 분쇄하리라.」

그는 신월도를 차고 저주받을 라시티 산맥을 바라보았다. 미할리스 대장에게는 사신을 보내 일렀다. 〈미할리스 대장, 귀하의 팔리카레를 거느리고 무기도 모두 가지고, 귀하의 대장기를 휘날리되 이곳을 떠나라. 무함마드에 맹세코, 털끝 한 오라기 다치지 않게 하겠다!〉 미할리스 대장의 회신이 왔다. 〈내 숨이 붙어 있는 한 떠나지 않겠다. 크레타 전체가 항복해도 나는 항복하지 않는다. 나는 귀하의 예언자 무함마드의 수염에 침을 뱉는 바이다!〉

「이 몹쓸 크레타! 저주받을 크레타인들! 기구한 내 팔자!」 총독은 신월도를 다시 풀면서 중얼거렸다. 「내가 어떻게 저 눈 덮인 산으로 올라가 이 악귀의 무리를 찾아낸단 말인가! 군대를 증파해야겠구나.」

그는 손뼉을 쳤다. 아랍인이 나타났다.

「밤과 라키 술을 내오너라. 이것 사람 죽겠구나……. 술탄께서

506

는 아직 전언이 없으시냐?」

아무 말 없이 아랍인은 라키 술 한 잔을 따라 와, 쭈그리고 앉아 화롯불에다 밤을 넣었다. 총독은 방석 위에 누웠다.

「술레이만, 재미있는 이야기 좀 해보아라. 사실이 아니라도 좋다. 무함마드에 맹세코, 내 거짓을 탓하지 않겠다.」

아랍인은 하얀 이가 송두리째 드러나게 웃었다.

「총독 각하, 오늘 마침 좋은 소식을 일러 드릴 수가 있겠습니다. 들으시면 천국에 드시는 것 같을 것입니다.」

「내 축복해 줄 터이니 어서 말해 보아라, 이 사기꾼아. 미할리스 대장이 총이라도 놓았다더냐?」

「그게 아닙니다, 총독 각하. 그보다 더 반가운 소식입니다. 점쟁이 하미데 물라라는 여자, 들으신 적이 있으실 겁니다. 마당에 성자의 무덤이 있는 집 여잡니다. 오늘 제가 그 여자더러 콩을 던져 각하의 운수를 좀 뽑아 보라고 했습니다. 여자는 마당 한가운데 쪼그리고 앉더니 체와 콩, 조개 껍데기, 조약돌 그리고 박쥐 발톱이 든 가방을 꺼내는 것이었습니다. 여자는 가방 속에 든 걸 체 안에 넣더니 한참 흔들고는 들여다보았습니다. 그러면서 주문을 외었습니다. 여자는 갑자기 소리를 지르더니 목도리를 내던지고 춤을 추기 시작했습니다. 요상해서 제가 물었습니다. 〈하미데 물라, 무엇이 보이나? 자네 콩 점괘가 어떻게 나왔는가?〉 여자는 조용히 다시 앉더니 손가락으로 콩을 헤쳐 보는 것이었습니다. 〈붉은 페스 모가 가르부사에서 토플라 수도원까지, 크레타 전역을 휩쓸고 있습니다. 총독도 보입니다. 여기 이 죽은 달팽이 말입니다. 콘스탄티노플로부터 금빛 글씨로 쓰고 금빛 봉인에 금줄을 두른 칙령을 받습니다. 술탄께서는 총독께 금화와 황금의 장식술을 보내셨군요.〉〈그래? 혹 술탄께서 총독 각하를 부마 삼으시

507

려고 공주는 보내지 않으셨는가?〉〈이 말 엿들으실 성자께 맹세코, 그건 잘 안 보입니다.〉 저는 하미데 물라에게 말했습니다. 〈분명히 말해라, 하미데 물라! 자네가 말하는 그런 일이 언제쯤 있겠느냐? 내가 각하께 말씀드릴까? 그래야 나나 불쌍한 자네를 위해 총독께서 행하를 듬뿍 내려 주실 게 아니냐?〉 그랬더니 여자는 다시 콩을 모아 던져 보고 나서 말했습니다. 〈각하께는 제3기 안에 이루어진다고 말씀드리세요. 걱정하실 필요 없다고요.〉 그런데 각하께서 손뼉을 치시기에 저는 하미데 물라의 뜰에서 이 소식을 일러 드리려고 달려온 것입니다요.」

총독은 호박 목걸이를 만지작거리며 입을 헤벌린 채 듣고 있었다. 그의 얼굴은 부드럽고 평화로웠다. 반쯤 감은 눈에는 술탄의 사신이 금화, 에메랄드, 오팔, 사향, 아몬드, 계피를 결혼 지참품으로 바리바리 실은 낙타 떼를 거느리고 메갈로카스트로를 들어서는 광경이 보이는 듯했다. 흰 비단으로 몸을 감싼 조그만 하눔, 술탄의 딸이 흰 낙타에서 내려 총독부 대리석 계단을 사뿐사뿐 오르는 것도 보이는 듯했다.

그러나 술레이만의 이야기도 끝나 버렸다. 총독은 퍼뜩 놀라 깨었다. 그는 하품을 했다.

「술레이만, 이놈, 끝났느냐?」

「끝났습니다, 총독 각하.」

「그럼 주전자를 걸어 커피를 한 잔 끓여 다오. 잠이 확 깰 놈으로. 밤은 구웠느냐?」

「하미데 물라에게 복채 좀 안 보내시겠습니까?」

총독은 웃었다.

「술레이만 이놈, 바람에 휘날리지 않게 정신 차려야 하느니. 이놈아, 〈제2기〉라도 지나야 복채를 내지.」

〈생각했던 것만큼 바보는 아니구나.〉아랍인은 불 위에 주전자를 올리면서 생각했다.

날이 저물어 가자 대주교는 한시도 눈을 떼지 않고 망원경으로 바다를 보았다. 오늘만 해도 그는 매주 메갈로카스트로를 경유하는 기선 편으로 그리스의 방침을 통고해 주러 올 밀사를 기다렸다. 산에서 대장들은 터키군과 협상을 거듭하고 있었다. 그들은 종전이라는 방향으로 방침을 굳히긴 했지만 여전히 무기는 놓지 않았다. 신중론자들은, 〈하느님의 이름으로, 마음을 굳게 먹고 다시 무기를 파묻고, 우리의 애통해하는 모국이 다시 힘을 기를 때까지 우리 힘을 모아 둡시다. 그때 다시 기치를 올리면 되는 것입니다. 용납할 수 없더라도 그 손에 입맞추는 척합시다〉하고 주장했으나 과격파들의 반응은 여전히 〈자유가 아니면 죽음을!〉이었다.

그리스 역시 결정을 내리지 못하고 있었다. 그리스는 터키에 대해 씨도 안 먹힐 위협을 해보는가 하면 때로는 유럽에 무릎을 꿇고 애원했다. 대주교는 어떤 결정을 따라야 할지 알지 못했다. 그의 이성은 자제와 항복을 권했지만 그의 심장은 미친 듯이 〈자유가 아니면 죽음을!〉을 외쳐 대고 있었다. 오늘이라도 그리스에서 밀사가 오면 자기의 공식 견해를 피력할 수 있을 터였지만 어둠이 내리는데도 배가 올 낌새는 보이지 않았다. 그는 생각했다.

〈참고 기다리자. 내일이라도 하느님의 뜻이 전해질지 모른다. 그럼 소식이 올 것이다.〉

그는 아래층으로 내려가 교회로 향했다. 하느님께 바다를 잔잔하게 해달라고 기도하기 위해서였다.

밤이 지나고 바다는 잔잔해졌다. 새벽녘 산에서 불어온 바람에 백리향 향기가 바다로 불어올 때, 세파카스 노인의 장손 코스마스는 기선의 뱃머리에 서서 조국의 냄새를 맡고 있었다. 이제 크레타는 그의 눈앞에 있었다. 험한 벼랑, 우중충한 나무들, 멀리 보이는 분홍빛 산정. 한겨울의 봄날 같은 날씨였다. 코스마스는 고향의 살과 뼈를 마음껏 볼 수 없었다. 20년 전, 덜 여문 뺨, 덜 여문 영혼으로 떠난 고향, 어쩌면 이렇게 돌아오는 것인가! 그는 돌아섰다. 몸집이 작고 창백해 보이는 젊은 여자가 그의 뒤로 다가와, 겁먹은 듯한 눈으로 크레타를 바라보고 있었다.

「크레타야.」 그는 웃으면서 부드럽게 여자의 어깨를 쓰다듬었다.

여자는 몸을 떨었다. 「그렇군요.」

「이 땅이, 당신이 우리 아이를 낳을 곳이야.」 그가 다정한 어조로 덧붙였다. 「이 땅이 지금부터는 당신의 고향이야. 다른 곳은 잊어버려.」

「알았어요, 코스마스.」 여자는 이렇게 속삭이며, 거기 있는 걸 확인이라도 하려는 듯 떨리는 손으로 남편의 팔을 붙잡았다. 여자는 그러고 나서야 안정을 되찾았다.

크레타의 산과 올리브 숲, 포도원이 가까이 왔다. 메갈로카스트로는 이른 아침의 희뿌연 안개 속에서 드러났다. 백리향의 향긋한 내음이 전해졌다. 이제 빛줄기가 정상을 넘고 사면을 지나 평원으로 쏟아지고 있었다. 나무가 한 그루 한 그루 똑똑히 보이고 아침을 알리는 닭 울음소리가 들렸다. 세상은 깨어나고 있었다.

코스마스는 아내에게로 허리를 구부리며 조용히 속삭였다.

「이제 우리 아버지가 사시던 집으로 가게 된다. 마음 굳게 먹고 겁내지 않도록 해. 내가 당신과 함께 있다는 걸 잊지 마. 우리 아들이 배 속에 있다는 것도 잊지 마. 어머니는 하느님을 두려워하시는 분이니, 다정하게 대해 주실 거야. 미리 말해 두어야겠지만, 우리 누나는……」

그는 말하려다 말고 얼굴을 찡그렸다.

「어떻다는 거예요?」여자는 불안한 얼굴로 남편을 올려다보며 물었다.

「누나 나이 열두 살 때, 아버지가 엄명하셨지. 〈대문 밖을 나서도 안 되고 내 눈에 띄어서도 안 된다. 가거라!〉하고. 그때부터 불쌍한 누나는 아버지와 바깥세상 구경은 못하게 되었지. 하루종일 혼수감만 뜨고 짜며 지냈대. 밤이 되어 어른이 집 안으로 들어오면 누나는 집으로 들어가 숨어야 했던 거야. 누나가 스무 살이 되었을 때, 아버지는 한 젊은이가 지나다 누나에게 눈독 들이는 걸 아셨지. 어느 날 저녁에는 이웃 여자가 누나에게 그 젊은이의 편지를 가져다주었고, 그런 일이 몇 번 더 있었어. 청년은 누나에게 반해서 서로 선을 보고 상대를 파악한 다음 결혼하고자 했던 것이지. 편지가 여러 차례 오가자 누나 마음도 조금씩 움직여 어느 날 밤에는 그 이웃 여자에게, 밤중에 문밖에 서 있겠다는 말을 전하게 했대.」

코스마스는 이야기를 하다 말았다. 눈썹 위의 핏줄이 부풀어 올라 있었다. 다시 아버지에 대한 증오와 공포와 존경이 되살아난 것이었다. 크레타는 사라지고 대신 아버지의 무서운 모습이 허공을 지나갔다.

「그만해요, 됐으니까요.」여자가 속삭였다.

「아니야, 끝까지 들어야 해. 한밤중에 누나는 발소리를 내지 않으려고 맨발로 내려갔어. 그러나 어른이 보고 계셨지. 아버지는 소리 없이 누나의 뒤를 따르셨어. 그것도 모르고 누나가 마당으로 나가 대문을 여는 순간, 아버지는 달려가 머리채를 붙잡고 쥐어뜯어, 기절한 누나를 끌고 들어가 문을 잠가 버렸어. 그러고 나서는 해가 몇 번 바뀌어도 누나는 창가에 나타날 생각을 않는 거야. 아버지는 아르카디 수도원에서 돌아가셨지. 그로부터 벌써 20년이 흘렀네. 그러나 우리 누나의 마음은 굳게 잠기고 말았어. 누나는 하루 종일 집 안에서 빨래하고 식사를 준비하며, 혼수를 장만한답시고 아직까지 짜고 꿰매고 뜨고 있대. 밤이 되어도 자려고 하지 않아. 자정이 되면 창문을 열고 밖을 내다보다가 혹 지나가는 사람이라도 있으면 〈자정이 아직 안 되었어요?〉 하고 묻는대.」

코스마스는 입을 다물었다. 젊은 시절 누나의 단정하던 머리카락, 푸른 눈, 웃음소리가 그리웠다.

그는 갑판을 따라 몇 발짝 옮겨 놓다가 터키 군인이 쉬고 있는 선실을 내려다보았다. 「불운한 크레타!」 이렇게 중얼거리며 그는 밀서가 들어 있는 외투 주머니를 만져 보았다.

그가 아내에게 말했다. 「너무 겁을 먹지 않도록 해.」

코스마스는 이제 메갈로카스트로 뒤편, 사람 얼굴과 형상이 비슷한 축복받은 이우크타 산의 모습을 볼 수 있었다. 올리브 숲과 포도원 사이에 우뚝 선 거대한 얼굴, 높직이 벗어진 이마, 오똑한 콧날, 큼직한 입, 바위와 벼랑으로 이루어진 수염……. 푸르스름한 대리석 신은 여전히 거기 있었다.

코스마스는 믿음직한 산을 보며 생각했다. 〈거인은 죽지 않는다. 내 마음속에 살아 있는 한, 죽은 것이 아니다. 내가 살아서 그를 생각하는 한, 그는 죽지 않아. 다른 사람들은 그를 잊었는지도 모른다. 그러나 그의 생명은 내게 있다. 그는 나를 붙잡고 있지만 나 역시 그를 붙잡고 있다.〉

그는, 아버지의 굳건한 뿌리가 자기 내부까지 뻗어 있음을 실감했다. 외국에 있으면서도 그는 이따금씩 아버지를 생각했다. 그럴 때면 전율이 온몸으로 퍼져 나가곤 했다. 그러나 이 순간만큼 세상을 떠난 아버지를 가까이, 그리고 절실하게 느껴 본 적이 없었다. 그는 생각했다. 〈아버지는, 내가 왜 크레타로 돌아오고 있으며 내 비밀 임무가 무엇인지 알고 계신다. 후회 없이 싸우시던 투사여서 나에게까지 침묵하길 바라실 것이다.〉

코스마스는 다시 아내에게로 돌아섰다. 아버지가 이 외국 여자에게 증오의 시선을 던지는 것 같았다. 그러나 이 여자에 대한 그의 사랑은 아버지의 면전에서 더욱 대담하고 단호해졌다. 그는 아내를 끌어다 안으면서 사자(死者)에게 아내를 내주지 않으려고 했다.

이윽고 항구로 들어섰다. 오른쪽에는 발톱에 복음서를 그러쥔 베네치아의 돌사자가 보였다. 항구가 부산스러워지면서 썩은 레몬, 기름, 순무 냄새가 났다. 코스마스는 방파제로 뛰어오르며 아내의 손을 잡았다.

그가 다정하게 말했다. 「오른발을 먼저 내디뎌! 당신은 지금 밀림으로 들어오는 거야. 하느님의 이름으로.」

여자는 오른발을 먼저 내디뎌 땅을 밟으면서 지친 듯이 남편의 팔에 매달렸다.

「피곤해요.」 여자가 관자놀이에 식은땀을 반짝이며 속삭였다.

「집은 가까워. 힘을 내, 곧 도착할 테니까.」

둘은 걸었다. 코스마스의 시선은 탐욕스럽게 집과 사람들과 거리를 핥았다. 모든 것이 늙고 낡아 있었다. 검은 머리는 백발이 되었고 사람들의 뺨은 수척해 있었으며 색깔은 바래고 벽은 허물어져 있었다. 문 앞에 잡초가 자라 있는 집이 많았다. 그는 아내의 손을 꼭 쥐었다.

「이게 내 고향이다. 내가 태어난 땅이다.」

여자는 허리를 구부리고 흙을 한 줌 쥐었다가 손가락 사이로 흘러 나가게 했다.

「따뜻해요. 마음에 드는군요.」 여자는 아득히 먼 자신의 고향, 추운 나라를 생각했다.

그들은 좁은 골목길로 들어섰다. 아내의 팔을 놓은 코스마스는 서둘러 앞서 걸었다. 가슴이 몹시 뛰었다. 그는 좁은 거리로 나섰다. 멀리서도 그는 아버지 집을 알아보았다. 문은 닫혀 있었다. 대문 위의 창문도 닫혀 있었다. 거리에는 아무도 없었다. 아무 소리도 들려오지 않았다. 꿈만 같았다. 그는 뭉툭한 쇠 종이 달린 쪽문으로 다가갔다. 무릎이 떨렸다. 그는 이윽고 용기를 내어 문을 두드렸다.

마당에서 발소리가 들렸다. 누군가가 한숨을 쉬었다. 이어서 또 정적. 그는 다시 두드렸다. 문이 열렸다. 키가 작고 마른, 검은 옷차림의 백발 노파가 나왔다. 문 앞에 선 손을 보고 노파는 〈애야!〉 하고 외치고는 현기증이 나는지 문설주에 기대었다.

이어 누나가 나왔다. 역시 어머니처럼 여위고 키가 줄어든 모습이었다. 반백 머리에 눈빛에는 절망의 빛이 어려 있었다.

기쁨, 눈물. 손들이 사랑하던 사람들 위로 넘나들었다. 어머니는 장성한 아들을 안고 아이 대하듯 다정한 말을 하다 말고 문턱에 선 젊은 여자를 보았다.

「애는?」 어머니가 물었다.

「제 첩입니다.」

누나가 호기심이 가득한 눈으로 그의 아내를 보았다. 어머니가 아들에게 속삭였다.

「왜 결혼을 이렇게 했느냐? 외국인 아니냐?」

「어머니, 부탁입니다.」 아들이 어머니의 깡마른 손에 입을 맞추었다.

「너는 내 아들, 내 외아들, 부탁할 일이 어디 있느냐? 내 다 들어줄 터이니, 말만 하여라.」

「어머니, 제 처를 부탁합니다. 사랑해 주세요, 제 아들도.」 아들은 여전히 다정하고 부드럽게 속삭였다.

어머니는 놀라는 표정을 지었다. 어머니는 아무 말 없이, 그러나 시선을 그쪽으로 던져 샅샅이 훑어보았다.

「그래요, 손자를 가졌습니다.」 그가 말했다.

달콤한 온기가 어머니의 목과 뺨을 데웠다. 그러나 순간 어머니에게 전율이 왔다. 어머니는 주름 진 목소리로 물었다.

「네 아버지께 허락을 구했다냐? 아버지도 아시느냐? 그 양반이 결정하신다. 아버지께 여쭈어라. 나는 그 양반이 두렵다.」 어머니는 돌아가신 남편이 듣지 못하게 나직이 속삭였다.

「아버지가 지금 어쩔 수 있으시다는 겁니까?」 아들은 뛰는 가슴을 가라앉히며 물었다.

「그거야 내가 어떻게 알겠느냐. 아버지에게 육신이 있어서 우리 눈에 띄겠느냐? 모르지. 지금 이 순간에도 문턱에 서서 저 애를 못 건너오게 하고 있는지도 모르겠구나.」

아들이 부르짖었다. 「아버지에겐 그럴 권리가 없습니다. 이제는 더 이상 여기서 명령을 내리실 수 없습니다. 처는 제가 데려오죠. 크리술라! 들어와!」 이렇게 부르는 그의 목소리가 갑자기 거칠어졌다. 그는 아내의 손을 잡으며 말했다.

「어머니, 며느립니다.」

젊은 여인은 허리를 구부리고 시어머니의 손에 입을 맞추려 했다. 그러다 거기 서서 기다렸다.

어머니는 며느리를 가까이서 바라보았다. 목에 걸린 금목걸이를 찬찬이 뜯어보고는 물었다. 「세례는 받았느냐?」

「받았습니다. 여기 십자가가 있습니다. 어머니, 어머니 이름을 따랐습니다. 전에는 이름이 〈노에미〉였습니다만, 이제 〈크리술라〉라고 합니다.」

그가 대답하고는 아내의 목에 걸린 금목걸이줄을 잡고 아내의 가슴속에서 조그만 금십자가를 꺼내 보였다.

「어서 오너라.」 어머니는 머뭇거리며 지나가는 말로 속삭이고는 며느리의 머리에 손을 대었다. 모두 집 안으로 들어갔다.

코스마스는 무거운 걸음으로 서성거렸다. 그는 문과 낡은 가구, 큰 시계, 성상 옆에 있는 조상들의 은제 권총을 만져 보며 서성거렸다.

「할아버지는 어떠세요?」 마침내 그가 물었다.

「마을에 계신다. 백 살이시지만 아직 정정하시다. 카로스도 영감님만은 못 건드린다. 늘 네 소식을 물으시지.」

두 여자는 몹시 낡은 안락의자에 앉았다. 어머니는 이제 장성한 아들을 바라보았다. 꼭 할아버지 세파카스 대장을 닮은 모습이었다. 사물을 바라보는, 다정하고 따뜻하면서도 매력 있는 눈매, 말 잘하게 생긴 입이 그랬다. 어머니는 며느리도 곁눈질로 보았다. 〈저 아이에겐 뭐라고 하지? 이민족인데. 다른 신이 만든 민족. 마음에 들지 않아.〉 며느리는 마당의 나륵풀 화분, 구유 위의 빈 포도 시렁 등을 바라보았다. 마당 건너 덩굴손 너머로 눈 덮인 끝없는 평원, 빙하의 삼림, 어두운 마을, 집 안으로 뛰어 들어와 기병도로 유대인을 살육하는 코사크…… 그리고 뜨거운 피에 녹고 더럽혀진 눈…… 도망치는 남자, 여자, 아이들의 비명 소리…….

코스마스의 아내는 시선을 돌렸다. 자기를 관찰하는 노부인의 시선과 만났다. 웃어 보려고 했으나 되지 않았다. 눈에는 눈물이 괴었다. 노부인은 감동했는지 이렇게 물었다.

516

「무얼 생각하느냐? 네 고향? 어디서 났더냐?」

「여기서는 아주 먼…… 공장이 많은 마을에서요.」

「무슨 공장이냐? 무얼 만드는데?」

〈대포나 총과 기계를 만들어요. 하지만 아버지는 그런 데 손을 대지 않으셨어요, 랍비였거든요.〉 이렇게 말하고 싶었다. 그러나 그 말은 속으로만 했다.

「아버지는 무얼 하셨느냐?」 노부인이 물었다.

「좋은 분이셨습니다.」 며느리는 한숨과 함께 대답했다.

어머니는 일어서서 마당으로 나가 나륵풀 가지를 하나 꺾어 며느리에게 주었다.

「네 고향에도 나륵풀이 있느냐?」

「없습니다.」

「그리스도의 무덤 위에서 자라느니라.」 노부인의 말이었다.

한편 이 소식은 곧 마을에 퍼졌다. 이웃 여자들이 재잘거리며 몰려왔다. 집 안이 웅성거렸다. 그들은 처음 보는 동물이라도 되는 듯 유대인 여자를 머리끝에서 발끝까지 뜯어보았다.

코스마스는 측은한 얼굴로 아내를 바라보았다. 어쩐지 거위나 오리 떼 속에 들어간 상처 입은 백조 같다는 생각이 들었다.

누나 마리아가 과자와 커피를 얹은 쟁반을 내왔다. 마리아는 주름살을 감추느라고 목에 널찍한 천을 감고 있었다. 마리아는 아름다운 데다 자기에게서 동생을 앗아 간 크리술라를 적의에 찬 눈으로 바라보았다.

코스마스는 일어섰다. 귀향의 기쁨 제1악장은 끝난 것이었다. 그에겐 시간이 없었다.

「다니며 카스트로에 인사나 하고 오지요.」

그는 이렇게 말하고 나서 대주교관으로 걸음을 재촉했다.

대주교는 항구로 들어오는 기선의 기적 소리를 들은 아침부터 코스마스를 기다리고 있었다. 그는 성호를 그으며 중얼거렸다.

「주여, 도우소서. 저 청년이 기독교국을 위한 낭보를 가져오게 하소서.」

코스마스는 잰걸음으로 거리를 걸었다. 정답던 거리는 퇴락해 있었다. 아니, 무너져 흙이 되고 있어서 머지않아 바람이 쓸어 가버릴 듯했다. 〈언젠가는 여기에 다른 도시가 서겠지. 그러나 나와는 상관이 없을 터. 사랑하는 크레타여, 우리는 늙어 가고 있구나.〉

그는 성 메나스 교회의 마당을 가로질러 레몬나무에 인사했다. 꽃이 피면 그 꽃가지 밑에서 주교는 매년 부활절 예배를 집전했다. 그는 한 번에 둘씩 대주교관 계단을 올랐다.

대주교가 안절부절못하고 앉아 있다가 벌떡 일어섰다.

「어서 오게, 코스마스. 하느님께서 이 어려운 때에 자네를 보내셨군. 그래, 무슨 소식을 가져왔나?」

코스마스는 그의 손에 입을 맞추었다.

「여기 서한이 있습니다.」 그가 편지를 꺼내며 말했다.

창가에 기대어 대주교는 떨리는 손으로 봉투를 열었다.

대주교는 한 차례 탐욕스럽게 읽고 나서 다시 한 번 천천히 읽었다. 그의 고개가 떨어졌다. 이윽고 그는 창가에서 물러나 안락의자 위로 무너지며 얼굴을 두 손 사이에다 파묻었다.

「아, 저주받은 크레타여!」 그가 울먹였다.

편지는 희망이 없다고 하고 있었다. 그는 읽었다.

유럽은 술탄의 비위를 건드리려 하지 않습니다. 방자해진 술탄은 크레타에 부여했던, 마음에도 없던 하찮은 특권까지 철회하려 합니다. 술탄이 보낸 크레타 점령군 장군은 기독교 사회

518

의 뿌리를 뽑으려 합니다. 그러니 다시 무기를 묻고, 인내를 체득하여 그리스가 다시 이 혈전의 와중에 휘말려 들지 않게 하십시오. 그리스는 마음만 있을 뿐 힘이 없습니다.

한참 후에야 대주교는 고개를 들었다.
「코스마스, 편지 내용을 알고 있는가?」 그가 물었다.
「알고 있습니다, 대주교님.」
「대장들에게 편지를 띄워 무기를 놓으라고 해야겠군. 버틸 수가 없어. 그런데 내가 저어하는 대장이 딱 한 사람 있네. 자네 숙부 미할리스 대장이야. 아무도 어떻게 해볼 수가 없는, 반골 중의 반골이지. 내 이미 사람을 보내 무기와 깃발을 들고 나오라고 경고한 적이 있지. 총독이 머리털 한 오라기 다치지 않게 하겠다고 맹세까지 했네. 그런데 자네 숙부가 뭐라고 한 줄 아는가? 〈주교님, 제가 언제 주교님 일에 간섭한 적 있습니까? 그러니 제 일에도 이래라저래라 마십시오. 저는 터키인 앞에 무릎을 꿇지 않습니다. 차라리 저 자신을 하늘 높이 날려 버리겠습니다.〉 코스마스, 자네가 찾아가서 설득해 보게.」
「가겠습니다만, 장담은 못하겠습니다. 숙부님은 아버님 같으셔서 사납기가 이를 데 없는 분입니다.」
나팔 소리와 행진하는 발소리, 말 울음소리가 들려왔다. 대주교는 걱정스러운 얼굴로 코스마스를 보았다.
코스마스가 설명했다. 「터키군입니다. 배로 왔지요. 카네아에서 승선했습니다. 초토화시키라는 명령을 받고 왔답니다.」
「불운한 크레타! 얼마나 기다려야 한다는 것입니까?」 대주교가 하늘을 우러러 탄식했다.
두 사람 다 어떻게 해야 좋을지 몰랐다. 대주교가 화제를 바꾸느라고 물었다.

「자네는 유럽에 오래 있었으니 알겠군. 어떻게 돌아가는가? 자네는 무엇을 보았는가? 우리는 이렇게 거칠게 살고 있네만.」

「많이 보았습니다. 좋은 것도 있고 나쁜 것도 있습니다. 어디서부터 시작해야 할지 모르겠습니다.」

「믿는 자들이냐?」

「새로운 신상(神像)을 믿고 있습니다. 잔인하고 막강한 신이지요. 언젠가는 전능을 얻을 것입니다.」

「그게 무엇인가?」

「과학입니다.」

「영혼이 없는 마음이다. 그게 바로 악마라는 게지.」

「우리는 지금 천궁도(天弓圖)가 나쁩니다. 전갈이니까요. 주교님, 전갈은 악마가 아닙니까?」

「다른 인류야 그렇겠지만 우리 크레타는 아니야. 우리에겐 다른 이들보다 깊은 믿음이 있지. 눈물과 희생 안에 있는 믿음 말일세. 우리는 아직 하느님의 가호 아래 있는 거야.」

코스마스는 아무 말도 하지 않았다. 〈말해서 무엇하나? 대주교님도 연로하셨구나. 믿으신다니. 오직 믿음뿐, 의지할 것이 없구나.〉

「우리 크레타도 아니고, 러시아도 아니다.」 대주교가 말을 이었다. 「나는 키예프에서 수도원장으로 시무할 때 믿음의 의미를 알았네. 하느님의 의미, 그분이 세상에 오시는 의미, 행적과 사람에 대한 말씀의 의미를 알았네. 러시아가 있는 한 두려워할 것은 없네.」

코스마스가 일어섰다.

「대주교님, 가야겠습니다. 대장님들께 편지 보내십시오. 잠시도 지체할 수가 없겠습니다.」

「축복이 내리길. 내일도 와주게. 원로들을 소집해야겠네. 자네
도 그들과 의견을 나누어 주게.」

저녁 무렵, 집으로 돌아와 어릴 때 쓰던 2층 침실로 올라간 코
스마스는 아내가 침대에 누워 울고 있는 걸 발견했다. 그는 아내
를 안고 머리카락을 쓰다듬고 뺨을 자기 얼굴에다 대었다. 그제
야 아내가 웃었다.

「왜 그래? 누가 뭐랬어?」

「아무것도, 아무것도 아니에요. 피곤해요.」

아내는 그의 팔에 얼굴을 묻고 이야기했다.

「모두 주위에서 제 냄새를 맡아요. 그러고는 돌아서서 수군거
리는 거예요. 시어머니만 절 가엾게 보세요. 저에게 이러시는 거
예요.〈아가, 잘 자거라. 우리 모두 지쳤다. 내일 만나자, 응.〉그
러고는 제 손을 끌어 당신 방까지 데려다 주셨어요. 입을 맞추어
주시려다 말고, 않는 게 좋겠다고 생각하신 모양이에요. 또 이런
말씀도 하셨어요.〈눕거라. 딴 사람들 신경 쓰지 마라.〉그래서 저
는 이렇게 누워서 당신을 기다렸던 거예요.」

코스마스는 아내의 목에다 입을 맞추었다. 아내는 눈을 감고 웃
었다. 달이 떠올라 얼굴을 비추었다. 코스마스는 아내의 창백한 얼
굴에 섬뜩한 기분이 들었다.「자요, 당신은 지쳤어.」그가 속삭였
다. 아내가 남편의 손을 잡았다.「혼자는 못 자요. 옆에 누우세요.」

아내는 팔베개에 남편을 눕히고 가슴을 쓸어 주며 자기 모국어
로 몇 마디 중얼거리다가 잠이 들었다.

달이 솟아오르면서 모든 것을 포근하게 감싸 안았다. 친구들과
어울려 세상의 모든 젊은이들을 괴롭히던 불가해한 문제들 ——

521

언제, 어디로? 왜? —— 을 서로 의논하던 젊은 시절의, 바로 그 밤, 그 달이었다.

달빛은 하얀 침대보 같은 그 자락을 펼쳤다. 아내의 담황색 머릿결은 베개 밑으로 흘러내려 반딧불 빛을 받고 있는 것처럼 반짝거렸다. 얼굴은 대리석같이 빛났다. 코스마스는 손을 내밀어 쓰다듬어 주려다가 잠을 깨울까 봐 그만두었다.

그는 생각했다. 〈내가 이 여자를 얼마나 사랑하고 있는지는, 말로 표현할 수 없다. 이 여자가 내게 보여 준 친절 또한 말로 다할 수 없다. 이 여자는 내 마음과 가슴을 열어 주었다. 이 여자는 내가 미워하던 이민족을 사랑할 수 있게 해주었고 내가 씨름하던 외국의 관념을 이해할 수 있게 해주었고 우리 모두 한 뿌리의 자손이라는 느낌을 갖게 해주었다. 이 여자의 손을 잡고 내게 데려온 그날 밤의 행운이여! 그는 웃으며 고개를 저었다. 운 같은 게 있을 게 무엇인가. 그날 밤 이 여자의 손을 잡은 것은 나 자신이지, 어느 누구도 아니다.〉

그는 당시 좋아하는 책을 찾으려고 책방에 갔던, 북방의 먼 도시를 생각했다. 그가 찾던 것은 송대(宋代)의 한시집(漢詩集)이었다. 그는 찾다가 없어서 실망하여 거리를 내다보다가 분홍색 비단 블라우스를 입고 지나가는 처녀를 발견했다. 처녀는 탐조등 불빛을 받는 듯한 모습으로 잠깐 거기 서 있다가, 사라졌다. 그는 뿌리째 흔들리는 느낌을 받았다. 처녀의 자력을 띤 듯한 비장미가 그의 넋을 잃게 했다. 그 블라우스의 색깔은 그가 가장 좋아하던 색깔이었다.

섬광같이, 한 줄기 생각이 그의 마음을 가르고 지나갔다. 〈그래, 내가 바란다면 나는 여자를 쫓아갈 것이고 여자는 내 아내가 될 것이다. 내가 바라지 않는다면 나는 여기 가만히 서서 여자가 가게 내버려 두면 된다. 나는 내가 바라는 대로 행동한다. 그렇다면 나는 무엇을 바라는가?〉 여기에서 그는 대도시 구경을 한 번도 해본 적이 없는 크레타의 목동 이야기를 떠올렸다. 목동은 나름대로 메갈로카스트로라는 마을을 상상했다. 그에게 메갈로카스트로는 이 세상의 진귀한 물건이란 것들, 가령 접창을 댄 흰 장화, 총과 칼, 콩 자루, 소금에 절인 생선, 사향내 나는 여자가 지천으로 널려 있는 천국이었다. 몇 년간 이 메갈로카스트로라는 도시는 그의 뇌리에서 지워지지 않았다. 그는 몇 년간이나 거기에 가보겠다고 별렀다. 어느 날엔, 도저히 더 이상은 참을 수 없었다. 그는 산길에 망가뜨리지 않으려고 구두를 벗어 목에다 걸고 험한 바위틈을 헤치며 메갈로카스트로가 있는 방향으로 걸었다. 꼬박 일곱 시간을 걸어 저녁나절에는 메갈로카스트로의 우람한 성문 앞에 이르렀다. 그런데 그는 무슨 마음에선지 성문 앞에 우뚝 서버렸다. 유혹에 저항하지 못한 자신이 부끄러워졌는지도 모른다. 그는 목동용 지팡이로 성문의 문턱을 치며 외쳤다. 「내가 들어가고 싶다면 들어가는 거고, 내가 들어가고 싶지 않으면 들어가지 않겠다……. 나는 들어가지 않겠다.」 그러고는 산으로 되돌아가 버렸다.

　「그러나 나는 들어가겠다.」 코스마스는 이렇게 중얼거리며 여자를 따라갔다. 사람들의 물결 속에서 분홍빛 블라우스가 쉽게 눈에 띄었다. 그가 붙잡자, 여자는 몹시 놀란 얼굴로 돌아다보았다. 코스마스는 여자에게 말했다. 「당신이 내 앞을 지나갔을 때 나는 이렇게 생각했소. 내가 하고 싶으면 저 여자에게 말을 걸고 친구가 되겠다. 내가 하고 싶지 않으면 여자를 그냥 가게 내버려 두겠다고. 그런데 나는 하고 싶으니까 하기로 마음먹었소.」 여자는 두려운 듯 주위를 둘러보며 대답했다. 「당신은 미친 사람이거

나 시인일 거예요. 하지만 저에겐 그럴 시간이 없어요……」「나
랑 가서 이야기나 좀 합시다.」「시간이 없어요, 가야 해요.」「어디
로 가십니까?」「떠나야 해요.」

여자가 고집했다. 목소리가 떨리고 있었다. 코스마스는 여자의
팔을 잡아끌며 부드럽게 말했다. 「떠나지 말고 나랑 갑시다.」 여
자의 목소리가 그의 심금을 울려 놓았던 것이다. 여자는 구원을
호소하는 듯 〈떠나야 한다〉고 했던 것이다. 여자의 짙은 눈썹이
어두워졌다. 이제 여자의 일생은 그 순간에 결정되는 것이었다.
〈하고 싶다〉, 〈하고 싶지 않다〉……. 여자의 운명은 이제 이 짧은
음절 속에 갇히는 것이었다. 「갑시다.」 코스마스가 되풀이했다.
「어디로?」「아무 데나.」「어디로 말인가요?」 여자는 꾸중들을까
봐 겁을 내고 있는 아이처럼 말했다. 「우선 산보나 좀 합시다. 인
생은 짧아요. 이야기나 나눕시다. 시간이 허락하는 데까지.」 여자
는 담황색 머리를 끄덕였다. 「좋아요. 이야기해요. 시간이 있는
대로. 인생은 짧아요. 가요.」

두 사람은 공원으로 갔다. 날은 황혼을 지나 희뿌연 보랏빛, 이
어 암청색 밤으로 저물었다. 둘 다 가쁜 숨을 몰아쉬며 빠른 말씨
로 이야기를 나누었다. 처음부터 코스마스는 여자에게 용기를 주
려 했다. 그는 저 무시무시하면서도 다정한 크레타 섬, 화룡(火龍)
같은 아버지, 순교자 같은 어머니의 이야기를 들려주었다. 여자
의 뺨은 그제야 긴장이 풀렸다. 그러나 불안한 듯 물었다. 「왜 그
런 걸 저에게 들려주시죠! 저는 떠나려 하고 있고 당신 역시 떠
나야 할 것 같네요. 우리에겐 시간이 없어요……. 사람들이 몇 년
걸려야 도달할 수 있는 지금 이 시점까지 우리는 단숨에 달려왔
네요.」

두 사람은 공원의 벤치에 앉아 있었다. 「이름이 뭐죠?」 코스마

스가 물었다. 「노에미.」「말해 줘요, 노에미. 당신에게 무슨 어려운 일이 있나요? 나를 믿어요. 나는 크레타 사람이오.」「크레타 사람이라니, 무슨 뜻이죠?」「노에미, 가슴이 뜨겁다는 뜻이오.」

두 사람이 일어섰을 때 밤은 이미 깊어 있었다. 청년의 가슴은 분노와 슬픔으로 터질 것 같았다. 이 조그만 여자가 세계의 슬픔을 혼자 삼키고 있는 것이었다. 여자의 말씨에서 세계의 공포와 수치와 광기가 묻어 나왔다. 그는 손바닥에 얼굴을 묻고 들었지만 여자가 그려 낸 광경…… 코사크가 마을로 내려와 유대인 지역을 덮쳐 문을 부수고, 젊은이를 죽이고, 늙은이와 아녀자까지 끌어내던 광경이 그의 눈에 보이는 듯했다. 여자의 아버지인 흰 수염을 두 갈래로 길렀던 늙은 랍비는 포로들 대열의 선두에서 깊은 눈을 헤치며 걸었다. 눈 속에서 낮이 가고 밤이 감에 따라 숫자는 자꾸만 줄어들었다. 길 양쪽으로는 아녀자들이 눈 속에 쓰러져 있었다. 노에미는 울음을 터뜨렸다. 코스마스가 어깨를 끌어안았다. 「당신은 어떻게 도망칠 수 있었소?」「모르겠어요, 꿈 같아요……. 묻지 말아요!」 여자가 갑자기 소리를 높였다.

코스마스는 여자의 머리카락을 쓰다듬어 주었다. 「묻지 않겠소. 그러니 진정해요.」 그러나 코스마스는 묻고 말았다. 「오늘 밤에는 어디로 가던 참이었소? 왜 그렇게 서둘렀소?」 노에미가 고개를 들었다. 「결단을 내렸던 거예요.」「무슨 결단?」「친구가 이 분홍빛 블라우스를 주었어요. 저는 목욕하고, 머리를 손질하고 그러고는…….」 노에미는 말을 끊었다가 조용히 덧붙였다. 「……죽으려고 했어요. 이 모든 것에서 떠나려고 했어요.」

코스마스가 여자의 손등에 입을 맞추었다. 「나랑 갑시다, 노에미.」「하지만 어디로요?」「나를 믿으시오. 내가 당신을 사랑하는지는 아직 잘 모르겠소. 그러나 버리지는 않겠소. 모두가 당신을 버렸지만 나는 버리지 않겠소.」

공원의 어둠 속에서 코스마스는 노에미의 얼굴을 볼 수 없었다. 그저 이 고아가 된 처녀가 자기 자신의 대답을 기다리고 있다는 것만 느낄 수 있었다. 노에미는 고개를 들고 조용히 그러나 단호하게 말했다.「당신과 가겠어요.」그제야 여자는 그에게 손을 주었다.

달은 지고 침대는 어둠에 묻혔다. 어머니와 누나는 아직 아래층에서 두런거리고 있었다. 코스마스는 물 흐르는 소리처럼 단조로운 그들의 말소리를 들었다. 개가 짖었다. 마당에서 어린 시절을 함께 살아왔던 나륵풀 향기가 풍겨 왔다. 나륵풀, 마저럼, 카네이션, 재스민은 그의 오랜 친구였다. 코스마스는 숨을 깊이 들이마셨다.

〈이곳은 내 고향, 여기는 내가 태어난 집, 이건 내 아내……〉하고 코스마스는 생각했다.

누나의 방 창문이 열리는 소리가 났다. 자정 가까운 시각이었다. 그는 귀를 기울였다. 거리에서 발소리가 지나갔다. 그냥 지나가는 사람의 발소리였다. 누나의 방 창문에서 간절한, 그러나 꿈을 꾸는 듯한 목소리가 흘러나왔다.「자정이 지났나요? 벌써 자정이 지났나요?」발소리가 멎고 창문이 거칠게 닫혔다. 코스마스는 몸서리쳤다.

「오, 하느님.」그가 속삭였다. 눈물이 뺨을 적셨다.

그는 잠을 이룰 수가 없었다. 뜬눈으로 아침을 기다리다 동쪽 하늘이 밝아 오자 그는 아내를 깨우지 않도록 살며시 침대에서 빠져나가 옷을 입고 아래층으로 내려가 아버지가 즐겨 앉던 안락의자에 앉았다. 그는 돌아가신 아버지에게 도전하여 이 집, 이 마당에서 그를 몰아내고, 다시 들어와 아내를 해치지 못하게 문을 단단히 걸어 잠그고 싶었다.

해묵은 공포가 그의 내부에서 다시 잠을 깨었다. 유럽에서도, 그는 이런 공포에서 헤어나려고 했으나 마음은 뜻 같지 않았다. 그의 가슴은, 아직도 유령이 우글거리는 동굴이었다.

마리아는 아침에 창백하고 실쭉해진 얼굴로 나타났다. 마리아는 동생이 아버지의 의자에 앉아 있는 걸 보고는 질겁을 했다. 아버지가 머리채를 휘어잡고 방에다 가두어 사내라는 것에서 격리시켜 버린 그 밤 이후, 마리아의 내부에서는 증오의 씨앗이 자라 무덤에까지 아버지를 쫓아가겠다는 결심으로 여물어 있었다. 밤마다, 마리아는 옷상자를 열고 자기가 손수 마련한 혼수감인 소매가 넓은 잠옷, 수놓은 손수건, 비단 이불을 일일이 만져 보았다. 이 모든 것을 마당으로 들어내 불이나 확 싸지르며, 〈나의 수의여! 저주받을 자여!〉 하고 소리치고 싶을 때도 있었다. 아버지의 옷이 든 선반을 열고, 늑대 냄새를 맡은 암늑대처럼 흐느낄 때도 있었다. 그러나 옷에는 손을 대지 못했다. 마리아는, 아버지에게 저항하지 않았다는 이유로 어머니를 비난했다. 마리아는 전날, 동생이 결혼했다는 사실을 알기 전까지만 해도 동생을 사랑했다. 그러나 동생이 결혼했다는 사실을 알고 나니 그 올케란 게 도무지 마음에 들지 않았다. 「마리아, 좀 참으렴.」 어머니가 이렇게 말했을 때, 마리아는 〈참다니요? 그 계집 꼴을 보느니 차라리 죽죠〉라고 대답했던 터였다.

동생의 아침 인사를 받자, 마리아는 그만 더 이상 참지 못하고 울음을 터뜨렸다. 코스마스는 팔로 누나를 감싸 안았다.

「고정해요, 누나. 사람 팔자 누가 알아요, 누나에게도 기쁜 일

527

이 있겠지요.」

누나는 반백이 된 고개를 가로저었다.

「그래, 카로스와 결혼하게 되겠지.」 그러고는 동생을 밀쳐 버리고 방을 뛰쳐나갔다.

코스마스는 맑은 공기나 쐬려고 마당으로 나왔다. 그런데 갑자기 공포가 그를 엄습했다. 2층에서 한숨 소리가 들리지 않았나? 그는 2층에 있는 아내에게로 달려 올라갔다.

아내는 자고 있었다. 아내의 가냘픈 몸이 이불자락 밑으로 비죽이 삐져나와 있었다. 그는 허리를 구부리고 그 몸에 입을 맞추었다. 머리도 쓰다듬어 주었다. 조금 벌린 입술 사이에서 카네이션 냄새가 났다.

자기 입술을 아내의 입술에 갖다 대려다 말고 그는 계단이 삐걱거리는 소리를 들었다고 생각했다. 느린 발소리가 계단을 오르고 있는 것이었다. 바로 아버지, 돌아가신 아버지의 발소리였다. 그는 발소리만 듣고도 알 수 있었다. 그는 돌이 된 듯 침대 머리에 꼿꼿이 섰다. 그러고는 숨을 멈추고 귀를 기울였다. 계단이 다시 삐걱거리며 무거운 발소리가 올라왔다. 발소리는 2층 바닥까지 왔다.

「영감님이구나.」 코스마스는 공포에 질려 이렇게 중얼거리며 팔을 벌려 아내를 막았다.

발소리는 문 앞에서 멎었다. 아들의 가슴은 사정없이 쿵쾅거렸다. 집 전체가 흔들리는 것 같았다. 그는 소리를 지르고 싶었으나 목이 막혀 소리가 나오지 않았다.

그때 노에미가 비명을 지르며 잠을 깼다. 노에미는 문 쪽을 노려보며 땀을 흘리고 있었다. 코스마스가 아내를 껴안았다.

「왜 그래? 무슨 소리를 들었어?」 코스마스가 조용히 물었다.

「누가 계단을 오르고 있었어요. 누가 저 문 뒤에 서 있어요.」 노에미는 떨고 있었다.

「겁내지 마. 꿈을 꾼 게지. 봐, 아무도 없지.」

그는 벌떡 일어섰다. 자기가 떨고 있는 걸 들키지 않으려고 그는 안간힘을 썼다. 그는 문을 열어젖혔다. 아무도 없었다. 그래서 아내를 안심시키려고 되는대로 웃었다. 아내에게 다가간 그는 이불을 덮어 주고 떨고 있는 무릎에다 입을 맞추었다.

「겁내지 마. 이건 당신 집이야, 노에미.」 그가 타일렀다.

젊은 아내는 탁자, 상자, 창문, 그리고 천지 창조와, 십자가에 못 박힌 예수, 성 미가엘의 세 개의 성화를 둘러보았다.

「그래요. 이건 제 집이에요. 익숙해지겠죠.」 이렇게 말하는 노에미의 눈에는 눈물이 괴어 있었다.

코스마스는 울고 있는 아내의 모습에서 끝없는 사랑의 갈증을 느꼈다. 아내의 모습에 그만큼 감동한 적은 없었다. 아내를 가진 첫날밤에도 그만한 감동은 아니었다. 그는, 망령은 조금도 두렵지 않다는 듯 문을 열어 놓고 아내를 안고 머리끝에서 발끝까지 뜨겁게 애무해 주었다.

하루가 지나갔다. 이틀, 사흘이 지나갔다. 코스마스는 밤낮 어머니와 누나와 맞닥뜨렸다. 그들은 꼭 할 말만 했다. 집안 이야기도 했고 친척 이야기도 했고 이웃 사람 이야기, 아직도 집 안에 망령으로 남아 식구들을 압박하는 아버지 이야기, 크레타 이야기도 했다. 그러다 보니 이제 더 할 이야기가 없었다. 오직 깊은 애정만 그들을 결속했다. 그러니 집 안이 조용해질 수밖에 없었다.

그는 어린 시절에 뛰놀던 길을 따라 골목길을 돌아다녔다. 광장, 세 납골당에서 그의 가슴은 기쁨으로 뛰었다. 석양에 노란 장미와 재스민 가지를 들고 지나던, 첫사랑 소녀를 만난 곳도 그곳이었다. 그때 세상은 사향 냄새를 흘렸다. 여름날의 저녁이었는데, 처녀들은 울긋불긋한 옷으로 단장하고 탄탄한 가슴을 흔들며 빠른 걸음으로 오가고 있었다. 처녀들은 머리를 출렁거리며, 댕기를 까불거리며 은밀한 신호를 보냈다. 그들은 깃발을 펄럭이며 세계를 정복하러 바다로 나가는 쾌속함 같았다. 낯색이 허여멀쑥한 젊은이들은 미적미적 그들 뒤를 따라갔다. 젊은이들은 처녀들을 놀리고 함께 장난질하는 척했지만 사실 가슴은 몹시 떨렸다. 그 가운데 열여섯 살 난 코스마스가 있었던 것이다.

코스마스는 광장을 가로질러 땅에다 눈을 내리깔고 지나갔다. 아직 그 시절의 여름 밤, 댕기를 팔랑거리며 지나가던 처녀의 모습이 뚱뚱한 아낙네에게서 발견될까 봐 두려웠던 것이다.

페트로케팔로에서 세파카스 노인은 불타는 화덕 앞에 앉아 있었다. 몸이 얼어붙은 것 같았다. 뺨은 움푹 꺼지고 무릎은 떨리고 있었다. 그는 불꽃을 들여다보며 자기가 살아온 길을 생각했다.

가축 장수가 하나 들어와 문안을 드렸다.

「세파카스 어른, 좋은 소식이 있습니다. 손자 코스마스가 유럽 땅에서 메갈로카스트로로 돌아왔습니다. 들리는 말로는 종이와 펜을 가지고 있어서 글을 쓴다고 하던데요.」

노인은 그를 노려보며 지팡이를 쳐들었지만 말은 하지 않았다.

그에게 손자의 귀국은 자기 죽음의 은밀한 고지로 여겨졌다. 그는, 〈드디어 때가 왔구나〉 하고 생각하며 일어섰다.

「카리데모스, 큰 사다리 하나 둘러메고 나랑 가자.」 가축 장수가 가버리고 난 뒤, 그가 양치기에게 명령했다.

「어디로 갑니까, 세파카스 어른?」

「몇천 번 말해야 알아듣겠느냐? 말대답하지 말라고 하지 않더냐? 서두르기나 해라!」

카리데모스는 사다리를 어깨에 둘러메었다. 노인은 페인트 통과 붓을 들고 자갈길을 앞장섰다. 마을 광장에 이르자 그는 교회의 흰 종탑 벽을 가리키며 말했다.

「사다리를 저기에다 걸쳐 세워라. 내가 떨어지지 않게 꼭 붙잡아야 한다. 트라사키는 어디로 갔느냐?」

「또래 친구들과 총을 들고 나갔습니다.」

「잘하는 짓이다. 승업(承業)하겠구나.」

양치기는 사다리를 종탑에다 기대 세우고 밑에다 돌을 두 개 받친 다음 두 손으로 꼭 붙들었다. 노인은 헐떡거리며 올라갔다. 카리데모스는 질겁을 했다. 그래서 〈주님, 굽어 살피소서!〉 하고 중얼거리며 성호를 그었다.

백발의 노인은 사다리 꼭대기까지 올라가 종루 바로 밑의 매끄러운 귀퉁이를 잡았다. 그는 붓을 페인트 통에 담갔다가 꺼내 팔을 뻗쳐 큼지막하게 쓰기 시작했다. 〈자……유……가……〉 그의 가슴이 몹시 뛰었다. 그는 생각했다. 〈내 인생이 이렇게 황홀하게 끝나 갈 줄 누가 알았으랴? 붓과 페인트 통을 들고 다니며 담벽에다 글씨를 쓰다니!〉 그는 다 쓰자, 붓을 든 채 그 글씨를 감상하려고 몸을 뒤로 젖혔다. 그러다 균형을 잃고 떨어졌다.

카리데모스는 비명을 질렀다. 이웃 사람들이 달려왔다. 노인의 머리에서는 피가 흘렀지만 그는 한마디 비명도 지르지 않았다.

카리데모스가 이웃 사람들에게 설명했다. 「어른의 장손이 크레타로 돌아왔거든. 그 소식을 들으시고 너무 기쁜 나머지 그만……」

마을은 지진이 난 것처럼 법석을 떨었다. 조금이라도 치료에 재주가 있는 여자들은 모조리 달려와 약을 처방했다. 터키인이고 유대인이고 기독교인이고 구분 없이 아무나 치료해 주는 무스타파 바바를 부르러 심부름꾼이 노새를 타고 메갈로카스트로로 달려갔다. 그는, 〈그리스인이든 유대인이든 아픈 데는 별도리 없지. 불쌍한 건 마찬가지〉라고 입버릇처럼 말했다.

이튿날 아침 무스타파 바바가 노새를 타고 왔다. 그는 조그만 가방을 열고 병을 꺼내더니 능숙하게 머리의 상처를 진찰했다.

사흘째 되는 날 노인은 눈을 떴다. 그는 주위를 둘러보다 며느리 카테리나를 발견하고 손짓으로 가까이 불렀다.

「산에서는 어쩌고 있다더냐? 그 아이 소식은 들었느냐?」

「항복하지 않을 거예요.」 대장의 아내가 대답했다.

「그래야지. 나 좀 일어날 수 있도록 방석을 등에다 괴어 다오. 반듯이 누워 있기가 지겹구나. 양 우리로 사람을 보내 코스탄데스를 불러라. 할 말이 있다.」 그러고는 다시 눈을 감아 버렸다.

한 시간쯤 지나자 반은 사람 반은 염소인 듯한 사내가 내려와 노인이 누운 안락의자 앞에 섰다. 이자가 바로 코스탄데스였다. 노인은 눈을 감고 있었다. 그의 눈에는 아무것도 보이지 않았다. 코스탄데스는 지팡이에 턱을 괴고 줄기차게 기다렸다. 〈언젠가는 눈을 떠 나를 보시고 시키실 테지.〉 그는 이렇게 생각했다.

손자와 며느리들은 오구구 노인 옆에 둘러서 있었다. 트라사키 역시 구식 총을 메고 들어와 서 있었다. 그는 산으로 들어가 아이들과 전쟁놀이를 하고 왔던 것이다. 그는 할아버지 일이 궁금해서 거기에 서 있지만, 할아버지를 뵙고 나면 미리 약속해 두었던 대로 무리를 이끌고 터키인 마을을 습격하고 터키 아이들에게 도전할 셈이었다.

「트라사키, 할아버지를 깨워 보렴. 너는 할아버지를 겁내지 않으니까.」 코스탄데스가 말했다.

「겁내지 않는 건 사실이지만, 송구스럽군요. 지금 곤히 주무시는데.」 트라사키가 대답했다.

노인이 그 소리를 듣고 눈을 떴다. 코스탄데스는 그 큰 발로 노인에게 다가갔다. 노인은 자기를 둘러싼 무리를 보고 버럭 역정을 내었다.

「나는 아직 안 죽는다, 이 덜떨어진 것들아. 모두 나가고, 코스탄데스는 이리 오너라. 이리 와서 귀 좀 다오!」

털보 사내가 허리를 구부리고 노인의 지시를 받았다. 노인은 천천히, 숨을 고르며, 이따금씩은 고통을 참느라고 말을 끊으면서 지시했다. 이윽고 그가 지시를 끝내었다.

「알았느냐, 코스탄데스?」

「알겠습니다, 세파카스 어른.」

「마을에 내가 말한 걸 알린 뒤에 바로 메갈로카스트로로 가거라. 알지, 내 장남의 집으로 달려가 내 며느리 크리술라를 만나라. 치즈 큰 놈으로 두 덩어리, 양 살진 놈으로 한 마리를 갖다 주어라. 들리는 말로는, 내 장손 코스마스가 왔다는구나. 직접 만나 네 눈으로 보고 네 손으로 그놈 손을 만져 보아라, 알겠지. 연후에 이렇게 말하여라. 〈갑시다, 할아버지 임종이 가깝습니다. 어른께서는 축복을 내리려고 하십니다.〉 알겠느냐, 코스탄데스 이놈?」

「알겠습니다, 세파카스 어른!」

「그럼 어서 가거라. 뛰어가!」

그는 나갔다. 장화의 징이 돌멩이에 부딪치는 소리도 이윽고 사라져 버렸다.

이튿날 아침 크리술라 부인의 집 대문이 발길질 한 번에 횅하니 열리면서 치즈 두 덩어리와 잡은 양 한 마리를 넣은 자루를 겨드랑이에 낀 털보 사내가 문턱을 넘어 들어왔다. 털북숭이 가슴은 가리지도 않은 채 그는 마늘과 양파 냄새를 풍기며 마당 가운데로 쑥 들어섰다. 그는 선물을 마당에다 내려놓고 긴 양치기 지팡이로 턱을 괴었다. 안락의자에서는 세 여자가 커피를 마시고 있었고 2층에서는 코스마스가 대주교를 만나러 갈 준비를 하고 있었다. 그들은 이미 편지를 초하여 며칠 전에 산에다 돌렸던 것이다. 대장들은 한숨을 지으며 편지를 읽고 고개를 숙였다. 그들의 반응은 대체로 이러했다. 「조국의 뜻이 그렇다면, 그 뜻을 따라야지.」 그러나 미할리스 대장의 대답은 여전했다. 그는 대주교의 편지를 받는 대로 사람을 보내 폴릭시기스 대장을 불러오게 했다. 두 사람은 산채 안으로 들어가 문을 잠갔다.

「나는 항복하지 않아.」 미할리스 대장이 소리쳤다.

「조국이 항복을 요구하고 있네. 그 뜻을 어기지 않도록 하세.」 폴릭시기스 대장이 말했다.

「무슨 조국 말인가? 나는 조국이라는 것 위에 군림하는 대가리들을 믿을 수 없어.」

「그럼 자네 머리를 더 믿는다는 것인가?」

「농담할 때가 아니야. 아니, 머리를 믿는 게 아니야. 나는 내 가슴을 믿어. 내 가슴은 내게 항복하지 못하게 한다. 그래서 항복할 수 없는 것이야. 자네는 자네 가슴이 시키는 대로 하게.」

「나는 따르기로 작정했네.」

「그럼 가게. 되도록 빨리 떠나게. 다른 동료들이 이미 나를 남겨 놓고 떠났듯이 자네도 그렇게 떠나 주게. 내게는 아무도 필요하지 않아. 하느님이 자네를 축복하여 자네 항해에 순풍을 주시길 비네, 내 사랑하는 팔리카레여.」

폴릭시기스 대장은 망설였다. 그의 가슴은 철수를 환영하지 않

534

았다. 그의 가슴은 이자를 죽음터에 남겨 두고 떠나고 싶어 하지 않았다.

「미할리스 대장, 자네는 덧없이 죽으려 하고 있네.」

「전쟁에서 덧없는 죽음이란 없네. 왜 내가 불쌍하다는 생각이라도 들었는가?」 미할리스 대장이 외쳤다.

「이 세상에 내가 사랑하던 사람이 딱 하나 있었네. 자네는 나를 위해 그 여자를 죽였네. 암, 나는 자네를 좋아하지 않네. 미할리스 대장, 그러나 자네가 죽는 꼴은 보고 싶지 않아. 크레타는 — 이런 빌어먹을! — 아직 자네를 필요로 하네.」

「내겐 이제 크레타가 필요 없네. 어서 가게.」 미할리스 대장이 신음하듯이 내뱉었다.

「부인 생각은 안 하는가? 트라사키 생각은 안 하는가?」

「자네가 목숨을 중히 여기거든 어서 꺼져!」 미할리스 대장이 호령했다. 목의 핏줄이 부풀어 올랐다. 그는 산채 문에 놓았던 장애물을 걷어차 버리고 폴릭시기스 대장을 밀어냈다. 그러고는 문 앞에 서서 벤두소스를 불렀다.

「벤두소스, 자네도 가게. 다리가 있거든 있는 힘을 다해 메갈로카스트로의 대주교관으로 달려가게. 가서 대주교에게 편지는 잘 받았고, 네 귀퉁이를 태우더라고 하게. 이 편지를 다시 갖다 주게. 나는 항복하지 못한다더라고 전해!」

「명령대로 하겠습니다, 미할리스 대장님.」 벤두소스는 편지를 받아 옷섶에다 넣었다.

「빨리 가! 목숨이 아깝거든 오지 말게, 벤두소스. 여기에 있는 것은 죽음뿐이야.」

벤두소스가 한숨을 쉬었다. 「미할리스 대장, 저에게는 자식이 있습니다. 짝을 지어 주어야 할 딸년이 둘이나 있고 아내도 있고 술집도…….」

「그럼 오지 말게. 자네는 벤두소스일세. 나는 자네에게 아무것도 요구하지 않네. 벤두소스답게 행동하게. 카야베스와 푸로가토스도 데리고 가게. 가서 베르토둘로스와 에펜디나도 잘 돌봐 주게.」 미할리스 대장은 이렇게 명령하고 나서 돌아서 버렸다.

벤두소스는 잰걸음으로 오솔길을 통해 평원으로 나오면서 한숨을 쉬었다. 「너는 벤두소스, 그러니까 벤두소스답게 행동해.」 이 말이 달리는 그의 등을 때렸다. 그는 마을에 이르러 대주교관 계단을 뛰어 올라갔다.

같은 시각, 코스탄데스는 코스마스의 집으로 들어가 손으로 땀이 흐르는 가슴을 훔치며 마당 한가운데 서 있었다. 그는 산에서 평생 양과 염소에게 소리를 지르느라고 몹시 거칠어진 목소리로 인사했다. 「장수하십시오, 마님네들. 여생이 즐거우시길 빕니다.」

「어서 와요, 코스탄데스. 들어와 앉아서 포도주나 좀 들어요. 마을에서는 무슨 소식을 가져오셨나요?」 미할리스 대장 부인이 그를 맞았다.

「시아버님 되시는 세파카스 대장님이 곧 돌아가십니다, 마님. 이제 아무 가망이 없습니다. 악마도 이제 그분만은 해치지 못할 것입니다.」 코스탄데스가 걸판지게 웃으며 말을 이었다. 「어르신네께서는 저더러 마님께 이 선물을 올리라고 하셨습니다.」 그는 쭈그리고 앉아 지팡이를 앙상한 무릎 위에다 놓았다.

「하느님 은혜로, 그분은 참 복을 누리셨습니다. 잘 잡수시고 잘 마셨고, 터키 놈도 죽일 만큼 죽였고, 마당에는 손자 손녀, 노새, 말, 소를 한 마당 불러 놓으셨고, 황무지는 옥토로 만드셨고, 포도나무와 올리브나무도 심을 만큼 심으셨고, 영혼의 구제를 위해 교회까지 지었습니다. 준비라면 아주 단단히 하신 셈이지요. 어떻게 그보다 더 잘살 수가 있습니까? 이제 출발의 깃대를 올렸습니다.」

코스마스가 그 목소리를 듣고 방에서 내려왔다. 코스탄데스는 머리끝에서 발끝까지 찬찬히 그를 뜯어보았다.

「이 어른이, 세파카스 님의 장손이신가요? 주인님, 그렇습니까? 아니면 제가 틀렸습니까?」 그는 구석구석까지 하나도 놓치지 않고 볼 요량으로 일어서서 그를 만져 보았다. 만져 보라는 것은 노인의 명령이었다.

「틀림없이 그렇소.」 코스마스가 대답했다.

「그럼 말씀드리겠습니다. 조부님께서는 주인님을 모셔 오라고 하셨습니다. 그것도 빨리. 그래야 눈을 감으실 수 있다고 하십니다. 빨리 준비하시라니요. 종신(終身)을 하시려면 서두르세요. 머리 위의 태양에다 맹세하거니와, 어르신네께서는 요 몇 년간 주인님을 아주 몹시 기다리셨습니다. 주인님을 보셔야 마음 놓고 천사장께 가실 수 있었던 게지요. 저에게는 이러셨습니다. 〈그 애가 타고 올 노새도 한 마리 몰고 가거라. 나는 도끼를 들었고 내 아들은 총을 들었지만, 들리는 바에 의하면 내 손자는 펜을 들었다고 한다. 그러니 제대로 뛰지도 못할 것이다. 노새를 몰고 가 타고 오게 하여라.〉 노새는 여관 앞에서 기다리고 있습니다. 빨리 가십시다.」

그리고 안주인에게는 이렇게 말했다.

「또 말씀드릴 게 있는데요, 마님. 그래야 섭섭하게 생각지 않으실 테니까요.」

그는 단숨에 포도주를 들이켜고는 식탁의 빵을 한 귀퉁이 뜯어 입에다 틀어 넣고 만족스러운 듯이 웃었다.

「제가 말씀드린다는 게 뭔고 하니, 세파카스 대장께서는 잔치에 초대하듯이 사람을 부르셨지 뭡니까. 저는 태어날 때부터 그 분의 양치기이자 심부름꾼이었지요. 저더러 이러시는 겁니다. 〈어서 가거라, 코스탄데스. 지팡이를 들고 산으로 들어가 왕년의 지도자들을 모셔 오너라. 마을마다 찾아다니며 외치거라! 대장님들, 대장님들, 세파카스 어른이 죽어 가고 있습니다. 그 시절 함께 그분과 싸우신 분 중에 살아 계신 분은 세파카스 대장님 댁으로 초대하십니다. 선물은 필요 없으니 걱정할 필요 없습니다. 가시면 상이 차려져 있을 테니 앉아 계시면 됩니다. 잡수시고 나시면, 세파카스 대장께서 긴히 하실 말씀이 계시다고 하니 지팡이를 들고 어서 가십시오!〉」

「무슨 말씀을 하실까?」 처음부터 열심히 듣고 있던 코스마스가 물었다. 그는, 구약 시대의 큰 족장이나 그런 위엄을 부릴 수 있었을 거라고 생각하면서 그런 할아버지의 손자로 태어났다는 사실이 여간 자랑스럽지 않았다.

「무슨 말씀을 하실 거냐고요? 그걸 제가 어떻게 압니까? 여쭤 보고 싶었지만 겁이 났지요. 지팡이로 머리를 때릴까 봐요. 저는 단숨에 산을 넘고 마을에 도착했어요. 거기에서 시키신 대로 소리쳤습니다. 그랬더니 노인 세 분이 나오시더군요. 만다카스 대장, 카트시르마스 선장, 그리고 거 왜 다리를 저는 엠바로스 출신의 선생 있잖습니까? 그분들이 저에게 그러시더군요. 〈가서 세파카스 대장더러 조금만 더 참으면 우리가 간다고 일러라.〉 이 양반들은 꼴에 술이 잔뜩 달린 페스 모를 쓰고 혁대를 턱하니 매었는데……..」

코스탄데스는 또 웃었다. 「세 분 다 똑같은 산송장들 아닙니까. 머리는 흉터가 어찌나 많은지 꼭 광주리 같았지요! 발을 내딛긴 하는데 앞으로 나가지지가 않아요. 세 분 다 합치면 맙소사 연세가 3백 살입니다. 할 수 있습니까요, 입에서는 침이 질질 흐르고 눈까풀은 축 늘어져 있을 수밖에요. 그런데도 모두 전쟁터에라도 나가는 것처럼 은제 권총들은 죽어라고 차던데요. 혼자 가면 넘어질까 봐 세 분이 서로 의지하고 가십다. 못 믿으시겠어요? 마을에 가보시면 아시게 되실 겁니다요.」

그가 일어서서 코스마스를 재촉했다. 「주인님, 어서 모자 쓰고 저랑 갑시다. 할아버지가 곧 돌아가시게 생겼다고 하지 않았어요? 주인님이 계셔야만 눈을 감겠답니다요.」

어머니가 성호를 그으며 중얼거렸다.

「그 어른은 천국에 가실 거다. 좋은 분이셨으니까.」

「아버지도 천국에 가실 것입니다. 아니, 우리 모두 천국에 갈 겁니다. 이 땅에서 모두 고생고생하며 살았으니까요.」 코스마스의 말이었다.

누나 마리아는 고개를 저으며 사납게 웃었다.

「암, 하느님은 정의롭기도 하시니까.」

「하느님은 자비로우시지.」 어머니가 문득 생각난 듯 소리치고는 향로를 가지러 들어갔다.

코스마스는 침실에서 내려와 안락의자 한구석에 앉아 듣고 있는 아내를 바라보며 말했다. 「크리술라, 당신도 나랑 가지.」

그러나 코스탄데스는 지팡이로 땅을 쳤다.

「여자를 데려가서 어쩌시럽니까? 골칫덩어리예요. 〈가자〉 하면 〈쉬자〉 한다니까요. 큰마음 먹고 데리고 나가면 처음에는 잘 가다가도 곧 후회하게 만들어 버립니다. 그렇다고 길바닥에 내버리고 갈 수 있습니까. 안 되지요. 그래도 데리고 가시겠어요? 골칫덩인데도요? 하지만 주인님 마음대로 하십시오. 결정은 주인님 차지니까 저는 제 할 말씀만 드린 겁니다.」

「코스탄데스 말이 옳다. 애야, 아가는 데려가지 마라. 힘이 들 거다.」 어머니가 향로를 가지고 나오면서 말했다.

「데려가! 끄떡없을 테니까.」 누나가 능청맞게 거들었다.

노에미는 남편의 보호 없이 혼자 그 집에 남아 있게 된다는 생각에 몸을 떨었다. 분위기가 숨이 막힐 것 같아 곤충이라도 될 수 있으면 마당의 나룩풀 밑에라도 숨었을 터였다.

「함께 가고 싶어요. 크레타를 자세히 알고 싶어요.」 노에미가 애원했다.

「가서 다시 오지 마라!」 마리아가 중얼거렸다. 마리아는 노에미를 견딜 수 없었다. 그래서 가까이 오기만 하면 아예 숨을 멈추어 버리는 것이었다. 노에미를 위해 새 술잔, 접시, 나이프, 포크를 장만한 꼴이 되어 버려 여간 속이 상하지 않는 것이었다.

「견딜 수 있을 거예요.」 노에미가 중얼거리며 준비하려고 일어섰다. 그러나 일어서자 갑자기 눈앞이 어지러웠다. 집 전체가 눈앞에서 빙글빙글 돌고 있었다. 노에미는 눈을 감고 벽에 기댔다.

누군가가 노에미의 어깨에다 손을 대고 있었다. 노에미는 물그릇을 들고 서 있는 남편을 보았다. 웃으면서 남편 쪽으로 손을 내밀었지만, 노에미는 남편에게 닿기도 전에 현기증을 일으키고 그 자리에 꼬꾸라졌다. 시어머니가 황급히 장미 식초를 가져다 얼굴과 목에 발라 주었다.

「피곤했던 게로구나.」 시어머니가 다정하게 말했다.

「아무것도 아니에요. 현기증인데, 나도 종종 그럴 때가 있는걸.」 심술궂은 시누이의 말이었다.

코스마스는 아내를 부축하여 침대로 데려갔다. 노에미는 눈을 뜨고 자기를 내려다보고 있는 시어머니를 바라보았다.

「죄송해요, 어머님. 피곤했나 봐요.」

「자거라.」 시어머니는 처음으로 며느리의 머리카락을 쓰다듬어 주었다.

코스마스가 아내의 목에다 입을 맞추었다.

「자요, 크리술라. 날 따라오지 말고, 기다리고 있어. 곧 돌아올 테니까.」

아내는 고개를 끄덕이고 나서 눈을 감았다.

「가세요. 조심하세요.」

코스마스는 대주교에게 달려갔다. 대주교는 잔뜩 흥분해 있었다.

「조금 전에 자네 숙부인 저 야만인의 회신을 받았네. 항복하지 않겠대. 우리더러 자기 일에 간섭하지 말라는 거야. 자네가 간다면 그리스도의 축복을 받을 걸세. 가서, 그 사람 때문에 크레타가 위험하다고 전해. 그 돌대가리를 어떻게 좀 움직여 보란 말일세. 최선을 다해. 필요한 일이니까.」

「대주교님, 최선을 다하겠습니다. 다녀오겠습니다.」

노에미는 침대에 앉아 남편을 기다렸다. 노란 잠옷 차림에 담황색 머리카락을 어깨 위로 늘어뜨리고 있었다. 노에미는 무릎을 세워 턱을 받치고 생각에 잠겼다. 〈아, 참으로 모를 것은 사랑의 힘! 어쩌다 세상의 한쪽 끝, 십자가에 못 박힌 그리스도의 성상이 걸린 침실에 앉아 있게 되었던가. 랍비의 딸인 내가!〉 노에미는 한숨을 지었다. 겪었던 것들을 겪지 않았던들, 내 영혼이 아무것도 쓰이지 않은 백지였던들, 내가 여기서 이런 행복을 누릴 수 있었을까? 노에미는 지난밤의 일들을 떠올렸다. 잠들기 직전 철침대에 누워 있는데, 열린 창으로 나륵풀과 마저럼 향기가 밤바람에 실려 들어왔다. 개 한 마리 짖지 않았고 사람의 발소리 하나 들리지 않았다. 세상은 그저 달빛 아래 누워 있었다. 멀리서 끊임

541

없이 규칙 바르고 부드러운 한숨 소리가 들렸다. 노에미 자신처럼 잠 못 이루는 바다였다.

「밤은 감미롭고, 내 옆에 잠들어 있는 내 사랑하는 사람은 진실한 분, 그리고 내 배 속에는……」

코스마스가 들어와 문을 닫고 노에미 옆에 앉았다. 그는 더할 나위 없이 부드러운 얼굴로 아내를 바라보았다.

「떠나시는 거예요!」 노에미가 그의 손을 잡으며 물었다. 머릿속에는 불이라도 난 것 같았다.

「노에미, 열이 있군.」 남편이 걱정스러운 얼굴로 말했다.

「열이 아니에요. 우리 민족의 머리는 늘 이렇게 뜨거워요.」 노에미는 웃으면서 말을 이었다. 「무슨 이별이라도 하는 듯 바라보네요.」 노에미는 〈이별〉 앞에다 〈영원한〉이라는 말을 붙이려다 몸을 떨었다. 〈어떻게 나를 이 집에 혼자 남겨 둘 수 있어요.〉 이렇게 소리 지르고 싶었다. 그러나 노에미는 애써 참았다.

「곧 돌아온다. 할아버지의 눈을 감겨 드리고……」

그는 아내의 손을 잡고 인생이란 참으로 별것 아니라고 생각했다. 모든 세월은, 자기 손아귀 안에 사랑하는 여자의 손을 쥐고 있는 그 순간으로 빨려드는 것 같았다. 그 순간이야말로 영원이었다.

노에미는 조용히 남편을 바라보았다.

이번에는 코스마스가 나무랐다. 「꼭 작별 인사라도 하는 듯한 얼굴로 날 보지 마.」

그는 아내의 눈에 입을 맞추었다. 혀끝에 쓴맛이 느껴졌다.

「당신도 그런 눈으로 날 봤어요.」 노에미는 머리를 베개 위로 던지며 속삭였다.

아래층에서 코스탄데스의 화난 목소리가 날아들었다.

「이것 보세요. 주인님! 어르신네가 돌아가신다니까! 빨리 내려 오세요. 마님께서 자루를 채워 주셨어요. 마님, 복 받으십시오. 어서 총알같이 갑시다요. 가면서 먹고 마시면 되잖아요. 빨리! 이 러다 해 저물겠습니다!」

코스마스는 아내의 뺨에 입을 맞추었다. 성상에 하는 듯한 순 수하고 성실한 키스였다. 「안녕.」 그가 속삭였다.

그는 잠시 아내의 젖가슴에 기대어 가만히 있었다. 아내의 눈 에는 정겨움과 고독과 두려움이 어려 있었다. 「다녀오세요.」 여자 가 다시 속삭였다.

코스마스는 일어나 입술에다 입을 맞추려고 했지만 아내가 얼 굴을 밀었다.

「안 돼요, 그냥 다녀오세요.」

13

크레타는 삼엄하면서도 풍상에 찌든 모습을 하고 있었다. 크레타의 분위기는 아닌 게 아니라, 그토록 카로스에 멍든 어머니들과 팔리카레들을 낳느라고 그랬던지 원시적이고, 거룩하고, 무정하고도 자랑스럽게 보였다.

메갈로카스트로를 떠나 올리브 숲과 포도원에 이르렀을 때는 코스마스가 앞서고 코스탄데스가 양치기 지팡이를 어깨에 메고 뒤따랐다. 저녁이 가까워 오고 있었다. 풍경에는 노란색과 자주색이 어울려 흡사 표범 가죽 같은 얼룩이 나 있었다. 프실로리티스 산은 눈의 망토에 싸여 할아버지만큼이나 유쾌하고 강인하고 친절해 보였다. 앞을 가로막은 라시티 산맥 역시 부드러운 겨울 햇살 아래서는 보기에 상쾌했다. 그 산봉우리들 아래로는 계피 같은 갈색, 혹은 검은색의 방금 갈아엎은 밭들이 펼쳐져 있었다. 여기저기에 은빛 가지의 올리브 숲, 외롭게 선 삼나무, 오그라진 덩굴에 농부들이 따는 걸 잊어버린 포도가 한두 송이씩 매달린 잎 한 장 달리지 않은 포도원도 있었다.

코스마스는 이 모든 것을 자기 내부로 들이마셨다. 이것이 바로 크레타다. 「이곳이 내가 태어난 땅, 내 어머니 대지……」 이렇게 중얼거리자 가슴이 몹시 두근거렸다. 머나먼 나라에서 크레타를 생각할 때마다 그의 내부에서는 혹독한 목소리가 들려왔다. 그 목소리는 이렇게 물었다. 〈너는 이 긴 세월 무얼 하고 있는가. 너는 부질없는 싸움을 벌이며 언어에 흥분하고 있다. 그러나 너는 수렁에 빠진 네 혈육을 버려 두고 환상으로 실려 가고 있다. 네가 마음에 들지 않는다.〉 이제 그 땅의 흙을 디디고 보니 그 섬의 백리향 냄새가 폐부로 밀려들었다. 이제 그는 더 이상 그 목소리를 피할 수 없었고 대답할 의무도 스스로 졌다. 그러나 뭐라고 대답하지? 그가 이룬 것은 아무것도 없었고, 그는 아무것도 아니었다. 그가 이룬 것이 손이며, 허벅지며, 가슴, 아니면 살덩어리였던가? 그는, 거칠고 굽힐 줄 모르는 혈통에 대한 치욕거리였다.

그런데 지금 어디를 향하고 있는가? 그는 이토록 타락한 것이었다. 일가의 화룡 한 마리를 묻고 또 한 마리에게는 항복을 권유하러 갈 정도로. 그의 가슴은 미어지는 것 같았다. 그는 사나이의 목소리를 듣고 싶어 코스탄데스를 돌아다보았다.

「코스탄데스, 우리 할아버지 세파카스 어른의 이야기나 좀 들려주게.」 그가 말했다.

담배를 주자 코스탄데스는 귀 뒤에다 꽂았다.

그가 이야기를 시작했다. 「주인님, 제가 무슨 이야기를 할 수 있겠습니까? 우리는 살아 있는데 그 어른은 죽어 갑니다. 못 먹어 본 게 없고 못 마셔 본 게 없고, 터키인도 죽일 만큼 죽인 분입니다. 하느님, 그 어른을 용서하소서. 내 말 명심하십시오. 그분은 한세상 참 실팍하게 사셨습니다. 그 어른이 불쌍해서 가는 겁니까? 어쩌다 양 우리에 올라오시면 엄청나게 큰 치즈 덩어리도 딱 두 번 베어 물면 없어집니다. 어느 날은 지팡이로 산토끼를 한 마리 잡아 오셔서 말씀하시더군요. 〈코스탄데스, 이 토끼 좀 구워

다오.〉 그래서 구워 드렸더니 잠깐 사이에 다 잡수시더군요. 뼈 한 토막 남기지 않고요. 먹고 마시고 죄를 짓고, 남들에게서 들었 는데 결혼 첫날밤에는 침대를 세 개나 부쉈다더군요. 주인님, 웃 지 마세요. 사실을 말씀드리는 겁니다요.」

그는 머리띠를 벗고 검게 그은 얼굴의 땀을 씻었다. 그는 자기 가 생각해도 우스웠던지 마음껏 웃었다.

「어르신네와 주인님 할머니의 혼담이 오갈 때 있었던 일에 대 해 들으신 적 있습니까?」 그가 물었다.

「없는데, 어디 들어 봅시다. 코스탄데스.」

「어른들은 딸을 안 주려고 했답니다. 어른은 가난했지만 딸의 부모는 힘도 있고 존경도 받고 재물도 많았던 겁니다. 하지만 어 른은 불같은 성미, 싸움이 있는 곳에는 언제 어느 곳에나 그분이 있었답니다. 크레타가 술렁거릴 때마다 그분은 총을 메고 산으로 들어갔답니다. 거기에 비하면, 신부 댁은 접시나 핥을 줄 아는, 양순하고 점잖은 집안이었지요. 사람들이 달랐던 것입니다. 할아 버지는 신부를 내달라고 했고 구세주 수도원의 수도원장도 할아 버지 편을 들었답니다. 그러나 신부 측 부모는 막무가내였지요. 〈안 돼, 그럴 수 없어. 그런 작자는 필요 없어〉 하고요. 할아버지 도 이렇게 응수했답니다. 〈오냐, 너희가 그런 것들이었구나. 짐승 만도 못한 것들. 내 어디 본때를 보여 주어야겠다.〉 어느 날 밤 할 아버지는 말을 타고 신부 댁으로 달려갔지요. 휘발유 한 통하고 성냥 한 갑밖에는 가지고 간 게 없었다나요. 아, 한 가지가 더 있 었군요. 머리띠에 결혼반지를 하나 달고 갔답니다. 할아버지는 마을을 지나면서 집집마다 휘발유를 끼얹었답니다. 그러고는 대 갈일성을 쳤다지 뭡니까. 〈이 무지렁이들아, 봐라, 내가 불을 지 를 테니!〉 모두 기겁을 하고 잠자리에서 뛰쳐나와 젊은이가 하는 꼴을 지켜보았답니다. 신부의 부모도 물론 나왔지요.

〈세파카스 대장, 하느님이 두렵거든 그런 짓 하지 마소!〉

〈그럼 레니오를 내놔라!〉

〈하느님이 두렵지도 않으냐?〉

〈내 일과 하느님은 아무 상관 없다. 레니오를 다오! 여기 결혼 반지가 있다.〉

할아버지는 머리띠에 매달고 있던 반지를 뽑아 들고 소리쳤더 랍니다.

〈골라라! 불이냐, 반지냐?〉

〈이 미친놈! 하느님이 네놈에게 이 값을 물릴 게다.〉 신부 아버 지가 호통을 쳤답니다.

〈불이냐, 반지냐?〉 그가 다시 고함을 질렀지요.

〈마을이 무슨 죄가 있느냐?〉

〈불이냐, 반지냐?〉

마을의 농부들은 그제야 화가 났지요. 어느 미친놈이 감히 자 기네들에게 명령을 해? 〈여러분, 무기를 드시오!〉 농부들이 외쳤 답니다. 그때 사제가 나와 그들을 무마했답니다. 〈이것 보오, 형 제들. 하느님이 두려우면 노여움을 삭이시오.〉 그러고는 신부의 아버지에게 이렇게 말했답니다. 〈이것 보시오, 미노테스 어른. 성 호를 그으시오. 저자는 좋은 사윗감입니다. 딸을 주세요.〉 게다가 신중론자들이 사제의 편을 들었답니다. 〈이 미친놈아, 딸 줄 테니 썩 꺼져라!〉 신부 아버지가 고함을 질렀지요. 〈지금 주시오, 데려 갈 테니.〉 노인은 욕지거리를 해대며 딸을 데리고 나왔고, 어머니 는 울면서 뒤를 따라오더랍니다.

할아버지는 허리를 구부려 신부를 덜렁 말잔등으로 안아 올리 고는 말 옆구리를 걷어찼답니다. 먼지가 일었지요. 농부들과 사제는 헐떡거리며 뒤를 따라왔고요. 새벽녘에야 그들은 결혼식 준비가 끝난 페트로케팔로에 도착했답니다. 그러나 할아버지는 농부들에게 일렀더랍니다. 〈지금은 집으로 돌아들 가시오. 다음 일요일에 잔치 준비를 해놓을 테니 그때 오시오. 지금은 바빠요…….〉

코스탄데스는 귀 뒤의 담배를 뽑아 들었다.

「사나이라면 마땅히 아내를 그렇게 취해야 하는 거지요.」 그가 마른 버섯을 부싯깃 삼아 담배에다 불을 붙이면서 중얼거렸다.

이윽고 그들은 꽤 깊은 골짜기에 이르렀다. 가느다란 물줄기가 바위 사이를 흐르고 있었다.

「목마르신가요?」 코스탄데스가 물었다.

「아니. 갑시다, 코스탄데스. 이러다 어두워지겠소.」

「저는 목이 마릅니다. 잠시 마시고 가시지요.」

그는 바위 위에 무릎을 꿇고 뾰족한 턱수염과 콧수염을 물에다 담그더니 호랑이처럼 혀를 널름거리며 물을 마시기 시작했다.

「저러다 골짜기 물은 한 방울도 안 남지.」 코스마스는 이 거친 산사나이를 내려다보며 혀를 내둘렀다. 그는 산사나이가 자기 것이기나 한 듯 튼튼한 장딴지, 날씬한 엉덩이, 물속에 잠긴 검은 머리를 자랑스러운 듯 내려다보았다.

코스탄데스는 단숨에 몸을 일으키더니 수염을 비틀어 짜고 지팡이를 어깨에다 둘러메었다.

그가 말했다. 「여기, 조금 전에 엎드려 물을 마시던 바로 이 바위 위에서 제가 기독교인들의 원수인 알바니아 놈 후세인을 죽였지요. 그놈 유골에 화 있을진저. 그때 저는 목이 마르든 안 마르든 이곳을 지날 때는 꼭 물을 마시기로 맹세했죠.」

「코스탄데스, 혼자서 죽였단 말이오?」 코스마스가 물었다. 전날 대주교로부터도 그 이야기를 들은 적이 있었다. 메갈로카스트로 기독교인 학살 사건의 발단 중 하나라는 것이었다.

코스탄데스가 대답했다. 「물론 혼자서 해치웠지요. 다른 수가 있습니까? 사나이 하는 일이라는 게 늘 사나이 대 사나이 아닙니까. 저는 그놈이 우리 기독교인 마을에다 불을 지르고 이 길로 지나간다는 소식을 들었습니다. 그 마을, 조금 있으면 보게 될 겁니다. 그곳을 지나야 하니까요. 그놈은 마을 남자들을 깡그리 죽였답니다. 그래서 저는 놈을 죽이기로 맹세했지요. 저는 여기 숨어 있다가 그놈의 목을 따버렸습니다.」

그가 휘파람을 불기 시작했다.

대지의 얼굴에서 그림자가 길어지기 시작했다. 두 사람은 이윽고 황폐한 마을에 도착했다. 두세 집의 벽만 겨우 서 있었다. 그 폐허 안에서 누더기를 걸친 여자들이 나왔다. 한 소녀가 나륵풀 화분에서 가지를 하나 꺾어 코스마스에게 던지며 소리쳤다. 「어서 오세요.」

두 사람은 마을의 광장에 이르렀다. 백발의 노인들이 그들을 둘러쌌다. 무리를 짓고 있던 여자들이 물러섰다. 마을의 대변인인 듯한 뼈대 굵은 노인이 나와 모자를 벗었다. 「앉으시려고 해도 우리에게는 내드릴 의자가 없소. 목이 마르시다고 해도 우리에겐 물을 드릴 잔이 없소. 배고프시다고 하더라도 우리에게는 드릴 빵이 없소이다. 개들이 모든 것을 불태웠소. 하느님께서 그놈들 역시 태워 주시기를.」

「마을에는 두 분의 말상대가 되어 드릴 남자도 없어요.」 노파가 이렇게 말하며 흐느끼기 시작했다. 다른 아낙네들도 따라 울었다.

노인이 아낙네들을 타일렀다. 「힘들 내시오. 1866년에도 이런 꼴을 당하지 않았나? 그때도 애들 몇몇이 살아남았고, 그 손에

549

마을은 다시 일어서지 않았던가? 사내가 있고 여자가 있는 한 크레타는 죽지 않네.」

노인은 코스탄데스를 돌아보며 말했다.「팔리카레여, 하느님이 당신의 손을 축복하시길. 당신은 후세인을 죽인 그 칼로 천국에 들어갈 수 있을 것이오.」

「갑시다. 여러분 안녕히.」 끔찍한 분위기를 더 이상 견딜 수 없게 된 코스마스가 말했다.

백발의 노인들은 조용히 턱을 지팡이 위에 올려놓고, 떠나는 두 사람을 바라보았다. 늙은 여자들은 눈가를 닦았다. 한 소녀가 불타 버린 집 앞에서, 한 걸음 한 걸음 젊은이처럼 씩씩하게 걷고 있는 코스탄데스를 반짝이는 눈으로 바라보고 있었다.

두 사람이 상수리나무가 우뚝우뚝 선 평원으로 나섰을 때, 이미 해는 떨어지고 있었다.

코스탄데스가 지팡이로 노새를 후려치며 말했다.「서둘러야 합니다. 어둡기 전에 다음 마을에 도착해야지요. 거기 쿠벨리나 댁에서 쉬어 갑시다. 쿠벨리나는 우리 이모랍니다. 그 마을에 집은 그 집 하나뿐이지요. 놈들이 그 마을도 깡그리 태워 버렸어요. 빌어먹을 놈들.」

나무를 짊어진, 장님이나 다름없는 맨발의 노파 하나가 그들 앞에 나타났다.

「여기는 어때요, 할머니?」 코스마스가 물었다.

「개들 손에 맡겨 놓았으니 뻔하지. 하느님께서, 탄약을 잔뜩 짊어진 사내 하나만 여기 떨어뜨려 놓았어도…….」 노파가 대답했다.

「터키 놈들이 이곳도 쑥밭으로 만들어 놓았나 보군요.」

그러나 코스탄데스는 코스마스에게 잠자코 있으라는 신호를 보냈다.

「뭐라고 했어요, 젊은이? 잘 안 들려! 하느님께 축복을!」

「안녕히 계십시오. 우리는 또 가야 한답니다.」

「당신도 크레타 사람인가요?」

「그렇습니다.」

「축복을 받으시고, 아이를 낳아요. 크레타는 이제 텅 비어 버렸어. 어서 아이를 낳아요. 그래야 크레타는 이 땅에서 사라지지 않을 게요. 크레타에는 아이들이 필요해요.」

「갑시다, 늦었어요.」코스탄데스가 이렇게 말하며 지팡이로 노새를 때렸다. 두 사람은 그곳을 떠났다. 코스탄데스가 입을 열었다.

「노파가 우리에게 돌멩이를 던지지 않은 것만도 다행이죠. 이렇게 빠져나온 것만 해도 우리는 운이 좋은 셈입니다. 저 노파는 코스탄디니아라고 하는데, 자칭 순례자의 아내지요. 저 할마시는 남자만 보면 그만 돌아 버린답니다. 돌멩이를 들고 아무에게나 던지는 거지요. 할마시는 남자란 남자는 모두 터키인인 줄 아니까요.」

코스탄데스는 땅바닥에서 도토리를 몇 개 주워 껍질을 까고 먹었다. 코스마스가 놀란 얼굴로 바라보자 그가 말했다.

「이건 도토리가 아니고 밤이에요. 밤이 오고, 먹을 건 없고, 이것저것 가릴 수 없게 되면, 우리는 이걸 밤이라고 부른답니다.」

이윽고 그들은 벌판을 지났다. 산길이 한 줄기 그들 앞에 나타났다.

「저기가 마을입니다.」코스탄데스가 손가락 끝으로 가리켰다. 그러나 코스마스의 눈에 보이는 것은 산비탈의 폐허뿐이었다.

「어디? 아무것도 안 보이는데.」

「저 앞에 있는 돌무더기가 바로 마을이죠. 조금 있으면 마을 사람들이 보일 겁니다. 저기죠. 개들이 벌써 우리 냄새를 맡았군요.」

개들이 폐허에서 달려 나오며 짖었다. 굶주려 개들의 갈비뼈도 앙상했다.

「불빛이 하나도 안 보이는데.」

「참, 주인님도. 기름이 어디 있습니까? 해만 떨어지면 올빼미같이 저 폐허 속으로들 기어 들어가지요.」

「어서들 오세요. 어디로 가시는 길인가요?」 바위 뒤로 대여섯 개의 머리가 나타나 물었다.

코스탄데스가 대답했다. 「쿠벨리나 댁으로요. 쿠벨리나 아주머니가 저택에다 우리 잠자리를 마련해 줄 겁니다.」

대답 대신 머리들은 까르르 웃었다.

「뭐 먹을 것 좀 있우?」 그들 중 한 명이 물었다.

「조금은 있지.」

「그럼 쿠벨리나는 뭘 좀 먹겠구나. 덮고 잘 건 있어요?」

「그것도 좀 있지.」

「그럼 쿠벨리나는 따뜻하게 자겠구나.」 목소리가 말하자 바위 뒤의 얼굴들은 또 까르르 웃었다.

「아직 웃을 수는 있군.」 코스마스가 혀를 내두르며 말했다.

누더기 차림의 앙상한 노파 한 명이 돌무더기 사이에서 나와 지팡이에 몸을 기대고는 물었다.

「코스탄데스냐? 언제면 철이 들겠느냐? 함께 오신 분은 누구시냐?」

코스탄데스가 너스레를 떨었다. 「대문이나 활짝 여시라니까. 닭 두 마리 잡아 애들에게 요리나 맡겨요. 한 마리는 삶고, 한 마리는 감자를 넣어 볶으라고 해요. 장롱 열어 비단 이부자리도 펴주세요. 여기까지 왔으니 이제 살았군. 이모네 저택에 오면 늘 이렇게 기분이 좋다니까.」

「시키는 대로 하지, 이 돌개바람 같으니.」 이렇게 대답하며 앞으로 나선 노파는, 노새에서 내려 비틀거리는 코스마스에게 말했다.「어서 오세요, 손님. 안으로 드시지요. 코스탄데스 말은 듣지 마시고. 저택 좋아하네. 골풀을 저 구석에다 덮었지요. 그래도 이 집에서는 특실이랍니다. 들어오세요.」

모두 돌 위에 쭈그리고 앉았다. 코스탄데스는 덤불을 긁어다 불을 지폈다. 코스마스는 배낭을 열고 어머니가 준비해 준 음식을 펼쳤다. 노파는 그들 옆에 앉아 있었다. 코스마스와 코스탄데스는 먹기 시작했다. 노파도 성호를 긋기가 무섭게 음식으로 쳐들어왔다.

「손님, 매일 오시오. 매일 밤 오셔야 이 불쌍한 것도 뭘 좀 먹지. 포도주도 좀 가져오셨우?」

코스탄데스가 병을 꺼냈다. 포도주병이 입을 건넜다. 포도주를 마시자 노파의 눈에 생기가 돌았다. 젊을 때는 상당히 아름다웠을 얼굴이었으나 이제 남은 것은, 번쩍거리는 흑갈색의 큼직한 눈뿐이었다.

「이모, 나 노래 한 곡조 해도 되겠소?」 술을 마셔 기분이 좋아진 코스탄데스의 말이었다.

「아무 짓이나 하렴. 너는 아직 살아 있으니, 당연히 노래를 불러야 할 테지.」 노파가 대답했다.

건장한 친구가 느릿느릿 빼는 목소리로 노래했다. 노파는 이빨이 몽땅 빠져 버린 입을 벌리고, 키득거리며 듣고 있었다.

어느 여름날 저녁
토도라 이모를 마을로 데려갔지.

우리 이모 아름다움은 돌개바람.
꼭 여느 여자같이!

애야, 네가 자라 사내가 되면
내, 또 너의 이모가 되어 주마.

벼락이라도 맞은 것 같은 노파의 얼굴에 생기가 감돌았다. 노파는 손뼉을 치고 얼굴을 붉혔다. 코스마스는 그 여자를 보며 생각했다. 〈이 사람들 영혼 속에 깃든 힘의 정체는 무엇일까? 바로 크레타, 그것이구나.〉

노파가 웃으면서 말했다. 「가난에도 그 나름의 낙은 있는 법이오. 고통을 이기는 데는 술과 노래가 있어야 해요. 없으면 고통에게 먹히고 말거든. 고통이란 참 고약한 손님이긴 하지만, 우릴 잡아먹으려는 건 아니에요. 우리가 그걸 잡아먹지.」

아침에 길을 떠나려 하자 노파는 붉은 얼룩이 묻은 돌멩이 하나를 집어 코스마스에게 주었다.

「내가 선사할 수 있는 것은 이것뿐입니다. 이 돌을 가지고 다니며 크레타를 생각해요.」 그러고는 검붉은 얼룩을 가리키면서 덧붙였다. 「내 아들의 피니까.」

거리로 나오자 코스탄데스는 노래를 불렀다. 코스마스는 생전 처음으로 자기 조국의 비참한 비극을 몸으로 겪고 있음을 실감했다. 아닌 게 아니라 사귀기 힘든, 거칠기 짝이 없는 반골의 땅이었다. 크레타는 위로할 틈, 정을 쏟을 여유를 주지 않았다. 크레타가 크레타의 자식을 사랑하는지 증오하는지도 알 수 없었다. 확실한 것은, 피가 날 정도로 채찍질한다는 것뿐이었다.

그는 코스탄데스에게서 고개를 돌려 이제는 돌무더기가 된 마을을 바라보았다. 그 돌무더기 사이에 여자와 아이들의 모습이 나타났다. 목소리와 웃음소리도 들려왔다. 그는 또 생각에 잠겼다. 〈저 힘은 어디서 나오는 것일까? 참으로 놀라운 사람들! 수천 년간 저들은 이 바위뿐인 황야에서 굶주림과 갈증과 불화와 죽음과 다투어 왔다. 아직도 이들은 그런 것들에게 항복하지 않았다. 불평도 하지 않는다. 절망의 극한에서 그들은 구원을 발견하고 있지 않은가?〉

할아버지 세파카스 노인의 집이 보이는 곳에 이르렀을 때 해는 이미 중천에 떠올라 있었다. 아라비아에서 따뜻한 남풍이 불어오고 있었다. 산 너머에서 바다는 다시 잠을 깨고 있었다.

세파카스 대장 댁은 마을 꼭대기에 있었다. 포도 압착기, 기름틀, 외양간, 술통과 술항아리가 줄줄이 놓인 창고…… 집은 멀리서 보아도 위풍당당했다. 넓은 베란다도 보였다. 여름이면 이불과 베개를 천장까지 쌓아 두는 베란다였다. 천장이 아주 높은 침실은 2층에 있었다. 문은 모두 열려 있었고 사람들은 끊임없이 들락거리며 대장이 카로스와 싸우는 광경을 지켜보았다. 노인의 며느리, 손자들도 부산하게 들락거리며 항아리 개수를 세고 밀가루와 기름의 재고, 지하실의 포도주 통 수를 확인했다. 서까래에 걸린 양털의 양, 치즈 통에 남은 치즈 분량을 확인하여 자기 몫으로 돌아올 유산을 가늠해 보는 것이었다. 노인에게, 그런 짓은 산 채로 놓고 토막을 치는 것 같아 몹시 불쾌했다. 그래서 그가 호통을 쳤다.

「내 저것들 꼴 보기 싫으니 마당으로 옮겨라!」

며느리들과 손자들이 마당에다 침대를 마련했다.

「저기 레몬나무 아래에다 눕혀 다오. 내 거기서 숨을 거두고 싶

555

다. 대지가 내 살을 만지고 대지를 내 손으로 만지고 싶다. 몸을 조금 더 일으켜라, 구경을 좀 더 하고 싶으니.」

자손들은 노인의 등에다 베개를 괴어 주었다. 그 옆에 지팡이와 물 떠 마실 잔도 가져다 놓았다.

「이제 나 혼자 있게 너희는 모두 들어가거라. 트라사키 어디 있느냐, 그놈만 내 옆에 데려다 놓아라.」 노인이 명령했다.

이제 그는 주위의 마구간과 포도 압착기, 우물, 구유, 문 옆에선 두 그루 삼나무를 둘러보며 레몬 잎과 똥 냄새를 맡아 보았다. 그 냄새에 만족한 듯 그는 수염을 쓰다듬었다. 옆에서 한숨 소리가 들려 그가 돌아다보았다. 건장한 털북숭이의 젊은이 하나가 그 옆에 서서 기다리고 있었다.

「너는 누구냐?」

「코스탄테스 아닙니까?」

「누구 아들이냐?」

「할아버지 아들 니콜라스의 아들 아닙니까.」

「왜 여기 딱 붙어 서 있느냐?」

「할아버지, 돌아가시는 데 참 오래 걸리는군요. 저는 빨리 양우리로 돌아가야 해요. 빨리 가고 싶습니다만.」

「그럼 가거라. 괜히 거기 서서 기다리지 말고. 아직은 안 죽는다. 가서 짐승이나 잘 보살피거라.」

털북숭이의 젊은 팔리카레는 허리를 구부리고 할아버지의 손에다 입을 맞추었다.

「그냥은 못 갑니다. 할아버지, 거기서 축복을 해주셔야지요. 그때문에 오늘 아침 일찍부터 기다리고 있었던 겁니다.」

「내 축복하마, 어서 가거라. 그리고 안으로 들어가 내가 있는 이 마당에다 상을 차리라고 일러라. 세 대장들이 먹고 마시는 걸

내 눈으로 보고 싶구나. 그 양반들 아직도 먹고 마시고 있느냐?」

「네, 아직도 자시고 있습니다. 어제 저녁 이곳에 온 뒤로 줄곧 자시고 있습니다. 할아버지, 드릴 말씀은 아니지만, 그 어른들 턱은 쉴 줄을 모르십니다. 이따금씩은 서로 어깨를 맞대고 눈을 붙입니다만, 깨면 또 자시는 것입니다. 학교 선생님은 리라까지 가져오셔서 장단을 맞추십니다. 계속 아낙네들을 괴롭혀 가면서요.」

「너 이놈, 병아리만도 못한 게 입을 함부로 놀리는구나. 닥쳐라! 그리고 내가 시키는 대로 해라. 여기 내 앞에다 상을 차리라고 해라. 내 눈으로 볼 수 있게. 그 어른들이 못 움직이시거든 코스탄테스, 네 손으로 이리 모셔라. 웃지 마, 이놈아. 그분들은 대장들이셔. 대접을 해드려야 마땅하다. 어서 가거라!」

카리데모스가 숨을 헐떡거리며 나타났다. 그는 노인의 심부름으로, 자기가 죽게 생겼으니 내려와 작별 인사라도 하고 가라는 전갈을 가지고 산에 다녀온 것이었다.

「그래 뭐라고 하더냐? 다녀가겠다더냐?」 노인이 물었다.

「저에게 이렇게 전하라 하셨습니다. 〈아버님, 저는 이 자리를 떠날 수 없습니다. 저를 용서하십시오. 그러나 역시 이곳을 떠날 수는 없습니다. 멀리서나마 저를 축복해 주십시오. 그리고 안녕히 가십시오. 곧 만나 뵙게 될 것입니다.〉」

「옳은 말이다. 한 가지 잘못을 범하더니 철이 들었다. 내 멀리서나마 복을 빌어 주마.」 노인은 손을 들어 공중을 향해 복을 빌었다.

그러고는 트라사키를 돌아다보았다. 「트라사키야, 너도 알겠느냐?」

「알겠습니다, 할아버지.」

「트라사키, 눈을 크게 뜨고 똑똑히 보아 두어라. 귓구멍을 후비고 똑똑히 들어 두어라. 한마디도 놓치지 말고. 조금 있으면 살아 있는 세 덩어리가 이리 올 것이다. 세 명의 대장 말이다.」

노인이 이렇게 말하고 있는데 마을의 목수 스타브룰리오스가 대문에 나타났다. 관의 치수를 재려면 그가 직접 할아버지의 키를 재보아야 할 터여서 손자들이 사람을 보내 그를 부른 것이었다. 목수는 도둑질이라도 하려는 사람처럼 겁을 잔뜩 먹은 채 눈치를 살폈다. 그는 몸을 구부리고 자기 눈대중으로 치수를 가늠하면서 노인의 주의를 돌릴 요량으로 빈말로 인사를 올렸다.

「기분이 어떠하십니까, 세파카스 대장님. 하느님 은덕으로 참 복된 삶을 사셨습니다. 그러니 어른께서는 카로스의 목도 비틀어 버리실 수 있을 것입니다.」

노인은 목수가 우물쭈물 수작을 부리면서 자기 몸길이 재는 걸 눈치 채고 수염 뒤에서 다정하게 웃었다. 이윽고 하는 짓이 측은해서 그가 말했다.

「스타브룰리오스, 이놈, 겁내지 말고 자를 꺼내 가지고 재봐라!」

목수가 찔끔하면서도 딴소리를 했다. 「무슨 말씀이십니까요, 대장님.」

「이 멍청이, 누가 모를 줄 알고. 일하러 왔으면 일을 해야지.」

목수는, 노인이 저러다 지팡이를 드는 게 아닐까 하고 겁을 집어먹었다. 그는 허리춤에서 자를 꺼내 노인의 거구 옆으로 펼쳤다.

「얼마나 되느냐?」 노인이 물었다.

「꼭 여섯 뽐니다, 대장님.」

「줄어들었구나.」 노인이 한숨을 쉬고는 덧붙였다. 「폭도 재봐라.」

스타브룰리오스는 가슴 넓이도 재보고 나서 어정쩡하게 서 있었다.

「쟀으면 가야 할 게 아니냐? 좋은 나무로 짜라. 호두나무 있지?」

「물론입니다, 대장님.」

노인이 트라사키를 돌아보며 말했다.

「트라사키, 너 호두나무 보면 알 수 있지?」

「네, 할아버지.」

「잘됐다. 그럼 너 가서 스타브룰리오스가 우리를 속이지 않는지 잘 봐라. 꼭 호두나무로 하고 싶으니까. 어서 가보아라!」

그동안 아낙네들이 마당에다 상을 차렸다. 상 위로, 구운 고기와 안주, 포도주 통, 놋 술잔도 날라 왔다. 백발의 노인은 베개에 기대어 그 광경을 바라보았다. 벌 두 마리가 그의 숱 많은 머리카락 위를 날아다녔고 개미 몇 마리가 털북숭이의 장딴지 아래에서 꼬물거렸다. 노인은 그 꼬물거리는 게 기분이 좋았다.

「대장들은 어디 있느냐?」

「곧 오십니다, 할아버지.」

불콰해진 얼굴, 배배 꼬인 수염을 하고 세 노인이 붉은 허리띠는 풀어 헤친 채 서로 의지하며 걸어 나왔다. 모두 두꺼운 털 바지를 입고 있었다. 장화는 잔뜩 짓밟혀 지저분했지만 귀 뒤에는 모두 노란 양국 한 송이씩을 척 꽂고 있었다.

「이 사람들아, 좀 의젓하게 걸어야지. 창피하지도 않은가?」 그들이 서로 속삭였다.「날 좀 잡아 주, 쓰러질 것 같으니.」 가운데선 절름발이 교장이 소리쳤다. 이제 볼품 없이 여원 노인은 이미 정신이 반쯤 나가 있었다. 그의 어깨에는 리라가 탄대처럼 걸려 있었다.

만다카스 대장은 맨 오른쪽에 산처럼 솟아 있었다. 그의 머리카락과 수염은 짧았다. 목은 굵고 뼈는 튼튼했으며 귀도 엄청나게 컸다. 허리춤에서는 은제 권총이 반짝거렸다. 교장의 왼쪽에는 바닷바람에 찌들어 모습이 험상궂은 해적 카트시르마스 선장이 사팔눈을 치뜨고 따라왔다.

노인의 모습이 눈에 들어오자 그들은 걸음을 멈추었다.

만다카스 대장이 웃음을 터뜨렸다. 「세파카스 형, 아직 살아 있구려. 우리는 퍼먹고 퍼마시면서도 이 말만은 했지요. 〈하느님, 저 양반에게 자비를 베풀어 주시오.〉」

「대장님네들, 더 좀 들고 마시지 그러시나? 내 자네들 입은 어제부터 잠시도 쉬지 않았다고 들었네. 자네들이 실컷 먹는 걸 보고 싶네. 그래야 저 가엾은 배 걱정은 접어 놓고 사나이답게 이야기할 수 있지 않겠나?」

교장이 대답을 하려 했다. 「그만두게.」 카트시르마스 선장이 손으로 교장의 입을 막자 얼굴 전체가 한 손에 가려 버렸다. 선장이 말을 이었다. 「자네가 대답하면 배가 우리 사정을 눈치 채네.」 그런 다음, 그는 손을 가슴에다 얹고 음울한 목소리로 세파카스 노인에게 말했다.

「세파카스 대장, 장수하시오. 대장의 저택을 방문하게 되어 기쁘기 한량없습니다. 우리는 실컷 먹고 마셨어요. 그러나 대장의 건강을 위해 더 좀 먹고 마시겠소. 대장의 말대로 사나이답게 이야기합시다. 서두를 일이 없지 않습니까?」

「나는 서두르지 않네. 서두르는 게 딱 하나 있지.」 노인이 대답했다.

「그게 누구요?」

「카로스지.」

「여기 있는 것은 세 대장이다.」 만다카스가 수염을 비틀며 말했다. 「영감이 계시니까 넷인 셈이군. 카로스 그놈 꼴 좀 봅시다.」

세 대장은 머리가 셋, 다리가 여섯인 괴물처럼 이구동성으로 말했다. 두 대장은 교장의 목을 붙잡아 쓰러지지 않게 했다. 밖에 나와 있던 며느리들과 손주들은 술 취한 세 영웅의 작태에 배를 잡고 웃었다. 그러나 세파카스 노인이 호통을 쳤다.

「뭘 보고 그렇게들 웃느냐! 이분들은 대장들이시다. 강철 같은 분들이시지 않느냐? 와서 부축하여 쓰러지지 않도록 하라!」

카트시르마스 선장이 호령했다. 「누구든 가까이 오기만 해봐라. 대가리를 부숴 놓을 테다. 나는 도와주지 않아도 걸을 수 있어.」

그는 두 동료의 부축을 뿌리치고 성큼성큼 식탁 앞으로 다가 갔다.

이윽고 세 대장은 각각 좌정하여 잔을 채웠다. 교장은 리라를 벗겨 무릎 위에다 똑바로 세웠다. 그는 고기를 한 덩어리 입에다 털어넣어 기력을 보였다.

그가 막 연주를 시작하려는 참인데 코스마스가 문 앞에 나타났다. 노인은 미간을 찡그리고 그게 누군지 알아보려고 했다.

「저기 내 집 문전에 서 있는 뾰족 궁둥이가 누군고?」

「손자올습니다, 할아버지.」 코스마스가 노인에게 다가가면서 대답했다.

「어느 손자?」

「맏아들 코스타로스 대장의 아들올습니다.」

노인이 팔을 뻗었다. 「어서 오너라. 가까이 오너라, 내 축복을 내리마. 그래, 그동안 어디를 돌아다녔더냐? 유럽 땅에서 무얼 쫓아다녔더냐? 무엇을 배웠더냐? 내 너에게 묻고 대답을 들을 시간이 있었으면 좋겠다만, 내 등잔의 기름이 다했다. 세상이 벌써 어두워 오는구나.」

코스마스가 축복을 받으려고 무릎을 꿇었다. 노인은 손자를 일 어나지 못하게 하려는 듯 그의 머리에서 손을 떼지 않았다.

「뭘 쓴다고들 하더구나. 네가 믿는 하느님께 맹세하고 말하여라. 도대체 무엇을 쓰느냐? 너도 마을을 돌아다니며 글줄이나 읊고 접시를 돌려 돈을 구걸하는 방랑 시인 크리아라스 꼴이 되려는 거냐?」

노인은 작지만 찌르는 듯한 눈으로 손자를 뜯어보며 위인의 무게를 가늠했다. 〈이건 도대체 어떤 녀석일까? 제구실을 할 놈인가, 못할 놈인가? 내 씨앗에서 어쩌다 펜대쟁이가 나왔을까.〉 그는 생각했다.

「장가들었느냐?」 노인이 물었다.

「네.」

「들리는 말로는 유대인 여자를 맞았다던데?」

「그렇습니다.」 코스마스가 주저하면서 노인을 바라보았다.

「이것아, 유대인이라는 게 나쁜 것은 아니다. 유대인에게도 영혼이 있겠거니. 우리 모두 한 하느님의 자식이다. 잘했다. 너는 그 아이가 좋아서 팔리카레답게 취했을 것이다. 얌전하고 살림 잘하고, 생김새가 남 못지않고 아들딸 잘 낳는다면 여자란 더 볼게 없는 법이다.」

「세례도 받았습니다, 할아버지. 믿음은 깊고요. 할아버지도 보시면 좋아하실 겁니다.」

「그래, 살은 좀 붙었느냐? 그것만 말해라. 여자에게 믿음이 있어서 뭘 하느냐? 씨앗이 자라려면 살이 있어야 한다. 장가든 지는 얼마나 되었느냐?」

「2년 되었습니다, 할아버지.」

「아이는?」

「아직 없습니다……」

「헛살고 있구나. 밤마다 뭣들 했느냐? 병신으로 짝을 맞추었더

562

냐? 내가 바라는 건 강철 같은 증손자다. 내 너에게 일러 두지만 내 손부는 크레타인을 낳아야지 유대인은 못 낳는다. 그리고 내 말 잘 들어. 책 같은 걸 조심해라.」

「할아버지, 아이를 가졌습니다.」

「오냐, 그놈도 축복한다. 이름은 세파카스라고 해라, 알겠느냐? 그래야 죽은 사람이 되살아나는 거다. 이제 가거라, 비켜서란 말이다.」

그러고는 옆에 팔짱을 끼고 서 있는 며느리 카테리나를 손짓으로 가까이 불렀다.

「내 등에 방석을 하나 더 괴어 다오.」 노인이 며느리에게 말했다. 「똑바로 앉아서 말하고 싶구나. 그리고 레몬꽃 한 줌 훑어 다오. 냄새 좀 맡아야겠으니. 우리 대장들이 이야기할 때는 딴소리를 내지 못하게 하여라. 자리를 물려라. 늙은 것들과 이야기를 나누고 싶다.」

세 노인은 정신없이 먹고 마시고 있었다. 교장은 삼나무에 머리를 대고 눈물을 흘리며 리라를 반주 삼아 같은 만티나다를 몇 번이고 노래했다.

　　하루 종일 종달새에게
　　총알을 다 쏘아붙이고 나니
　　내 마음이 가벼워지며, 눈앞에 나타난 것
　　오, 너 자고새!

노인이 손뼉을 치며 소리를 질렀다.

「이것 보게, 대장들. 그 거렁뱅이 같은 창자는 아직도 덜 채웠는가? 그만들 하게. 수염을 닦고 손 씻고 허리띠 좀 제대로 매고 이리 오게, 내 할 말이 있네. 그래서 자네들을 부른 것 아닌가. 그리고 자네 교장, 리라는 둘러메고 종달새는 그냥 놔둬! 총알이고 총이고 모두. 그런 노래라면 지겨울 만큼 들었어. 그리고 애들아!」 그는 며느리와 손자들 쪽을 돌아다보았다.「물 좀 가져다 이 어른들 손 좀 씻게 해라. 향수도 좀 갖다 발라 줘, 악취 안 풍기게. 내게 데려오기 전에 노인들을 깨끗이 씻기고 닦아 드리란 말이다.」

여자들이 향수를 가져다 늙은 대장들의 몸에다 뿌렸다. 정신을 차리도록 장미식초도 가져다 코에다 대고 숨을 쉬게 했다. 그러고는 대장들을 부축하여 노인 옆으로 데려왔다. 대장 한 명은 노인의 오른쪽에 또 한 명은 왼쪽에 섰고, 교장은 노인 앞에 책상다리를 하고 앉았다.

세파카스 대장은 처음 보는 것처럼 팔을 벌리고 이 지도자들에게 인사했다.

「유명한 마른 땅의 전투 지도자, 만다카스 대장! 험한 바다의 무자비한 해적, 카트시르마스 선장 그리고 우리 그늘에서 싸우면서 격문을 쓰고 터키 놈들과 유럽 놈들에게 보낼 편지를 초안했던 훈장 대장, 천 번 만 번 내 집에 온 걸 환영하네.」

「인사 올립니다, 세파카스 대장.」 세 사람이 손을 가슴에다 얹고 이구동성으로 말했다.

세파카스 노인은 거친 숨을 몰아쉬다가 물을 한 모금 마셨다. 이어서 그는 말을 계속했다.

「형제들, 아직도 기억하고 있나? 봉기가 있을 때마다 우리 대장들이 수도원의 상수리나무 아래 모여, 죽음을 앞두고 서로 맹세하고 서로 입을 맞추던 일을? 이 모임은 그런 모임이나 마찬가지네. 수도원 상수리나무가 세파카스 영감네 집의 레몬나무로 바뀐 것만 다를 뿐. 내 며칠 전부터 이런 작별 인사를 벌러 왔으니 그 점을 잊지 말게만, 내 아직은 안 떠나네. 나는 고해 성사를 했고 종부 성사도 했지만 아직은 안 가네. 대장들이여! 우리 네 늙은이가 모여 이야기를 다 하기 전에는 가지 않네. 이것 역시 혁명 봉기의 하나인 것을 명심하게. 형제들, 우리가 여기에서 무슨 결정을 내릴 것인지 아시는가? 내 말이 들리는가? 머리들이 깨끗한가? 내 말이 들리고 말을 할 수 있는가? 아니면 나는 헛소리를 하고 있는가?」

「우리는 들을 수도, 말할 수도 있소.」 세 노인이 말했다.

「그럼 들으소! 나는 백 살이네. 자네들 모두 내 한평생을 알고 있네. 그걸 종이에다 써서 자네들에게 보여 줄 필요는 없네. 나는 싸웠고, 일을 했고, 기뻐했고, 슬퍼했고, 사나이로서 의무를 다했으니, 자네들은 이 모든 것의 증인이 될 수가 있네. 이제 내 최후가 오고 있네. 땅이 열리고, 나를 삼키려고 하는 듯하네. 삼킬 테면 삼키라지. 복수할 테면 하라지. 그러나 땅이라고 해도 내 모든 것을 삼킬 수는 없네. 내 이 땅에 남기고 가는 걸 잘 보아 두게.」

그는 딸들과 손자들, 손녀들, 증손자들을 가리켰다.

「한 마당 아닌가! 이래서 나는 죽음을 두려워하지 않네. 나는 죽음과 싸워 이겼네. 악마도 최선을 다했지만 나는 격퇴하고 말았네. 지금 나를 괴롭히는 것은 좀 별난 고민이네.」

한숨을 쉬며 그는 말을 끊었다. 이윽고 그가 말을 이었다. 처음 듣는, 떨리는 음성이었다.

「나는 오래전부터 잠을 이룰 수 없었네. 대장들, 벌레가 나를 갉아먹고 있네.」

그는 대장들을 노려보다 말고 호통을 쳤다.

「내 말 듣고 있나? 정신들 차려! 교장! 자네 눈빛이 가고 있으니 웬일인가?」

「듣고 있어요, 무슨 벌레지요?」교장이 퉁명스럽게 대답했다.

「형제들, 벌레가 나를 갉아먹고 있네. 나는 지금 내 생애를 돌아보고 있고, 내 죽음을 지척에 두고 있네. 나는 생각에 생각을 거듭했네. 자, 우리는 어디에서 왔고, 어디로 갈 것인가? 날 갉아먹는다는 벌레는 바로 이것일세.」

세 대장은 이 말을 듣고 적잖이 흥분했다. 교장은 대머리를 긁으며 대답하려 했다. 그 문제라면 자기가 가장 많이 알고 있지 않을까 싶었다. 그러나 대답할 말이 없었다.

「자네들은 이런 생각 해보지 않았나? 이 벌레가 자네들은 갉아먹지 않던가?」백발의 노인이 물었다.

「그런 일 없소.」세 사람이 이구동성으로 대답했다.

「하느님이 아시겠지만, 내게도 전에는 없었네. 그러나 요즘 들어 나는 밤잠이 오지 않네. 내 고민을 누구에게 이야기할 수 있겠는가? 나와 함께 있는 손자들은 아직 어려. 열다섯 아니면 겨우 열여섯 살인걸. 대가리도 아직 여물지 않았다네. 그런데 무슨 말귀를 알아먹겠어. 내 장남 코스타로스가 살아 있었더라면 지금쯤 일흔이 넘었을 테니, 알아들을 수 있겠지. 하지만 이놈은 아르카디 수도원에서 재가 되었네. 그래서 나는 결심했지. 사람을 보내 소싯적에 함께 싸우던 전우들을 불러 이 이야기를 해보리라고. 대장들, 자네들 머리로 말하자면, 추수 때의 옥수수 같네. 잔뜩 여물었다 그 말이지. 자네들은 무슨 냄새를 맡았을 것이네. 그러니, 탁 터놓고 말하게. 포도주를 흠뻑 마셨으니 혀도 많이 부드러워졌을 것이네. 말하게. 함께 의논해 보세. 나는 아무것도 모르는 채 죽고 싶지 않네. 만다카스 대장, 자네가 먼저 말하소. 나 다음으로는 자네가 연장자니까. 자네 1821년 봉기 때 몇 살이었더라?」

「스물두 살이었는데, 잊었군요, 세파카스 형님.」

「그래, 나는 서른을 갓 넘겼지. 자네보다는 8년 연상이니까. 자네가 말하게, 어서. 자네는 오래 살고 허리띠도 여러 개 갈아매었네. 자네는 그간 뭘 배웠던가?」

만다카스 대장은 생각에 잠겨 짙은 수염을 쓰다듬었다.

「세파카스 대장, 그 때문에 우릴 부르셨군요.」 이윽고 그가 입을 열었다. 「이건 참 대답하기가 어려운 문제군요. 술과 고기를 푸짐하게 차려 내더니 값을 아주 비싸게 매기시잖아. 교장, 내 말이 어떤가?」

「교장은 놔두고 자네 이야기나 하라니까! 그렇게 오래 살고도 뭐 좀 깨달은 게 없는가? 비틀고 짜보게. 그리고 사내답게 말을 해보게.」

만다카스 대장은 허리춤에서 담배쌈지를 꺼내 담배를 하나 말았다.

「세파카스 대장, 내 목에다 칼을 갖다 대시는구려. 하지만 무슨 이야기를 하라는 것이오? 어디서부터 시작하라는 것이오? 대장이 닥치는 대로 살았듯이 나도 닥치는 대로 살았소. 그러나 후회는 하지 않아요. 나는 그야말로 닥치는 대로 싸웠고 터키 놈들을 닥치는 대로 죽였소. 장가도 닥치는 대로 들고 새끼도 닥치는 대로 깠고, 교회에 가서 촛불을 켜보고 성상 앞에 무릎도 꿇었지요. 닥치는 대로 씨뿌리고, 추수하고, 타작하고, 빵을 만들어 먹었어요. 나는 먹는 이유, 기도하는 이유, 죽이는 이유를 생각해 본 적이 없었어요. 물으시니 말씀은 드리다만, 세파카스 대장, 하느님을 믿으시거든 조금만 참으시오. 내 대가리를 쥐어짤 여유를 주시오. 잘하면 몇 방울 나올지도 모르니까.」

「좋아, 내 기다리지. 그러니 만다카스 대장, 어디 한번 쥐어짜

567

보게.」 노인이 팔짱을 끼면서 말했다.

만다카스 대장은 자기 뒤에 선 양아들을 불렀다.

「야나코스, 내 자루를 가져오너라!」

모두가 숨을 죽였다. 노인은 손자 코스마스를 불렀다.

「의자 갖다 놓고 앉아서 잘 들어. 우리 이야기를 알아먹겠느냐?」

「알겠습니다, 할아버지.」 코스마스가 앉으면서 대답했다.

야나코스가 자루를 가져다 양아버지 발밑에다 놓았다. 만다카스 영감은 자루 안을 뒤적거리다가 가죽으로 싼, 주둥이가 넓은 유리병을 하나 꺼냈다.

「그 안에 뭐가 들어 있나?」 노인이 물었다.

만다카스 대장이 웃었다.

「그게 자네 대답인가?」 노인이 역정을 내었다.

만다카스 대장이 대답했다. 「사람들은 여행할 때 자루에다 빵과 포도주와 고기를 넣습니다. 나 역시 그런 걸 넣어 가지요. 그러나 나는 이 병을 하나 더 넣어 가지고 간답니다.」

「그 안에는 무엇이 들었는가? 뭔지 모르겠네.」

만다카스 대장은 병을 들어 세파카스 노인의 눈 앞에다 대었다. 저가는 햇빛이 붉은 내용물을 비추었다.

「아직도 모르시겠소?」 만다카스 대장이 병을 돌리면서 물었다.

「고깃점인 것 같은데. 물속에 넣었군.」 노인이 대답했다.

「세파카스 영감님, 이건 고깃점이 아니고 귀랍니다. 물이 아니고 주정(酒精)이고. 1821년의 일이지요. 터키 놈들이 나를 쓰러뜨리고 한쪽 귀를 자른 그날, 나는 맹세했습니다. 터키 놈을 죽일 때마다 귀를 잘라 병 속에 넣겠다고. 세파카스 대장, 내가 살아온 이야기를 하자면, 이 병 속에 든 귀를 하나하나 들어 가면서 귀

568

임자를 이야기하면 될 겁니다. 이 병 바닥에 있는, 털이 보송보송한 귀는 기독교인 잡아먹던 알리 장관 놈의 것이지요. 이놈은 내 동생 파나지스를 죽이고 레팀노에 있는 제 집으로 돌아와 하렘의 계집들과 흥청망청 놀고 있었지요. 그날 밤 나는 터키 찻집에서 물담배를 피우고 있었어요. 나는 찻집에서 차 끓이는 터키 놈에게 일렀지요. 〈숯을 더 가져오너라. 물담뱃대 불이 꺼졌구나.〉

그러고는 바로 물담뱃대를 접어 놓고 뛰어나왔지요. 나는 날 듯이 알리 장관 영지로 달려갔습니다. 그놈이 계집과 누워 있는 2층 침실로 쳐들어간 나는 단숨에 놈의 목을 따버리고 나서, 귀만 잘라 내어 손수건에다 쌌습니다. 내가 찻집으로 되돌아갔더니 마침 차 끓이는 녀석이 숯불을 더 가져왔더군요. 나는 태연하게 물담뱃대를 물고 피웠습니다. 내가 나갔다 온 걸 눈치 챈 놈은 하나도 없었습니다. 다음 날 알리 장관이 죽었다는 소식이 전해지자 총독이 호령을 했다고 합니다. 〈이건 만다카스 놈 짓이다!〉 하고요. 하지만 찻집의 터키 놈들이 분명하게 증언했지요. 〈만다카스 대장은 그날 밤 내내 하산의 찻집에서 물담뱃대를 빨고 있었습니다〉 하고요.」

그는 다른 귀를 가리켰다.

「여기 두툼하고 귀고리 자국이 있는 검은 귀는 무어인의 것이지요. 이름은 레마단이었습니다. 이놈 역시 기독교도 백정이었습니다. 이놈의 유골 역시 저주받기를. 나는 어느 날 밤 이놈을 메갈로카스트로 교외의 트리피티 해변에서 습격했습니다. 내가 호통을 쳤지요. 〈레마단 이놈, 하느님이 두렵지 않느냐!〉 그랬더니 이 개 같은 놈이 뭐라고 했는지 아십니까? 〈그 양반이 날 두려워해야지. 왜냐, 나는 레마단이니까.〉 내가 칼을 빼면서 호령했죠. 〈그렇다면 나는 만다카스다. 너 이놈, 칼을 빼라!〉 〈내겐 칼이 없는걸. 이 이단자 놈, 내게 칼이 없다는 걸 알고 습격한 모양이구나.〉〈내게 두 자루가 있으니, 하나 골라잡아라.〉 내가 그놈이 고른 칼을 던졌더니 허공에다 휘둘러 봅니다. 해변 자갈밭에서 격투가 시작되었지요. 우리는 싸우고 또 싸웠습니다. 이윽고 어둠이 내리더군요. 전신에 피가 흐르고 땀이 비 오듯 해서 마치 속이 끓어오르는 것 같았습니다. 우리는 몸을 식힐 요량으로 바닷물로 뛰어들었지요. 물이 시뻘겋게 변하더군요. 우리는 말을 하지 않았습니다. 그저 으르렁거리기만 했죠. 무어인의 친구 한 명이 왔습니다. 이 검둥이는 자기 친구를 도우려고 합디다. 그랬더니 무어 놈이 그놈에게 소리를 지릅디다. 〈이 밴댕이보다 못한 놈, 날 돕겠다고 뛰어들면 침을 뱉겠다. 우리 둘만 남겨 두고 썩 꺼져!〉 그래서 내가 칭찬해 주었지요. 〈이것 봐, 레마단. 너 진짜 팔리카레 같구나.〉 그놈 대답이, 〈너도 그런 것 같구나. 우리 둘은 팔리카레이기보다는 짐승이지〉 이러는 거예요. 〈그럼 둘 중에 하나는 죽어야겠구나.〉 나는 이렇게 소리 지르며 쳐들어갔지요. 이놈이 머뭇거립디다. 나는 그놈 옆으로 뛰어들면서 돼지 새끼 잡듯이 목줄에다 칼을 박았지요. 그러고는 그놈의 귀를 귀고리째 도려냈습니다. 이게 바로 그겁니다.」

용감무쌍한 싸움의 추억이 그에게 불을 붙였다. 그는 이야기를 계속했다.

「여기 이 시퍼렇게 변색하는 귀는 푸줏간 주인 무스타파의 것이지요. 여기 이 가운데 있는 놈은 알바니아 놈 것이고, 여기 찢어진 것은 이맘 놈의 귀랍니다. 빌어먹을 놈, 이놈 목소리는 꼭 종소리 같았어요. 이놈은 귀 대신 혀를 잘라 주정에다 담가 놓을 걸 그랬어. 그 옆에 있는, 조개처럼 동그란 것은 페르테프 에펜디 것입니다. 창피한 것도 모르는 이 자식은 그림 같은 미남이었습

570

니다. 꼭 성 게오르기우스 같았지요. 그런데 이놈의 자식을 어쩝
니까? 이놈이 기독교인 거주 지역으로 말을 타고 다니며 우리 여
자들을 꾀었던 겁니다. 이 개 같은 놈에게는 당할 여자가 없었지
요. 나는 이놈이 하는 짓을 괘씸하게 여겨 어느 날 밤 이놈 집으
로 쳐들어갔지요. 우리는 이놈의 침실에서 싸웠습니다. 위낙 약
은 놈이라 여자를 이용합디다만 나를 당합니까. 나는 이놈의 미
끈하게 잘생긴 목을 따고 이 동그스름한 귀를 잘랐지요.

이 유리병에는 크레타 혁명사가 담겨 있습니다. 전투에서 죽인
놈의 귀는 자르지 않았지요. 하지만 이 안에는 1821년, 1834년,
1841년, 1854년, 1878년 봉기의 역사가 담겨 있습니다. 이제 나
는 늙었습니다. 지난 봉기 때는 귀를 자르지 못했습니다. 참 짐승
같은 놈입니다. 하느님 용서하십시오만, 세상에 무서운 게 없었
지요. 혁명이 터질 때마다 나는 집이고 새끼고 다 팽개치고, 가지
칠 포도 덩굴이고 갈아야 할 밭이고 다 그대로 두고, 우리의 지도
자 코락스 대장에게로 말을 타고 달려갔지요.」

이 유명한 대장의 이름을 대며 그가 한숨을 쉬었다.

「이렇게 훌륭한 사람은 이 세상에 다시없을 겁니다. 그 양반에
비하면 우리는 뭡니까? 웃겨도 한참 웃기지. 그 양반 앞에서는
아무도 농담을 못했고, 그 양반이 웃는 걸 본 사람은 한 명도 없
습니다. 눈은 둥그렇고, 검고 번쩍거리는 게 꼭 독수리 눈 같았어
요. 실수하는 일도 없었지요. 술도 마시지 않았고, 욕도 안 했고,
여자를 따라다니는 일도 없었어요. 전투가 벌어질 때면 암말을
다리 사이에 꼭 끼고 터키 놈들을 닥치는 대로 죽이는 겁니다. 누
가 추격하지 않나 하고 뒤를 돌아다보는 일도 없었습니다. 터키
놈들의 수를 세어 보는 일도 없었고요. 총알도 그 양반만은 어쩔
수가 없었지요. 인간이 아니었습니다. 하느님도 용서하시겠지만,

이 양반은 꼭 대천사 같았지요.」

그는 한숨을 쉬며 덧붙였다.

「날개만 없다 뿐이지.」

세파카스 노인은 방석에다 짜증스러운 듯 등을 비비면서 꾹 참고 듣는 한편 코로는 레몬꽃 냄새를 맡았다. 그러나 마침내 도저히 참을 수 없어 소리를 질렀다.

「만다카스 대장, 그 병 자루에 다시 집어넣게. 사람이란! 짐승 같기가 한이 없구먼. 내 질문에나 대답하게. 그 긴 세월을 살아오면서 깨달은 게 뭔가? 자네는 어디에 도달한 것인가? 자네는 자네 인생을 그 유리병 속에서 보는 모양인데, 그럼 대답해 보게. 자네가 걸어온 길은 바른길이었는가, 아니면 살아온 길을 후회하나?」

만다카스 대장이 화를 버럭 내었다. 「후회하다니! 천만에요. 세파카스 어른, 처음부터 다시 시작한대도 나는 같은 마누라를 얻고 같은 새끼들을 낳을 것이고 같은 터키 놈들을 죽이고 ── 숫자는 좀 더 많겠지만 ── 같은 바지 입고 같은 허리띠 매고 같은 장화를 신겠소. 머리털 하나 달라지는 것은 원치 않소. 내일 하느님 앞에 가는 한이 있더라도 이 유리병을 들고 가서 하느님께 이렇게 말할 거요. 〈이 병 들고 들어간다면 천국에 가겠지만 못 들고 들어가게 한다면 천국도 그만두겠습니다!〉 하고.」

세파카스 대장이 소리쳤다. 「자네가 태어난 목적이 바로 그 죽이는 것이었나? 하느님께서 자네를 이 땅에 내보내신 목적도 그것일까?」

「저런, 세파카스 어른, 내 말을 곡해하지 마시오. 나라고 해서 피에 굶주린 놈은 아니오. 나는 죽이는 것 자체를 좋아하는 게 아니라……」

그는 생각에 잠긴 채 머리를 긁었다. 그러다 불쑥 그가 외쳤다.

「그래요, 나는 자유를 위해 싸웠던 것이오!」

그의 미간이 갑자기 밝아졌다. 그런 얼굴로 말을 이었다.

「그래요, 조금 전에 세파카스 노인은 나더러 우리가 어디에서 왔으며 어디로 가느냐고 물었소. 처음에는 무슨 대답을 해야 좋을지 몰랐어요. 그러나 이야기를 하다 보니 분명해지는군요. 세파카스 대장, 우리는 노예 상태에서 와서 자유로 가는 것이오. 우리는 노예로 태어나서 평생을 자유를 위해 싸우는 거요. 그리고 우리 크레타인은 오직 죽이는 것을 통해서만 자유로워질 수가 있소. 내가 저 터키인들을 죽인 것은 바로 그 때문이었어요. 그래요! 영감은 물었고 나는 대답을 했어요. 이제는 나도 늙었어요. 나는 단도를 꽂고 팔짱을 끼고 말았어요. 이제 올 것은 카로스뿐!」

그가 양아들을 불렀다.

「야나코스, 이 자루 있던 곳에 갖다 놓아라!」

세파카스 노인이 고개를 끄덕였다. 「참으로 좋은 대답이다. 만다카스 대장, 자네 혀에 복이 있을진저, 자네 두 손에 복이 있을진저. 오래 걸리기는 했지만, 자네는 마침내 깨닫고 말았구나. 자네는 자네 목적과 의무를 달성했네. 하지만, 방법이 그것밖에 없었을까? 다른 방법도 있네. 그건 자네도 알게 될 것이네. 자 이제, 카트시르마스 해적 선장, 자네 차례일세!」

이 바다의 늑대는 주먹을 불끈 쥐었다. 그의 사팔눈에 핏발이 섰다.

「세파카스 영감님, 우리를 다루는 게 통 마음에 안 듭니다. 우리를 이리로 불러 놓고, 나이 몇 살 더 훔쳤다고 해서 이래라저래라 하다니. 나는 아무 말도 않겠어요.」

「그렇게 화내지 말게, 이런 돌대가리 같으니. 내가 나이를 몇 살 더 훔쳤다고 그러는 게 아닐세. 나는 자네들보다 먼저 흙 속으로 들어가야 하고 지금 시간이 없어서 그러는 것이야. 나는 아무것도 모르는 채 죽기가 싫어. 이 사람들아, 내 무거운 속이나 좀 가볍게 하려고 도움을 청하는 걸세. 내 말 모르겠나, 카트시르마스 선장?」

「알았소. 그렇게 소리를 지를 건 또 뭐요. 하지만 영감님은 배가 아니니, 내가 달려가서 구해 드릴 수도 없지. 평생을 나는 바다에서 싸웠소. 내가 내 식으로 아는 건 바다뿐입니다. 딴 곳에서는 옴치고 뛸 재주가 없어요. 그러니 나더러 무슨 이야기를 하란 말이오.」

「이 해적 놈아, 나는 지금 물에 빠져 죽고 있는 것이야! 물에 빠져 죽는 사람은 머리카락을 잡아서라도 올려 주어야 하는 법일세!」

「세파카스 영감, 영감님 머리카락이지 우리 머리카락은 아니오. 하데스의 문턱에 서고 보니 겁이 나시는 모양이군. 영감님은 벌레라고 하던데, 나 같으면 그걸 공포라고 하겠어요. 겁이 나서 옛 동료들을 불러 놓고, 〈이 사람들아, 이건 무엇인가? 나는 어디로 가는 것인가? 나는 어디로 보내지는 것인가?〉 어쩌고 하는 것이오. 영감님에게 위로가 될 걸 우리가 무슨 재주로 알아내겠어요? 우리는 닥치는 대로 살다가 닥치는 대로 죽는 것 아닙니까? 방향타도 없이 바람이 부는 대로, 배 가는 대로. 그래요, 바람이 부는 쪽으로 가는 것이지요. 배로 물이 들어오면 밤이고 낮이고 펌프에 매달립니다. 그러나 물이 계속 들어오면 펌프는 아무 소용도 없습니다. 이것으로 별수 없게 되면 우리는 바닥으로 가라앉습니다. 그게 인생이라는 거지요. 영감님은 소리 지르려면 마음대로 질러 보쇼. 우리의 의무라는 게 뭡니까. 밤이고 낮이고 펌프질하는 것, 팔짱도 끼지 말고, 불평도 하지 말고, 비명도 지르지 말고, 오직 펌프질만 하는 겁니다. 창피하게 중도에서 포기하지 않고 밤이고 낮이고 펌프질을 하는 겁니다. 내가 살면서 배운건 그겁니다. 영감님이 취하든 버리든 그건 알 바 아니지만요.」

그는 험상궂은 얼굴을 만다카스 대장 쪽으로 돌렸다.

「나는 만다카스 형님과는 달라. 땅바닥에 붙어 사니까 보이는게 없으시지. 그러니까 눈에 보이는 거라고는 기독교인과 터키인밖에 없어서, 터키인이면 죽이고 귀를 잘라 주정에다 귀를 담그지. 나는 자루 속에서 병을 하나 꺼내 보이며 〈이게 인생이다〉라고는말할 수가 없어. 만다카스 대장, 나는 뱃놈이어서 세상 구석구석안 가본 데가 없어. 계집이라면 어느 인종이고 안 데리고 자본 계집이 없고, 멀리는 햇볕에 빵이 구워지는 아프리카까지도 가보았어. 큰 항구에도 들어가 보았고 작은 항구에도 들어가 보았는가 하면, 수백만의 흑인도 보고 수백만의 황인종도 보았소. 눈 안에 차다 못해 눈 밖으로 넘쳤지. 처음엔 무슨 냄새가 나는 줄 알았습니다. 내 생각은,〈좋은 냄새가 나는 건 크레타 사람뿐이다. 크레타사람 가운데서도 기독교인만 그렇다〉는 것이었지요. 그러나 천천히 아주 천천히 나는 그 사람들 냄새에도 길이 들었어요. 그랬더니, 우리 역시 그 사람들이나 마찬가지로 좋은 냄새 나는 놈도 있고 나쁜 냄새 나는 놈도 있더라 그 말입니다. 에이, 빌어먹을.

그즈음에 나는 해적이 되었지요. 나는 세상이란 놋주전자와 도기 항아리로 만들어져 있어서 어차피 이 양자는 서로 부딪친다는걸 알았어요. 나는 나 자신을 타일렀어요. 카트시르마스, 이놈아,될 바에는 놋쇠가 되어라. 안 그러면 부서진다. 부서지면 끝장나는 것이다. 다시 붙는 건 어림도 없다! 그래서 나는 알제리 사람들을 사귀고, 검은 돛대를 올리고 기다리다가 상선을 습격하여죽이고 털고는 도망쳐서 약탈품을 무인도에다 감추었지요. 여러분도 기억하시겠지만, 한때는 그라부사에다 계피와 정향과 사향을 배로 한 척 실어다 부려 크레타를 냄새로 잔뜩 시끄럽게 한 적이 있지요. 세파카스 대장, 내가 정향과 계피 한 자루를 형수씨께 보내 드린 거 잊지 않았겠지요?」

「계속하게. 이제 결론을 내리시지. 그 모든 게 자네 할 말과 무슨 관계가 있는가?」 노인이 물었다.

「깨달은 게 무엇인가를 말하려면 이런 이야기가 필요해요. 우리는 하느님도 인간도 두려워하지 않았어요. 나는 기독교인이고, 알제리인 해적들은 이슬람교도였지요. 그러나 우리는 메카로 가는 배건 예루살렘으로 가는 배건 한 척도 그냥 보내지 않았어요. 우리는 배를 습격하여 성지 순례자들을 죽였습니다. 나는 짐승 중에서도 짐승이었지요. 알제리 놈들처럼 나도 변발을 기르고 나머지는 싹 깎아 버렸지요. 독일 은화, 금화, 터키 돈, 닥치는 대로 모았습니다. 여자 두 명을 훔쳐 데리고 자고는 바닷물에 처넣어 버린 적도 있습니다. 짐승이었지요. 만다카스 대장, 당신보다 더 했지. 자, 세파카스 대장, 이제 나보고 후회 안 하느냐고 묻는다면 이렇게 대답하겠어요. 나는 내 인생을 팔리카레답게 온전하게 살았다, 따라서 후회하지 않는다고요. 하느님이 나를 늑대로 만들면 나는 양을 잡아먹어요. 하느님이 나를 양으로 만들면 잡아먹히지요, 당연히. 그게 질서 아닙니까. 그게 내 잘못인가요? 늑대와 양을 만드신 분의 잘못이지.」

순간 그는 반응이라도 기다렸던 듯 동료들을 돌아다보았다. 그러나 반응이 없자 이야기를 계속했다.

「대장님네들, 나도 이제 늙었어요. 돛대는 뒤틀리고 선체는 벌어지고, 물은 들어오는데 펌프는 말을 안 들어요. 그래서 나는 마른땅에 내려 예의범절을 배웠습니다. 사람 구실을 해보는 겁니다. 왜? 딴 짓을 할 수가 없으니까. 힘은 다했고, 머리털과 이빨은 자꾸 빠지고. 늑대가 이제는 옴이 오르고 이투성이지요. 그래서 사람 행세를 하는 겁니다. 거기까지 왔어요. 이제 죽지도 않고 짖지도 않으니, 양처럼 〈음매〉 하고 우는 수밖에요. 마을 우물가에 앉아 물을 퍼담는 처녀 애들을 보고 있으면, 내 눈은 끊임없이 먹는데 배 속은 여전히 허전해요. 그러다 보면 눈물이 날 때도 있지요. 어느 계집애가 웃으며 내게 묻습디다. 〈할아버지, 왜 울어요?〉 그러면 나는 이렇게 대답합니다. 〈저 예쁜 것들을 남겨 놓고 죽게 생겼으니 이게 예삿일이냐?〉 그래요, 하느님께 맹세코, 내가 왕이나 총독이었더라면 예쁜 계집을 잔뜩 모아 놓고 내 무덤 위에서 죽이게 하겠소. 데리고 가게.」

「이런 피에 주린 짐승 같으니, 닥쳐!」 노인이 소리쳤다.

「물었으니 대답할밖에요. 나보고 문을 열라기에 좀 열어 본 것뿐이지요. 세파카스 영감님, 실은 겁이 좀 나신 게지.」

이 빠진 입으로 놀려 대자 노인은 버럭 화를 내었다. 선장도 마주 화를 내었다.

「그래요, 문이 열려 귀신들이 우르르 쏟아져 나옵니다. 영감은 그 귀신들을 보고 싶어 했고 소리를 듣고 싶어 하지 않았소? 〈우리는 어디서 왔느냐〉고 묻지 않았어요? 세파카스 대장, 우리는 땅에서 나왔어요. 〈어디로 가느냐〉고 물었지요? 땅 밑으로 가는 겁니다. 세파카스 대장, 의무가 무엇입니까? 늑대라면 먹고 양이라면 먹히는 거지요. 나더러 하느님이 뭐냐고 묻는다면, 양도 잡아먹고 늑대도 잡아먹는 무지무지하게 큰 늑대라고 하겠어요!」

「이 해적 놈 같으니, 하느님을 모독하는구나.」 만다카스 대장이 버럭 역정을 내고는 덧붙였다. 「자네 취해 가지고 무슨 소릴 하는지 몰라. 큰 늑대는 하느님이 아니라 카로스야, 카로스!」

카트시르마스 선장이 웃었다.

「이 양반아! 하느님이나 카로스는 같은 거야. 빌어먹을, 내가 왜 이런 걸로 당신네들과 옥신각신해야 한담? 당신네들은 콩만 먹어서 콩밖에 모르는데.」 그는 세파카스 대장을 바라보았다.

「세파카스 영감님, 내 할 말은 그것뿐이오. 내게 물은 걸 후회하시겠지. 나는 포도주나 좀 마셔야겠소.」

「이 양반 잔을 그득 채워라!」 노인이 손자들에게 명령하고는 말을 이었다. 「고해 성사를 했으니 성체를 배령하셔야지……」

그러고는 고개를 숙이고 생각하다가 이렇게 중얼거렸다.

「나는 심판관이 아니니 옳다 그르다 할 수 없는 노릇. 하느님께서 들으셨으니, 하느님께서 심판하시겠지……」

이윽고 노인은, 대장들이 이야기할 동안 내내 대머리를 앞뒤로 흔들고 있던 교장을 바라보았다.

「교장, 자네가 말하게. 고개만 흔들지 말고!」

교장은 어깨에 메었던 리라를 풀어 내렸다. 그러고는 말했다.

「나는 평생을 말로 살아온 사람이어서 이젠 아주 지겹소. 세파카스 대장, 대장은 참 어려운 질문을 하십니다. 어느 귀신이 그 어려운 문제를 냅디까? 내게는 대답할 말이 없어요.」

「이 사람아, 그럼 우리는 벙어리가 되어야 하나?」 노인이 교장을 바라보며 노기 띤 음성으로 윽박질렀다. 그러고는 덧붙여 물었다. 「벙어리가 되면, 장님이 되면, 불알을 까면 평화롭다 이건가? 자네가 원하는 게 그런 것인가? 이런 멍청이 같으니, 사람이 짐승보다 낫다는 게 뭔가!」

「세파카스 대장, 질문이란 언어로 꾸며 낼 수 있는 겁니다. 골내지 마세요. 묻는 게 지겹지 않으면 얼마든지 말이오. 질문은 언어로 할 수 있지만 대답은 안 돼요. 그런데도 자꾸 대답하라니 참

578

한심할밖에.」

　「그래도 대답해 보게!」 노인이 다시 누우며 말했다.

　「세파카스 대장, 꼭 대답하라니까 해보겠소. 리라로 대답하리
다. 내 진짜 입은 리라니까. 리라의 말을 알아들을 수 있으면 다
행이겠지만 못 알아듣는다면 나도 어쩔 도리가 없어요. 리라의
말을 못 알아듣는다면 태어날 때 장님이었듯이 돌아가실 때도 장
님일 것이오.」

　「그래, 교장, 리라를 연주해 보게. 하느님이 자네를 도우시기
를.」 노인이 눈을 감으면서 말했다.

　하늘은 어두워져 있었다. 굵은 빗방울이 후두둑 레몬나무 잎에
떨어졌다가 다시 노인의 뺨과 감은 눈자위와 입술에 떨어졌다.
그는 목마른 사람처럼 그 빗방울을 핥았다.

　교장은 활을 잡고 허리를 구부리더니 리라와 하나가 되었다.
활이 세 현 위를 미끄러지자 방울이 짤랑거렸고, 어두운 마당은
금세 웃음소리로 가득했다. 흡사 아이들이 뛰노는, 휴식 시간의
학교 운동장 같았다. 아니, 잎이 무성한 포플러 속에서 잠이 깨어
햇빛을 맞는 새 떼의 노랫소리 같았다.

　활이 현 위를 뛰고 웃으며 춤을 추자 노 대장들의 가슴은 아이
들이 되고 새가 되고 물이 솟아나는 샘이 되었다. 손자들과 며느
리들이 가까이 다가왔고 하인과 하녀들은 땅바닥에 주저앉았다.
비가 오는데도 사람들은 모두 그 소리를 들었다.

　노인은 그 육중하던 몸이 무게를 잃고 공중으로 떠올라 구름처
럼 레몬나무와 삼나무 위를 날아다니는 기분이었다. 꿈속에서만
느꼈던 기분이었다. 아니 꿈뿐만은 아니었다. 어느 일요일, 전장에
서 돌아온 날이었다. 피를 씻어 내고 새 옷으로 갈아입고 교회에
가서 성체를 배령했을 때였다. 그때도 그의 몸은 구름같이 가벼워

진 느낌이었다. 돌아올 때는 발이 땅에 닿지 않는 기분이었다.

　그러나 천천히, 리라의 음조는 변했다. 거칠고 사나워진 것이었다. 활 위의 방울은, 먹이를 쫓아 비상하는, 길들인 매 목의 방울 같은 소리를 내었다. 현에서 나오는 소리는 남자의 목소리였다. 대장들은 젊음을, 전쟁을, 죽어 가는 사내의 신음을, 통곡하는 여자를, 피에 젖은 채 기수(騎手)도 없이 벌판에서 우는 말을 생각했다. 〈이봐 교장! 내 청춘을 되돌려놓을 수 없거든 그만두게!〉 만다카스 대장은 이렇게 소리칠 뻔했다. 그러나 리라의 음조는 다시 변해 있었다. 노인은 입가에 웃음을 띠고 자장가같이 부드러운 그 소리를 들었다.

　음습한 밤공기를 타고 들리는 소리는 흡사 먼 데서 벌 떼가 잉잉거리는 소리, 깊은 강이 흐르는 소리 같았다. 저 산 너머에서 여자가 물결치는 바다를 바라보며 부르는 사랑의 노래 같았다. 아니면 해변을 치며 신음하는 바다의 소리? 아니면 삶의 저 너머 피안에서 영혼이 육신에서 해방되는 달콤하고도 슬픈, 신비의 소리였을까? 그것도 아니라면, 밤의 음습한 어둠 속에서, 영원한 사랑인 인간의 영혼을 유혹하여 자기 품 안으로 불러들이는 하느님 그 자체였을까?

　교장은 신들린 사람처럼 연주했고 활에서는 불똥이 튀길 것 같았다. 그는 어둠 속으로 깊이깊이 빠져 들어갔다. 흡사 리라 혼자 레몬나무 아래 서서 장송곡을 연주하는 듯했다. 그러나 그 장송곡의 애곡 소리는 유혹적인 부름이기도 했다.

　노인의 입술에 은근한 미소가 번져 갔다. 그의 날듯이 가벼워진 몸은 단숨에 레몬나무에서 공중으로 날아올라 집 위로 구름처럼 걸렸다. 곧 가벼운 변신으로 구름이 되어 어린 싹들을 키워 줄 빗방울로 땅 위에 다시 내릴 터였다.

노인은 자기 내부로 깊이 빠져 들고 있다는 느낌을 받았다. 〈이것이 죽음, 저것이 천국이겠거니. 나는 천국으로 간다. 나는 이미 천국에 이르렀다. 오, 하느님, 문안드립니다.〉 그는 눈을 떴지만 어둠밖에는 아무것도 보이지 않았다. 그 어둠 밖에서 부드럽고 다정한 목소리가 그를 불렀다.

「가나이다.」 노인이 대답했다.

유족들은 밤새도록 노인의 시신을 그대로 마당에다 두었다. 그는 거대한 나무둥치처럼 비를 맞았다. 코스마스가 무릎을 꿇고 그의 눈을 감겨 주었다. 트라사키도 옆에서 그 광경을 보고 있었다. 죽음을 그토록 가까이서 본 것은 처음이었다. 소년은 몸을 떨면서 그토록 사랑하던 할아버지를 내려다보았다. 할아버지는 새로운 힘, 어둡고도 심술궂은 힘을 얻은 것 같았다. 사람들을 붙잡아 땅 밑으로 데려가려고 기다리는 것 같았다. 트라사키는 그 자리에서 도망쳐 버리고 싶었다. 그러나 그럴 수가 없었다. 그는 공포에 사로잡힌 채 그 자리에 머물러 있을 수밖에 없었다.

일족은 모두 시신 옆으로 모여들었다. 문은 이미 열린 지 오래였다. 세파카스 노인이 영혼의 끈을 놓았다는 소문이 돌자 마을 사람들이 작별을 고하려고 몰려들었다. 그들은 한 사람씩 돌 위로 뻗어 있는 그의 손에다 입을 맞추었다.

두 노파가 포도주로 시신을 씻기고 흰 수의로 그를 감았다. 그 수의는 이때를 위해 아내 레니오가 마련해 놓은 유물이었다. 두 며느리가 그의 머리 위와 발치에다 각각 등잔을 하나씩 가져다 놓았다. 그 부드러운 불빛 아래서 시신의 표정은 평온했다.

「안으로 모셔야 하지 않을까? 땅바닥에서 비를 맞게 하는 건 도리가 아니지 않을까?」 카테리나의 말이었다.

그러나 코스마스는 숙모의 말에 반대했다.

「할아버지는 여기 누워 비에 젖고 싶어 하셨어요.」

가벼운 남풍이 불어오고 있었다. 손자들은 장작과 덤불을 안아다 마당 한가운데 불을 피우고 몸을 녹였다. 불길이 마당을 비추며 동물의 잠을 깨웠다. 노새, 나귀 두 마리, 말과 황소 두 마리가 외양간에서 머리를 내밀고 마당을 기웃거렸다. 세 대장은 잔뜩 먹고 마신 뒤라서 레몬나무에 기대고 잔뜩 구겨진 채 코를 골고 있었다.

「안녕히 가세요, 세파카스 어른. 먼저 가 계신 분들에게 안부나 전하세요.」 아낙네들은 머리띠를 벗고 울부짖었다.

「다시 만나 뵐 때까지…… 안녕히 가십시오, 세파카스 대장님. 즐거운 여행길이 되시기를 빕니다.」 노인들이 그의 손을 만지며 울었다.

여자들은 제각기 사자가 이승의 냄새와 더불어 하데스로 들어갈 수 있도록 나룻풀 가지를 하나씩 그에게 던졌다. 카로스의 희생자인 한 어머니는 죽은 아들의 분필과 석판을 시신 곁에다 놓으며 울었다. 「영감님, 죽은 제 아들에게 이 석판 좀 갖다주세요. 제발 부탁드립니다. 아이 이름은, 데메트라키스인데, 왜 영감님 이웃에서 살았잖아요. 알아보실 겁니다. 술이 달린 털모자를 썼는데, 맨발로 떠났어요.」

카테리나가 일어서서 잠든 대장들이 감기라도 들까 봐 두꺼운 이불을 덮어 주었다. 그런 다음에 아들 트라사키의 손을 잡았다.

「애야, 가서 자거라. 자정이 가까웠다.」

그러나 트라사키는 말을 듣지 않았다.

「할아버지를 지켜 드려야 해요. 아버지가 안 오셨으니까, 제가 대신 해드려야 하잖아요?」

582

불빛에 비친 아이의 얼굴은 꼭 제 아버지처럼 험상궂고 고집스러웠다. 어머니는 아무 말도 못하고 물러서고 말았다. 비는 그칠 것 같지 않았다. 레니오를 비롯한 손녀들이 밤샘하는 사람들을 위해 커피를 끓여 내었다. 정적이 마당을 지배하면서 이따금씩 밤의 소리가 들려왔다. 짐승과 벌레와 밤새가 우는 소리, 개 짖는 소리, 가축의 한숨 소리였다. 이윽고 닭이 울었다. 날이 새고 있었다.

정오경 스타브룰리오스가 관을 메고 들어왔다. 트라사키가 달려 나가 나무를 살펴보았다. 틀림없는 호두나무였다.

오후 2시경 손자들이, 할아버지를 모신 관을 내갔다. 천천히 그들은 마을을 돌았다. 상여가 네거리에 멈추었을 때, 처녀들이 관에다 나륵풀과 마저럼 가지를 던졌다. 꼭 십자가에 달리신 분을 그린 성화를 보는 것 같았다.

온 마을 사람들이 한 가족처럼 모자를 벗고 뒤따랐다. 마을 사람들이 그를 마을의 신으로 떠받든 듯했다. 그들은 노인이 늘 그러듯이 조용히 마을과 작별할 수 있도록 운구를 천천히 했다. 행렬이 마을을 지나 묘지에 가까워졌을 때 갑자기 하늘이 열리며 비가 쏟아지기 시작했다.

농부들은 함성을 질렀다. 곡식이 말라 죽을 지경이 되도록 그들은 몇 달간이나 비를 기다려 왔던 것이다. 이제 그들은 햇볕에 탄 얼굴을 들고 어두운 하늘을 올려다보며 하느님께 감사를 드렸다.

노인 하나가 중얼거렸다. 「세파카스 노인이 비가 되셨다. 그분이 우리 마을로 되돌아오시는 것이다.」

행렬은 비에 젖은 채 묘지에 이르렀다. 건장한 두 손자가 땅을 팠다. 붉은 흙에서는 섭조개 껍데기가 나왔다. 이 산들이 옛날에는 바다 밑바닥이었던 듯했다. 비는 줄기차게 쏟아졌다. 노인의 하관은 조용히 진행되었다. 문상객들은 흙을 한 줌씩 던졌다. 그러고는 돌아갈 준비를 했다.

이제 사람들은 모조리 뛰기 시작했다. 어서 가야 차려진 상 앞에 자리를 잡고 노인이 자기 장례식에 쓰려고 아껴 놓았던 검은 양고기와 포도주를 먹을 수 있기 때문이었다. 그래야 그의 영혼에 대한 용서가 되기도 했다.

코스마스는 넓은 의자에 앉았다. 영혼과 육신이 찌들고 지쳐 그는 눈을 감았다. 산으로 들어가기 전에 좀 쉬고 싶었다. 이미 카리데모스에게는 방풍등(防風燈)을 준비하라고 일러 둔 다음이었다. 다음 날 새벽에는 미할리스 대장의 산채에 가 있게 될 터였다. 잠은 조금밖에 잘 수 없었으나 세상을 떠난 아버지와 만나기에는 넉넉했다. 코스마스는 아버지의 모습을 생시처럼 분명하게 보았다. 그는 자기 집 계단에서 2층 침실로 올라가려 하고 있었다. 발은 이미 첫 계단을 디디고 있었다. 코스마스는 기겁을 했다. 침실에서는 아내가 자고 있었기 때문이다. 아버지는 올라가 며느리를 위협하려는 것이었다. 그가 달려가면서 소리를 질렀다. 「아버지, 어디 가십니까?」 사자(死者)는 수염과 오른뺨의 사마귀를 쓰다듬으며 험상궂은 얼굴로 돌아다보았다. 그의 머리에는 검은 머리띠가 감겨 있었는데 장식 술은 피에 젖어 있었다. 입에는 무명 붕대가 감겨 있었다.

사자는 눈살을 찌푸리며 코스마스를 보았다. 화가 몹시 난 모양이었다. 그는 이를 갈고 있었는데, 콧구멍에서는 붉은 불길이 나와 얼굴을 핥았다. 문득 그가 입을 열었다. 붕대가 벗겨지고 상처가 그대로 드러났다. 그는 뭐라고 소리치더니 계단을 올라갔다.

「아버지, 그 여자는 건드리시면 안 됩니다. 제 처니까요!」 코스마스가 소리를 질렀다.

아들은 공포에 사로잡힌 채 사자에게 한 발 다가서며 두 번째

584

로 소리를 질렀다. 「제 첩니다. 손대지 마세요!」 그는 손을 내밀어 아버지를 제지하려 했다. 그러나 사자는 연기가 되어 사라졌고 코스마스는 계단을 오르는 발소리만 ─ 모습은 보이지 않았고 ─ 들었다.

그는 외마디 소리를 지르고 잠에서 깨어났다. 눈을 뜬 그는 음식을 먹는 문상객들을 보았다. 김이 나는 양을 통째로 올린 거대한 쟁반이 막 들어온 참이었다. 양은 네 다리를 위로 하고 반듯이 누워 있었는데, 머리와 뿔이 그대로 있어서 꼭 살아 있는 것 같았다. 농부들이 몰려들어 고기를 나누었다. 손자들은 포도주 통을 날라 왔고 초상집은 순식간에 잔칫집으로 바뀌었다. 술 때문만은 아니었다. 가뭄 끝에 단비가 내리는 데다, 카로스가 그 마을에 내려왔지만 노인만 데려갔을 뿐 자기네들은 그대로 놓아둔 게 만족스러웠기 때문이다. 그래서 그들은 먹고 마시고 떠들었다. 그러고 보니 그들의 발바닥이 근질거렸다. 그들은 춤을 추려 했다. 마신 술이 마을에서도 노래 잘 부르기로 소문난 목수 스타브룰리오스를 건드렸다. 그는 자기도 모르는 사이에 연가(戀歌)를 흥얼거렸다. 이웃 사람들이 조용히 그에게 핀잔을 주었다. 혹 말이나 날까 봐 사제는 포도주로 목을 가시고 큰 소리로 찬송가를 불렀다.

코스마스가 일어서서 카테리나 숙모를 가까이 불렀다.

「숙모님, 오늘 밤에 산으로 숙부님을 뵈러 갑니다. 전할 말씀 없으신지요.」

카테리나는 한숨을 쉬었다.

「이 사람아, 전할 말이 있으면 무얼 하겠나. 머릿속에 한번 들어간 생각은 세상이 두 쪽 나는 한이 있어도 하고 마는 양반인데. 하느님이 그 양반 손길을 인도하시는 도리밖에 없네.」

「숙모님, 그럼 아들 생각도 않습니까?」

「솔직히 말하면, 그 양반이 이 세상에서 사랑하는 게 하나 있다면 그건 트라사키지. 그러나 그것 때문에라도 한눈은 팔지 않네. 하기로 한 것은 하고 말아. 자기 자신을 생각해 본 적이 없는 사람에게 무슨 희망이 있겠는가?」

카테리나는 눈을 닦을 뿐 더 이상은 말하지 않았다.

코스마스는, 양의 콩팥을 손에 들고 염소수염에다 기름을 잔뜩 묻힌 채 뜯어먹고 있는 카리데모스에게 다가갔다.

코스마스는 그에게 말했다. 「카리데모스, 실컷 먹고 마셔 할아버지 돌아가신 걸 축복해 드렸소? 일어섭시다, 우린 가야지.」

반백의 노복(老僕)은 떫은 얼굴을 했다.

「비가 오는데요. 억수같이 퍼부어 코끝도 안 보이게 생겼는데요.」

「그래도 가야지요, 가기로 했으니까.」 장손의 말에는 위엄이 있었다.

「그래요, 갑시다.」 카리데모스는 진득하게 앉아 뭘 좀 먹을 수 없는 자기 팔자를 한탄하며 한숨을 쉬었다. 〈젠장, 한창 재미있는 판인데.〉

「갑시다, 방풍등 준비했지요?」 코스마스가 물었다.

찬송가가 끝나자 스타브룰리오스가 사제에게 물었다.

「도적들 노래를 한 곡 해도 되겠죠?」

그는 대답이 떨어지기도 전에 목을 뽑고 집 안이 떠나갈 듯이 노래를 불렀다.

이놈의 날이 언제 샐까?
이놈의 2월이 언제나 올까?
그래야 총을 들고······.

14

카리데모스는 방풍등으로 꼬불꼬불 산 위로 난 좁은 오솔길을 비추었다. 아직 술이 덜 깬 상태였다. 그는 비틀거리다가 그대로 땅바닥에 널브러지기도 했다. 몹시 창피했던지 일어나 몸을 수습하고는 투덜댔다. 「빌어먹을 놈의 숲! 염병할 놈의 비!」

그는 코스마스를 돌아다보았다. 이야기가 하고 싶었던 것이다. 코스마스는 비와 땀으로 흠뻑 젖어 있었다.

「주인님, 말씀은 아예 안 하실 작정이십니까? 이러다 떠내려가겠습니다요. 그래서 자꾸 넘어지는 것 아닙니까?」

「카리데모스, 쓸데없는 소리 하지 마시오. 비가 이렇게 퍼부으니까 서둘러야지요.」

그는 새벽녘까지는 목적지에 도달하고 싶었다. 그래야 평원에 진을 치고 있는 터키군에게 발각되지 않을 터였기 때문이다. 비는 줄기차게 쏟아졌고 대지의 동맥이 부풀어 올라 길이란 길은 모두 도랑을 이루었다. 이따금씩 번개가 하늘을 가르며 지나갔고 산과 산 사이에서 천둥이 울렸다. 그 소리의 여운이 채 사라지기도 전에 시내를 이루고 쏟아져 내리는 물소리가 들렸다.

「주인님, 하느님을 믿는다면, 어디 말씀 좀 해보세요. 바깥세상

587

이야기 좀 해보세요. 거기 사람들도 우리처럼 어디가 어떻게 되었습니까? 아니면 악마들인가요?」 산에서 잔뼈가 굵은 노인이 급기야는 통사정을 했다.

그러나 코스마스는 떠들고 싶은 기분이 아니었다. 한마디 말도 없이 그는, 이 성스러운 순간을 속된 언어로 타락시키지 않으리라 굳게 결심하고 어둠과 빗속을 걸었다. 기묘하고, 전혀 새로운, 그러나 극히 중요한 감정적 동요가 그를 사로잡은 것이었다. 그는 바위처럼, 크레타의 바위처럼 조용히 그 억수같이 퍼붓는 비를 참아 냈다. 그는 등줄기로, 갈증을 적시는 바위와 대지의 기쁨을 실감할 수 있었다.

비는 고맙게도 터키인들이 그리스인 마을과 수도원에다 지른 불을 꺼주고 있었다. 기독교인들이 파괴 행위의 일환으로 질렀던 터키 마을의 불도 꺼주고 있었다. 터키인들과 기독교인들은 폐허로 돌아가 돌 한 덩어리씩 쌓으며 다시 자기네 집을 지었다.

수많은 상처로 피를 흘리며, 치욕의 통분으로 이를 갈면서 크레타는 다시 한 번 속박의 멍에 속으로 들어갔다. 동굴과 수도원에서 대장들은 열띤 토론을 벌이고 있었다. 그들은 대주교가 보낸 편지를 몇 번이고 읽은 다음 마침내 그 편지의 진의를 이해하기에 이르렀다. 그 편지가 바로 그리스의 목소리라는 데 의견의 일치를 본 것이었다. 그들은 욕지거리를 해대며 하늘에 험악한 시선을 던지고 주먹을 쥐었다. 그러나 결국은 고개를 떨어뜨리지 않을 수 없었다. 그들은 칼을 칼집에 꽂고 총을 파묻은 다음 다시 고향의 생업으로 돌아왔다.

마음 내키지 않았지만 카스트로의 상인들은 묵묵히 다시 가게를 열었고 농부들은 밭을 갈고 씨를 뿌렸다. 일상의 무거운 바퀴는 다시 돌기 시작한 것이었다. 폴릭시기스 대장은 페스 모에다 새로 검은 띠를 하나 두르고 산에서 내려왔다. 그는 마을의 대장인 성 메나스를 찾아가 촛불을 켜고 한동안 그 성상 앞에서 못마땅한 듯 노려보다가 돌아왔다. 그러고는 가게를 열었다. 그는 아무도 보고 싶지 않고 누구의 눈에도 띄기 싫어, 가게 깊숙이 처박혀 있었다. 물담배를 시켜다 피우면서 그는 생각에만 골몰했다. 레몬과 오렌지와 포도주와 기름을 싣고 카네아 성문을 통해 밀려들어오는 농부들에게는 아무 관심도 없었다. 그의 입술은 이제 웃지 않았다. 거기서 배어 나오는 것은 이제 독물뿐이었다. 그는 이미 산을 떠난 자신의 허무한 결단을 후회하고 있었다. 그는 생각했다.

〈그리스의 말이고, 대주교의 의견이고, 듣지 않을걸 그랬어. 저 멧돼지 미할리스 대장이 옳았다. 나 역시 거기에 있다가 죽었어야 했다. 인생이란 게 이제 무슨 의미가 있단 말인가? 차라리 다시 산으로 올라가는 것만 못하다.〉

그는 물부리를 물담뱃대의 목에다 감아 놓고 한숨을 쉬며 문밖으로 나섰다. 그때 마을의 사제 마놀레스가 지나갔다. 기름에 찌든 그의 사제복이 바람에 펄럭거렸다. 메갈로카스트로가 난장판이 되었을 때는 코빼기도 내비치지 않던 그였다. 그는 장례식과 세례와 분향으로 주머니를 채우고 목에 비곗살을 올린 것이었다. 마침 그는 성찬배와 성모상을 모시고 가고 있어서 앞에는 얼굴이 창백한 무르주플로스가 벌건 대낮인데도 등을 켜들고 가고 있었다. 폴릭시기스 대장은 성호를 그었다. 그 역시 슬픈 소식을 들어서 알고 있었다. 사제는 스테파네스 선장의 종부 성사를 드리러 가고 있는 것이었다. 스테파네스 선장은 보급품을 실어다 주고 되돌아가다가 터키 경비정의 포탄에 맞아 밀수선과 두 다리를 잃었던 것이다.

「하느님, 그 사람 영혼을 축복하소서. 사나이답게 살다가 갑니다.」 폴릭시기스 대장이 중얼거렸다.

다시 어두컴컴한 가게 안으로 들어가다가 그는 담요를 몸에다 감고도 덜덜 떨고 있는 벤두소스를 보았다. 벤두소스는 손을 내저으며 뭐라고 혼자 중얼거리고 있었다. 그는 악귀 들린 사람처럼 그런 꼴로 이틀을 돌아다니며 생각했지만 결정을 내리지 못한 것이었다. 그의 고민이란 이런 것이었다. 〈술집을 다시 열고, 아내와 딸을 데려다가 다시 옛날처럼 장사하며 사느냐? 세상사 작파하고 미할리스 대장에게로 돌아가 나 역시 쓰러져 짓밟힐 위인은 아니라는 걸 보여 주느냐?〉 벤두소스는 대주교에게서 온 편지를 가지고 산을 떠날 때 미할리스 대장이 했던 말을 잊을 수 없었다. 미할리스 대장은 이런 말을 했던 터였다. 〈잘 가게, 벤두소스. 자네는 돌아오지 않을 걸세. 자네는 벤두소스니까, 내 무리한 요구는 하지 않겠네. 자네가 좋다면 벤두소스답게 행동하게.〉

수천 마리 악귀가 그의 주위에 웅성거렸다. 그의 명예는 산으로 되돌아가 미할리스 대장이 사람을 얼마나 잘못 보고 있었던가를 보여 주라고 요구했고, 그러자니 아내와 두 딸과 술집이 생각나 산기슭을 헤매고 있는 것이었다.

그는 가게 문 앞에 서 있는 폴릭시기스 대장을 보고 걸음을 멈추었다. 〈잠깐! 저기 용감무쌍한 대장이 있다. 하지만 저자는 꼬랑지를 내리고 입을 다물어 버렸다. 왜? 크레타의 장래를 위해서란다! 별것도 아닌 벤두소스야. 네가 무슨 수로 너 혼자 판단하고 그 판단에 따라 행동한다는 것이냐? 이 바보야, 전투란 것은 어렵고도 어려운 팔리카레의 일이야. 대장들은, 무기를 놓으라고 명령할 때 더 팔리카레다울 수가 있어. 그럼 나도 모르는 체해 버려? 좋다, 폴릭시기스 대장과 상의해 보면, 무슨 수가 생길지 모

른다. 내게는 새끼가 있다. 무슨 수를 쓰든지 살아야 한다.〉

「안녕하십니까, 대장. 산에서 오는 길입니다. 많은 사람들이 대장께 안부를 전하라던데요.」 그가 가게 안으로 들어가면서 말했다.

「귀찮게 하지 말고 꺼져!」 폴릭시기스가 호통을 쳤다. 스스로 부끄러워하고 있던 참인데 벤두소스를 보고 나니 그만 버럭 화가 난 것이었다. 그러나 폴릭시기스 대장이 그런 태도로 나오자 벤두소스도 그만 화가 났다. 〈이 양반까지 날 쓰러지고 짓밟힐 놈이라고 생각하고 있구나. 오냐, 본때를 보여 주자!〉

「나는 산으로 갑니다. 위치를 떠나지 않을 겁니다. 혹 전할 말이라도 있으시면……」

그는 별생각 없이, 그저 상대의 약이나 올려 주려고 이런 말을 했다.

「자네가 산으로 간다고? 자네, 벤두소스가? 미쳤군.」 폴릭시기스 대장이 웃긴다는 말투로 놀렸다.

「그래요, 미쳤어요, 대장. 나도 압니다. 하지만 명예를 팽개치고 사는 건 사는 게 아닙니다. 잘 계시오.」

폴릭시기스 대장이 대답도 하기 전에 그는 그곳을 떠나왔다. 벤두소스는 그제야 자기가 결심한 것을 알았다. 그는 비겁하게 물러서는 대신 미할리스와 폴릭시기스, 두 대장을 무안하게 만들어 줄 작정이었다. 그런 뒤에 혹 하느님이 허락하시면 집안을 돌보고 두 딸도 시집보낼 수 있을 터였다.

그는 잰걸음으로 성 메나스 교회로 갔다. 성자에게 작별을 드리느라고 그는 초를 한 가락 켰다. 교회 안은 텅 비어 있었지만 따뜻하고 향내가 났다. 햇볕에 검게 그을린 성 메나스는 머리끝에서 발끝까지 은박을 쓴 채 말을 타고 축복이라도 내려주는 듯 미소 짓고 있었다. 그는 성자의 음성을 들은 듯했다. 〈잘 가거라, 벤두소스야. 너야말로 네 갈 길을 제대로 찾아가는구나. 걱정 마라. 네 아내와 딸들은 내가 보살펴 주마. 딸들에게는 훌륭한 팔리카레를 짝지어 주마. 잘 가거라, 벤두소스 대장!〉

감격한 그는 성호를 긋고 교회를 나왔다. 그때 그는 사람의 목소리와, 대주교관 창 너머로 난쟁이 카릴라오스의 털북숭이 얼굴을 보았다. 그는 생각했다. 〈저 장물아비에다 화적 같은 놈이 주교관에는 또 웬일이람?〉

벤두소스로서는 이 머리 잘 돌아가는 대주교의 속셈을 알 리없었다. 난쟁이는 초대를 받고 주교관에 왔던 것이다. 두 사람은 커피를 마시고 있었는데 대주교의 생각은 대충 이런 것이었다. 〈아테네로, 피라에우스로 피난 갔던 기독교인들이 돌아오지만 그들의 집은 모두 불타 버렸다. 터키군은 장롱이며 찬장이며 의자를 부수어 불을 피웠고 문짝도 떨어져 나간 지 오래다. 이 귀향민들을 맞는 것은 일그러진 벽뿐이다……〉 그래서 대주교는 카릴라오스의 명예욕에 불을 질러 마을의 재건 자금을 저리로 빌려주라고 할 요량이었던 것이다. 카릴라오스는 총독 쪽에 붙어 봉기 때마다 수천 금을 벌어들였다. 그는 또 빵 몇 덩어리 값으로 굶주리는 기독교인들로부터 귀고리, 반지, 귀금속 목걸이, 금화 따위를 닥치는 대로 거두어들였다. 그래서 이제 그의 돈궤는 금화와 보석으로 차고 넘칠 지경이었다.

커피를 다 마시고 난 대주교는 능란한 화술로 화제를 하느님 쪽으로 몰았다. 〈사람이 자기 영혼을 잃으면 이 세상 전부를 얻는다 한들 무슨 소용이 있는가?〉 여기서 그는 이야기를 조국에까지 발전시켜 나갔다. 〈조국을 위해 일신을 바친 불사신 같은 애국자들이 어디 하나 둘이던가? 그러나 우리가 잊지 말아야 하는 것은, 희생이라고 해서 꼭 목숨을 바쳐야 하는 것만은 아니다. 돈의 희사도 그런 희생에 못지않다, 돈을 희사하는 사람도 능히 이름을 떨쳐 애국자의 칭호를 얻는 데 부족하지 않다, 하느님은 기록에다 애국자의 이름은 금박으로 쓰신다, 이름 뒤에는 그리스도를 위해 던진 금액을 쓸 것이다.〉 대강 이런 요지였다.

난쟁이는 홀짝홀짝 커피를 마시고 담배를 피우며 창문 너머로 폐허가 된 집이며 멀리서 포말을 날리며 출렁거리는 바다를 바라보고 있었다. 대주교의 이야기는 그의 한쪽 귀로 들어갔다가 다른 쪽 귀로 흘러 나갔다. 그는 담배 연기를 콧구멍으로 흘려 보내며 생각했다. 〈이 예수쟁이가 나를 꾀는구나. 돈을 털고 싶으니까 창피를 주려는 게지. 미안하지만, 그 정도 수작에 넘어갈 내가 아니지.〉

대주교의 교묘한 언변이 거의 끝났다 싶은 생각이 들자, 그는 놋쇠잔에다 담배를 비벼 끄고 그를 돌아다보았다. 그의 목소리는 기가 죽어 몹시 쓸쓸했다.

「역시 주교님 말씀은 거룩하십니다. 전들 자책이 오죽했겠습니까? 제 몸이 남같이만 온전했더라면 총을 들고 나가 이 목숨을 조국에 바쳤으련만. 하나 하느님은 저를 이 꼴로 만드셨습니다. 저에게 돈만 좀 있었더라면 가난한 과부를 도와 그리스도의 뜻을 이루는 데 보탬이 되겠습니다만…… 그럼 최후의 심판 때 하느님도 저에게 자비를 베푸시겠지요. 그러나 대주교님, 저도 망했습니다. 저도 빈털터리가 되었습니다. 제 말을 믿어 주십시오. 사업은 엉망이 되어 가는데도 사람들은 제가 가난한 사람들을 후려먹는다고 욕지거리를 해댑니다. 과부나 고아가 몇 푼짜리도 안 되는 반지를 가져옵니다. 척 보면 몇 푼 안 된다는 걸 금방 알지요. 그러나 저는 갑절을 쳐줍니다. 불행을 보면 못 견디는 성미

탓이지요. 제 살림은 거덜이 나고 있고 저도 그걸 압니다. 하지만 저도 사람인데 그런 사람들을 불쌍히 여기지 않을 수가 있습니까. 저는 포도원과 올리브 과수원을 팔고 제가 사는 집까지 저당 잡혔습니다. 대주교님, 이건 하느님이 아실 것입니다. 그 돈으로 가난한 사람들을 도왔던 거지요. 그런데 저는 이제 어떻게 합니까요? 선심 때문에 망했으니요. 그런데 대주교님께서 주교관으로 저를 부르신다는 소식을 듣고 깜짝 반가웠습니다. 저는, 역시 하느님은 자비로우시다고 생각했습니다. 하느님은 정의로우셔서 의로운 일에는 상을 내리십니다. 대주교님께서 제 선행과 제 고통을 아시고 나를 부르시는구나. 하느님께서 그분에게 계시하셔서 내게 돈 자루를 안겨 내 파산을 막아 주시려나 보다, 이렇게 생각했습니다. 공공 기금이라는 게 있다는 말은 들었습니다만, 이같이 고마울 데가 어디 있겠습니까?」

대주교는 꿀꺽 마른침을 삼켰다. 〈이 저주받을 놈의 욕심쟁이 괴물!〉 하고 그는 생각했다. 난쟁이의 꼴에 그는 도저히 더 참을 수가 없었다. 그는 커피를 단숨에 마시고 신경질적으로 묵주를 굴렸다. 카릴라오스는 안락의자에 책상다리를 하고 앉아 있었다. 이제 그는 그 짧은 다리로 일어나 손을 비비며 말했다. 「춥습니다. 대주교님, 이제 땔감도 옷도 양식도 없는 우리는 어쩌면 좋습니까? 저는 어쩔 수 없이 닭도 모두 팔아 버렸습니다. 그러지 않았더라면 매일 아침 계란이라도 하나씩 먹을 수 있으련만. 이제 그것도 끝났습니다. 아, 하느님께서 도우셔야지!」

그는 대주교의 손에 입을 맞추고 작별을 고했다.

「대주교님, 저희를 위해 기도해 주십시오. 이제 저는 물러가겠습니다. 기분이 좋지 않아 가서 좀 누워야겠습니다.」

학교에서는 아이들이 떠들어 대거나 휘파람을 불면서 몰려나왔다. 티티로스는 오늘따라 아이들을 늦게까지 잡아 두었다. 다음 날부터 크리스마스 휴가가 시작되어 아이들에게 학기말 훈시를 하기 위해서였다. 이제는 옛날 티티로스가 아닌, 힘이 있고 햇볕에 그은 건장한 티티로스였다. 게다가 아내로 맞은 시골 처녀가 아이를 배어 그는 제정신이 아니었다. 사람들이 그를 백안시하던 것은 아득한 옛날 일이었다. 그는 이제 당당했다. 건방진 녀석들도 이제는 그를 놀릴 수 없는 터였다.

벤두소스는 아이들이 지나갈 수 있게 길을 비켜 주었다. 티티로스의 모습은 겨우 알아볼 정도였다.

벤두소스가 티티로스를 불렀다. 「여보게, 훈장! 자네 불로초를 먹었는가? 화룡 같은 헌헌장부가 되어 있으니 말일세! 나는 산으로 돌아가네!」 그가 자랑스럽게 말하고는 덧붙여 물었다. 「자네 형님께 전할 말은 없는가?」

티티로스가 감격하여 그의 손을 꼭 잡았다.

「벤두소스, 자넨 역시 팔리카레일세. 용서하게, 나는 자네가 이런 사나이인 줄 몰랐네.」

「훈장, 나도 옛날에는 팔리카레가 아니었네. 그러나 어쩌랴? 지금은 팔리카레가 된 것을. 장님 옆에 앉으면 사팔뜨기라도 된다지 않던가? 다 미할리스 대장 덕일세.」

「나 역시 내 할 일을 하고 있네. 형님 뵙거든 이 말 전해 주게. 내 길은 이것일세. 크레타의 모든 아이들의 사슬이 내 목에 걸려 있네. 나는 최선을 다해 그놈들 속에 있는 크레타를 일깨울 것이네. 나는 크레타에 보람된 일을 하려고 산을 떠났네. 형님이 하산해야 하는 것도 그 때문일세. 이 말씀을 전해 주게.」

「걱정 말게, 내 꼭 전할 테니까. 하지만 그 양반은 내려오지 않을걸. 내 말 명심하게. 잘 있게, 훈장!」

「잘 가게, 벤두소스.」 티티로스는 이렇게 대답하고 나서 자선 문을 빠져나가는 그의 뒷모습을 찬탄하는 눈빛으로 배웅했다.

카릴라오스가 나가 버리자 대주교는 부제를 불렀다.

「나 몹시 피곤하네만, 아르콘둘라네 집에는 안 갈 수 없는 일. 총독이 그리로 올 것이네. 몇 달 만에 만나는 거지. 그 양반은 주교관으로 못 오겠다고 하지, 나도 총독 관저로 가기 싫으니 할 수 있는가? 아르콘둘라네 집에서 만날 수밖에.」

「몹시 피로하신 것 같은데 나귀에 안장을 얹어 둘까요?」 부제가 물었다. 농부의 아들인 흑발의 부제가 말을 하면 종이 울리는 소리가 났다. 그는 힘이 좋기로 소문나 있었다. 수염과 머리털은, 다 깎으면 베개 속도 채울 수 있을 정도로 무성했다.

「그래, 고맙네. 나귀를 준비해 주게. 저 지독한 노랭이가 사람을 아주 녹초로 만들어 놓는군.」

부제는 나귀 등에다 담요를 깔고 그 위에 삼나무와 십자가를 수놓은 천을 덮었다. 그러고는 나귀를 계단 아래에다 끌어다 놓고 대주교의 육중한 몸을 부축하여 그 위로 오르게 했다.

그 시각에 총독은 무지막지하게 먹고 있었다. 닭은 뼈까지 깨끗이 발라 먹었고 말바시아 포도주를 한 잔 가득 따라 마셨다. 그역시 술레이만을 불렀다.

「술레이만, 이놈. 나 지금 가서 저 돼지 같은 이단자를 만나 기독교 대 터키인의 전투를 종결지어야 한다. 늑대와 양이 화해하는 것이야. 내 말을 대령하거라. 걸어갈 수 있을 것 같지는 않다. 너도 가자. 과식했더니 잠이 오는구나. 거리를 지날 때는 날 꼭 붙들어라, 떨어지지 않게.」

그가 막 말에 오르는데, 메갈로카스트로에서도 호가 난 두 바보, 바르바 얀니스와 에펜디나가 잔뜩 술에 취한 채 어깨동무를

596

하고 들어왔다. 둘은 소리를 지르며 앞서거니 뒤서거니 몸을 흔들어 대는 꼴로 보아 얌전하게 천당에 올라가 있었다.

바르바 얀니스는 기분을 내고 있는 중이었다. 손녀가 아들을 낳았으니, 이제 바야흐로 증손자를 안는 셈이었다. 그 정도면 한잔할 이유로는 넉넉했다. 한잔 거나하게 한 그는 갑자기 에펜디나가 생각나서 불렀던 것이다. 「앉아, 각하. 먹고 마셔!」 그가 말했다.

「내 믿음을 욕보이지 않겠다고 맹세해.」 에펜디나는 식탁의 음식 냄새를 맡고 식욕이 동하고 말았다.

「내 맹세하지, 각하. 겁내지 말게. 돼지고기도 먹지 말고 포도주도 마시지 말게. 나 혼자 마실 테니까.」

「포도주야 어때서? 그건 마실 수 있어. 아무나 다 마시니까.」 에펜디나가 수작을 부렸다.

「그러다 나중에 날 원망하려고? 살레피를 가져다줄 테니 그걸 마셔!」 바르바 얀니스가 짐짓 고집을 부렸다.

「왜 이래요, 바르바 얀니스. 살레피는 입맛에 맞지 않아. 포도주를 마시겠어. 크게 나쁠 거야 있겠어요. 돼지고기야 좀 곤란하겠지만.」

두 사람은 한 병 좋이 비우고 나서 기분이 좋아졌다.

「각하, 자네 무슨 생각 하나? 우리 재미있는 장난 좀 할까?」 바르바 얀니스가 말했다.

「좋을 대로 합시다, 바르바 얀니스. 길만 안 건넌다면!」

「업고 건널 테니 염려 마. 자, 들어 봐. 자네는 터키인, 나는 기독교인 아닌가? 자네 날 죽이고 싶나? 저기 칼이 있으니 날 죽이게.」

「내 신앙에 맹세코 그런 일은 없어. 칼 치워요, 바르바 얀니스 영감! 심장 마비 일으키겠소!」 에펜디나가 기겁을 하고 소리쳤다.

597

「그래, 나도 자네를 죽이고 싶은 생각은 없어. 터키인과 기독교인들이 모두 우리 같으면 좀 좋은가? 형제같이 살면 말일세. 어미 개가, 제 새끼 속에 고양이 새끼가 끼여 있으면 그놈에게도 젖을 물리는 거 봤지? 크레타도 그래야 하는 거야. 내 생각을 들어 보겠나? 우리 둘이서 어깨동무하고 총독에게로 가서 이렇게 말하는 거야. 〈총독 각하! 터키인과 기독교인이 화해한 걸 보십시오. 에펜디나는 터키인이고 저는 기독교인입니다. 우리는 형제가 되었습니다. 저희에게 마실 걸 좀 주십시오!〉 그럼 사람 좋은 ── 좋긴 개코가 좋아 ── 총독은 웃음을 터뜨리며 술레이만을 불러 이럴 거야. 〈이 사람들을 대접해라. 내가 축복을 내린다!〉 그러고는 서가에서 훈장을 꺼내 하나씩 주지 않을까? 그럼 우리는 절하고 물러나와 어깨동무를 하고 ── 터키인인 자네와 기독교인인 내가 말이야 ── 대로를 건너 교회로 들어가 기도하는 거야. 교회에서 기도가 끝나면 사원에 가서 기도하고. 그러고는 후세인 아가의 찻집으로 가서 터키 젊은이들과 어울리는 거야. 어떤가, 각하?」

「개울은 어쩌고?」 에펜디나가 식은땀을 흘리며 물었다.

「걱정 말라고 했잖아. 내가 업어서 건너 줄게. 나는 헤엄도 칠 줄 알아. 자, 내가 무장할 때까지만 기다려.」

그는 벽에서 신월도를 내려 차고 부엌 서랍에서 깡통 훈장을 꺼냈다. 귀신을 물리치려고 나무에다 거는 것과 똑같은 함석 조각이었다.

「앞으로! 그리스도와 무함마드의 이름으로! 에펜디나, 이 바보야. 자네도 똑같이 외쳐. 그럼 기분이 한결 나아질 테니까.」

「나는 무함마드의 이름을 먼저 대겠어. 그래야 순서가 맞지.」

「그게 무슨 상관이야? 할 테면 해!」

「무함마드와 그리스도의 이름으로!」 에펜디나가 소리쳤다. 이렇게 해서 두 사람은 문을 나섰다. 오른발을 먼저 내디디며······.

거리로 나서자 에펜디나가 말했다.

「바르바 얀니스, 알리 아가 영감네 집에 가서 같이 데리고 갈까? 그 영감은 터키인도 그리스인도 아니잖아? 터키인이면서도 그리스인일 수 있으니까. 총독에게 만국이 다 모였다는 걸 보여 줍시다.」

「나쁠 것 없지.」바르바 얀니스가 대답했다. 이제 온 세상에다 입이라도 맞추고 싶은 기분이었다.

그들은 미할리스 대장의 마을로 달려가 알리 아가의 집 문을 두드렸다. 마당에서 나막신 끄는 소리가 났다.

「누구요?」높기만 했지, 하잘것없는 목소리가 물었다.

「알리 아가! 친구들일세, 문 열어! 자네에게 복을 주러 왔으니까.」바르바 얀니스가 대답했다.

「무서워서 꼼짝도 하기 싫어. 가서 자네나 놀게. 친구들이라니, 또 누가 있나?」

「나야, 알리 아가. 말똥 각하!」에펜디나가 자기를 소개했다.

조그만 문이 열렸다. 주름살투성이인 노인은 떨고 있었다. 이웃의 기독교인들이 피난 가버린 이후 그는 무서워 꼼짝도 않고 처박혀 있었다. 기독교인들은 그를 믿지 않았고 터키인들은 알은체도 하지 않았다. 그는 매일 아침 들로 나가 부추를 뜯어다 기름에 버무려 먹었다. 그는 양말을 짜서 절룩거리며 내다 팔았다. 이제 그는 사람들이 제정신을 되찾고, 이웃이 돌아오기를 기다리고 있었다. 그렇게 되면 밤에 이 집 저 집 다니면서 뭘 좀 얻어먹을 수 있을 터였다.

바르바 얀니스는 잔뜩 찌든 채 구석에 처박힌 알리 아가를 보자 그만 이 터키인에게 가엾은 생각이 들었다. 자기 최후 역시 그렇게 될까 봐 겁이 나기도 했다.

「알리 아가, 어떻게 된 것인가?」 바르바 얀니스가 그의 손을 잡으며 물었다.

「늙었네, 바르바 얀니스. 이젠 몸을 구부릴 수도 없고…… 움직일 수도 없게 되었어.」

「함께 총독에게나 가지.」 에펜디나가 말했다.

「총독에게? 거기 가서 뭘해? 아무 데도 안 가겠어.」 노인이 잔뜩 겁먹은 얼굴로 대답했다.

「자네를 위해서야, 알리 아가. 어쩌면 훈장도 탈 수 있을걸.」 바르바 얀니스가 설명해 주었다.

「자네들이나 가게. 나는 혼자 좀 놓아두고.」 노인은 이렇게 소리치며 문을 닫아 버렸다.

「놔두세, 에펜디나. 산송장이야. 우리나 가세.」 바르바 얀니스가 정떨어진다는 듯 고개를 가로저었다.

그들은 광장에 이르러 총독부 정문으로 들어갔다.

「총독 각하! 잠깐 저희를 보십시오!」 두 사람이 총독에게 소리쳤다.

「이 새대가리들이 또 웬일인고. 이건 또 무슨 놈의 가장 무도회냐?」 총독이 웃으면서 물었다.

에펜디나는 고무줄이 끊어져 통바지 허리를 움켜쥐고 있었고 바르바 얀니스는 신월도를 가랑이 사이에 넣고 말 타듯이 타고 있는 것이었다. 두 사람이 앞으로 나아갔다. 기독교 국가의 대표가 먼저 엄숙하게 말했다.

「총독 각하! 저를 살레피 장수 바르바 얀니스라고 생각하지 마십시오. 저는 기독교 국가입니다. 저기 있는 분은 말똥 각하가 아니고 터키올습니다. 저희는 불화의 풀을 먹고 적이 되었습니다.

그러나 이제 꿀을 먹고 화해했습니다. 총독 각하, 이제 저희는 형제가 되었습니다. 아시겠지요, 크레타는 강아지고 고양이 새끼고 가리지 않고 젖을 주는 어미 개와 같습니다. 먹일 젖이 얼마든지 있다는 건 아시겠지요. 이제 남은 것은 화합과 사랑과 복지와 행복뿐입니다. 오늘 저는 증조부가 되었습니다. 거기에다 화해까지 했고요!」

총독이 실컷 웃고 나서 아랍인을 불렀다. 「술레이만! 저 사람은 바보가 아니다. 믿기 어렵겠지. 내 믿음에 맹세코, 저 두 사람은 나와 대주교보다 더 똑똑하다. 라키 술과 먹을 것을 좀 내다 주어라.」

「훈장은요? 훈장은 없습니까, 총독 각하?」 바르바 얀니스가 잔뜩 실망해서 물었다.

「자네는 있잖은가? 그거면 됐지.」

「그럼 에펜디나는요?」 바르바 얀니스는 바지가 자꾸만 흘러내리고 있는 친구를 가리켰다.

「술레이만, 그자에게는 바지가 흘러내리지 않게 끈을 하나 주어라. 그거면 됐지. 그게 곧 훈장이니라. 이제 가거라. 나는 바쁘니까.」 총독이 명령했다.

아르콘둘라의 집에 도착한 총독은 대주교의 노새가 문 앞에 있는 걸 보고 만족했다.

「저 친구가 나보다 먼저 와 있군. 이건 날 알아 모신다는 뜻이렷다.」 그가 중얼거렸다.

술레이만이 말에서 내리는 그를 부축해 주었다. 그는 양쪽으로 화분이 늘어서 있는 마당으로 들어섰다. 널찍한 마당은 포장이 되어 있었다. 이제는 그 집 주인이 된 여자가 나와 그를 맞았다.

속옷까지 레이스 단 것으로 입은 이 여자는 콩대처럼 가늘었다. 분을 잔뜩 바른 얼굴에 코는 유난스레 불거져 나와 있었다.

대주교는 일어섰고 총독은 들어가면서 고개를 숙여 절을 했다. 두 사람은 마주 보며 앉았고 대주교는 묵주를 꺼냈다. 여자는 두 어르신네만 남겨 놓고 물러갔다.

대주교는 앞에 놓인 화로에다 손을 녹였다. 얼어붙는 듯 추웠다. 총독은 졸리운 듯 하품을 했다. 대주교는 총독이 하품을 하는 걸 보고 자기도 따라 했다.

「날씨가 찹니다, 총독 각하.」 대주교가 마침내 대화를 시작할 요량으로 입을 열었다.

「그렇습니다. 겨울이 왔나 봅니다, 대주교님.」 총독이 다시 하품을 하며 대답했다. 그는 화로 쪽으로 다가서며 말을 이었으나 어쩐지 풀어 나가기가 쉽지 않았다.

「듣기로는, 숯불이 어지럼증을 유발한다더니, 어째 어질어질하군요.」

「숯이 제대로 달지 않으면 그렇다고들 하더이다.」 대주교가 하품을 하며 말했다.

대화는 끊겼다. 총독은 화로 위로 너무 오래 손을 뻗고 있기가 무엇했던지 거두어 무릎 위에다 놓았다. 그는 주위를 둘러보았다. 큼직한 시계가 벽에 걸려 있었다. 고풍스러운 장롱 위에는 빨간 장미가 꽂힌 화병이 있고 그 옆에는 무어인답게 머리가 텅 빈 듯한 석고 두상이 하나 놓여 있었다. 문 위에는 총독 자신의 초상화가 걸려 있었다. 붉은색, 금빛, 검은색으로 온통 울긋불긋한 초상화였다. 기분이 좋아진 그는 자기 초상화를 바라보았다. 머리카락 한 올 소홀함이 없는 초상화였다. 총독은 자기의 잘생긴 얼굴에서 이야기를 풀어 나가고자 했다. 자세히 보니 그림 속에서 페스 모의 장식 술이 움직인 것 같았다.

그는 몸을 떨며 불안한 듯이 물었다. 「대주교님, 저기 장식 술이 움직이는 것 같았습니다. 그럴 수가 있습니까?」

대주교는 지치고 기력이 빠져 있었다. 그러나 그는 남은 힘을 모아 그 그림을 바라보았다.

「그럴 수가 있습니까, 대주교님?」 총독이 다시 물었다.

「무얼 말씀하시는 겁니까, 총독 각하?」

「저기 말입니다. 초상화의 장식 술이 움직였습니다.」

「그럴 리가 있습니까, 총독 각하?」 대주교가 심드렁하게 받아넘기고 나서 의자 등받이에 기대어 버렸다. 총독도 똑같이 의자 뒤로 머리를 기대고 눈을 감아 버렸다. 대주교는 총독을 보고 역시 눈을 감았다.

시계가 뻐꾸기 소리를 내며 시각을 알렸다. 밖에서는 북풍이 마당에 떨어진 나뭇잎을 굴리고 있었다. 참새가 부리로 유리창을 애타게 쪼았다. 참새는 코 고는 소리에 놀라 날아가 버렸다. 그 집의 덩치가 엄청나게 큰 고양이가 들어와 대주교의 무릎 위에 앉았다. 고양이는 대주교의 따뜻한 배에다 대고 몸을 오그린 채 잠이 들었다……. 뻐꾸기가 다시 시각을 알렸다.

아르콘둘라는 걱정스러운 얼굴로 문에다 귀를 갖다 대었다. 들리는 소리라고는 느긋하게 코 고는 소리뿐이었다. 하나는 북소리같이 둔중하고 하나는 나팔 소리처럼 경쾌했다.

커피를 끓여 가지고 들어가 깨워야겠다고 생각한 아르콘둘라는 부엌으로 들어가 주전자를 불에다 올렸다.

조금 뒤 총독은 문소리를 듣고 눈을 떠 둥근 쟁반을 안고 들어오는 여자를 보았다.

「떨어지고 말았군. 도저히 못 견디겠던 모양이야. 연세가 연세니까.」총독은 조롱하는 듯 대주교를 가리키며 말했다.

커피 냄새가 코로 들어가자 대주교 역시 눈을 떴다.

「고맙소, 아르콘둘라. 나 역시 이것 한잔했으면 했는데, 아 그만 깜박 잠이 들었지 뭔가.」대주교가 잔을 집으며 말했다.

두 사람은 홀짝홀짝 요란하게 마셨다. 대주교가 총독을 돌아보며 또 허두를 뗐다.「총독 각하, 올해는 밀 농사가 풍년이 들겠습니다.」

「보리농사 역시 그렇겠지요, 대주교님.」총독이 서툰 그리스어로 응수하며 일어섰다.「오늘은 참 보람 있는 하루였습니다. 다른 날 또 만나 의논하기로 합시다.」

「기꺼이, 총독 각하.」대주교도 의자를 밀고 일어나면서 대답했다.

밖에는 사람들이 몰려와 있었다. 두 지도자가 몇 달 만에 이 땅의 평화를 위해 머리를 맞대었다는 소문이 났던 것이다. 사람들은 추위에 떨면서도 밖에서 기다리다가 두 사람이 사이좋게 손을 잡고 집 문을 나서길 기다리고 있었다.

의사 카사파키스가 지나다가 걸음을 멈추었다. 그는 거기에서 기다리고 서 있는 약제사 아리스토텔레스를 보았다.

「무슨 일이오, 아리스토텔레스 씨. 누가 죽었나요?」그가 물었다.

「에이, 여보쇼, 무슨 재수 없는 소리를! 저기서 총독과 대주교가 회담을 했다네. 누가 그러는데 창문으로 안을 들여다보았대. 방 안에서 두 사람이 종이를 펼쳐 놓고 대좌하고 있었다는군. 대주교는 쓰고 총독은 손짓을 해가며 지껄이고…… 그러다가 거기에 도장들을 찍었다는군. 마르첼레 부인은 어떠신가?」

의사는 어깨를 으쓱거려 보였다.

「늘 그렇지요. 분위기도 바꿔 줄 겸 시골에 있는 카트사바스 형님 댁으로 보냈지요.」

그는, 마누라를 쫓아냈으니 이제 마음 놓고 하녀와 놀아나게 되어 실은 기분이 몹시 좋은 상태였다.

그들이 떠들어 대고 있는데 뾰족 궁둥이 데메트로스가 절뚝거리며 거리 저쪽에 나타났다. 그는 일곱 달 만에 처음으로 마을에 나타난 것이었다. 그의 말을 빌리면 심장병 치료차 우산을 들고 좀 돌아다녔다는 것이었다. 마을을 방랑할 동안 그는 좀체 입을 열지 않았다. 농부들은, 요정이 그를 벙어리로 만들어 놓았다고 수선을 떨며 아예 마귀 들린 사람으로 취급했다. 농부들이 빵 조각을 주면 그는 빼앗듯 받아 먹으며 다음 마을로 가는 것이었다. 대개는 우산을 옆구리에 꼭 끼고 다녔지만 날씨에 따라 펼 때도 있었다.

크레타가 카로스와 싸울 동안은 데메트로스도 그 긴장을 이겨 내지 못해 방랑했다. 이제 크레타에 평화가 오고 나니 그 역시 정착하고 싶어 아내 페넬로페에게로 돌아온 터였다. 구두는 다 떨어지고 옷은 누더기가 된 데다 모자는 아예 없었다. 바싹 마른 다리에 너무 통이 넓은 바지는 바람에 치맛자락처럼 펄럭거렸다.

「저 친구 여윈 것 좀 봐요. 바지가 텅 빈 것 같네.」 뚱뚱보 의사가 웃으며 키득거렸다.

「걱정 말게. 곧 다시 찰 거니까.」 아리스토텔레스 씨가 오이 대가리를 절레절레 흔들면서 대답했다. 〈내 팔자에 비하면 저건 아무것도 아니야…….〉 그는 대로에 있는 자기 가게, 대 이을 아들이 없는 자기 신세…… 쪼그라진 세 누이동생, 그들의 유일한 낙인 세상을 엿보는 세 개의 구멍을 생각했다.

「안녕하신가, 데메트로스 씨. 그래 신수가 어떠신가?」 의사가 물었다.

「말 말게. 다리가 부러졌어.」 데메트로스가 지나가면서 대답했다.

「세상 사는 재미는 머리가 살짝 돈 놈들이 다 본다니까. 똑똑한 놈에게 화 있을진저! 있어도 세 곱빼기로 있을진저!」 약제사가 그를 바라보며 중얼거렸다.

「아이고, 내 정신 좀 보게. 가야겠어요.」 의사가 말했다.

「환자가 있나?」

「네, 미할리스 대장의 질부인 유대인 여자가 유산했다는군요. 아주 참한 여자라는데, 보셨어요?」

「이제 저 친구의 밥이 되게 생겼군.」 약제사는 응큼하게 웃으면서 이렇게 중얼거리고 나서 발뒤꿈치를 들고 아르콘둘라네 마당을 들여다보았다. 보아야 가서 누이들에게 이야기해 줄 수 있을 터였다. 드디어 사람들은 허연 수염의 대주교가 검은 수염의 총독과 손을 마주 잡고 마당의 화분 사이를 걸어 대문을 나서는 걸 바라보았다. 터키인들과 기독교도들은 그들이 지나갈 길을 내주었다. 이제 잠이 완전히 깬 총독은 기다리는 군중에게 웃음을 보냈다. 그러나 대주교는 자기 홀장에 몸을 의지한 채 상을 잔뜩 찌푸리고 있었다. 그는 어서 이 터키인과 헤어지고 싶었다. 부제는 나귀를 풀었고 술레이만은 총독의 말을 끌어다 대었다.

한편 코스마스의 집에서는 공포와 고통이 노에미를 짓누르고 있었다. 지난밤에도 노에미는 눈을 붙이지 못했다. 노에미는 자기와 배 속의 아이를 남겨 두고 혼자 산으로 가버린 남편을 생각했다. 아이는 쉴 새 없이 노에미를 압박했다. 이상한 공포가 노에미의 잠을 깨웠고 방 안에는 음산한 살기가 감돌았다. 보이지 않는 몸, 소리 없는 기척, 유령…… 사자(死者)인가? 생각이 여기에 미치자 식은땀이 났다. 질식할 듯한 분위기를 견디다 못해 노에미는 창문을 열었다. 살을 에는 듯한 찬바람이 들어왔다. 노에미는 아래층으로 내려가 화덕 앞에 앉아 불을 지피고 있는 시어머니를 보았다.

「어머님, 기분이 좋지 않아요. 바람이라도 좀 쐬고 올까 합니다.」노에미가 말했다.

며느리를 본 시어머니는 놀랐다. 몹시 겁을 먹고 있는 얼굴이었다. 광대뼈가 눈에 띄게 드러나 있고 눈가가 거무스레했다.

「이 추운 꼭두새벽에 어딜 가겠다는 거냐? 너무 무리하는 것 아니냐?」시어머니는 며느리가 몹시 안쓰러웠다.

노에미는 머뭇거렸다. 무서워하는 티를 보이기도, 어디를 가겠다고 말하는 것도 노에미에겐 부끄러웠다.

「어디 갈 것인지 요량도 않고 있지 않니?」시어머니가 물었다.

「있어요, 어머니. 교회로 가서 촛불을 켜고 올 생각이에요.」

시어머니가 외마디소리를 질렀다. 「애야, 너 꿈에 그분을 본 게로구나!」

「네.」

시어머니는 허공을 노려보았다. 턱이 떨렸다. 며느리의 말이 옳았다. 그는 아직 그 집에 머물고 있는 것이었다. 그는 허공을 들락거리고 있었다. 마음대로 드나들며 여전히 심술을 부리려 하고 있었다. 「애야.」시어머니가 마침내 기어 들어가는 목소리로 말했다. 시어머니 역시 사자가 자기 목소리를 들을까 봐 두려웠다. 「가서 그분을 위해 촛불을 켜라. 그분에게 자비를 베풀어 달라고 빌어라. 그러나, 그러니까 손자 이야기는 절대로 하지 말거라.」

「네, 어머니. 그 이야기는 않겠어요.」

「내 숄을 꼭 두르고 가거라. 감기 걸리겠다.」

교회는 텅 비어 있었다. 채색창으로 희미한 빛줄기가 들어와 성상의 성자들을 깨우고 있었다. 빛줄기는 놋촛대와 기도서 위의 말을 탄 성 메니스의 성상을 비추었다. 노에미는 초 한 가락을 집어 〈아름다운 문〉 옆의 성화 벽에 걸린 성모의 커다란 성상 앞으로 갔다. 노에미는 죽은 시아버지에게 직접 말을 걸 용기는 나지 않았다. 그래서 성모 마리아에게 두 사람 사이의 중개인이 되어 달라고 부탁드릴 참이었다.

성모 마리아 앞에서 타고 있는 은제 등잔은 성모의 강인한 턱과 슬픔에 잠긴 듯한 아몬드만 한 두 눈, 금빛 별을 수놓은 분홍색 머리띠를 부드럽게 비추었다. 노에미는 무릎을 꿇고 한동안 아무 말 없이 성모를 올려다보았다. 올려다보면 볼수록 마음이 가벼워지고 평온해지는 기분이었다. 젊은 성모는 누가 빼앗아 가기라도 하는 것처럼 아들을 꼭 껴안고 있었다. 성모는 아드님의 뺨에다 자기 뺨을 갖다 대고 있었는데, 아드님 앞에는 장난감인 듯한 나무 십자가가 놓여 있었다.

노에미는 일어서서 촛불을 켜놓고 성모에게 가까이 다가가 말을 했다. 아직 기도할 줄은 몰랐다. 노에미는 이웃집 문을 두드려 어려움을 토로하는 어조로 성모에게 말했다.

「성모님, 저는 유대인 여자 노에미라고 합니다. 저는 아주 멀리서 왔습니다. 저는 아버지의 신앙을 버리고 기독교인이 되었습니다. 성모님, 저는 지금 몹시 고통스럽습니다. 도와주세요. 그분에게, 밤에 오셔서 저를 괴롭히지 말라고 말씀드려 주세요. 저를 해치지 말라고 말씀드려 주세요. 제가 바라는 것은 집안의 화목뿐입니다. 저는 그분의 아들을 사랑하는 것밖에는 낙이 없답니다. 성모님, 성모님께만 말씀드립니다. 그분에게는 말씀하시지 마세요. 석 달쯤 있으면 저는 아기 어머니가 됩니다. 저는 그분이 아이를 해치실까 두렵습니다. 못하시게 해주세요. 성모님, 만민의 어머니이신 성모님께 이렇게 몸을 던집니다. 저를 가엾게 여겨주세요.」

노에미는 고개를 들었다. 그러고는 성모의 슬프고도 절망적인 듯한 시선을 만났다. 그 눈에 갑자기 눈물이 괴는 것 같았다. 노에미는 몸을 떨고는 코스마스에게서 선물로 받은 귀고리를 풀어 성상대에다 걸고 속삭였다. 「성모님, 가진 건 이것뿐입니다. 이제 성모님 것입니다. 저를 생각해 주세요.」

노에미가 집으로 돌아왔을 때, 마리아는 고개를 돌려 버렸다. 시어머니가 달려와 물었다.

「그분에게 촛불을 켰더냐? 목소리는 들었느냐? 뭐라고 안 하시더냐?」

「어머님, 올라가서 좀 눕겠어요. 피곤한걸요.」 노에미는 이렇게 대답하고 가쁜 숨을 몰아쉬며 계단을 올라가, 시아버지가 생시에 시어머니를 안았던 그 철제 침대에 누웠다.

분위기가 숨막힐 듯했다. 노에미는 가쁜 숨을 몰아쉬면서도 눈은 뜨고 있었다. 눈을 감으면 사자가 어둠 속으로 침입할까 두려웠다. 아래층에서 시계가 시각을 알렸고 사원의 첨탑에서는 열정적인 무에진의 고함 소리가 들렸다. 정오였다. 입맛이 썼다. 음식을 먹으러 내려갈 수도 없었다. 노에미는 누운 채 아르콘둘라네 지붕 위로 솟아오른 대추야자나무를 바라보고 있었다. 바람이 불어 창문 덮개가 덜그럭거렸고 신월도 같은 야자나무 잎새가 서로 부딪쳤다. 맞은편 성상대 앞에는 희미한 등잔이 깜박거렸다. 깜박거리는 불꽃은 금방이라도 꺼져 버릴 듯했다. 그러나 노에미에게는 일어나 등잔에 기름을 채울 힘이 없었다.

지친 노에미가 드디어 눈을 감았다. 잠이 든 것일까? 노에미는 알 수 없었다. 그러나 눈을 감자 누군가가 문도 열지 않은 채 방으로 들어와 있다는 걸 확실히 느낄 수 있었다. 노에미는 침대 끄트머리에서 몸을 웅크리며 애써 눈을 떠보았다. 아무도 없었다. 그러나 앞 침대 기둥 사이에 누군가가 서 있다는 느낌은 지울 수가 없었다.

　「그분이다!」 노에미는 허공을 응시하며 공포에 사로잡힌 채 중얼거렸다. 깜박거리던 등잔불이 꺼지고 말았다. 성상은 어둠에 잠겼다.

　보면 볼수록 침대 앞 어둠이 짙어지며 그 어둠이 형상으로 자리잡았다. 처음에는 두 자루 은제 권총이 번쩍거렸다가 이어서 강인한 목과 검은 수염, 짙은 눈썹 뒤에서 노려보는 두 개의 눈……

　「성모님! 도와주세요! 이분을 쫓아 주세요!」 노에미가 외마디 소리를 질렀다.

　그러나 그는 이불을 한쪽으로 치워 버리고는 노에미의 몸을 주먹으로 내질렀다.

　노에미는 비명을 지르며 침대에서 바닥으로 굴러 떨어졌다. 시어머니가 비명 소리를 듣고 2층으로 올라와 피투성이가 된 며느리를 발견했다.

　「마리아! 의사를 불러라, 빨리!」 시어머니가 소리를 질렀다.

　시어머니는 사산(死産)한 아이를 치우고 노에미의 관자놀이를 향수로 문질러 준 다음 등잔에 불을 켜고 의사를 기다렸다. 기다리면서 죽어 나온 손자를 애통해했다. 이윽고 밀랍처럼 창백한 며느리가 눈을 뜨고 주위를 둘러보았다. 어디에 온 것일까? 이 피는! 누가 때렸나? 이 엄청난 고통은 어떻게 된 영문일까? 노에미는 소리를 내지 않으려고 이를 악물었다. 시어머니가 내려다보고 있는 걸 안 노에미는 그쪽으로 손을 뻗쳤다.

「어머님, 고통스러워요.」 이렇게 속삭이고 노에미는 다시 눈을 감았다.

시어머니는 며느리 옆에 앉아 관자놀이를 향수로 문질러 주고는 아들을 생각했다. 언제면 이 비보를 듣게 될까? 지금 이 순간 어디에 있을까. 할아버지 댁 마당에 있을까?

그러나 코스마스는 이미 할아버지 댁을 떠난 지 오래였다. 어둠과 빗속을 뚫고 그는 산의 가파른 사면을 오르고 있었다. 리라의 음률에서 자기 질문의 해답을 얻고 죽어 가던 할아버지의 모습이 그의 눈에는 더없이 아름다운 정경으로 아른거렸다.

코스마스 뒤에는 카리데모스가 웅크린 채 아무 말 없이 따라오고 있었다. 갑자기 카리데모스가 걸음을 멈추었다. 그는 도저히 더 이상 침묵을 견딜 수 없었다. 그에게 여행이란 대화를 나누고 농담을 주고받는 것인데, 이 유럽 옷차림의 젊은 주인이란 녀석은 말도 않고 웃지도 않으니 분통이 터질 노릇이었다.

「주인님, 뭘 그리 서두르십니까? 미할리스 대장 만나시는 게 그렇게 바쁩니까? 일없어요! 제일 좋은 건 만나지 않는 겁니다. 꼭 만나야겠다면 되도록 천천히 만나세요. 그것도 짧으면 짧을수록 좋습니다. 그저께 조부님 심부름으로, 당신 임종이 가까우니 다녀갔으면 좋겠다는 전갈을 가지고 그 양반을 만났지요. 이 양반이 어찌나 무섭게 노려보던지 그만 정이 떨어져 내려오고 말았습니다.」

「걱정 마시오, 카리데모스. 그 양반은 우리 숙부시니까. 나와는 한 핏줄 아니오? 그러니 무서워할 까닭이 없지 않소?」 코스마스는 계속 걸으면서 대답했다.

「그 양반과 맞설 만한 배짱이 있으신 모양인데, 글쎄 그렇게 안 될걸요.」

「배짱이 생기겠지요. 하여간 지금은 잠자코 빨리 가기나 합시다.」

코스마스는 조용히 자기 나름의 생각을 정리하는 이 순간을 방해받고 싶지 않았다. 그는 할아버지뿐만 아니라, 어쩌면 크레타의 운명을 움켜쥐고 있을지도 모르는, 미할리스 대장이라는, 가문의 굵고 옹이 진 가지를 생각하고 있는 터였다. 〈어디서 이 양반을 만난다지? 뭐라고 말할까? 그쪽에서는 어떻게 나올까? 무슨 마귀를 올라타고 앉아서 그렇게 기운이 펄펄할까?〉

대주교는 코스마스에게 이런 말을 한 적이 있었다. 「구세주 수도원을 잃은 건 그 양반 때문이었다네. 그래서 자기 불명예를 씻고 싶은 거지. 항복하지 않는 건 그 때문이야. 그 죗값을 갚느라고, 아마 죽음을 택할 거네.」

「크레타가 다른 걸 요구한다면요?」 코스마스가 물었다.

대주교는 말을 조심하느라고 머뭇거리다 이윽고 입을 열었다.

「하느님, 용서하십시오. 나는 자네 숙부가 무엇에 들린 것 같다고 생각하는데…… 그 무엇이라는 게 크레타는 아니야.」

티티로스 삼촌도 이런 말을 한 적이 있었다. 「그 양반 평생의 수수께끼 같은 순간이라고나 할까. 폴릭시기스 대장과 터키 여자와 얽힌 수수께끼야. 뭐라고 말들이 많아. 그 양반 성질이 울컥했고, 그래서 머리가 시키는 대로 하지 않게 된 게지.」

카릴라오스는 이런 말로 그를 조롱한 적이 있었다. 「아르카디 수도원 흉내를 내는 거야. 이 악당이 그걸 염두에 두고 자기 역시 산화하여 노래로 칭송을 받고자 하는 것이야.」

코스마스는, 미끄러운 바위 위에서 엎치락뒤치락 빗속을 오르며 생각했다. 〈다 옳은 말일지도 모르지. 어떻게 하면 숙부를 설득하여 무기와 깃발은 그대로 들고 철수해도 좋다는 총독의 약속을 상기시킬 수 있을까? 대주교의 부탁이라는 점을 강조할까? 그리스 국왕의 요구라고 할까? 그럼 콧방귀를 뀌지 않을까? 저러다 사람들의 신망을 모조리 잃는 건 아닐까?〉

코스마스는 이 사납고 자존심 강한 사람을 바람직한 방향으로 설득할 말을 계속 생각해 보았다. 생각은 그것뿐만이 아니었다. 자기 자신의 걱정도 꼬리를 물었다. 〈저 연약한 노에미의 몸에서 어떤 아들이 태어날까? 거기서 나온 자식에게 이렇듯 대단한 씨앗을 기대해도 좋은 것일까?〉 그 생각을 하자 몸이 떨려 왔다. 이어서 그의 생각은 유럽 땅, 자기 눈으로 목격했던 불의와 불명예와 가난이 판치는 유럽 땅으로 내달았다. 그러자 결국은 자기의 문제로 되돌아왔다. 〈나 자신은 어떤가? 나 자신의 싸움터는 어디가 될 것인가? 할아버지에게도 할아버지의 싸움터가 있었고 아버지에게도 있었고, 숙부는 아직 싸움터에 계시다. 그럼 나는? 나는 어디에 자리를 잡고《여기서 싸우겠다. 아무도 나를 쫓아낼 수 없다》고 할 것인가?〉 그는 자신이 허공에 매달린 기분이었다.

마침내 비가 멎었다. 싸늘한 바람이 불어 구름을 쫓았다. 별자리가 나타나자 카리데모스는 걸음을 멈추고 하늘을 올려다보았다.

「자정이 지났군요. 오긴 제때에 왔습니다. 주인님, 하느님을 믿으시거든 여기 벼랑 밑에서 좀 쉬어 갑시다. 바람도 자니 담배라도 한 대 피우고 가는 게 좋지 않겠어요.」

「피곤하신 모양이군, 카리데모스.」

「네, 피곤합니다. 제 나이도 좀 생각해 주세요. 뼈가 나날이 무거워집니다.」

이 교활한 친구는 피로를 모르는 사람이지만 공연히 약은 수를

613

쓰고 있었다. 그는 자기 이야기를 좀 하고 싶었다. 두 사람이 벼랑 밑에 앉자, 코스마스가 담배를 권했다. 코스마스는, 카리데모스가 무슨 이야길 하는지 어디 좀 들어 보자고 생각했다. 먼저 그는 하늘을 올려다보았다. 〈하늘 이야기를 할 건가?〉 그는 하늘은 그냥 두고 다른 주제를 생각했다. 자기 마을, 메갈로카스트로, 크레타를 하나씩 짚어 나갔다. 〈무슨 이야기를 한다지? 이 유럽 친구의 정신머리에는 철저한 데가 있어서 웬만한 것으로는 안 되겠어.〉 문득 그의 뇌리에 안드룰리오스라는 삼촌 생각이 났다. 〈이 뾰족 궁둥이 삼촌을 이 양반과 비교해 보면 어떨까? 그 난쟁이를! 옳다, 어디 해보자.〉

그는 담배 연기를 길게 내뿜고 코스마스를 돌아보았다.

「주인님, 이 세상에서 가장 고약한 짐승이 뭐라고 생각하십니까? 사자라고 하시겠지요? 천만에요. 사람입니다. 왜냐고 하시겠지요? 주인님 숙부처럼 싸우고 터키 놈을 죽인대서요? 아니면 교활하게 꾀를 써서 무기를 만들어 가지고 사자를 죽인대서요? 천만의 말씀이지요. 제가 이야기해 드리지요. 저에게 삼촌이 한 분계셨습니다. 사람들은 안드룰리오스라고 불렀지요. 이분은 어디가 조금 모자랐습니다. 그래서 사람들은 〈좀팽이〉란 별호를 지어 불렀지요. 하기야 꼭 땅콩만 했으니까요. 하느님은 이 양반에게 침 뱉기도 거절했으니 지지리도 박복할 수밖에요. 이 양반은 만날 신장이 아프다고 가르랑거리며 여기저기 뛰어다녔습니다. 말이 뛰어다녔다는 것이지, 뛰어 봐야 메뚜기 걸음이지요. 의사 말로는 신장에 돌이 들었다던가, 오래 살지 못하게 생겼더래요. 그런데 — 네, 그런 사람이 말이지요 — 그 양반은 도끼를 하나 들고, 베네라토 마을 앞에 있는 산기슭으로 달려가 거기 주저앉았습니다. 꽝, 꽝, 꽝! 이 양반은 도끼로 산을 찍기 시작했습니다. 1년, 2년,

3년…… 농부들이 지나가다가 그 꼴을 보고 배를 잡고 웃었더랍니다. 〈안드룰리오스, 왜 산을 붙잡고 그러는가?〉〈응, 볼 일이 있어서. 내 이놈의 산을 먹어 치울 거네.〉 삼촌은 도끼에서 눈도 떼지 않고 대답했더랍니다. 3년째 되는 해 삼촌은 산기슭에다 집을 짓기 시작했습니다. 〈안드룰리오스, 집 짓지 말게. 우리 이야기를 들어. 집 지으면 장가가게 된대요.〉〈실없는 사람들이군. 나도 장가들 거네. 장가들어서 새끼를 낳아, 그놈들 손을 빌려 이 산을 파먹을 거네.〉 농부들은 웃었습니다. 〈어떤 여자를 맞을 거냐, 이 좀팽이야?〉〈정육점에 고기 떨어질 날은 있어도, 이 세상에 내 마누라감 떨어질 날은 없을 걸세.〉 삼촌은 마침내 집을 지었고, 어느 날 작달막하고, 뚱뚱하고, 아주 못생긴 촌 과부가 지나갔답니다. 하지만 나이는 얼마 안 되었지요. 이 과부는 삼촌 집 마당과 지하실과 부엌과 침실을 좋게 봤지요. 요컨대 그 집이 마음에 들었더랍니다. 〈안드룰리오스, 어때요?〉 여자가 수작을 건네자 삼촌은 턱하니 감을 잡았답니다. 거두절미하고, 두 사람은 결혼했지요. 삼촌은 과부를 데리고 잤고, 자도 아주 제대로 잤답니다. 그러나 다음 날 아침 눈을 뜬 삼촌은, 신부 대신 산을 바라보더니 도끼를 둘러메고 가서 또 찍어 대더랍니다. 꽝, 꽝, 꽝! 날마다 그는 산을 한 쪽씩 떼어 냈지요. 돌이 어느 정도 모이자 삼촌은 그 옆에다 또 침실을 달아 짓기 시작했습니다. 마당도 넓히고 마구간도 지었습니다. 농부들이 그랬답니다. 〈안드룰리오스, 자네 아주 마을을 이루는군.〉〈그래, 마을이지. 아내가 애를 가졌는데 아이 거처할 데가 있어야 하지 않겠나?〉〈자네 콩팥은 아프지 않은가?〉〈이 게으름뱅이들아, 아픈 게 대순가, 시간이 없는데?〉 세월이 흘러갔습니다. 숙모는 한꺼번에 둘씩 막 낳았습니다. 삼촌은 여전히 도끼로 산을 찍었고요. 산자락에는 지하실도 생기고 동굴

615

도 생겼습니다. 안드룰리오스가 판 거지요. 이제 삼촌과 산은 떼
려야 뗄 수 없는 관계가 되었습니다. 삼촌의 머리는 드디어 희끗
희끗해졌고 몸은 꼭 도깨비같이 되어 버렸답니다. 왜냐고요? 키
는 자랄 리 없는데, 팔은 굵어지고 손은 자꾸 넓고 길어져 무릎
밑으로 내려왔다니까요. 급기야는 구부리지 않고도 손으로 돌멩
이를 집을 수가 있었답니다. 보는 사람마다 웃었다지요. 꼭 총독
이 메갈로카스트로로 데려온 원숭이 같았더랍니다. 보는 사람마
다 안드룰리오스 삼촌을 보면 웃긴 했지만 떨기도 했다고 합니
다. 농부들도 그제야 정신이 들어 슬슬 피했답니다. 어느 날 삼촌
은 웃는 놈의 정강이뼈를 부러뜨려 절름발이로 만들어 버렸다니
까요. 아이들도 장성하는 대로 도끼를 들고 산을 파먹어 가면서
집을 지었답니다. 그 아이들도 장가들고 아이를 낳았지요. 안드
룰리오스 삼촌은 드디어 나이가 들어 도끼 무거운 줄을 알게 되
었습니다. 어느 날 산에서 돌아온 삼촌은 드디어 때가 온 걸 알았
더랍니다. 그는 침대에 누워 아들 손자들을 불러 모으고, 산에다
묻되 도끼를 합장하라는 유언을 남기고는 팔짱을 끼고 떠났습니
다. 주인님, 베네라토에 들르시거든 사람들에게 물어 안드룰리오
스 마을도 한번 찾아보십시오. 삼촌의 집이 지금은 그 마을의 표
본 가옥이 되어 있답니다.」

그는 이야기를 끝냈다. 그만하면 유럽인의 기를 죽였겠거니 하
고 믿었다. 그의 두 눈은 만족과 흥분으로 어둠 속에서 빛났다.

「카리데모스, 사자보다도, 당신 삼촌보다도 더 무서운 괴물을
아는데요.」

「그게 뭡니까?」

「시체에 스는 구더기.」

「하느님 맙소사. 어째 그런 걸 다 생각하시오. 재수 없게.」 카

리데모스가 성호를 그으며 중얼거렸다.

그는 침을 뱉고 나서 지팡이를 들었다.

「갑시다, 주인님.」

새벽녘에 코스마스는 셀레나 산 정상에 다다랐다. 카리데모스는 뒤로 물러섰다.

「주인님, 혼자 가세요. 일이 끝나거든 저를 부르세요.」

「함께 가시게.」

「저는 주인님 삼촌 꼴을 안 보는 게 나을 것 같습니다. 용서하십쇼.」

미할리스 대장은 한잠도 자지 않고 관망대에 서 있었다. 동이 터오자 그는 망원경을 들고 산 아래의 터키군 진지를 바라보았다. 진지의 위치가 조금씩 산 쪽으로 이동하고 있었다. 터키군은 서둘지 않았다. 기독교인들의 일제 사격으로 미루어, 탄약 보급이 신통치 않다는 결론에 이른 것이었다. 그들은, 반도들에게 먹을 거라고는 얼마 안 되는 보리 빵뿐이라는 것도 알았다. 포위망은 완벽했고 사람은커녕 짐승 한 마리 빠져나갈 수 없었다. 그 지방 주민들이나 아는 오솔길이 하나 있기는 한데, 그것도 밤에나 산정으로 통할 수 있었다.

총독은 끊임없이 전갈을 보내 이 최후의 지도자에게 항복을 권했다. 콘스탄티노플의 훈령에 따르면 죽이는 것보다 항복을 받는 편이 낫겠다는 것이었다. 그렇게만 되면 크레타는 자의(自義)로 그들의 멍에 속으로 들어와, 유럽인들의 주장이 설득력을 잃게 될 터였다. 전날 저녁에도 총독은 미할리스 대장에게 다시 전갈을 보냈다. 〈본인은 최후 통첩을 보내는 바이다. 내일 아침에 항복하되 철수만 한다면 군대의 면모를 갖추는 것도 허락한다. 본

인은 절대로 손을 대지 않겠다. 그러지 않으면 맹세코 남김없이 몰살하겠다.〉

밤새도록 미할리스 대장은 어느 길을 택할지 고민했다. 자기의 길은 이미 정해져 있었다. 고민한 것은 부하들의 앞날이었다. 어디로 보나 승산은 없었고, 그는 그 쓴잔을 동료들까지 마시게 하고 싶지는 않았다. 그는 부하들에게 총독의 전갈을 말해 주었다. 그러고는 밤새 생각해 보고 새벽에 의견을 들려 달라고 했던 것이다.

부하들 역시 뜬눈으로 새벽을 맞았다. 해가 산정에 뜨면 그들은 한 명씩 대장을 만나기로 되어 있었다. 그러나 그들은 얼굴도 씻지 않고 머리도 감지 않은 채 핏자국투성이인 누더기 차림으로 몰려와 대장을 둘러싸고 그의 말을 기다렸다. 미할리스 대장은 바위를 바라보며 자기 내부의 분노가 식기를 기다렸다. 〈말을 하되, 냉정을 잃지 않아야지.〉 호령이 되어서는 안 될 터였다. 생각이 생각의 꼬리를 물었다. 트라사키가 생각났고, 시르카시아 여자가 생각났고, 구세주 수도원이 생각났다……. 그는 욕지거리를 하며 돌멩이를 하나 집어 손바닥에서 피가 떨어질 때까지 움켜잡았다.

입술과 이맛살은 일그러져 있었다. 그는 부하들을, 멀리 산 아래의 터키군을, 구름 한 점 없는 하늘을 보았다. 그러고는 고개를 세차게 내저으며 중얼거렸다. 「자유가 아니면 죽음을…… 자유가 아니면 죽음을…… 오, 불운한 크레타여! 내 깃발에는 〈자유와 죽음〉, 이렇게 썼어야 했다. 용사의 깃발은 그래야 하는 것이다. 자유와 죽음! 자유와 죽음을!」

그러고 나니 가슴이 좀 가벼워지는 기분이었다. 이 나이가 되어서야 그걸 알게 되다니. 가슴이 가라앉아 이제 그는 평온한 마음으로 부하들을 대할 수 있었다.

「개들의 경고는 여러분도 다 알 것이다. 여러분은 사나이고 우리는 자유를 위해 싸운다. 그러니 자유롭게 말하라. 우리에게는 이제 탄약도 빵도 희망도 없다. 터키는 군대지만 우리는 숫자도 몇 안 된다. 떠나고 싶은 사람은 떠나라! 하느님 앞에서만 굴복하는 내 칼에 대고 맹세한다. 그건 불명예가 아니다. 그러나 나는 내려가지 않는다!」

한동안 침묵이 감돌았다. 태양은 하늘로 한 뼘가량 올라 있었고 북 소리가 나기 시작했다. 터키군들이 집합하는 신호였다.

「기탄없이 말하라! 빨리 해야 한다!」 미할리스 대장은 되풀이 했다.

구식 총을 끈으로 맨 검은 머리카락의 깡마른 사내가 소리쳤다.

「내가 사나이라는 건 여러분도 아실 겁니다. 내가 누구에게 항복해 본 적이 없다는 것도 아실 겁니다. 누가 나더러 사나이답지 못하다고 해도 좋소. 나는 솔직하게 말하고 싶은 것이오. 대장! 우리가 여기서 죽어 봐야 그건 백해무익한 죽음입니다. 우리를 위해서도 기독교를 위해서도 도움이 되지 못합니다. 조금 있으면 또 크레타는 일어설 것입니다. 여기서 죽으면 우리는 그때 죽을 수 없습니다. 크레타에 중요한 것은 지금의 죽음보다는 그때의 죽음입니다. 명예나 불명예의 문제가 아닙니다. 크레타에 대한 이익이냐 손해냐 하는 것입니다. 내 생각은 그렇습니다.」

미할리스 대장은 묵묵히 듣고 있었다. 말이 끝나자 그가 물었다.

「말 다 했는가, 야나로스?」

「다 했습니다.」

미할리스 대장은 다른 사람을 돌아보았다.

「푸로가토스, 자네 차례다!」

푸로가토스가 수염을 쓰다듬으며 고개를 돌렸다.

「밤새도록 악마 두 마리가 내 속에서 싸웠습니다. 한 놈은 〈승산이 없다, 떠나라〉고 했고, 또 한 놈은 〈승산이 없으니까, 여기 있으라〉고 했습니다. 새벽녘에는 그중 한 놈이 이겼습니다.」

「어느 놈인가?」 미할리스 대장이 부하들을 내려다보며 물었다.

「당신 편입니다, 미할리스 대장. 당신을 알게 된 게 한스럽습니다.」

「그래서?」

「안 가겠습니다.」

미할리스 대장의 눈이 다음으로 옮겨 갔다.

「자네 생각은 어떤가, 카야베스?」

그는 한숨을 쉬었다.

「나는 신혼입니다. 아내가 있지만 재미볼 틈은 없었습니다. 그래서 속에서 불이 납니다.」

「여자 이야긴 치워. 사내는 뭐라고 하나? 우리는 사내에게 묻고 있는 것이야.」

「미할리스 대장, 당신을 만난 게 한스럽소. 내 말도 마찬가집니다. 떠나고 싶지만, 당신이 나를 모욕했으니 가지 않겠소.」

「토도레스, 너는? 어디 수염도 안 난 녀석 말도 좀 듣자.」 미할리스 대장이 조카를 바라보았다. 다른 사람들이 이야기하고 있는데도 그는 총을 닦아 화약을 재고 있었다.

토도레스는 발끈했다. 그는 삼촌에게 분노와 존경과 선망으로 착잡한 시선을 던졌다.

「수염 난 숙부님만 용감하신가요? 안 갑니다.」

「나도!」

「나도 안 가요!」 관자놀이가 희끗희끗한 두 용사가 말했다.

나머지 20여 명은 조용히 고개를 숙였다.

「시간이 없다. 해가 벌써 두 뼘은 떠올랐다. 말들을 하라. 가고 싶은가? 가고 싶으면 누구든 가라!」 미할리스 대장이 외쳤다.

크라소요르기스가 옆에 있는 사람과 수군거렸다. 그러고는 일어서서 손을 가슴에다 대면서 기어 들어가는 목소리로 말했다.

「용서하시오, 형제들. 우리에겐 과년한 누이가 있고 벌어 먹어야 할 아들이 있으며 처자식이 있소. 우리의 죽음이 득될 게 없소. 우리는 떠나겠습니다.」

「잘 생각했네. 축복을 받게.」 미할리스 대장이 이렇게 소리치고는 잠시 뒤에 덧붙였다. 「하느님이 우리를 보시네만, 나는 자네들을 원망하지 않아. 마을 사람들에게 안부 전하게. 자, 빨리 가게. 하나씩 하나씩 놈들의 눈에 띄지 않도록 조심해서! 서둘러! 해가 더 솟기 전에!」

「용서하시오. 하느님이 당신들도 용서하시기를!」

「용서는 받았다. 자네들을 욕하는 놈들은 저주를 받을 것이다. 잘들 가게.」 미할리스 대장이 대답했다.

남은 사람은 다섯이었다. 미할리스 대장은 차례로 그들을 바라보았다.

「모두 여섯이다. 충분하다. 너무 많을 지경이다. 머리는 〈떠나고 싶다〉고 하되 가슴이 허락지 않는구나. 우리는 가지 않는다. 우리는 여기에서 크레타에 바치는 제물로 죽는다. 크레타여! 죽는 우리는 살아 있는 자보다 낫다. 크레타는 살림꾼이 아니라 우리 같은 미치광이를 사랑한다. 미치광이들이 크레타를 평온하게 하는 것이다!」

그는 하늘을 올려다보았다. 태양이 빠른 속도로 치솟고 있었다.

「총을 들어라! 총안을 자주 바꾸어 놈들이 우리 숫자를 짐작하지 못하게 하라!」

팔리카레들은 흩어지기 시작했다. 미할리스 대장은 자기 총안 앞에 무릎을 꿇고 있다가 자갈 밟는 소리를 들었다. 그는 고개를 돌려 코스마스를 보았다.

「자네는 누군가! 대가릴 낮춰. 뚫리고 싶지 않거든!」 그가 소리쳤다.

「조카 코스마습니다, 미할리스 대장님.」

대장은 이맛살을 찌푸렸다. 그는 조카가 왜 왔는지 알고 있었다. 그가 퉁명스럽게 뇌까렸다.

「환영은 한다만, 뭣 하러 여기까지 왔느냐? 여우가 시장 바닥은 뭣 하러 헤매?」

코스마스는 입술을 깨물어 험구를 참았다. 험구 대신 그는 마른 웃음을 웃었다.

「저는 여우도 아니고, 이곳은 시장 바닥도 아닙니다. 미할리스 숙부, 저 역시 사냅니다. 숙부님의 조카 아닙니까?」

「싸우는 것만 사내다. 여기 내 옆에 엎드려, 온 이유나 말해 보아라. 간단하게 말해야 한다. 나는 바빠!」

그는 다시 하늘을 올려다보았다. 태양이 정오로 남중하고 있었다. 그는 부하들에게 호령했다.

「준비! 장전하라! 내가 신호할 때까지 사격하면 안 돼!」

아래에서 함성이 들려왔다. 코스마스는 바위틈으로, 비탈을 오르는 터키군을 볼 수 있었다.

「말해 봐! 누구의 명으로 왔나?」 미할리스 대장은 조카를 보고 있는 게 아니었다. 그의 눈은 터키군을 보고 있었다.

「크레타의 명으로 왔습니다.」

이 말에 미할리스 대장이 발끈하여 외쳤다. 「큰소리치지 마라,

이 건방진 훈장 놈. 사내답게 말해. 내게 크레타 어쩌고 하는 말버릇이 어디 있냐? 알아들어? 내가 크레타야!」

코스마스는 그제야 자기 앞에 있는 사람은 항복할 사내가 아니라는 걸 알았다. 하느님도 바꾸지 못할 만큼 그의 결심은 굳어 보였던 것이다. 그럼 그런 사내 앞에서 잔재주를 피울 필요가 없지 않는가? 코스마스의 내부에서 크레타인의 긍지가 꿈틀거렸다. 자신의 말장난이 부끄러웠다.

「왜 왔느냐니까?」 미할리스 대장은 여전히 다른 곳을 보며 물었다.

「아무것도.」 코스마스가 내뱉었다. 그의 마음은 기왕에 준비했던 모든 말을 거부했다.

「이 숙부에게 문안드리러 왔나! 좋지!」 그가 콧방귀를 뀌었다.

「할아버지께서 돌아가셨습니다.」

미할리스 대장은 총을 내려놓고 성호를 그었다.

「오, 하느님 살피소서. 참으로 훌륭한 분이셨다. 행적이 빛나시고 평생 충실하셨다. 그분이 가시다니…… 이제 너도 가거라. 우리는 싸우고 있으니까.」

「전할 말씀 없습니까?」

「가!」

「숙모님께나 트라사키에게나?」

미할리스 대장의 핏줄이 부풀었다. 그의 표정은 괴로워 보였다. 그는 화약과 피가 묻은 손을 입에다 대고 소리쳤다. 「자! 형제들! 자유가 아니면 죽음이다!」

그는 겨냥하고 쏘았다. 산이 진동했다. 그와 때를 같이해서 터키군의 일제 사격이 날아왔고 산허리의 대포가 포효했다. 포탄은 미할리스 대장의 뒤에 떨어져 돌멩이를 날렸다.

「아악!」 외마디 소리가 났다. 모두가 돌아다보았다. 카야베스가 바위를 기어오르다가 미할리스 대장의 발치로 굴러 떨어졌다. 말을 하려고 했으나 피가 쏟아져 나오며 목구멍을 막아 버렸다.

아래서는 나팔 소리가 나면서 병사들과 무함마드의 녹기를 든 탁발승 무리가 함성을 지르고 있었다.

「여러분! 쏩시다. 저것들을 날려 버립시다!」 토도레스가 악을 썼다.

터키군의 발소리가 가까워지고 있었다.

미할리스 대장은 카야베스를 안고 나오다가 옆에 엎드려 있던 코스마스에게 걸려 넘어졌다.

「아직 여기 있었구나, 이 겁장 놈! 빨리 도망가! 사내들 틈에 있지 말고!」

그러나 코스마스는 일어나지 않았다. 화약 연기와 피투성이가 되어 그는 이제 사납게 꿈틀거리는 자기 가슴의 소리를 듣고 있었다. 그의 가슴에서 용감무쌍한 지휘자였던 아버지, 할아버지, 그리고 크레타가 뛰고 있었다. 이것이 그가 처음 겪는 전투는 아니었다. 수천 년간 그는 싸워 왔고 죽이고 일어섰던 것이다. 이제 그의 피가 용솟음쳤다.

미할리스 대장은 재빨리 카야베스의 상처를 보았다. 그의 눈은 잠시 깜빡거리다 그대로 꺼져 버렸다. 대장은 시체를 땅바닥에 똑바로 눕혔다.

「형제들이여! 아르카디 수도원을 기억하라! 사나이답게 죽자!」

드디어 터키인들의 가쁜 숨소리까지 들렸다.

「끝장났어!」 푸로가토스가 떨리는 오장육부를 참지 못하고 비명을 질렀다.

「닥쳐요!」 토도레스가 소리쳤다. 이마에서 피가 흘러 토도레스는 눈을 뜰 수가 없었다. 그는 주먹으로 피를 닦고 자기 앞에 다가선 터키군을 보고는 총을 던져 버렸다.

「여러분! 총은 소용없소! 칼을 빼시오.」그가 외쳤다.

그는 아버지의 칼을 뽑아 미친 듯이 깃발을 휘두르며 선두에서 다가오는 탁발승을 덮쳤다. 그러나 탁발승에게 달려들기도 전에 총탄이 그의 가슴을 꿰뚫었다. 그는 벌렁 뒤로 나가떨어졌다.

「수고하십니다, 팔리카레 여러분! 미할리스 대장! 이렇게 때맞춰 왔습니다!」그들 뒤에서 못 듣던 목소리가 들려왔다.

「뭐야, 벤두소스 아닌가! 정말 돌아온 것인가?」눈이 휘둥그레진 대장이 물었다.

「나는 벤두소스요. 벤두소스답게 행동하는 겁니다. 당신 말 취소하시오, 대장!」

「취소한다. 미안하다. 이리 오게!」

벤두소스가 한 발 나섰을 때 총알 하나가 그의 이마를 꿰뚫어 땅바닥에다 굴려 버렸다.

미할리스 대장의 눈에 눈물이 어렸다. 그는 죽은 자를 껴안아 이마에다 입을 맞추었다. 그는 코스마스를 돌아다보며 주먹을 쳐들었다.

「꺼져라! 아직 시간이 있다. 빨리 꺼져!」

「안 갑니다.」코스마스는 한달음에 카야베스의 총을 잡고 탄대를 어깨에 걸며 죽은 자의 허리춤에서 칼을 빼들었다. 미할리스 대장이 놀란 얼굴로 그를 바라보았다. 「안 갈 참이냐?」

「안 갑니다.」

미할리스 대장은 그제야 알았다. 그의 얼굴이 환하게 밝아졌다. 그는 두 손으로 코스마스의 머리를 안았다.

「과연 내 조카다! 너 역시 제물이 되려는구나! 크레타여, 영원하라!」

　폭풍이 휘몰아쳤다. 그 어느 틈에 구름으로 뒤덮여 있던 하늘이 벌겋게 물들었다. 멀리서 굶주린 새가 울었다.

　푸로가토스는 벌떡 일어났다. 그는 잠시나마 겁을 먹었던 게 부끄러웠다. 지금이라도 죽으면 불명예를 씻을 수 있을 터였다. 그는 성호를 긋고 나서 단도를 빼들고 소리쳤다.「자유가 아니면 죽음을!」그는 자기 참호에서 맨발로 터키군에게 달려들었다. 터키군 다섯이 그를 둘러쌌다. 그는 미친 듯이 적을 무찔렀으나 터키인들이 그를 땅바닥에다 쓰러뜨렸다. 탁발승 하나가 그의 가슴을 올라타고 양을 죽이듯이 그의 목을 따버렸다.

　미할리스 대장은 이걸 보고 나서 명령했다.

「참호를 떠나지 마라!」

　그러나 이제 남은 것은 반백의 두 용사, 그리고 코스마스뿐이었다. 그들은 바위 뒤로 몸을 감추고 조심스럽게 조준하여 총탄의 낭비가 하나도 없게 했다.

　미할리스 대장 역시 신중하게 적의 이마를 겨누었다. 총알 하나가 그의 뺨을 스쳤고 또 하나는 그의 오른쪽 허벅지를 꿰뚫었다. 피가 쏟아져 나왔으나 그는 아픈 줄을 몰랐다. 이따금씩 그는 자기 옆에서 침착하게 쏘고 있는 조카에게 시선을 던졌다.

「장하다, 내 조카! 너의 아버님이 살아나셨구나. 코스타로스 형님! 큰일 하셨습니다!」그가 외쳤다.

「영광입니다, 삼촌!」코스마스가 환희에 떨며 대답했다. 그는 이제 다른 사람이 되어 있었다. 그의 기분은 더할 나위 없이 황홀했다. 마음이 홀가분해진 그는 그제야 자기 조국, 자기 고향에 돌아온 걸 실감했다. 유럽적인, 지적인 이상은 어머니와 아내와 아이와 함께 사라졌다. 이제 그에게 남은 것은 단 하나, 그들의 고

유한 의무였다.

「자유가 아니면 죽음을!」 터키군이 몰려들자 코스마스가 고함을 질렀다.

갑자기 어둠이 몰려왔다. 소리 없이 눈발이 휘날렸다. 분홍빛 구름 너머로 떨어지는 해가 어렴풋이 보였다.

「잘 만났네, 미할리스 대장!」 머리에 초록색 터번을 감은 메갈로카스트로의 무에진이 바위 뒤에서 불쑥 나타났다.

「안녕하신가, 똥중!」 미할리스 대장이 맞받아치며 그의 결후(結喉)에다 정확하게 총알을 박았다.

피가 솟으며 무에진은 꼬꾸라졌다.

「깡그리 쓸어 버려라!」 금발의 터키 청년이 소리쳤다. 그는 병사들 뒤에서 긴 채찍을 휘두르고 있었다. 터키군들은 함성을 지르며 몰려왔다.

미할리스 대장이 조카에게 소리쳤다. 「애야! 겁내지 마라. 희망은 없다. 크레타 만세!」

「맞습니다, 희망은 없어요. 크레타 만세!」

그들은 단도를 빼들고 달려 나갔다. 눈은 벌써 쓰러진 시체를 덮고 있었다. 붉은 페스 모가 하얗게 변했다. 두 마리의 독수리가 내려와, 부지런히 죽고 죽이는 인간들 위를 선회했다.

백병전의 소용돌이 속에서 숙질은 헤어졌다. 미할리스 대장은 멀리서 코스마스를 둘러싸는 터키군을 보았다. 그는 자기 포위망을 뚫고 조카를 구출하러 내달았다.

「조카야, 내가 간다!」 그가 호령했다.

그러나 때는 늦었다.

「몸소 오시려는가, 미할리스 대장!」 터키군 한 명이 코웃음을 치며 그의 얼굴에다 코스마스의 머리를 던졌다.

미할리스 대장은 조카의 머리털을 잡고 머리를 깃발처럼 쳐들었다. 그의 얼굴에서 괴이한 광채가 감돌았다. 인간의 것이 아닌, 형용할 수 없는 환희가 떠올라 있었다. 긍지, 끝없는 저항, 아니면 죽음에 대한 멸시? 아니면 크레타에 대한 영원한 사랑? 미할리스 대장은 포효했다.

「자유가 아니면…….」

그러나 그는 말을 끝맺지 못했다. 총알 하나가 그의 입을 꿰뚫었기 때문이다. 또 하나는 그의 관자놀이를 관통했다. 뇌수가 바위 위로 튀어 올랐다.

〈끝〉

영역자의 말

A. 덴 둘라르트

대륙을 단순하게 정의할 수 없듯이 카잔차키스도 단순한 정의로 파악되지 않는다. 아시아 같은 대륙에는 툰드라도 있고 대초원, 사막, 기름진 계곡, 밀림도 있다. 카잔차키스는 기독교인이면서 이교도이고, 무정부주의자이면서 휴머니스트이며, 금욕적인 철인 중의 하나일 수 있으면서 때로는 그 모두이기도 하다. 그는, 역시 크레타 태생인 엘 그레코가 그랬듯이 아무 학파에도 속하지 않고 소속될 줄도 모른다. 카잔차키스에게 무엇보다도 중요한 것은 그가 크레타 사람이라는 것이다. 그러면서도 유럽인 이상의 유럽인이기도 하다. 컴퍼스를 하나 가져다 한쪽 다리를 이다 산에다 꽂고 다른 한쪽 다리를 그리스 해안을 따라 돌리면, 원이 다 그려지기도 전에 페니키아, 이스라엘, 이집트 그리고 리비아가 그 안에 들어온다. 크레타 섬은 아프리카나 아시아로부터는 물론 유럽과도 멀리 떨어져 있다. 카잔차키스의 선조는, 비잔틴 정복자가 상당수의 베두인족들이 포함된 아랍 용병들을 몰아넣은 그 땅 출신이었다. 여름이 되어 아프리카의 불꽃이 크레타를 그을리면, 오랜 세월에 걸쳐 그리스 사상과 동양 사상의 통합을 시도하던 이 사나이의 피 속에도 그 불길이 옮겨 붙는다.

그러나 비잔틴만이 지중해 최대의 격전지였던 이 섬의 정복자는 아니었다. 50세기에 걸쳐 리비아인들과 그리스인들, 사라센인들과 아랍인들, 베네치아인들과 터키인들이 크레타 섬을 압도했고 파괴했고 비옥하게 만들어 왔다. 그들이 남긴 것은, 생명과 생명력을 숭배했고 개인의 불멸성에 관계없이 죽음을 보았던 크레타 문명(B.C. 3000~B.C. 1500)의 원시적 토양 위에다 켜켜이 황토층을 쌓아 놓은 것뿐이었다. 이집트인들과는 달라서 크레타인들은 내세관 때문에 번민하는 일이 없었다. 생명에 대한 그들의 믿음은 죽음의 거침없는 수용을 포함하는 것이었다. 카잔차키스는 〈이런 영웅적인 태도는 희망도 두려움도 없이 엄숙하게 위험과 대면하는 것인데, 이것이 내가 말하는 크레타 정신이라는 것이다〉라고 썼다. 카잔차키스는 호메로스와 단테의 정신, 부처와 공자, 니체와 베르그송의 안내를 받으며 러시아와 스페인, 인도와 중국, 아프리카와 아랍 등지의 물질세계와 사상의 세계를 방황하다가 만년에는 이 원초적인 토양으로 되돌아왔다.

이렇게 해서 그의 작품은 풍부한 다양성을 획득했다. 16년 동안 33,333행에 달하는 『오디세이아』를 썼는데 이 작품은 미국에서도 번역 출간되었다. 그의 초기 작품인 『그리스인 조르바』는 디오니소스적(自由奔放)이면서도 아폴론적(古典的)이며 부처의 공사상(空思想)이라는 영향력 있는 힘에 대한 하나의 도전이었다. 이교도적 생명의 환희로 충만한 『그리스인 조르바』뿐만 아니라, 심오한 성경적 드라마를 쓰기도 했다. 『최후의 유혹』에서 카잔차키스는 자신의 하느님에 대한 신념을 밝히고 있긴 하지만 독단적인 기독교인들이라면 받아들일 수 없을 정도로 대담하리만큼 독창적으로 그리스도를 해석하고 있다.

이제 우리는, 언뜻 보면 역사 소설 같지만 『미할리스 대장』 같은 불굴의 힘으로 기존 역사 소설의 틀을 여지없이 부서뜨리는 작품을 대하게 된다. 이 책의 주인공 미할리스 대장은 화가 나면 두 손가락으로 초대한 사람의 술잔을 눌러 부서뜨린다. 카잔차키스는 젊은 시절에 쓴 철학적 에세이에서 이렇게 적고 있다.

〈너는 너 한 사람이 아니다. 너는 한 무리다. 화가 나는가! 너희 선조 중 한 분이 네 입술에다 게거품을 일으킨다. 사랑하는가? 너의 내부 깊은 곳에서 너는 조상에게 불평하고 있다.〉

이 소설에서, 현대 소설 작업의 프로테우스(變還自在者)는 자기 고향 사람들 수백 명을(대개가 그 자신의 선조들인) 등장시키는데, 이들 모두를 무자비할 만큼 사랑스러운 모습으로 그려내고 있다. 사실 그의 예술가적 정신 속에 〈무자비함〉과 〈사랑〉이라는 두 개념의 대비는 있을 수가 없다. 간단하게 말하면 이 소설은 터키 압제자들에 대한 크레타인의 1889년 무장 봉기 이야기, 한 시르카시아 여인을 둘러싸고 크레타 영웅인 미할리스 대장과 폴릭시기스, 그리고 기품 있는 터키인 지방 장관 누리 사이에서 벌어지는 미묘한 사랑과 갈등의 투쟁을 줄거리로 하고 있다. 그러나 이런 식의 골격 소개로 독자들이 볼 수 있는 것은 이 책의 조야하고 호사스러운 겉모습일 뿐, 그 내용의 설명은 못 될 것이다. 이 책이 반쯤 진행될 동안 사건은 주로 메갈로카스트로(현재의 이라클리온) 마을에서 벌어지는데, 독자들은 카잔차키스가 마을이나 마을 사람들을 너무나 잘 알고 있다는 강력한 인상을 받을 것이다(그는 충격을 거듭 견디며 이 글을 썼겠지만, 우리로서는 이런 강렬한 인상이 오히려 행운에 속한다). 모든 가면은 찢기고 모든 사람의 미덕과 악덕은 백일하에 드러난다. 우리는 상상 속에서 작가와 함께 성루와 종탑 위를 떠다니게 되고, 카잔차키스는 마술 지팡이로 마을 집들의 지붕을 벗겨 낼 뿐만 아니라, 인간이 은밀하게 소망과 정열을 감추어 놓은 어두운 뚜껑 문을 열어젖힌다.

이렇게 해서 모든 것은 엘 그레코의 작품처럼 영원한 빛의 세례를 받고, 그리하여 아무리 가혹한 것도 용서할 수 있게 된다. 이 거친 죄인들을 하느님의 백성 — 이들에게는 사랑의 하느님이 아니라 복수하는 구약의 하느님이다 — 으로 만드는 것은 이 4차원적인 초자연의 용서다. 이것은 장황한 언어로 설명되는 것이 아니다. 떠다니는 의미로 언제나 감청(感聽)할 수 있는 것이다.

작가가 열심히 설명하고 있음에도, 이 책에서 일어나는 대부분의 사건은 믿어지지 않는다. 그러나 크레타 사람이나 크레타의 역사를 조금이라도 아는 사람이라면 작가가 사실 조금 과장을 했을지언정 이것은 진정한 서사시의 조건이며, 이 책의 등장인물은 실존 인물일 수 있음을 알 것이다. 그리고 우리는 이 책의 무대가 되는 곳과 때 — 여러 세기 동안 터키의 압제를 받아 온 섬 — 를 잊지 말아야 한다. 아무도 이들을 돕는 데 손가락 하나 까딱하지 않았다. 크레타인들은 홀로 〈총을 들고 하느님께 호소했다. 그들은 하느님이 들을 수 있도록 하느님의 집 문전에서 총을 쏘았다〉. 이틀 밤낮 동안 2백 명의 투사와 65명의 수도사들이 1천5백 명의 터키군에 대항해서 아르카디 수도원을 사수한 곳도 바로 크레타 섬이었다. 마침내 적군이 수도원 문을 부수고 몰려 들어오자 한 젊은 투사는 6백 명의 아녀자들이 숨어 있는 지하 화약고의 화약통을 권총으로 쏘았다. 수백 명의 방위군과 공격군들은 모두 무너져 내리는 벽에 깔려 몰사했다.

자유냐 죽음이냐? 크레타는 불꽃으로 타는 섬이다. 이 책 속 대부분의 등장인물들은 평화시에도 광란의 불길에 쫓기고 있다. 그들은 죽음을 두려워하지 않고, 근엄하고 융통성이 없는 북쪽 사람들이 보면 금욕 정신에 위배되는 죄악이라고 생각할 정도의 세속적인 방법으로 삶을 사랑한다. 그러나 크레타 섬 위로 빛의 회오리바람이 인다. 그리고 서사적이고 영웅적이며 비극적인 이 책은, 그 빛의 회오리바람 위로 날개를 펼친, 한 마리의 독수리를 떠다니게 하는 세계다. 그 독수리가 바로 카잔차키스인 것이다.

옮긴이의 말
이윤기

내가 『그리스인 조르바』를 번역한 것은 1981년, 『미할리스 대장』을 번역한 것은 1983년의 일이다. 『그리스인 조르바』를 번역하고부터 무려 23년의 세월이 흐른 2004년 초봄, KBS TV의 〈TV, 책을 말하다〉 프로그램이 『그리스인 조르바』를 소개한다기에 방송에 출연했다. 진행자가 나에게, 〈카잔차키스라는 이름이 자꾸만 카잔차스키로 읽혀서 지금 몹시 조심하고 있습니다〉 하고 말했다.

감개무량했던 나는 방송에서 이런 말을 했던 것 같다.

23년 전 우리나라에 번역, 출간된 책의 역자를 다시 불러 주다니, 나로서는 감개무량하지 않을 수 없습니다. 지금부터 20~30년 전에는 〈카잔차키스〉를 〈카잔차스키〉라고 하는 분들이 참 많았지요. 신문과 방송도 이 위대한 작가의 이름을 〈카잔차스키〉라고 잘못 발음하는 일이 더러 있었습니다. 심지어는 이 책을 출간한 출판사의 직원조차 〈카잔차스키〉라고 부르곤 했습니다. 그래서 나는 〈가장 첫 키스〉를 빠르게 발음하면 〈카잔차키스〉에 아주 가깝게 된다고 농담했던 기억이 있습니다.

그러니까 젊은 진행자께서 〈카잔차스키〉라고 발음해도 나는
이해합니다. 곧 제대로 발음하게 될 테니까요.

카잔차키스가 노벨 문학상 후보에서 두 번이나 탈락한 일을 두
고 영국의 평론가 콜린 윌슨은 이런 농담을 한 적이 있다.
「카잔차키스가 그리스 작가가 아니고 러시아 작가였더라면, 그
리고 이름이 만일 〈카잔차스키〉 혹은 〈카잔초프스키〉였더라면 그
는 노벨 문학상을 수상하고 말았을 것이다.」
하지만 이제 한국 사회에 〈카잔차키스〉를 〈카잔차스키〉라고 발
음하는 사람은 거의 없다. 그만큼 널리 읽히게 되었다는 뜻이겠
는데, 나는 이렇게 된 것을 매우 자랑스럽게 생각한다.

그리스 작가 카잔차키스와의 인연, 그리스 신화와의 인연으로
나는 여러 차례 그리스를 다녀왔다. 카잔차키스의 정신적 고향이
자 『그리스인 조르바』, 『미할리스 대장』의 무대인 크레타 섬에도
여러 차례 다녀왔다. 1999년 처음으로 크레타를 방문했을 때, 크
레타의 수도라고 할 수 있는 대도시 이라클리온의 공항 이름이
〈니코스 카잔차키스 공항〉이라는 걸 알고 감격했던 기억이 새롭
다. 공항에는 실제로 〈니코스 카잔차키스 공항〉이라는 거대한 현
판이 걸려 있다.
『미할리스 대장』의 무대가 된 현대 도시 이라클리온의 메갈로
카스트로(〈큰 성〉이라는 뜻) 위에는 카잔차키스의 무덤이 있다.
무덤 앞에는 나무 십자가가 서 있다. 콘크리트로 된 무덤 뒤에는
다음과 같은 유명한 경구가 새겨져 있다.

　　나는 아무것도 바라지 않는다.

나는 아무것도 두려워하지 않는다.

나는 자유인이다.

메갈로카스트로에서 약 30킬로미터 떨어져 있는 미르티아 마을에는 〈카잔차키스 기념관〉이 있다. 이 기념관 자리는 카잔차키스의 생가 터였던 것으로 잘못 알려져 있지만, 사실은 카잔차키스의 아버지 〈미할리스 대장〉의 생가였다. 이 소설에는 〈미할리스 대장〉의 아버지 세파카스의 집으로 묘사되어 있다. 이 기념관은 마을에서 가장 높은 곳에 위치해 있어서, 마을 어디에서든 보인다. 페트로케팔로 마을 세파카스 대장의 저택이 바로 이 기념관이었던 것으로 보인다.

나는 카잔차키스의 무덤에 올라갈 때마다 그 앞에 제물을 진설하고 한국식으로 절을 한다. 10여 년 동안 미국에서 공부할 당시에는 영어로 번역된 카잔차키스의 저서를 깡그리 찾아 읽기도 했다. 카잔차키스는 나의 정신적 스승이고 그의 작품은 나의 교과서이다. 〈였다〉가 아니다. 〈이다〉.

더 많은 독자들의 스승이고 교과서가 되었으면 좋겠다.

이 책의 번역 대본으로는 1955년 Simon and Schuster에서 출간된 *Freedom or Death*를 사용하였다.

과천 과인재에서

니코스 카잔차키스 연보

1883년 2월 18일(구력)* 크레타 이라클리온에서 태어남. 당시 크레타는 오스만 제국의 영토였음. 아버지 미할리스는 바르바리(현재 카잔차키스 박물관이 있음) 출신으로, 곡물과 포도주 중개상을 함. 뒷날 미할리스는 소설 『미할리스 대장 *O Kapetán Mihális*』의 여러 모델 가운데 하나가 됨.

1889년(6세) 크레타에서 터키의 지배에 대항하는 반란이 일어났으나 실패함. 카잔차키스 일가는 그리스 본토로 피하여 6개월간 머무름.

1897~1898년(14~15세) 크레타에서 두 번째 반란이 일어남. 자치권을 얻는 데 성공함. 니코스는 안전을 위해 낙소스 섬으로 감. 프랑스 수도사들이 운영하는 학교에 등록. 여기서 프랑스어에 대한 그의 사랑이 시작됨.

1902년(19세) 이라클리온에서 중등 교육을 마치고 법학을 공부하기 위해 아테네 대학교에 진학함.

1906년(23세) 대학을 졸업하기도 전에 에세이 「병든 시대 I arrósteia tu aiónos」와 소설 「뱀과 백합 Ofis ke kríno」 출간함. 희곡 「동이 트면 Ksimerónei」을 집필함.

1907년(24세) 「동이 트면」이 희곡 상을 수상하며 아테네에서 공연됨. 커다

---

*그리스는 구력인 율리우스력을 사용하다가, 1923년 대다수의 국가가 현재 사용하고 있는 그레고리우스력을 받아들이면서 그해 2월 16일을 3월 1일로 조정하였다. 구력의 날짜를 그레고리우스력으로 환산하려면 19세기일 때는 12일을, 20세기일 때는 13일을 더하면 된다.

란 논란을 일으킴. 약관의 카잔차키스는 단번에 유명 인사가 됨. 언론계에 발을 들여놓음. 프리메이슨에 입회함. 10월 파리로 유학함. 이곳에서 작품 집필과 저널리즘 활동을 병행함.

1908년(25세) 앙리 베르그송의 강의를 듣고, 니체를 읽음. 소설 『부서진 영혼*Spasménes psihés*』을 완성함.

1909년(26세) 니체에 관한 학위 논문을 완성하고 희곡 「도편수O protomástoras」를 집필함. 이탈리아를 경유하여 크레타로 돌아감. 학위 논문과 단막극 「희극: 단막 비극Komodía」과 에세이 「과학은 파산하였는 가I epistími ehreokópise?」를 출간함. 순수어*katharévusa*를 폐기하고 학교에서 민중어*demotiki*를 채용할 것을 주장하는 솔로모스 협회의 이라클리온 지부장이 됨. 언어 개혁을 촉구하는 선언문을 집필함. 이 글이 아테네의 한 정기 간행물에 실림.

1910년(27세) 민중어의 옹호자 이온 드라구미스를 찬양하는 에세이 「우리 젊음을 위하여Ya tus néus mas」를 발표함. 고전 그리스 문화에 대한 추종을 극복해야만 한다고 역설하는 드라구미스가 그리스를 새로운 영광의 시기로 인도할 예언자라고 주장함. 이라클리온 출신의 작가이며 지식인인 갈라테아 알렉시우와 결혼식을 올리지 않은 채 아테네에서 동거에 들어감. 프랑스어, 독일어, 영어와 고전 그리스어를 번역하는 것으로 생계를 유지함. 민중어 사용 주창 단체들 중 가장 중요한 〈교육 협회〉의 창립 회원이 됨.

1911년(28세) 갈라테아 알렉시우와 결혼함.

1912년(29세) 교육 협회 회원을 대상으로 한 긴 강연에서 베르그송의 철학을 그리스 지식인들에게 소개함. 이 강연 내용이 협회보에 실림. 제1차 발칸 전쟁이 발발하자 육군에 자원하여 베니젤로스 총리 직속 사무실에 배속됨.

1914년(31세) 시인 앙겔로스 시켈리아노스와 함께 아토스 산을 여행함. 여러 수도원을 돌며 40일간 머무름. 이때 단테, 복음서, 불경을 읽음. 시켈리아노스와 함께 새로운 종교를 창시할 것을 몽상함. 생계를 위해 갈라테아와 함께 어린이 책을 집필함.

1915년(32세) 시켈리아노스와 함께 다시 그리스를 여행함. 〈나의 위대한 스승 세 명은 호메로스, 단테, 베르그송〉이라고 일기에 적음. 수도원에 은거하며 책을 한 권 썼으나 현재 전해지지 않음. 아마도 아토스 산에 대한 책인 듯함. 「오디세우스Odisséas」, 「그리스도Hristós」, 「니키포로스 포카스Nikifóros Fokás」의 초고를 씀. 10월 아토스 산의 벌목 계약을 위해 테살로니키로 여행함. 이곳에서 카잔차키스는 제1차 세계 대전 중 영국군과 프랑스군이 살로니카 전선에서 싸우기 위해 상륙하는 것을 목격함. 같은 달, 톨스토이를 읽고 문학보다 종교가 중요하다고 결심하며, 톨스토이가 멈춘 곳에서 시작하리라고 맹세함.

1917년(34세) 전쟁으로 석탄 연료가 부족해지자 기오르고스 조르바라는 일꾼을 고용하여 펠로폰네소스에서 갈탄을 캐려고 시도함. 이 경험은 1915년의 벌목 계획과 결합하여 뒷날 소설 『그리스인 조르바Víos ke politía tu Aléksi Zorbá』로 발전됨. 9월 스위스 여행. 취리히의 그리스 영사 이안니스 스타브리다키스의 거처에 손님으로 머무름.

1918년(35세) 스위스에서 니체의 발자취를 순례함. 그리스의 지식인 여성 엘리 람브리디를 사랑하게 됨.

1919년(36세) 베니젤로스 총리가 카잔차키스를 공공복지부 장관에 임명하고, 카프카스에서 볼셰비키에 의해 처형될 위기에 처한 15만 명의 그리스인들을 송환하라는 임무를 맡김. 7월 카잔차키스는 자신의 팀을 이끌고 출발. 여기에는 스타브리다키스와 조르바도 끼어 있었음. 8월 베니젤로스에게 보고하기 위해 베르사유로 감. 여기서 평화 조약 협상에 참여함. 피난민 정착을 감독하기 위해 마케도니아와 트라케로 감. 이때 겪은 일들은 뒷날『수난O Hristós ksanastavrónetai』에 사용됨.

1920년(37세) 8월 13일 드라구미스가 암살됨. 카잔차키스는 큰 충격에 휩싸임. 11월 베니젤로스가 이끄는 자유당이 선거에서 패배함. 카잔차키스는 공공복지부 장관을 사임하고 파리로 떠남.

1921년(38세) 독일을 여행함. 2월 그리스로 돌아옴.

1922년(39세) 아테네의 한 출판인과 일련의 교과서 집필을 계약하며 선불금을 받음. 이로써 해외여행이 가능해짐. 5월 19일부터 8월 말까지 빈에 체재함. 여기서 이단적 정신분석가 빌헬름 슈테켈이 〈성자의 병〉이라고 부른 안면 습진에 걸림. 전후 빈의 퇴폐적 분위기 속에서 카잔차키스는 불경을 연구하고 붓다의 생애를 다룬 희곡을 집필하기 시작함. 또한 프로이트를 연구하고 「신을 구하는 자Askitikí」를 구상함. 9월 베를린에서 그리스가 터키에 참패했다는 소식을 들음. 이전의 민족주의를 버리고 공산주의 혁명가들에 동조함. 카잔차키스는 특히 라헬 리프슈타인이 이끄는 급진적 젊은 여성들의 세포 조직에서 영향을 받음. 미완의 희곡 『붓다Vúdas』를 찢어 버리고 새로운 형태로 쓰기 시작함. 「신을 구하는 자」에 착수하면서 공산주의적인 행동주의와 불교적인 체념을 조화시키려 시도함. 소비에트 연방으로 이주할 것을 꿈꾸며 러시아어 수업을 들음.

1923년(40세) 빈과 베를린에서 보낸 시기에는 아테네에 남아 있던 갈라테아에게 보낸 편지를 통해 많은 자료를 남겼음. 4월 「신을 구하는 자」를 완성함. 다시 『붓다』 집필을 계속함. 6월 니체가 자란 나움부르크로 순례를 떠남.

1924년(41세) 이탈리아에서 3개월을 보냄. 이때 방문한 폼페이는 그가 떨쳐 버릴 수 없는 상징의 하나가 됨. 아시시에 도착함. 여기서 『붓다』를 완성하고, 성자 프란체스코에 대한 평생의 흠앙을 시작함. 아테네로 가서 엘레니 사미우를 만남. 이라클리온으로 돌아와, 망명자들과 소아시아 전투 참전자들로 이루어진 공산주의 세포의 정신적 지도자가 됨. 서사시 『오디세이아 *Odíssia*』를 구상하기 시작함. 아마 이때 「향연 Simposion」도 썼을 것으로 추정됨.

1925년(42세) 정치 활동으로 체포되었으나 24시간 뒤에 풀려남. 『오디세이아』 1~6편을 씀. 엘레니 사미우와의 관계가 깊어짐. 10월 아테네 일간지의 특파원 자격으로 소련으로 떠남. 그곳에서의 감상을 연재함.

1926년(43세) 갈라테아와 이혼. 갈라테아는 뒷날 재혼한 뒤에도 갈라테아 카잔차키라는 이름으로 활동함. 카잔차키스는 다시금 신문사 특파원 자격으로 팔레스타인과 키프로스로 여행함. 8월 스페인으로 여행함. 독재자 프리모 데 리베라와 인터뷰함. 10월 이탈리아 로마에서 무솔리니와 인터뷰함. 11월 뒷날 카잔차키스의 제자로서 문학 에이전트이자 친구이며 전기 작가가 되는 판델리스 프레벨라키스를 만남.

1927년(44세) 특파원 자격으로 이집트와 시나이를 방문함. 5월 『오디세이아』의 완성을 위해 아이기나에 홀로 머무름. 작업이 끝나자마자 생계를 위해 백과사전에 실릴 기사들을 서둘러 집필하고 『여행기 *Taksidévondas*』 첫 번째 권에 실릴 글을 모음. 디미트리오스 글리노스의 잡지 『아나예니시』에 「신을 구하는 자」가 발표됨. 10월 말 혁명 10주년을 맞이한 소련 정부의 초청으로 다시 러시아를 방문함. 앙리 바르뷔스와 조우함. 평화 심포지엄에서 호전적인 연설을 함. 11월 당시 프랑스에서 큰 인기를 얻고 있던 그리스계 루마니아 작가 파나이트 이스트라티를 만남. 이스트라티를 비롯한 몇몇 사람들과 함께 카프카스를 여행함. 친구가 된 이스트라티와 카잔차키스는 소련에서 정치적, 지적 활동을 함께하기로 맹세함. 12월 이스트라티를 아테네로 데리고 옴. 신문 논설을 통해 그를 그리스 대중에게 소개함.

1928년(45세) 1월 11일 카잔차키스와 이스트라티는 알람브라 극장에 모인 군중 앞에서 소련을 찬양하는 연설을 함. 이는 곧바로 가두시위로 이어짐. 당국은 연설회를 조직한 디미트리오스 글리노스와 카잔차키스를 사법 처리하고 이스트라티를 추방하겠다고 위협함. 4월 이스트라티와 카잔차키스는 러시아로 돌아옴. 키예프에서 카잔차키스는 러시아 혁명에 관한 영화 시나리오를 집필함. 6월 모스크바에서 이스트라티와 동행하여 고리키를 만남. 카잔차키스는「신을 구하는 자」의 마지막 부분을 수정하고 〈침묵〉 장을 추가함. 「프라우다」에 그리스의 사회 상황에 대한 논설들을 기고함. 레닌의 생애를 다룬 또 다른 시나리오에 착수함. 이스트라티와 무르만스크로 여행함. 레닌그라드를 경유하면서 빅토르 세르주와 만남. 7월 바르뷔스의 잡지『몽드』에 이스트라티가 쓴 카잔차키스 소개 기사가 실림. 이로써 유럽 독서계에 카잔차키스가 처음으로 알려짐. 8월 말 카잔차키스와 이스트라티는 엘레니 사미우와 이스트라티의 동반자 빌릴리 보드보비와 함께 남부 러시아로 긴 여행을 떠남. 여행의 목적은 〈붉은 별을 따라서〉라는 일련의 기사를 공동 집필하기 위해서였음. 두 친구의 사이가 점차 멀어짐. 12월 빅토르 세르주와 그의 장인 루사코프가 트로츠키주의자로 몰려 처벌된 〈루사코프 사건〉이 일어나 그들의 견해차는 마침내 극에 달함. 이스트라티가 소련 당국에 대한 분노와 완전한 환멸을 느낀 반면, 카잔차키스는 사건 하나로 체제의 정당성을 판단하기는 어렵다는 입장이었음. 아테네에서 카잔차키스의 러시아 여행기가 두 권으로 출간됨.

1929년(46세) 카잔차키스는 홀로 러시아의 구석구석을 여행함. 4월 베를린으로 가서 소련에 관한 강연을 함. 논설집을 출간하려 함. 5월 체코슬로바키아의 한적한 농촌으로 들어가 첫 번째 프랑스어 소설을 씀. 원래 〈모스크바는 외쳤다*Moscou a crié*〉라는 제목이었으나 〈토다 라바*Toda-Raba*〉로 바뀜. 이 소설은 작가의 변화한 러시아관을 별로 숨기지 않고 드러내고 있음. 역시 프랑스어로 〈엘리아스 대장*Kapetán Élias*〉이라는 소설을 완성함. 이는『미할리스 대장』의 선구가 되는 여러 작품 중 하나임. 프랑스어로 쓴 소설들은 서유럽에 자신의 존재를 드러내려는 최초의 시도였음. 동시에 소련에 대한 자신의 달라진 관점을 반영하기 위해『오디세이아』의 근본적인 수정에 착수함.

1930년(47세) 돈을 벌기 위해 두 권짜리『러시아 문학사*Istoria tis rosikis logotehnias*』를 아테네에서 출간함. 그리스 당국은「신을 구하는 자」에 나타난 무신론을 이유로 그를 재판에 회부하겠다고 위협함. 계속 외국에 머무름. 처음에는 파리에서 지내다가 니스로 옮긴 뒤, 아테네 출판사들의 의

뢰로 프랑스 어린이 책을 번역함.

1931년(48세) 그리스로 돌아와 아이기나에 머무름. 순수어와 민중어를 포괄하는 프랑스-그리스어 사전 편찬 작업에 착수함. 6월 파리에서 식민지 미술 전시회를 관람함. 여기서『오디세이아』에 나오는 아프리카 장면의 아이디어를 얻음.『오디세이아』의 제3고를 체코슬로바키아에서 은거하며 완성함.

1932년(49세) 재정적 어려움을 타개하기 위해 프레벨라키스와 공동 작업을 구상함. 여러 편의 영화 시나리오와 번역을 구상했으나 대체로 실패함. 카잔차키스는 단테의『신곡』전편을, 3운구법을 살려 45일 만에 번역함. 스페인으로 이주하여 그곳에서 작가로 살기로 하고 그 출발로서 선집에 수록될 스페인 시의 번역에 착수함.

1933년(50세) 스페인 인상기를 씀. 엘 그레코에 관한 3운구 시를 지음. 훗날『영혼의 자서전*Anaforá ston Gréko*』의 전신이 됨. 스페인에서 생계를 해결하지 못하고 아이기나로 돌아옴.『오디세이아』제4고에 착수함. 단테 번역을 수정하면서 몇 편의 3운구 시를 지음.

1934년(51세) 돈을 벌기 위해 2, 3학년을 위한 세 권의 교과서를 집필함. 이 중 한 권이 교육부에서 채택되어 재정 상태가 잠시 나아짐.

1935년(52세)『오디세이아』제5고를 완성한 뒤 여행기 집필을 위해 일본과 중국을 방문함. 돌아오는 길에 아이기나에서 약간의 땅을 매입함.

1936년(53세) 그리스 바깥에서 문명(文名)을 확립하려는 시도로서, 프랑스어로 소설『돌의 정원*Le Jardin des rochers*』을 집필함. 이 소설은 그가 동아시아에서 겪은 일들을 바탕으로 함. 또한 미할리스 대장 이야기의 새로운 원고를 완성함. 이를〈나의 아버지*Mon père*〉라고 부름. 돈을 벌기 위해 왕립 극장에서 공연 예정인 피란델로의「오늘 밤은 즉흥극*Questa sera si recita a soggetto*」을 번역함. 직후 피란델로풍의 희곡「돌아온 오셀로*O Othéllos ksanayirízei*」를 썼는데 생전에는 이 작품의 존재가 알려지지 않았음. 괴테의『파우스트』제1부를 번역함. 10~11월 내전 중인 스페인에 특파원으로 감. 프랑코와 우나무노를 회견함. 아이기나에 집이 완성됨. 그가 장기 거주한 첫 번째 집임.

1937년(54세) 아이기나에서『오디세이아』제6고를 완성함.『스페인 기행*Taksidévondas: Ispanía*』이 출간됨. 9월 펠로폰네소스를 여행함. 여기서 얻은 감상을 신문 연재 기사 형식으로 발표함. 이 글들은 뒷날『모레아 기행*Taksidévondas: O Morias*』으로 묶어 펴냄. 왕립 극장의 의뢰로 비극

「멜리사Mélissa」를 씀.

1938년(55세) 『오디세이아』 제7고와 최종고를 완성한 뒤 인쇄 과정을 점검함. 호화판으로 제작된 이 서사시의 발행일은 12월 말일임. 1922년 빈에서 걸렸던 것과 같은 안면 습진에 걸림.

1939년(56세) 〈아크리타스Akritas〉라는 제목으로 3만 3,333행의 새로운 서사시를 쓸 계획을 세움. 7~11월 영국 문화원의 초청으로 영국을 방문함. 스트랫퍼드어폰에이번에 기거하며 비극 「배교자 율리아누스Iulianós o paravátis」를 집필함.

1940년(57세) 『영국 기행Taksidévondas: Anglia』을 쓰고 「아크리타스」의 구상과 「나의 아버지」의 수정 작업을 계속함. 청소년들을 위한 일련의 전기 소설을 씀(『알렉산드로스 대왕Megas Aleksandros』, 『크노소스 궁전 Sta palatia tis Knosu』). 10월 하순 무솔리니가 그리스를 침공함. 카잔차키스는 그리스 민족주의에 대한 새로운 애증에 빠짐.

1941년(58세) 독일이 그리스를 점령함. 카잔차키스는 집필에 몰두하여 슬픔을 달램. 『붓다』의 초고를 완성함. 단테의 번역을 수정함. 〈조르바의 성스러운 삶〉이라는 제목의 새로운 소설을 시작함.

1942년(59세) 전쟁 기간 동안 아이기나를 벗어나지 못함. 다시 정치에 뛰어들기 위해 가능한 한 빨리 작품 집필을 포기하기로 결심함. 독일군 당국은 카잔차키스에게 며칠간의 아테네 체재를 허락함. 여기서 이안니스 카크리디스 교수를 만나 호메로스의 『일리아스』를 공동 번역하기로 합의함. 카잔차키스는 8월과 10월 사이에 초고를 끝냄. 〈그리스도의 회상〉이라는 제목으로 예수에 대한 소설을 쓸 계획을 세움. 이것은 뒷날 『최후의 유혹 O teleftaíos pirasmós』의 전신이 됨.

1943년(60세) 독일 점령 기간의 곤궁함에도 불구하고 정력적으로 작업을 계속함. 『그리스인 조르바』와 『붓다』의 두 번째 원고 및 『일리아스』의 번역을 완성함. 아이스킬로스의 〈프로메테우스〉 3부작을 모티프로 한 희곡 신판을 씀.

1944년(61세) 봄과 여름에 희곡 「카포디스트리아스O Kapodístrias」와 「콘스탄티누스 팔라이올로구스Konstandínos o Palaiológos」를 집필함. 〈프로메테우스〉 3부작과 함께 이들 희곡은 각각 고대, 비잔틴 시대, 현대 그리스를 다룸. 독일군이 철수함. 카잔차키스는 곧바로 아테네로 가서 테아 아네모이안니의 환대를 받고 그 집에서 머무름. 〈12월 사태〉로 알려진 내전을 목격함.

1945년(62세) 다시 정치에 뛰어들겠다는 결심에 따라, 흩어진 비공산주의 좌파의 통합을 목표로 하는 소수 세력인 사회당의 지도자가 됨. 단 두 표차로 아테네 학술원의 입회가 거부됨. 정부는 독일군의 잔학 행위 입증 조사를 위해 그를 크레타로 파견함. 11월 오랜 동반자 엘레니 사미우와 결혼. 소풀리스의 연립 정부에서 정무 장관으로 입각함.

1946년(63세) 사회 민주주의 정당들의 통합이 실현되자 카잔차키스는 장관 직에서 물러남. 3월 25일 그리스 독립 기념일에 왕립 극장에서 그의 희곡 「카포디스트리아스」가 공연됨. 공연은 커다란 파문을 일으켰고, 우익 민족주의자들은 극장을 불태우겠다고 위협함. 그리스 작가 협회는 카잔차키스를 시켈리아노스와 함께 노벨 문학상 후보로 추천함. 6월 40일간의 예정으로 해외여행을 떠남. 실제로는 남은 생을 해외에서 체류하게 되었음. 영국에서 지식인들에게 〈정신의 인터내셔널〉을 조직할 것을 호소하였으나 별 관심을 끌지 못함. 영국 문화원이 케임브리지에 방 하나를 제공하여, 이곳에서 여름을 보내며 〈오름길〉이라는 제목의 소설을 씀. 이 역시 『미할리스 대장』의 선구적 작품이 됨. 9월 프랑스 정부의 초청으로 파리에 감. 그리스의 정치 상황 때문에 해외 체재가 불가피해짐. 『그리스인 조르바』가 프랑스어로 번역되도록 준비함.

1947년(64세) 스웨덴의 지식인이자 정부 관리인 뵈리에 크뇌스가 『그리스인 조르바』를 번역함. 몇 차례의 줄다리기 끝에 카잔차키스는 유네스코에서 일하게 됨. 그의 일은 세계 고전의 번역을 촉진하여 서로 다른 문화, 특히 동양과 서양의 문화 사이에 다리를 놓는 것이었음. 스스로 자신의 희곡 「배교자 율리아누스」를 번역함. 『그리스인 조르바』가 파리에서 출간됨.

1948년(65세) 자신의 희곡들을 계속 번역함. 3월 창작에 전념하기 위해 유네스코에서 사임함. 「배교자 율리아누스」가 파리에서 공연됨(1회 공연으로 끝남). 카잔차키스와 엘레니는 앙티브로 이주함. 그곳에서 희곡 「소돔과 고모라Sódoma ke Gómora」를 씀. 영국, 미국, 스웨덴, 체코슬로바키아의 출판사에서 『그리스인 조르바』 출간을 결정함. 카잔차키스는 『수난』의 초고를 3개월 만에 완성하고 2개월간 수정함.

1949년(66세) 격렬한 그리스 내전을 소재로 한 새로운 소설 『전쟁과 신부I aderfofádes』에 착수함. 희곡 「쿠로스Kúros」와 「크리스토퍼 콜럼버스 Hristóforos Kolómvos」를 씀. 안면 습진이 다시 찾아옴. 치료차 프랑스 비시의 온천에 감. 12월 『미할리스 대장』 집필에 착수함.

1950년(67세) 7월 말까지 『미할리스 대장』에만 몰두함. 11월 『최후의 유혹』에 착수함.『그리스인 조르바』와『수난』이 스웨덴에서 출간됨.

1951년(68세)『최후의 유혹』초고를 완성함.「콘스탄티누스 팔라이올로구스」의 개정을 마치고 이 초고를 수정하기 시작함.『수난』이 노르웨이와 독일에서 출간됨.

1952년(69세) 성공이 곤란을 야기함. 각국의 번역자들과 출판인들이 카잔차키스의 시간을 점점 더 많이 빼앗게 됨. 안면 습진 또한 그를 더 심하게 괴롭힘. 엘레니와 함께 이탈리아에서 여름을 보냄. 아시시의 성자 프란체스코에 대한 사랑이 더욱 깊어짐. 눈에 심한 감염이 일어나 네덜란드의 병원으로 감. 요양하면서 성자 프란체스코의 생애를 연구함. 영국, 노르웨이, 스웨덴, 네덜란드, 핀란드, 독일에서 그의 소설들이 계속적으로 출간됨. 그러나 그리스에서는 출간되지 않음.

1953년(70세) 눈의 세균 감염이 낫지 않아 파리의 병원에 입원함(결국 오른쪽 눈의 시력을 잃음). 검사 결과 수년 동안 그를 괴롭힌 안면 습진은 림프샘 이상이 원인인 것으로 나타남. 앙티브로 돌아가 수개월간 카크리디스 교수와 함께『일리아스』의 공역을 마무리함. 소설『성자 프란체스코 *O ftohúlis tu Theú*』를 씀.『미할리스 대장』이 출간됨.『미할리스 대장』일부와『최후의 유혹』전체에서 신성을 모독했다는 이유로 그리스 정교회가 카잔차키스를 맹렬히 비난함. 당시『최후의 유혹』은 그리스에서 출간되지도 않음.『그리스인 조르바』가 뉴욕에서 출간됨.

1954년(71세) 교황이『최후의 유혹』을 가톨릭교회의 금서 목록에 올림. 카잔차키스는 교부 테르툴리아누스의 말을 인용하여 바티칸에 이런 전문을 보냄.〈주여 당신에게 호소합니다.〉같은 전문을 아테네의 정교회 본부에도 보내면서 이렇게 덧붙임.〈성스러운 사제들이여, 여러분은 나를 저주하나 나는 여러분을 축복합니다. 여러분께서도 나만큼 양심이 깨끗하시기를, 그리고 나만큼 도덕적이고 종교적이시기를 기원합니다.〉여름『오디세이아』를 영어로 번역하는 키먼 프라이어와 매일 공동 작업함. 12월「소돔과 고모라」의 초연에 참석하기 위해 독일 만하임으로 감. 공연 후 치료를 위해 병원에 입원함. 가벼운 림프성 백혈병으로 진단됨. 젊은 출판인 이안니스 구델리스가 아테네에서 카잔차키스 전집 출간에 착수함.

1955년(72세) 엘레니와 함께 스위스 루가노의 별장에서 한 달을 보냄. 여기서 그의 정신적 자서전인『영혼의 자서전』을 쓰기 시작함. 8월 카잔차키스와 엘레니는 군스바흐의 알베르트 슈바이처 박사를 방문함. 앙티브로 돌아온 뒤,『수난』의 영화 시나리오를 구상 중이던 줄스 다신의 조언

요청에 응함. 카잔차키스와 카크리디스가 공역한 『일리아스』가 그리스에서 출간됨. 어떤 출판인도 나서지 않았기 때문에 비용은 모두 번역자들이 부담함. 『오디세이아』의 수정 재판이 아테네에서 엠마누엘 카스다글리스의 감수로 준비됨. 카스다글리스는 또한 카잔차키스의 희곡 전집 제1권을 편집함. 〈왕실 인사〉가 개입한 끝에 『최후의 유혹』이 마침내 그리스에서 출간됨.

1956년(73세) 6월 빈에서 평화상을 받음. 키먼 프라이어와 공동 작업을 계속함. 최종심에서 후안 라몬 히메네스에게 노벨 문학상을 빼앗김. 줄스 다신이 『수난』을 바탕으로 한 영화를 완성. 제목을 〈죽어야 하는 자*Celui qui doit mourir*〉로 붙임. 전집 출간이 진행됨. 두 권의 희곡집과 여러 권의 여행기, 프랑스어에서 그리스어로 옮긴 『토다 라바』와 『성자 프란체스코』가 추가됨.

1957년(74세) 키먼 프라이어와 작업을 계속함. 피에르 시프리오와의 긴 대담이 6회로 나뉘어 파리에서 라디오로 방송됨. 칸 영화제에 참석하여 「죽어야 하는 자」를 관람함. 파리의 플롱 출판사가 그의 전집을 프랑스어로 펴내는 데 동의함. 중국 정부의 초청으로 카잔차키스 부부는 중국을 방문함. 돌아오는 비행 편이 일본을 경유하므로, 광저우에서 예방 접종을 함. 그런데 북극 상공에서 접종 부위가 부풀어 오르고 팔이 회저 증상을 보이기 시작함. 백혈병을 진단받았던 독일의 병원에 다시 입원함. 고비를 넘김. 알베르트 슈바이처가 문병 와서 쾌유를 축하함. 그러나 아시아 독감이 쇠약한 그의 몸을 순식간에 습격함. 10월 26일 사망. 시신이 아테네로 운구됨. 그리스 정교회는 카잔차키스의 시신을 공중(公衆)에 안치하기를 거부함. 시신은 크레타로 운구되어 안치됨. 엄청난 인파가 몰려 그의 죽음을 애도함. 뒷날, 묘비에는 카잔차키스가 생전에 준비해 두었던 비명이 새겨짐. *Den elpízo típota. Den fovúmai típota. Eímai eléftheros*(나는 아무것도 바라지 않는다. 나는 아무것도 두려워하지 않는다. 나는 자유다).

옮긴이 **이윤기**(1947~2010) 경북 군위에서 출생하여 성결교신학대 기독교학과를 수료했다. 1977년 「중앙일보」 신춘문예에 단편소설 「하얀 헬리콥터」가 당선되었으며, 1991년부터 1996년까지 미국 미시간주립대학교 종교학 초빙 연구원으로 재직했다. 1998년 중편소설 「숨은 그림 찾기」로 동인문학상을, 2000년 소설집 『두물머리』로 대산문학상을 수상했다. 소설집으로 『하얀 헬리콥터』, 『외길보기 두길보기』, 『나비넥타이』가 있으며 장편 소설로 『하늘의 문』, 『사랑의 종자』, 『나무가 기도 하는 집』이 있다. 그 밖에 『어른의 학교』, 『무지개와 프리즘』, 『이윤기의 그리스 로마 신화』, 『꽃아 꽃아 문 열어라』 등의 저서가 있으며, 움베르토 에코의 『장미의 이름』, 『푸코의 진자』를 비롯해 M. 엘리아데의 『샤머니즘』, 칼 구스타프 융의 『인간과 상징』 등 다수의 책을 번역했다.

미할리스 대장 ❷

발행일	2008년 3월 30일 초판 1쇄
	2014년 6월 20일 초판 3쇄

지은이	니코스 카잔차키스
옮긴이	이윤기
발행인	홍지웅
발행처	주식회사 열린책들

경기도 파주시 문발로 253 파주출판도시
전화 031-955-4000 팩스 031-955-4004
www.openbooks.co.kr

Copyright (C) 주식회사 열린책들, 2008, *Printed in Korea.*
ISBN 978-89-329-0810-6 04890
ISBN 978-89-329-0792-5 (세트)

이 도서의 국립중앙도서관 출판시도서목록(CIP)은 e-CIP 홈페이지(http://www.nl.go.kr/ecip)와 국가자료 공동목록시스템(http://www.nl.go.kr/kolisnet)에서 이용하실 수 있습니다.(CIP제어번호 : CIP2008000509)